正步向前走

李 伦 著

花山文艺出版社

河北·石家庄

图书在版编目（CIP）数据

正步向前走 / 李伦著. -- 石家庄：花山文艺出版
社，2024.10
ISBN 978-7-5511-6512-9

Ⅰ．①正… Ⅱ．①李… Ⅲ．①短篇小说－小说集－中
国－当代 Ⅳ．①I247.7

中国国家版本馆CIP数据核字（2023）第019081号

书　　名：**正步向前走**
　　　　　ZHENGBU XIANG QIAN ZOU
著　　者：李　伦
选题策划：王玉晓
责任编辑：申　强
责任校对：李　伟
封面设计：陈　淼
出版发行：花山文艺出版社（邮政编码：050061）
　　　　　（河北省石家庄市友谊北大街330号）
销售热线：0311-88643299/96/17
印　　刷：北京一鑫印务有限责任公司
经　　销：新华书店
开　　本：787毫米×1092毫米 1/16
印　　张：21.75
字　　数：260千字
版　　次：2024年10月第1版
　　　　　2024年10月第1次印刷
书　　号：ISBN 978-7-5511-6512-9
定　　价：68.00元

目　录

身后，有一片晚霞

一辆北京吉普在山间的道路上飞驰。

小车里，司令部作训处处长刘达怀着忐忑不安的心情，不时斜眼看看一言不发的军长。他不知道这会儿首长的心里在想些什么。由于上午开军党委常委会，他打电话关照过"蓝军司令"陈少雄师长，军事演习要等军长到达后才开始。可万万没想到陈师长一句话把他噎住了："同志哥，这是打仗。等着军长来，我这个师长早成了'光杆司令'了。"他没敢把这句话直接告诉军长。当军长问他演习是否开始时，他很婉转地说开始了。

小车上了通往演习地点的土路，路面坑坑洼洼使车身剧烈地颠簸。刘达告诉司机放慢车速。

"我可没有那么娇气，按原速前进。"军长洪钟般的嗓音震得车内"嗡嗡"直响。

"坦克团什么时间到达集结地点？"

"早晨六点半。"

"路途时间？"

"四十五分钟。"

军长满意地点点头，又问："演习开始多久了？"

作训处处长忙回答："按预定时间早晨七点整开始。"

"这么说，已经开始半天了……不知参谋长那边情况怎么样？"军长自言自语地说着，用手抓牢车窗玻璃下的扶手。

刘达听出了话外之音，军长可能是不想让自己的老搭档、担任这次军事演习的"红军司令"——军参谋长郭尚智，败在一个参加过对越边境自卫还击战、年仅三十八岁的陈少雄师长手里。

不过，此时刘达也正为陈少雄捏着一把汗。他和陈少雄是老乡又是多年的好友。云南边境自卫反击战后，一起到军事学院同窗三载，毕业后又分在一个军里。随着部队的班子调整，一个走马上任当了师长，一个调到军司令部任作训处处长。

俗话说："新官上任三把火。"没想到陈少雄上任第一把"火"竟点到军司令部，烧在老英雄郭尚智的屁股上。弄得刘达也十分难堪。

那是一个月前，上级指示军里结合本军本地区的作战任务，搞一次近似实战的检验性军事演习。在挂满地图、摆着沙盘的作战室里，当着众多大小军官的面，陈少雄跟参谋长接上了"火"。围绕着反侵略战争中防御与进攻的地位问题，争得面红耳赤，各不相让。

"少壮派"站在陈少雄一边。主张根据现代战争的作战水平及特点，立足我军现有水平，采取积极的防御手段，等待有利时机大量杀伤敌人的有生力量，改诱敌深入为歼敌于境外。"元老派"站在郭尚智一边。主张首先要掌握战争的主动权，各级指挥员的精力和主要兵力火力必须用来发动大规模的进攻，不怕牺牲，打垮敌人。

作战室里，像在进行一场"战斗"，双方争论十分激烈。

"啧啧，喝了半瓶子墨水就晃荡起来了。"有人在议论陈少雄。

"嘻，好汉不提当年勇嘛。"有人也在暗地评价"老资格"。

身体微胖、两鬓斑白的郭尚智听着这些议论有点儿坐不住了。

他把锥子似的目光射向陈少雄，仿佛要在眼前这个粗眉大眼、虎头虎脑的年轻军人身上寻找"突破点"。他用挑战的口吻说道："陈师长讲起理论真是滴水不漏，不过，打仗这玩意儿，来不得高谈阔论、纸上谈兵，是骡子是马还得遛遛才知道。"

陈少雄也盯着参谋长，脑门上冒出了热汗。他把自己结实的身子往前一倾，毫不示弱地回敬了一句："三军可夺帅，匹夫不可夺其志。打仗嘛，就是丑媳妇也要见公婆，遛遛就遛遛——"

"'嫩竹儿'敢挑千斤担，这很好。"一直听着双方争论的军长双手击案，挺起硬朗朗的身板，犀利的目光扫视着郭尚智和陈少雄，"你们二位，各以自己的观点拟订一份演习方案，报请上级批准。当然啰，'司令官'我看就是你们二位担任，至于谁是战斗中的主角和配角，还得看戏的发展。"

军长一锤定音。

陈少雄感到心里有千面战鼓隆隆回响。他热血沸腾，信心倍增，"腾"地从椅子上弹起，眼睛里像燃烧着一团火。一个大胆的设想脱口而出："我建议，根据外军的情况和我军担负的作战任务，这次演习是否可定为有准备进攻和仓促防御的战斗？"他看了看参谋长，展开了"防御"中的"积极进攻"，继续说道，"参谋长唱主角，我唱配角，你攻我防，怎么样？"

看似退让，却是明显的挑战。顿时，作战室里像受到了强烈的"冲击波"，一片哗然。稍懂军事常识的人都知道，所谓仓促防御，那就是指在数量上以少数兵力，在形势不利的情况下，去对付敌人有计划的大规模的突然进攻。这等于一个不常走夜路的人，在黑暗中遇到意外的袭击。对于陈师长的"出格"，军官们一个个惊奇地张着嘴巴，许多人开始表示怀疑。接着，都把目光投向参谋长。

陈少雄的话像"光辐射"，深深刺痛了郭尚智的心。这番话与其说是恭敬，倒不如说是嘲讽，这显然是有意让他一步棋。多少年一直保持的尊严、荣誉、威望，一下子失去了平衡，他想发火。可是，一瞬间，他突然感到陈少雄的目光里饱含着一种诚挚和善意，于是，伸开的五指不由得紧紧握成拳头，沉重地落在桌案上："好，后生等着接招吧！"

在司令部门口，刘达叫住了正准备登车回师的陈少雄，说："老同学，我看你脑瓜儿热得有点过火了。走，到我家去冰镇冰镇。"

陈少雄不以为然，笑了笑说："我还嫌火烧得不旺呢，你帮我扇扇风怎么样？"

"我？我可不敢引火烧身哪！"刘达故作推辞，实际却在提醒陈少雄。虽然，他在作战会议上提出的见解有其独到之处，不过一个初出茅庐的"后生"，在一个从战火中滚打过来的"老前辈"面前唇枪舌剑，总不免让人觉得有些狂妄。要知道，参谋长是参加过抗美援朝的英雄！眼下刘达觉得，难就难在一个是自己的老同学，一个是自己的顶头上司，谁都得罪不得。

陈少雄似乎看出了刘达的心思，便开门见山地说："刘处长有何见教，请直说。"

刘达迟疑片刻，然后说道："我劝你放弃这次演习，现在还来得及。道理明摆着，军长和参谋长是炮火中滚出来的深交，他们会给你好果子吃？再说，此次演习无论成败对你都不利。"

"哦，何以见得？"陈少雄睁大了眼睛。

"如果你败了，你这个刚上任的师长，威望将一落千丈。你胜了，参谋长可是个闻名全军的老英雄，你把他往哪儿放？"

陈少雄没等他说完就高声大笑起来。他拍着老同学的手臂说："老刘，我败了是陈少雄，胜了还是陈少雄。战争可不管你威望高低、资历深浅。演习不是儿戏，说干就干，说不干就不干。咱们丑话说在前面，上了战场不管是谁，我是六亲不认！如有冒犯，下来赔罪。"

"好一个六亲不认，到时候就知道认了。"刘达见陈少雄毫无回心转意，最后忠告道，"少雄，请你三思而行——"

"我明白你的好意。"陈少雄握住刘达的手，心情不由得激动起来，"我现在只有一个心思，带着部队干！以后打仗，你我还得为国家出力。可就现在这'奶奶样'，不改一改怎么能适应未来战争的需要？现在担些风险，今后就少付出血的代价。否则，人民是要打我们屁股的！"说到这里，他长长吐了一口气，神情更加坚定和刚毅，"军人有军人的事业、军人的追求。这次演习是个好机会，我决不能错过。"

刘达苦笑一下没有说话。

"好了，我还要赶回部队开会，准备明天就去看地形。"陈少雄笑了笑，缓和了一下气氛，向刘达握手告辞。刚登上小车又转回头笑着叮嘱："别忘了，回去向嫂子问好。等我打了胜仗到你家喝酒——"

"你呀，快走吧。"刘达无奈地挥着手，一直目送陈少雄的小车消失。

没过多久，两个演习方案报上去了。上级很快就批了一个下来，出人意料，竟是陈少雄"中"了。

方案一定，参谋长郭尚智带一个师为"红军"——担负进攻任务。陈少雄带一个师为"蓝军"——担负防御任务。军长还在各师的现有兵力外，从军坦克师给各师加强一个坦克团。于是，在西北黄龙地区纵横五十公里的"军事禁区"，摆开了未来战争的"战场"。

谁都清楚，有准备进攻和仓促防御演习，就是指战斗由"红军"首先发起，"蓝军"只用少量部队阻击，然后在导演组规定的时间里，双方摩托开进。根据演习方案的要求，"蓝军"要在短时间内组织好部队，并开到五公里"红军"就地发起进攻的地点，困难是很大的，何况还要进行防御反攻。再说，在这五公里中还会出现什么意想不到的事情呢？ 刘达设身处地为陈少雄想过。虽然他只是个团级处长，但还是冒着风险去劝过军长修改演习方案。军长回答："方案已定，'蓝军'所遇困难自己想办法解决。"

这下，陈少雄真要骑虎难下了。

可是，现在"仗"已经打了半天了，情况到底如何？想到这，刘达脑瓜儿一转，想探探军长的口气，便轻声问道："军长，你说这次战斗谁胜谁负？"

"这个嘛，胜负乃兵家常事。他们一个是山中猛虎，一个是初生牛犊，纸上难见分晓啊。不过，我最担心的是陈少雄，他年轻没经验，搞这么大的军事演练和编组还是第一次。不知会出什么事，特别是车辆。"军长忧心忡忡地看了看作训处处长一眼。

听了这话，刘达心里也不由得紧张起来，脑海里迅速浮现出一段记忆：那是对越边境自卫还击战中，陈少雄当时是团作训股股长。在克老街攻谅山的路上，走在全团最前面的一辆汽车出了故障，他不顾司机的请求，竟下令将车推到山沟里。尽管当时争取了时间，打了胜仗。可是回国后，总结会上连三等功也没捞上一个不说，还背了一个处分。陈少雄的性格他是知道的。

小车翻过一道山塬，进入了演习地域。刚拐进一个崖口时，车辆"抛锚"的情景果然像军长所预料的那样。他们下车一看，一辆坦克将一辆解放牌牵引车撞到了路旁的山沟里。 现在车已拉上了公路，修理所所长正带领两名战士在抢修。路边，团卫生队的医生护士在为一名受伤的司机包扎和清洗脸上的血污。还有几辆发生故障的汽车"哼哼"着朝前赶队。

看样子，陈少雄的坦克团刚端上去不久。刘达偷偷看了军长一眼。只见军长双眉紧锁，嘴唇微颤，他不觉有些紧张——军长要发火了！全军上下谁不知道军长的脾气。他感到陈少雄这下要挨"剋"了。可是，他只听到军长用沉闷的声音说："上车——"

"五公里路，这么多的事故，怎么得了！"军长像是在生气，又像是在自问。

听了这话，刘达本想为陈少雄开脱几句，可一看见军长那冷峻的神情，话到嘴边又咽了回去。说实话，作训处处长这会儿可不理解军长在想些什么。作为一军之长，他可不光只是考虑为演习而演习，而要考虑演习与实战的直接关系。因为演习前后和中间出现的问题，在未来战争中不仅是影响某个团或某个师，而是影响整个战斗和战役。对于陈少雄提出的这次演习方案，他很赞赏，觉得这个新上任的师长是个善于思索、肯动脑子、有见解的军人。看见他走路生风说话带火的干脆利索劲儿，总有点儿自己年轻时的影子，心里不免暗暗有些喜欢和偏爱。可是"嫩竹儿"要挑千斤担，还要人扶持啊！即便是面响鼓，也要用重槌狠狠地敲一敲。从目前的情况来看，演习能按时进行，他是满意的。坦克团拉上去了，说明"蓝军"已摆脱了被动的局面。虽然双方的胜负还难以定论，但从刚才路上发生的事故来看，问题也开始暴露出来。

"首长，您去哪个师？"司机问道。

军长猛地睁开眼睛，吉普车前面出现了"Y"形岔路口。

"去红军指挥部——"

刘达一怔，军长怎么突然改变方向，莫非……没容他多想，就听见不远处传来猛烈的枪炮声，轰轰轰——砰砰砰——如同雷声滚动，令人震撼和激动。

"这是最后的激战！"军长放下望远镜，兴奋地说，"快，晚了就看不上戏了。"

十几分钟后，他们到达了"红军"指挥部，一片绿色伪装网遮盖的阵地上。刚一下车，就看见郭参谋长拍打着身上的黄土走出掩体，脸上带着高兴的神采，军帽推到了后脑勺上。

军长迎了上去，不待参谋长说话就忙问："怎么样，老伙计？"

参谋长不慌不忙从口袋里掏出一包"大前门"，递给军长一支点燃了，又自己点燃一支，用力吸了一口，用一种感叹的口吻连连说道："后生可畏，后生可畏呀，不过一切都在我的掌控之下，哈哈哈哈。"

"哦，你们是棋逢对手，将遇良才嘛。"军长紧锁的眉结舒展开了，脸上露出了笑容。

他们一起走进掩体里。郭参谋长指着墙上的军事地图，一口气介绍完战斗的大概经过，又接连猛吸几口烟，最后有些难堪地向军长汇报："陈少雄的坦克上来了。"

军长看了看满地的烟蒂，问道："你的坦克呢？"

参谋长面有难色地回答："唉，突破他的一道防线后，我正准备向纵深发展，就给这个小滑头搞光了。"说完，他用手压了压后脑勺上的军帽。

军长一听，不由朗声大笑起来："那现在你打算怎么办？司令官先生，近年来，可是没听说过演习中'红军'输给'蓝军'的战例哟。"

老英雄略微思索，便说："关键是他的坦克。这小子，我把他的路途都计算在最快时间里，把他的途中人员和车辆的损耗也划为最轻限度，鬼知道他是长了翅膀还是怎的！现在，我已集中了所有炮火，先钳制住他的坦克，然后把预备队拉上去，在他的要害处捅一刀！"

"好，姜到底是老的辣！"军长高兴地把手一挥，然后凑近参谋长的耳朵，神秘地说，"老伙计，我再助你一臂之力，给你一个导弹连，怎么样？"

郭尚智听了先是一愣，接着立刻从军长的目光里明白了意图，便一语双关地点头称道："军长，你真是雪中送炭哪！"

两位老搭档不约而同地大笑起来。

这下，差点儿没把刘达急得蹦起来。军长太偏心眼儿了，凭什么随便修改演习方案，暗中加强"红军"力量，这不明摆着给陈少雄一颗苦果子吃吗？使他既下不了老虎背，又在虎背上活受罪，逼他只有走向绝路、死路、失败之路。

"刘处长，通知导演组，立即将导弹连配属'红军'，阻击'蓝军'坦克的反攻。"军长威严地下了命令。

"军长，这……"刘达有点儿迟疑。

"快去——"军长吼了一声。

命令刚一发出去，刘达脑海里，立刻出现了陈少雄惨败的景象。他——输定了！

可是，不一会儿一个参谋急急跑来报告："'蓝军'坦克已突破炮火封锁，开始全面反攻。"

"啊，导弹连呢？怎么半天不见动静——"郭尚智有些急了。

"报告，导弹连还没进入指定位置，就被'蓝军'的突击队在半路上端掉了。"

"什么，他们先发制人？这个小滑头！"郭尚智窘迫地摇摇头，把手一甩，背在背后，两眼直瞅着军长。

军长也没想到这家伙反应这么快，反而满脸喜色，兴奋地说道："好啊，岳飞曾说过，用兵的常法是先布阵而后打仗，但不可拘泥一法。运用之妙，以变制变，全在一心。没想到'嫩竹儿'也留了一手。老伙计，这下你输啰。"

老英雄笑了笑，欣然答道："是我输了，输给有能力的后生不丢人。不过，我也赢了。你看——"他将一张地图递给军长。

军长接过一看，上面密密麻麻，详细记录了"蓝军"防御战斗中的薄弱环节和暴露出来的问题。

"我准备把它送给陈师长，作为祝贺他胜利的礼物。" 郭尚智嘿嘿一笑说。

军长上前紧紧握住参谋长的手，眼睛里闪烁着激动的光芒。

远处的枪声渐渐稀落了。

黄昏降临，在苍茫的暮色中，一辆吉普车绕着弯弯曲曲的山路，向塬上驶来。从车上跳下一个身材魁梧的年轻军官，强劲的野风吹拂着他那刚毅自信的面颊，拍打着他那泥尘和硝烟缠裹的军装，他——迈着坚定、有力的步伐向老英雄们一步步走近。

在他的身后，有一片晚霞，是那样的绚丽、那样的动人⋯⋯

军人的目光

一

　　胡子武带着一帮"童子军"参谋，到达卧虎岭下的时候，夕阳已经西垂，从天边洒下缕缕金色的余晖，透过腹地升起的薄雾，给突兀的山脊、荒茫的沟壑以及野林的树梢上，镀了一层斑驳陆离的古铜色彩。四周显得深沉而又静谧。

　　"这地形选得不赖，'将军们'，来一张风景照吧！"不知谁喊了一声，有人立即从挎包里掏出照相机，打开了镜头。

　　"啊，太美了！夕阳、秋山，还有那红叶，简直可以跟北京的香山媲美！"

　　"哦，演习前线，留个纪念，此时不照，终身遗憾。"

　　"哈……"

　　参谋们说笑着，有的忙把戴在脑门上的军帽扶正，扣好风纪扣。有的赶紧取下挂在脖子上的"花环"，扎在腰上。也有的把吊在屁股上的手枪，挪到了小腹胯骨处。还有的采了路边黄黄的野菊花，浪漫地凑近鼻孔。刚才，他们一路上还口若悬河，大谈拿破仑、苏沃洛夫，谈《战争论》《孙子兵法》，俨然个个都是将军，可眼下，一忽儿都变成了陶醉在黄昏秋色中的"山水派"诗人。

笑闹声打破了山里的寂静，小鸟惊得飞出了野林。

"副团长，你也来一张吧！"一个参谋笑嘻嘻地喊了一声。

"我没这个雅兴，"胡子武咧了咧嘴，脸上露出一副自嘲的神情，"你们年轻，照吧。我，老啰！"说罢，他把身子靠在一棵老槐树上，眼睛转向远处，显得心事重重。

这时，白净脸、身材瘦小的作训股股长吕士美悄悄走近胡子武身边，请示道："副团长，这是不是有点儿……"他皱着眉头，看了一眼那帮正在兴头上的参谋们。

"有点儿什么？"胡子武瓮声瓮气地问道。

"有点儿松，我担心……"

"嗨，没事。这号演习，我参加多了。文武之道，一张一弛嘛！"胡子武满不在乎地拍拍"娃娃股长"的肩。说真的，他有些不喜欢这个"小白脸"，说不出什么具体原因，也许嫌战场的硝烟，还没把他脸熏黑吧。也许就因为他太"嫩"了点儿，二十五岁当股长，这个年龄，胡子武在干什么？当排长，挖泥塘。可是，吕士美是"战斗骨干"，打过仗，上过军校，文有文，武有武。就是爱找碴儿、挑刺儿，好像就他肚脐儿圆。喊，现在这些年轻干部，好机会都让他们捞了，还不知足哟。

"我是说，我们应该警惕点儿，万一山上有警戒哨，那就……"年轻的股长有些执拗，本来他还想说，这哪是在"敌占区"勘察地形，简直是在逛风景！可是，他看了看副团长不太高兴的眼睛，只得把话压了回去。

"那就啥？把我们抓起来？哈哈哈，这个时辰，有个鬼哟，谁愿待在山上受罪？"胡子武高声大笑起来，笑"娃娃股长"太幼稚无知，按过去的经验，勘察地形，无非是走走过场而已，跟孩子"过家家"差不多。应付这样的演习，是他的拿手好戏。

胡子武笑声未落，突然，"砰！砰！砰！"从山腰的野林里飞出三颗黄色信号弹，在天空画了一个漂亮的弧线。

"快隐蔽——"作训股股长大喊一声。

参谋们不知发生了什么事，慌忙趴在地上，不敢动弹。不一会儿，三个挎冲锋枪、胳膊上戴着黄袖章的"红军"侦察兵，从一片树林里跑了过来。

"喂，你们谁是头儿？"为首一个黑脸膛的小伙子十分傲气，冷冰冰地吼了一声。

"有什么事？"胡子武慢吞吞从一个土坎下的灌木丛爬出来，顺手捋了把树叶在衣袖上擦着，用鼻子一嗅——臭烘烘的。他恶心得直吐口水，"呸，呸！"刚才卧倒时，动作不太利索，滚在了一堆狗粪上。

"你是？"黑脸膛侦察兵一看钻出来个"老家伙"，脸比他还黑，加上络腮胡，胖胖墩墩，不由得吓了一跳。

"这是我们副团长，你客气点儿，少牛皮烘烘的！"一个参谋气呼呼地呵斥道。

侦察兵立即"啪"的一个标准军礼，对胡子武说："对不起，首长！这是03号首长的军令。"小伙子说完，手一伸，不卑不亢递上一张纸条儿，然后转身带着两个同伴跑步走了。

远处的野林里，传来一阵汽车发动的引擎声，接着，一辆北京吉普钻出树林，向山下疾驰而去，屁股后卷起一股尘烟。

胡子武的目光回到纸条儿上。只见上面写着："阁下：此地禁止'放马'，请你严加管束，立即撤出！史剑云。"

史剑云何许人也？1968年胡子武接来的兵，现年三十四岁。曾在胡子武手下当过参谋、连长、营长，后来到师里任作训科科长。班子调整时，凭着一张大学文凭，踏上师参谋长的"宝座"，反倒成为胡子武的顶头上司。真是山不转路转哪！

胡子武苦笑了一下，把纸条儿揉成一团，往脑后一扔。他不由得抬头看了看暮色中的原野。起风了，强劲的秋风，无情地吹打着落叶，有的已归根，有的还在半空飘荡，除了枯黄衰老的，竟也有半青半黄的呢。草丛中的秋虫在低吟，仿佛在诉说一种无可名状的烦恼和痛苦。他讨厌这种悲怆、凄凉的味道，冲着木立着的参谋们一挥手："回——"那衣袖上的臭味儿又扑鼻而来。他骂了一声："娘的，就我倒霉！"

参谋们"扑哧"笑出了声，捂着鼻子跑开了。

二

天黑了，天空像口倒扣的锅。解放牌卡车经过严密的伪装，在凹凸不平的山地里的公路上行驶，好似风浪中的一叶小舟，颠簸不停，加上在警戒区不能开灯，前进愈加困难，司机双眼不敢多眨，小心翼翼地盯着前方，以路旁黑乎乎的白杨树作参照物，来判明方向。

由于颠簸，车厢里不时发出参谋们的喊叫声："哎哟！司机开慢点儿，当我们是土豆哇！"

驾驶室里，胡子武用手捂着打火机好不容易才点燃含在嘴上的两支烟，深深地吸了一口，然后取下一支送到司机的嘴里，说道："慢点儿开吧，天黑路不好走，出了事麻烦。"接着，他把头伸出车窗，粗喉大嗓地朝后喊道："我的高参们，将就点儿行不行？穷娇气。一个靠一个坐好，喊！"

不一会儿，车厢里果然安静多了。

"喂，老革命，吹一段牛皮。"黑暗中有人提议。"老革命"是参谋们对吕士美的"爱称"，因为他是全团唯一打过仗的人。

"对，来一段有味儿的。"有人附和。

吕士美斜躺在车尾角落，扭着头说："扯什么哟，肚皮都贴在脊梁骨上了。"

"嘻，好说好说，饱茶饿烟，赛过神仙。我这包金丝猴奉献了。"有人发起烟来。

"老革命，给！"

"谢谢，戒了。"

"气管炎哪？"

满车厢都乐了。参谋们想尽法子要使"老革命"的注意力，从勘察地形的不快中转移到无所不包的"牛皮"里来。大家明白，他不会轻易饶了他们的。哪知道，吕士美偏是哪壶不开提哪壶，等大家都笑够了，他才不软不硬地问道："还笑不笑？不笑了，我讲点儿带味儿的。"

大家兴致勃勃把头凑近一堆。

"今天是谁想臭美啦？"年轻的股长冷不丁地问道。

"啥事儿啊？"大家愣了，一时反应不过来。有人试探着问。

"装什么糊涂——照相！"年轻的股长发火了，"回去把胶卷统统交给我。"

大家不由得一怔。黑暗中只见烟火一闪一闪，瞬息的微光映出一张张没精打采的脸。

"老……股长，我看没事，参谋长跟咱们副团长是'青梅竹马'，总得给点儿面子吧。再说我们也不知道山上有人，还来真格的？"有个参谋想安慰一下"老革命"。其实，大家清楚，被史剑云参谋长抓住了，是不会有好果子吃的。

"扯淡！要知道，兵熊熊一个，将熊熊一窝。"

沉默。

此时，胡子武早把刚才那茬儿事忘到脑后去了。现在他想的只是家。由于车窗前黑乎乎的，什么也看不见，他索性闭上了眼睛，好让自己的思绪不受外界的干扰。

胡子武的老婆是个中学教师，由于胃切除三分之二，身体很差，人精瘦。手下还拉扯着两个孩子。原来他打算让老婆随军，她又不肯，说是丢不开自己的学生。上星期，家里来了封电报，说小女儿在街上被自行车撞伤，住进了医院，要他回去看看。正好他今年假还没休，团里就决定让他回去一趟。没想到军事演习的通知下来了。军令如山哪！他连封信都没来得及回，就带着部队赶到了指定位置。要不，现在他正和妻子孩子们欢聚在一起呢。

唉，干吗非要他参加演习不可呢？还要他担任团里指挥。难道就因为团长是刚上任的"嫩竹儿"？胡子武可是准备急流勇退啰！他算什么，四十五岁的副团职，又没有文凭，本应该是淘汰的对象。这种年龄，有的人早是师长、军长的干部啦！想不到班子调整，居然把他留了下来，成了全师团职干部的"元老"。

想到这里，胡子武的眼前又浮现出那在半空中飘荡的落叶，风在吹打它，不叫它安稳地着地。打个不恰当的比喻，他目前的处境，就像工兵架的临时浮桥，等人家冲过去之后，就会撤掉，撂在一边。可是转业嘛，团职干部简直成了排球，地方上谁都推。再说现在时兴民主选举、厂长组阁，即便挂个什么副局长、副厂长之类的职务，还不三天两头就给你扒拉下来？听说有的团职干部回去，竟然还不如自己过去的部下呢。难哪！胡子武心里矛盾极了。就像那落叶，在半空飘呀、飘呀，上不了树，也一时着不了地。他对自己军人事业的即将结束，既不甘心，又感到失望。

嘴边的烟蒂烧尽了，烫了他的手。他猛地颤动了一下，思绪被抖落了。

天愈来愈黑，路愈来愈难走。有几次险些开到路边的沟里。司机不住地诅咒："熊路，八辈子尿尿都不朝这个鬼地方！"

没一会儿，连路旁的树影也消失了。汽车前面失去了参照物，变得漆黑一片，仿佛掉进了黑咕隆咚的深渊。司机胆怯地说："副团长，是不是开灯行驶？我的眼睛看不见了。"

"离住地还有多远？"

"二三十里吧，可是这个熊路……"

"开灯——"胡子武看了看手表，下了命令。他想，反正再过几里路就离开警戒区了，宁可"犯规"，也不能出事。翻了车，就是大事故，日子就不好过了。

两束雪白的灯光，伸得远远地，把路面照得一清二楚。汽车突然像脱缰的野马奔驰起来。司机一高兴，吹起了口哨。车厢里的参谋们，早挤成一团睡着了。朦胧中忽然感到身体失去了重心，紧接着碰撞的疼痛使他们惊醒了。一阵不明情况的叫骂后，有人欣喜地发现汽车亮了大灯，便喊道："开戒啰！快到家喽！"

"妈妈，我们远航回来了……"有人软绵绵地学着苏小明的朗诵。

"话说拿破仑——"有人高兴得吹起了牛皮。吕士美站起来，爬到前车厢板的车篷顶部，注视着灯光照射的前方。终于，他看清了一个路旁的路碑，不由得喊了一声："够呛！"

参谋们莫明其妙地望着他，"老革命，啥事？"

"没什么。"他皱着眉头，显得有些不安。突然，他喊道："别说话。听，是什么？"

众人的目光向车厢后望去。

不知啥时候，后面跟上来一辆摩托，一直没有亮灯。这时鸣笛要超车。

司机没听见，仍然把车开得飞快。

摩托终于赶上了大车，箭一般地从旁边冲了过去，警告似的按了两声喇叭，居然停在了路中间。大车司机猛地刹车，"吱——"探头一看是辆军用摩托，大声吼道："干什么的？牛皮烘烘！"

胡子武没有防备，身子由于惯性向前一倾，额头碰在车窗玻璃上，险些没把玻璃撞碎。他揉着额头恼火地问道："怎么回事？"

"有辆摩托挡路，师侦察连的。"司机答着，一边跳下车准备好好教训一下摩托司机。

"把灯灭掉！"从摩托上跳下一个高高大大魁魁梧梧的军人，厉声喝道，"快灭掉！"司机一看是个干部，赶紧把灯灭了。那干部大步逼过来，像放炮似的呵斥："懂不懂演习行车规定？嗯！"

"这……"司机卡壳了，但很快镇静下来，满不在乎地说，"干吗？你侦察连管得着吗？"

"我就要管！把你的驾驶执照给我看看。"语气咄咄逼人，不容分辩。车厢上的参谋们认得那干部，有人吃惊地脱口喊道："是参谋长。够呛，该这小子倒霉了。"

司机一听有些慌了，半天才从口袋里摸出驾驶执照。

挡车的干部正是师参谋长史剑云，接过来用手电看了一下，笑着说："嗬，还是个志愿兵嘛，怪不得这么大的口气。不过，这玩意儿暂时由我保管一下吧，车跟我们走，车上的人都步行回去。看我干吗？不明白？你这车被'红军'炸毁了，快走吧！"

司机带着哭腔："首长，我下次一定注意……"

全车的人，包括胡子武都慌了神。他开始没当回事，也不想露面。可一听说要步行回去，这下心里才急了。老天，还有二十多里路呢！

"是谁带车？"参谋长问。

"我……"胡子武只好跳下车来，尴尬地揉着额头。

"哈哈，还抓了个指挥官呢。原来今天'放马'的是你老兄啊，哈哈哈哈。"年轻的参谋长笑起来声音很洪亮。

"行了，我的参谋长，高抬贵手赶快放行吧。我们还空着肚皮呢。"胡子武说完，示意司机上车。可司机不动，两眼只盯着参谋长手里的驾驶执照。

史剑云笑了。他凑近胡子武的耳根说道："老胡，你就别走了，到我那儿喝一盅。"说罢，他看了看车厢后伸出的人头，喊道："你们副团长被俘虏了，留下。其他人嘛，给你们一个'逃命'的机会。因为师长在这里，这是他的警戒区，只得按军令办事，诸位，得罪了——"说完，用手做了一个请的动作。

大家这才发现摩托车上还坐着一人，黑暗里身板挺得直直的。而且，不知啥时候，四周还冒出了一队兵，把他们包围着。

胡子武气得差点儿跳起来。他毕竟是个副团长啊！冲着过去的交情不讲，当着他的部下，总不能不给点儿面子吧？可这个史剑云，简直是笑里藏刀、六亲不认，没把他胡子武当回事。他想发火、骂娘，摆摆"老资格"，但听说师长在，心里"咯噔"一下，看了看那铁板似的身影，不由得把到了嘴里的"气"，又咽了回去。

他赶紧跑到师长跟前，报告，敬礼。

黑暗中的师长挥挥手，一句话不说。

胡子武感到有些狼狈，哪还有心思喝酒，便转身回到车前，对史剑云说："谢谢了，你自己喝吧！"他气鼓鼓地嘟囔着，又向车上吼道："统统下车！这是参谋长的命令，谁敢不执行？"

参谋们无可奈何，都从车上跳了下来，一个个像泄了气的皮球。

史剑云对胡子武说："既然你不领情，那就辛苦了。注意方位，别迷了路，回到驻地，立即向我报告。"说完，大步朝摩托车走去。

摩托车"轰"一声开走了。"大解放"司机乖乖地开着车跟在后面。

参谋们像一根根木头戳在原地。

胡子武气得好久才吐出一个字："走——"

三

演字××号 敌情通报

×日下午六时三十分，"白军"某指挥率领该部作战参谋人员，深入"红军"前沿阵地勘察地形。因组织涣散，纪律松懈，暴露目标，相关人员狼狈而逃。返回途中，司机夜间开灯行驶，遭到"红军"袭击，某指挥当场被"俘"，其他人员伤亡不明。因此，指挥部决定，撤销"白军"某指挥职务，停职反省。新任指挥由该团自行调整。司机停车一个月，记行政警告处分一次。望各单位接到通报后，认真吸取教训，增强实战观念，绝不允许再出现此类情况。

特此通报

演习指挥部

×月××日

作训股股长吕士美一口气宣读完通报后，朝"作战室"里扫了一眼，屋里烟雾缭绕，大家都苦着脸，像霜打了的树叶，提不起精神。昨晚那二十多里路，走得够冤枉了，还要挨通报批评。尤其使大家震惊的是，参谋长史剑云居然把胡副团长给"俘虏"了。胡子武蹲在土屋的角落里，嘴里吸着烟，鼻孔里喷出气。一夜间，他仿佛老了许多，往日圆胖胖的脸，一下拉长了，两眼眶外浮起一圈黑晕，有些肿。额头上出现了"五线谱"。

一清早，团长就把通报给他看了，拉着脸，明显心里很不舒服。团长过去长期在大机关工作，刚下到部队不久，情况还不熟悉。这次师团两级的实战演习，他当了"配角"，让胡子武当"主角"

冲在前面。可是，现在"仗"还没打，指挥员就被"红军""俘虏"了。副团长出师未捷身先死，这副重担自然落在新任团长肩上。他感到沉甸甸的，压得有点儿喘不过气来。这次演习，可不是以往的"一厢情愿""单打一"，而是带通信工具的步、炮、坦合成军演练。屁股后面跟的是一个团，牵扯诸兵种，几千人哪，万一局部有个纰漏，就会影响全局。而眼下最关键的，是把胡子武这么个老同志朝哪里放？还得照顾一下情绪吧。再说，演习方案是他一手定的，下面的干部，丁是丁，卯是卯，都死死固定在他的手脚上。把他撤了，那不散了架才怪呢！

新上任的团长拿不定主意，他以后还得跟胡子武一起共事哩。年轻干部有年轻干部的难处哇。于是，他给参谋长史剑云挂了电话，提出请求放老胡一马，还是由他来指挥，不然这个"仗"没法打。史剑云在电话里给团长回敬了一顿响雷："不行，军令如山！都啥年代了，还照顾情绪？打仗时你说这话，我非把你撸掉不可！"电话啪的一声断了。团长吓得伸出了舌头。

胡子武并非因被"俘虏"而感到懊丧，他只是觉得有些窝囊。早知如此，还不如回家和老婆孩子亲热一番呢。尤其让他担心的是女儿的腿不知怎么样了？要是断了怎么办？都怪那个史剑云，把他留下来的是他，把他撤下来的也是他。现在走不能走，干不能干，不是把他当猴耍吗？！胡子武的自尊心被刺痛了。他气得把烟头往脚下一摔，站起来说道："让他们'俘虏'吧，我没有意见。昨天的事，责任在我。我就知道，史剑云这小子看我们老家伙不顺眼，总想挑刺儿，嘁！"

"副团长，"吕士美打断胡子武的话，诚恳地说，"昨天的事，都怪我们。你家里有事，我们本应该多体谅一些，多担待一些。可是，我们自己也太不像话，太自由放任了，忘记了是在参加演习，更没把演习当仗打，要是真上了战场，我们都得当俘虏被枪毙。"

参谋们一个个垂着头，像霜打的茄子，老老实实地坐着，不吭一声。昨天拍摄的那几卷胶卷，全让"老革命"股长曝了光，连相机也"没收"了。今天早晨，他又命令大家沙盘作业，没有一个参谋能把卧虎岭的地形摆弄出来，挨了他的一顿狠训！

"家里事别提了，"胡子武叹了一口气，用忧郁的目光扫视着大家，说道，"过两天演习就要开始了，你们看着对付吧，千万别出事。"他一边说着，一边拍拍屁股往外走，表示正式"下野"了。他已下了决心，准备打报告休假，最好明天就走。

"哎，副团长，"吕士美突然喊道，"通报上说撤掉你的指挥，并没有撤掉你参加演习的资格呀！预定方案还得你帮助修订，你可不能当逃兵！"

一听"逃兵"，胡子武的脸"唰"地红到了脖子根儿。他想说什么，可什么也说不出，只得摇摇头，将手一背，快步走出了会议室。所有干部的目光都转向吕士美，有埋怨、有担忧，也有赞许。灼热的目光烧得"老革命"的小白脸上红扑扑的。胡子武甩手不干了，演习迫在眉睫，新团长下不了决心，困难不堪设想。吕士美的胸中又翻滚起1979年3月走向战场的那股热流，管你什么位卑言轻哟，自己有想法，干脆就吐它个痛快：

"团长，干吧！战场上失去指挥是常有的事。《百战奇略》争战篇说，'若有形势便利之处，宜争先据之'。孙武也说，'善战者致人，不致于人'。现代战争，关键在一个'争'字。这种优势，不仅打起仗来要争，而且在平时训练、演习，包括日常生活都要争。不仅在武器装备上要争，而且在军事素养和军人素质上也要争。这样才能始终居于主动，赢得未来战争的胜利。"

团长的眼睛瞪大了。

军官们不由得小声议论起来。大家明白，团指挥被撤，意味着既定文书一下变成了废纸。于是，指挥程序得变，通信方式得变，"突破口"的选择，摩托开进的道路、位置都得变。变——打破了传统的平衡观念，搅乱了过去习惯的四平八稳的步伐，让大家就像离开保姆的娃娃，一时还不知从何下足。史剑云这一招，的确厉害。

吕士美环视了大家一眼，继续说道："参谋长史剑云撤掉副团长的指挥权，我以为，其目的是为检验我团的应变能力，他采用了一种'半自由式导演'的方法。所谓'半自由式导演'，就是只有粗线条的实施计划，没有一成不变的原案。部队如何行动，出现哪些情况，根据'战情'变化和部队的实际，灵活设置。这种形式的最大特点，就是主官训主官，可以改变过去机关忙得团团转，而主官知道原案，在一旁看热闹的状况。这对锻炼首长、机关的快速反应能力，培养各级指挥员独立思考、灵活处置问题的能力是十分有益的。就拿勘察地形来说吧，这些年，农村变化大，常常是图上有路地上无，地上有路图上无。部队是摩托化行进，对道路、地形的依赖性大，如固守成规，坐等吃'现成饭'，不作认真细致的实地勘察，就会成为瞎子，处处挨打。这一点，在对越边境自卫还击战中，我们是有过教训的。为此，我提出以下设想，供大家参考……"

作战室里静悄悄的，十几双眼睛火辣辣地望着年轻的作训股股长，每个人心中的激情像沸水一样翻滚着。团长紧锁着的眉头，慢慢地解开了，嘴角处露出了无人察觉的微笑。

四

吃晚饭的时候，参谋长史剑云赶来了。团部住在一个山地村庄的旧学校里，现在已成了村民们储放农具、作物的地方，屋檐下挂着串串的苞谷棒子和辣椒。史剑云跳下车，团首长们端着碗，都从一间伙房里迎了出来。打过招呼后，团长告诉参谋长，老胡没来吃饭，正闷在屋里呢。

史剑云笑了笑，故意问道："病啦？"

团长也笑了，会意地回答："头疼。"

"我有灵药。"史剑云说着拍了拍鼓鼓囊囊的口袋。

"参谋长，你得对症下药啊！"团长提醒道，"我们还需要他打仗呢！"

"放心。"史剑云自信地点点头。

当史剑云轻轻推开胡子武的房门，只见他正躺在屋角一张战备折叠床上，无聊地翻阅小人儿书。他吼了一声："谁？"见是史剑云走进来，便把身子一侧，置之不理。

"老胡，看什么呢？嗬，《过五关斩六将》，我看看——"史剑云一把夺下胡子武手中的书，"没想到败走麦城吧？"

"干什么，干什么？"胡子武一骨碌站起来，眼睛瞪得圆圆的。尽管是上下级关系，但私下二人从不拘礼。

"别水仙不开花——装蒜了。肚子还在演'空城计'吧？来，我们喝一盅，杏花村的汾酒，还有野兔肉。"史剑云一边说着，一边早已把一堆吃的摞在了一张战备桌上。

"我不喝，你少给我来这一套。"胡子武正儿八经地喊道。

"嘻！咱俩还客气？过去你是我的老首长、老上级，还是你教我喝的酒呢。"史剑云打开了瓶盖，把酒倒进口杯里，撕开摊在塑料袋上的酱兔肉，说道，"请吧——"

胡子武鼻子哼了一声，把脸转向一边。

史剑云摘下军帽，露出一头黑刷子般的短发，显得虎头虎脑的。他将袖口一抒，端起口杯，喝了一大口，独自吃起来。

胡子武瞥了他一眼。史剑云能吃，在全师也是出了名的。当新兵的时候，一顿就能吃六七个馒头，还要喝一大碗米粥。瞧他"滋儿滋儿"地咂着嘴，碰得杯碗叮当作响，不一会儿，屋里便充满了酒肉诱人的香味。

胡子武的肚子早就饿得"闹革命"了，这时候一嗅到酒肉香味，肠胃简直要"造反"。他想，我跟史剑云怄气，犯得着亏待肚子吗？再说，史剑云的"酒肉炮弹"又有什么可怕的？想到这，他转身抓起酒杯，脖子一仰，"咕嘟咕嘟"喝了个底朝天。接着又自己斟满一杯，撕了块兔子肉塞进嘴里，一句话不说，只管吃。

史剑云捂住嘴，差点儿乐出声来。他知道胡子武的脾气，三杯酒下肚，心里一热，啥话都憋不住。果然，胡子武喝上几杯后，酒往下走，火往上升，他热辣辣地吐了一口气，目光像锥子直直刺向史剑云，大声问道："我胡子武难道是个柿子，是不是好捏？"

史剑云笑道："老胡，说哪里去了？喝酒，喝酒，我们不谈工作。"

"我就要说！"胡子武将手一扬，单刀直入地说，"我问你，你为什么跟我过不去？呃，我过去哪点对不起你？"

"是啊，老胡，你过去对我不也是这么要求吗？难道咱们换了个位置就不行啦？"史剑云真挚而又坦然地说。

"扯淡，"胡子武把酒杯往桌子上"呼"地一放，顿时红了脸，"你不把我往眼里放！"

史剑云听了却不由得大笑起来。往胡子武的口杯里斟满酒，双手一拱，说道："岂敢，岂敢，打仗这玩意儿，我不吃掉你，你就吃掉我呀！"

"这是打仗吗？你让我以后怎么工作？谁都知道，我这个副团长，演习还没开始，就给'俘……俘虏'了。"胡子武说着嘴唇直颤。

"哈……"史剑云笑得更响了，震得整个屋子都像在摇晃。"你在'红军'地盘里，夜里开着车大摇大摆，还明目张胆地开灯，你不被'俘虏'才怪呢。我看'俘虏'了也好，反正你的心思也不在演习上，干脆一边儿待着凉快，没事可以看看小人儿书什么的。"

"你——"胡子武肚里的词儿卡在了嗓子眼儿上，半晌才呛出来，"你干脆把我撸回家算了。我不干这悬在半空中的活儿。"他委屈得差点儿跳起来。

史剑云也激动了，掏心掏肺地说："老胡，我知道你的心事。但是，假如这是战争，大家都去考虑自己的处境、得失、名誉、情绪，谁还愿去带兵打仗，谁还敢去冲锋陷阵？我们这些指挥员怎么去向人民交代？我们的亲人在家中能放心吗？"

"大道理我懂。走不让我走，干嘛又不行，到底叫我怎么办？"胡子武瓮声瓮气地说。

"咋办？动脑子呗。你以为现在这个官还像以前那样当着轻松吗？老同志，把眼光看远点儿吧。"史剑云说着意味深长地笑了。

胡子武挺直地坐着，一时还体会不出史剑云话中的意思。

五

天边，金灿灿的霞光，格外绚丽、动人。

山村学校的土操场不时传来欢腾的喊叫声和口哨悦耳的声音，团机关和警侦连的排球比赛正在进行激烈的争夺。紧张的演习前夕，展现出"另一战场"。

史剑云和胡子武都是排球迷。尽管胡子武心里不大乐意，但还是被史剑云硬拽了出来。两个人好不容易才挤进了围得紧紧的人堆。团长见了，赶紧叫人搬了两个马扎放在裁判席前。

"情况怎么样？"史剑云问团长。

"这是第一局，机关输了八个球。喏，现在是二比十。"团长有些难堪地说，"参谋长，你给机关参谋参谋吧。"

史剑云笑着谦虚道："还是老胡上吧，他比我有经验。"

"行，我上！"胡子武并不推辞，大大咧咧往马扎上一坐，扯开嗓子冲场上喊道，"机关队——加油，输了打屁股！"

场上队员和场外的观众们，被这突如其来的炸雷般的吼声，弄得一怔，随即哄堂大笑。胡子武就这么个性格，直爽、粗犷、爱热闹，喜欢在大众场合"壮军威"。

球场上，警侦连的队员，清一色都是战士，年轻、力量强、打得勇猛，处于优势地位。机关队是个"联合国军"，有股长、参谋、干事、助理员。这些机关干部大多缺乏锻炼，平时又不爱活动，一时心血来潮凑到一起，相互不熟悉，缺乏组织，乱打一气，招架不住对方的进攻。不一会儿，就都脸色苍白、汗水淋漓了。

眨眼工夫，第一局机关队输了。第二局刚拉开战幕，机关队又接连失误，队员们在场上互相埋怨起来。

胡子武急了，鼻尖冒出了汗珠。他不顾裁判的"警告"，就在场外大声喊叫："嘁！怎么搞的？二传，二传到位！用手托，懂不懂——后勤胖子，你怎么用头顶？又不是足球，嘁，没治！"他的喊叫和比画的动作，惹得场外的人不住大笑。

"怎么不找几个精悍的小伙子上？机关就这几个'老掉牙'？"史剑云在一旁问道。

"没人，有也打得毛。"胡子武头也不回地说。

"那个二传手是哪里的？"史剑云指着被胡子武叫作"胖子"的人问。

"后勤的军需股长。够老的，六四年的兵。不知打了多少报告，闹着要转业。唉，老婆有病，又拖着两个孩子。"胡子武说着点了一支烟，同情地说，"你是参谋长，给搞个名额吧，怎么样？做做好事，救人一命胜造七级浮屠。"

"说得轻巧，手拿灯草。我发通行证，人都走光了，我给谁当参谋长？打起仗来，我找谁去？还做好事呢。"史剑云瞪了胡子武一眼。

这时，场上喧闹起来，机关队又输了一个球。眼下的情形有些不可收拾了。

"这个胖子咋搞的？我要把他换下来。"胡子武气呼呼地说。

"他是个老股长，当着这么多人，你把他搞下来，不影响队员情绪吗？"史剑云插了一句。

"喊，打球照顾什么情绪？又不是谈恋爱。"胡子武没明白史剑云话里的意思，仍然大声地嘟囔，"你看看，你看看，他压根儿没心思好好打球，丢了球还、还笑——胡闹！裁判——"

"算了，凑合打吧，又不是国际比赛。把他换下来，说不定还牢骚满腹呢。"史剑云见胡子武还没反应，又递上一句。

"啥，凑合？你没养儿不知娘心疼。"胡子武噌地站起来向裁判喊道："换人——"

场上的队员听说换人，都喘着气跑下来。

"胖子下，其他的继续打。"胡子武命令道。

军需股长果然有些不高兴。胡子武斜了他一眼。可是谁上呢？胡子武忘了考虑。他望了望身边，"板凳队员"们见势不妙，个个已溜之大吉。球场角落，只有"老革命"手下的那帮参谋挤在一团，起哄鼓倒掌。吕士美独自蹲在地上不知画什么。胡子武气得直想骂娘。机关还找不出几个人才来，太丢人现眼了。

鼓掌、喊叫、嘲笑，场外的老百姓和当兵的都在喝倒彩。

胡子武硬着头皮向"老革命"喊道："吕股长——"

"到！"吕士美"唰"地站起来。

"会打排球吗？"胡子武盯着那张小白脸。

"会！"声音很干脆。

胡子武心一动："会二传吗？"

"当然！"口气十分自信。

"好，你上！"胡子武把手一挥。

"是！不过，我要求再换两个下来。"吕士美迅速地脱下军装，一边提议，"我这里还有两个参加过地市级排球比赛的队员，手脚早就痒痒了。"吕士美指了指身边两个瘦瘦高高的参谋。

"怎么不早报告？"胡子武责怪地说。

"他们是学生兵，又年轻。你不是说，嘴上无毛，办事不牢吗？"吕士美说。

人们哄地笑了。

"嘻，怎么能这样说呢？学生兵聪明，人年轻有力气，长江后浪推前浪，一浪更比一浪高嘛，哈哈哈哈。"胡子武解嘲打诨地说，"快上、快上，赢了警侦连，我掏钱叫机关小灶今天加菜，嘿嘿。"

球场外的观众，不知为啥报以热烈的掌声，一双双热辣辣的眼睛都投向胡子武。胡子武俨然感觉自己就是袁伟民，向观众们挥手致意，然后满面春风地坐下来，脸上露出不加掩饰的笑容，仿佛全团的排球强队总算要败在他胡子武的手下。

史剑云看着胡子武的得意神情，忍不住也笑起来。

"你笑什么？"胡子武感到莫明其妙。

"换得好！"史剑云高兴地扬了扬他那浓黑的眉毛，说，"那几个'老掉牙'早该换下来了，尤其是那位胖股长，我看他跟你有些相像哩。"

"咋跟我像，你这是什么意思？"胡子武眼睛一眨一眨的。

史剑云一笑，干脆一语道破、开门见山，说："俗话说，会看的看门道，不会看的看热闹。刚才我在琢磨，这排球比赛跟演习、打仗是一个理。它不管你资格多老、职务高低、情绪如何，要想赢得胜利，必须经受同样严峻的考验。每一个人的疏忽，特别是指挥员的失职，都会给整个集体带来损失。像那胖股长，打，心不在焉，下来，还不高兴，这种人最好坐坐冷板凳，清醒清醒头脑，不然他也累得遭罪，比赛还输在他手上。现代战争跟球场上的争夺一样，瞬息万变，组织指挥复杂，首长、机关必须对突然出现的情况，作出迅速的反应、调整，否则，你非打败仗不可。像你刚才，人换下来了，还不知道谁上，要是打仗，不是该打败仗呀？！"

"你，你这是含沙射影嘛。" 胡子武傻眼了。

"好啦，你是一面响锣，不用我多敲。"史剑云看了看手表，压低声音说，"我要赶回指挥部了。演习定在明晨五点打响。老胡，丑媳妇总是要见公婆啊！"

"什么，明天开始？"胡子武急得跳了起来，急忙将史剑云拽出球场。"你为啥不早通知？你到底安的什么心？还让我们活不活？你非常清楚，我的预案已经变成废纸了。这都是你的罪过！"胡子武气得满脸通红，用力摇晃着史剑云的双肩。

史剑云坦然大笑。不慌不忙，不紧不慢地说："我说嘛，毕竟是军人，见了军情哪能不急呢？老胡，你放心，我已到你们各连检查了，你们的作战方案已经重新调整，比我预想的还快呀！"

"真的？"胡子武吃惊地看着史剑云，不相信地眨眨眼。

"当然是真的。作训股股长吕士美提出的方案，我看切实可行，也很大胆，有些设想对我们都会有启发，毕竟他是参过战打过仗的，就让他在实践中检验吧。" 史剑云高兴地握住胡子武的手，真挚地说，"老胡，部队有人才呀。我们的军队建设正在快速地发展，我们的目光也应该看得更远一些呀！"

胡子武感到鼻子里酸酸的。

一个值班参谋匆匆跑来，老远就喊："报告副团长，指挥部紧急通知。"

胡子武道："赶快报告团长，他是指挥……"

"是！"参谋拿着通知转身跑去。

史剑云微笑着看看胡子武，正要告辞分手，突然想起一件事，说："老胡，差点儿忘了告诉你，你小女儿的腿脱离危险，已经出院了。"

"真的？"胡子武猛然叫道，转而又问，"你怎么知道的？"

史剑云说："师里一个干部到你们家乡出差，我叫他到医院去看看。昨天已经捎信回来了。"说着，从口袋里掏出一封电报，"看，这是嫂子发来的，今天刚到。"

胡子武颤抖着手接过电报，展开一看，几个黑体字格外醒目："你要在部队安心，那是你的事业！"他的眼睛一刹那湿润了，心里有一排排波浪在翻卷、撞击……

"你是不是给她说什么啦？"胡子武喉头有些发紧，堵着向上蹦跳的心。转身一看，史剑云已经离开。远处，只见一辆吉普车带着风尘疾驰，奔向天边，渐渐融入一片绯红的晚霞里了。

山洼里升起了军号雄壮的声音。

胡子武感到胸中仿佛有万马奔腾，枪炮声、喊杀声、坦克、飞机雷鸣般的轰响在呼啸着、交织着、震撼着——他把目光努力地向远方伸去……

那只“百灵”鸟

清晨，前沿阵地静悄悄的。

山谷里，乳白色的浓雾像一条柔软的白绸缠绕在绵延起伏的峰峦。湿润的空气中，夹杂着焦土散发出来的热烘烘的气息，以及到处弥漫的硝烟味。整个世界仿佛在沉睡。

是的，敌我双方都在睡觉。战争把白天黑夜颠倒了。

他趴在这里已经多时。亚热带茂密的灌木丛，黑幽幽的显得神秘不可捉摸。他像一个机警的猎人，锐利的目光透过雾气在对面越南人的山林里扫视。身上的迷彩服被露水和潮气湿透，紧巴巴地贴在肌肉发达的身体上。他用胳膊遮着狙击步枪的瞄准镜，等待着“猎物”的出现。他是老练的，一点儿不动声色。

他要报仇！

昨晚上，他的两个弟兄在敌人的偷袭中牺牲了。

这时，不知从何处飞来一只黄褐色的鸟儿，在离他四五米远的一棵树上，亮出了悦耳动听的歌喉：“啾啾、啾啾、啾啾——”多么美丽自由的鸟儿啊，好像北方天空中的百灵鸟。可是，你不该飞到这里来呀，你全然不知这静谧中正伏藏着复仇的杀机和怒火。你还是到别处去唱吧，“百灵”鸟！

他轻轻地蠕动了一下身体，想把那鸟儿从这浴血的地方，撵到另一个属于它的世界去。然而，“百灵”鸟并没有发现这个身着迷彩服用树叶伪装了的士兵，它转动着黑眼睛，抖抖翅膀，唱得更加脆亮欢快了。

他有些生气。

突然，他的视网膜上一根树枝晃动了一下。右前方两百米左右的树丛中，出现了一个闪动的人影。他的神经骤然绷紧了。闪着幽幽烤蓝光泽的狙击步枪自然地伸了出去，右手食指靠近了扳机。

那人影猴子一般的轻捷、灵敏，从一棵树闪向另一棵树，从一块岩石跳到另一块岩石。一会儿出现了，一会儿又消失了。看得出来，他是在向山下那条隐秘的小河运动。那条小河清澈见底，绿得发蓝，很美。是从中国这方流过去的，斑斑点点地闪着波光。两岸浓密的灌木丛，旺盛地遮掩着河面。这是一个无人注意的地方。

越来越近。有雾，能见度较差。但是，他看见那家伙戴着盔式帽，背着冲锋枪，手里提着一个水袋……目标再次出现的时候，已经是在小河边了。

"他要干什么？我倒要瞧瞧。"他嘴角露出自信得意的微笑。狙击步枪的有效命中距离是八百米，而眼下那家伙就在百米之内。他是连队的"狙击能手"，在大军区的射击比赛中还拿过名次，那家伙的小命完全在他的食指上了。

雾，在小河的水面上飘忽不定，像一层袅袅的紫烟。在晨曦和青苍的山体下，小河宛若一条碧蓝的绸缎，蜿蜒在壑谷和山间，消失在迷雾笼罩的林间。

那家伙从一支肥大的芭蕉叶下伸出脑袋，小心翼翼地左右瞧瞧，又向他埋伏的这边山体看了看，然后把脑袋缩了回去。

他暗自笑了，这家伙玩什么鬼花招。玩吧，我叫你玩个够。然后就从此永远不再玩了。他像一只逮住老鼠的猫，耐心地欣赏着"猎物"的表演。他想，等对方在水边站稳了，或者在用水袋打水的时候就扣动扳机。

"百灵"鸟的啼鸣，在静静的山谷中回响。

那家伙终于从芭蕉叶下钻出来了。他屏住呼吸，眼睛凑近了瞄准镜。高倍放大镜中的十字线像死神一样在寻找"猎物"。那家伙先是伸出一只脚，然后出现了一双腿，一双修长而白皙的腿。他感到有些不对劲。于是，他把瞄准镜慢慢向上升起——出现了三角裤、细腰、胸罩、一张秀美的脸、黑眼睛、瀑布似的披在脑后的乌发……啊？他顿时惊呆了——原来是一个女兵，一个几乎赤身裸体的越南女兵。

那女兵甩甩头发，走到小河边蹲下来，一只手伸入水中试试水温，向另一只手肘弯和腿上撩了两把，然后站起身来，一边脱去贴身的三角裤和胸罩，一边缓缓地步入清澈的水中……

他下意识地赶紧背过脸去。

他妈的，太突然啦！他感到浑身的血液剧烈地加速了循环，血管涨得好像要破裂。他完全没有想到这个家伙原来是个女的，更没有想到她会在自己面前脱得一丝不挂。当然，她不知道自己藏在她面前。他一时竟没有了主意。无意中看到她那光滑裸露的肉体，自个儿倒有些慌乱了。

"妈的，真见鬼！"他心里懊丧地骂着自己。

"骚货！"他也恼火地骂着那越南的女兵。

一层薄雾在她身体上缭绕。

开枪吧？这女人眼下手无寸铁，而且一丝不挂。他不忍心下手。她做梦也没想到在这山地丛林里有一个埋伏的中国士兵，为了复仇会要她的命。她也许是被逼迫上前线来的，十七八岁，这样的年龄应该在家谈恋爱结婚，而不应该来打仗。哦，多么不幸的姑娘。不开枪，饶她一命？可战友的鲜血就这么白白地流了？

再说，她虽是女人，也是敌人啊！

"百灵"鸟又一阵轻快地欢唱，像一串动人的音符在树叶尖跳动，也在水波上跳动。

女兵侧耳听了听，用手拢着额前的黑发，露出了微笑。显然，她也陶醉在这鸟儿的歌声里。而且有了这歌声，她才感到了安全。渐渐地，清亮的河水淹过她的大腿、腹部、胸部……她双手举平，腿猛朝后一蹬，水獭似的泅了出去……

他犹豫了，也为眼前出现的"状况"犯了愁。如果开枪打死这个女兵，简直太容易了，但也会使他感到自己不像个男子汉，甚至有点儿不人道，因为她毕竟是个女人。他听说，他们还有"女兵洗衣班""夫妻连"，有的阵地甚至能够听到婴儿的哭声。"妈的，越南人也太他妈残忍了，连女人孩子也推到前线来当炮灰，真缺德！"他心里骂着。

又一想，敌人就是敌人，是不分男人女人的，说不定正是这女人开枪杀死了自己的战友呢。放过她，岂不是放虎归山。妈的，对这伙越南人决不能有好心，好心得不到好报。不过，还是等她上了岸，穿好了衣服再开枪，不然，让班里的弟兄们知道了，说他打死个光不溜秋的越南女兵，那可成了笑话。就这么定了，上岸穿好衣服后再打，尽量做到仁至义尽，让那女人也死得体面。妈的，死前还能洗个澡，便宜她了。

水面的雾气渐渐散去，那女兵赤身在水里游着，像一尾鱼，看得真真切切明明白白。远远地依稀还可听见她划水时发出的"哗哗"的声音。她一会儿蛙泳，一会儿自由泳，姿势很美，身子在水里起伏翻动，水波顺着她光滑的肌肤分向两边……假如没有战争，这幅画面真是太迷人了。

她并不知道死神就在身边。

他耐心地等待着她上岸穿好衣服。

最后，她终于游到岸边站住了。缓缓流动的水波恰好齐着她的胸部，露出一对乳房。她把长发垂在水中，用手搓揉梳理着，而后抬起头来回地摆动，头发上的水珠便从发梢上飞出去，闪动着银亮的光。

他看得有些恍惚。好像是在看一幅刊登在杂志上的封面，这封面是世界著名油画家米勒的作品《入浴者》。他仿佛忘记了这是浴血的战场，甚至忘却了自己手上还握着一支现代化的可以致人死命的武器。

一切都是静静的。天地间只有"百灵"鸟的啼鸣和那越南女兵撩水沐浴的声音……

突然，一阵炮声打破了寂静。是越军阵地上开的炮。炮弹呼啸着掠过山峦和丛林，掠过他头上的天空，落在身后的阵地上。顿时，乱石飞溅，树木断折，浓烟滚滚，火光冲天……

他双手捂住了耳朵。

那只鸟儿惊慌失措地从树上飞向天空，左右鼓翅，不知朝哪儿躲藏。

嘘——轰轰轰！一排空爆弹在半空炸开。

等火光和黑烟散去，那只可怜的鸟儿已经不见了。

这幅美丽的画面，一瞬间便被炮火撕毁了。

旋即，我们的大炮发言了。奋起还击的炮火如雷霆万钧，排山倒海——轰轰轰！咣咣咣！……敌人的炮火立刻"哑巴"了。

就在双方炮击的时候，那越南女兵忽然不见了。他赶紧在炮火的硝烟中寻找那越南女兵，不能叫她跑了。河水已经变得浑浊，上面漂着被炮弹炸断的树枝，还有落下的红土像流淌的鲜血……

河边没有那女兵的踪影。

忽然，一阵枪响。一排子弹打在他旁边树丛里，树叶如雨翻飞。

他被敌人发现了。

他就势一滚，换了一个更隐蔽的位置。他透过树丛朝向他打枪的地方寻去，发现正是那个女兵趴在一个岩石后面，端着冲锋枪向他射击，枪口里喷着长长的火舌。

"骚货！"他咬着牙骂了一声，眼睛都气红了。

瞄准镜迅速地对准那女兵，十字架放在脑袋上。是应该把这沉重的十字架压在她的脑袋上。是她欺骗了他，迷惑了他。他还以为一个女人应该善良懂得人性，可她居然转眼间就变成了恶魔，用枪口破坏和平制造流血。那么，对不起，他只能以残酷对残酷了。

他把食指放在了扳机上——

他忽然发现几个越南男兵出现了，像猴子一样飞快地跑来接应那个女兵。

他把枪口转了方向。他心里说："先收拾这几个，然后再收拾你——"

随着他的枪响，几个越南男兵纷纷倒地。

他看见那个女兵还趴在那个石头后，向他藏身的地方射击，疯狂地发泄。他的身边溅起被子弹咬碎的树枝树叶和地皮上的泥土。

"看我收拾你——"他把狙击步枪转向她。

他刚要扣动扳机，忽然一颗炮弹飞来，嘘——轰！正好落在女兵的旁边，她被炸飞起来，又落到地面，就像一张被风卷起来又飘落的树叶……巨大的声音震动着耳膜。这炮弹是从敌人的方向射来的。

自己人也炸，太不道德了。

他看见她趴在地上不动了，枪扔在一边。腰上的那个水袋朝外流着水……那姿态竟然很美。

他朝她啐了一口，骂道："骚货！"可是，心里却不知道为什么有些难受，为一个年轻女性的生命难受。

他抬起头来寻找那只在天空中失踪的"百灵"鸟。

一切又归于平静，平静得使人窒息和发怵。

清晨的太阳冉冉升了起来，浓雾散去。一片鸟儿的羽毛被战场炽热的风吹起，缓缓地飘过山峦丛林，飘过小河，飘过空中的阴霾，飘向阳光灿烂的蓝天……

战火中的变奏

一

（漆黑的夜。马蹄形堑壕。闪动腾起的炮火，金红的烈焰中卷着浓浓的黑烟，像张着血口的怪兽，向阵地扑来……）

敌人上来啦，弟兄们，打，狠狠地打！我给你两瓶"啤酒"，轰——轰——哈哈，够味儿吧！爷们儿还有呢，来吧——忘恩负义的东西，这里还有下酒的"花生米"，哒哒哒——哒哒哒——

（黑暗中，敌人在哇哇地怪叫，扭着"秧歌"。他兴奋得手舞足蹈。）

当心，空爆弹！嘘——咣！哟，大腿根儿怎么热乎乎的？血……排长，你不要乱弹琴，这算什么伤？不可能影响到关键部位吧？我以后还要结婚哩。嘿嘿，当然是结婚。自然是结婚。打完仗就结。我那位是个"三心姑娘"。嘿嘿，不瞒你排长，我战前探家已经打了"提前量"。啥，犯罪？嘻，反正以后我和她都在一口锅里过日子，有什么犯不犯的。你呀，学生官，不球懂。

冲壳子？我老钱啥时候冲、冲过壳子？去去去，小瘩子，你这个四川锤子懂什么？黄嘴雀儿别来瞎嘈嘈。哎哟，朱士贵，你小子把止血带扎在那个地方了。你要对班长的后代负责任……

（枪声疲倦了。硝烟弥漫地飘向瓦蓝的夜空寻找归宿。阵地上，好宁静啊。风，轻轻地吹拂。流萤提着小灯笼一闪、一闪……）

排长，你流泪干吗？小瘊子，你流泪干吗？朱士贵，你流泪干吗？啥，叫我下阵地？——扯淡！都给我滚。老子一个人也能守住阵地。都给我滚，给我滚！呜……

二

白光。好刺眼。

钱大刚醒了。一缕明亮的阳光，透过野战医疗所木板房的窗口，正好抹在他赤黑的脸上，使他平宽的额头、肥大的鼻梁以及厚实的嘴唇，显得轮廓分明。

他眯着眼睛看见面前站着一圈穿白大褂的，有好几位是异性——是女兵，香水味和来苏尔的气味混杂着，刺激着鼻子痒痒的舒服。

这是干什么？他感到莫明其妙，也有些害羞，讷讷地说："你们看、看什么？我有什么好看的？走，走开——"

一个脸上有对浅浅酒窝的女卫生员，用柔软纤细的手轻轻地按着他的肩头，那细长眉毛下的黑眼睛，动人地一眨，对他微笑着。这微笑仿佛是命令，他乖乖地将头落到枕头上。这时，他才发现自己躺在一张木板床上，夯石般的身体裹着一床雪白软和的卫生被，一根指头粗的皮管，从手腕一直连到铁架上方悬吊的输液瓶。

野战医疗所？怎么到了这么个倒霉的地方！钱大刚脸上"唰"地红了。他猛地掀开被子准备站起来。突然，他被眼前的情景惊呆了。他的腿，左腿——从大腿根儿起整个不见了！被白色纱布缠得厚厚的下身露出一条腿，像根可怜巴巴嫁接的树枝。

他的目光瞪直了，浑身的汗毛紧张地耸了起来。"我的腿，还我的腿——你们，把我的腿弄到哪里去了？"钱大刚声嘶力竭地咆哮着，像头疯狂的猛兽，用拳头拼命地捶打着床帮。

屋里沉默不语。两个力气大的男医生，立即扳住他的胳膊。一个身体胖胖的女护士使劲压住他唯一的一条腿。他在床上挣扎着，喘着粗气："我的腿，我的腿……你们还我的腿……"

排长不知从哪里冒了出来，脖子上吊着一只受伤的胳膊，他哽咽地安慰道："大刚，你冷静些，啊。冷静些……"

"班长，老钱，忍忍吧，多亏医生抢救及时，要不然……"邻床传来沙哑的哭声，语气几乎是在哀求。原来是朱士贵，屁股怎么朝天撅着，趴在床上像只大蛤蟆。

"班、班长，保尔说，钢、钢铁是在烈火和急剧冷却里锻炼出来的——"顶脚的病床，露出一张女孩子似的脸，失去血色的嘴唇微微抽动，吃力地说，"不幸，也是万幸。你说对吧？班、班长……"那双机灵的眼睛在闪动，那眉宇间豌豆粒大的"美人痣"在颤抖。啊，是小瘩子！

见鬼！一个哨位上的四个男子汉，怎么都从猫耳洞钻到这里来了？

"你们……阵地呢？"钱大刚发怒了，锥子似的目光转到排长脸上。

排长慌忙解释："大刚，阵地还在，你放心。是连长下命令把我们换下来的。"

"班长，我们没有给我们哨位丢脸。我敢发誓！"朱士贵举手朝天，赶紧替大家也替自己辩白。

哦，战争！你真不是个玩意儿。你那么轻而易举就可以决定一个人的命运。对于一个军人来说，死亡并不可怕。然而，负伤、残废对于一个年轻、充满美好憧憬的生命意味着什么呢？今后生活的道路该怎么走？

钱大刚鼻子一酸，泪水夺眶而出。

医生们松开了手。胖护士也松开了手。

那个黑眼睛俩酒窝的女卫生员，眼睛红红的，掏出一张白手绢准备替他擦泪，他拒绝了。女卫生员从床头柜上端起一只白色的搪瓷盘子，轻声问道："钱班长，这是从你身上取下来的弹片，想留作纪念吗？"

"去他娘的狗弹片，做、做什么纪念——"他粗鲁地一把抓过铁盘里两块黑色的指甲盖大的弹片，"啪"地扔出了窗外。

小女兵尖叫一声，吓呆了。白盘"哐当"掉在了地上。

钱大刚痛苦地闭上了眼睛……

三

轰——轰——轰——远处传来一阵炮击的声音。

尽管离前沿阵地还有几公里，但病房里所有人的神经都紧张地绷直了，做出各种下意识的隐蔽的动作，接着便是一番自嘲的笑声。

战争的节奏在这里改变了，大家还不习惯。火柴盒似的木板房里，有战斗中的伤员，也有在猫耳洞里喝脏水拉肚子、生蛆烂裆的病号。

不知是谁领头唱起了流行歌曲《成吉思汗》，声音杂乱不齐，充满了火药味，夹杂着罐头盒饭勺子撞击的伴奏和无羁的嬉笑。词儿已被改得面目全非。朱士贵在床上撅着屁股，抱着吉他，煞有介事地半闭着眼睛，边弹边随声号叫：

在前线有个神奇的故事
有个护士她真有意思
长得又粗又壮脸无表情

她手里握着一支注射器

啊疼、疼，疼死我啦

这武器真厉害真可怕

躲也躲不及呀

哈哈哈哈哈哈

真是难为情呀

哈哈哈哈哈哈

针头留在了屁股里

…………

　　笑，大笑。笑得东倒西歪。当兵的习惯在寂寞和痛苦中，寻找欢乐和解脱。革命的乐观主义可以战胜一切。

　　钱大刚也笑得流出了眼泪。这躺在病床上熬时间、事事要人伺候的日子，憋得他心里要爆炸。现在这亢奋、强烈的旋律，火热、滚烫的情感，使他体内焕发出痛快淋漓的兴奋。

　　排长捂着耳朵，独自趴在床头写什么。

　　小瘩子望着大家，只是孩子般地傻笑。

　　大伙儿都笑醉了，没看见按过钱大刚腿的那位胖护士闯了进来。她显然生气了，脸涨得像只红气球。然而，她却不动声色，拿着注射器站在门口。

　　"我的妈呀，胖、胖……"终于有个兵发现了，惊叫一声，赶紧钻进被窝。顿时，屋里炸了窝。伤员们各自慌乱地奔回自己的床位，老老实实地躺在床上。

　　"排长同志，你的这伙兵要上房揭瓦了，你管还是不管？"胖护士怒气冲冲地走到学生官面前。

　　"是吗？"排长抬起头，迅速用手盖住写的东西，一本正经地说，"让我去看看——"

"扑哧！"全病房的人忍不住都乐了。

胖护士更加恼火，吓唬说："你们胡闹吧，我去告诉医生，总有人会修理你们。"说着转身要走。

伤员们都慌了，纷纷求饶。

排长说："护士同志，大家只是开开玩笑，你不必认真。"

朱士贵跪在床上，举手朝天说："姐姐，我们唱的不是你。我敢发、发誓，你是女兵中最漂亮的，真的。"

胖护士脸一红。

小痞子嘿嘿地笑。

排长说："看看，大家都夸你呢，你就开开恩吧，我保证他们坚决服从你的命令，老老实实地打针。我首先带头——"排长说完，转身趴在床上，撅起了屁股。

钱大刚差点儿没笑出声来。

伤员们也学着排长的样子，故意朝天撅着屁股。

胖护士终于笑了，笑得咯咯的，就像一只孵蛋的母鸡。胖护士笑完后就开始给兵们输液打针，其实许多用不着在屁股上。一一地注射完，没有一个人叫疼。只有朱士贵故意露出一副夸张的痛苦表情。因为他的伤恰好在屁股上，每次打针都得把裤子脱得很低，弄得十分狼狈。

"妈的，这伤伤得不是个地方，越南小鬼子真他娘缺德。我下次找他们算账，一定用狙击步枪打他的档部，叫他不能传宗接代——"他沮丧而又恼怒地咬咬牙。

大伙儿又乐了。

这时，一个腿上包着石膏的伤员喊道："护士，我要小便。"

胖护士走过去对他说："走，我扶你去。"她扶着伤员像扶着自己的弟弟，一步一步地走出木板病房。

大家都感到鼻子酸酸的，想哭。

四

天，漆黑。没有月亮，也没有星星。野战医疗所周围的山峰，像一座座金字塔黑魆魆地顶着苍穹。

世界，死一般的沉寂。

亚热带山岳丛林的闷热和潮湿袭扰着人的神经。这个时候是伤员难熬的时刻。而病号们则早已进入了梦乡。他们四个人都睁着眼睛，沉默了好久，各自想着心事。钱大刚点燃了一根烟。

"老钱，给我一根。"朱士贵在黑暗中轻轻喊道。

"我也要一根。"排长说。他过去不抽烟。

"小瘩子你也来一根吧？"钱大刚问道。

"不，不，班长，我不会，我不吸，别浪费了。"小瘩子说着咳嗽起来。他是不会吸的，并且血气胸和颅内伤也不允许他吸。他还没完全脱离危险期。

黑暗中，三个烟头像小星星眨着眼睛。

钱大刚先开了口："朱士贵，你小子在想什么？"

"我，我在想，我原以为我从阵地下来，一定是躺在烈士陵园，没想到会躺到这张舒服的病床上。大难不死必有后福。这也许是命中注定。你呢，老钱？"

"唉，"钱大刚长长地叹息了一声，忏悔地说，"我在想，我对不起我那位'三心姑娘'，打完仗，跟她结婚嘛，我这副尊容，害她一辈子。不跟她结婚嘛，也害她一辈子，真不知如何是好。那个'提前量'，真是犯罪，害了她。还是学生官的先理论后实践好。喂，排长，你发发言，领导带头，谈谈你那位女大学生天天来信都讲些什么热烈词儿？"

"讲什么，什么也没有讲。"

"怎么回事？"

"吹了——"

"吹啦？"

"吹了啷个还来信？"

"小痦子，你不懂，别问。现在的姑娘把你甩了不需要理由，但需要把你甩得口服心服。电影上、小说里不都是这样吗？对不对学生官？"

"也不完全是这样……"

"嗐，算了排长，你还护着她，女大学生多的是，你也是堂堂大学生，还愁找不到对象？我在阵地上就收到好几封女大学生的来信，有一封还夹着照片。嘿嘿，不好意思，我当时没给你们看。要不是我有'三心姑娘，我……排长，你要想开些，爱情这东西跟小孩手里的气球一样，捏重了就破了，捏不住就飞啦。什么理解呀爱呀，都是虚的，姑娘们都喜欢讲究实际。"

"你们别再谈女人了，好不好？"突然，朱士贵沉闷地吼了一声，"我受不了，世界上没有一个好女人，包括我母亲。"

大家愕然。

"朱士贵，你发疯啦？"排长吃惊地喊道。

"你小子是不是吃错药了？连母亲也敢随便亵渎！"钱大刚上了火气。

"士贵，你不该、不该这么说嘛。连高尔基都说，母亲是世界上最伟大的人。"小痦子显然也非常不满意朱士贵的观点。

谁都知道，朱士贵的母亲是个歌唱演员，四十来岁，看上去却很年轻，打扮得也很漂亮。出征前她还来过连队，为大家唱了歌，唱得很好听。战士们都感动得流了泪。

"你们不知道哇，"朱士贵痛苦地呻吟着，仿佛被人捅了一刀，"因为我爸爸长期有病，她就跟歌舞团的一个年轻乐队指挥胡、胡来，把我爸爸气得要死，现在还躺在医院。法院判决他们离婚，写信来征求我的意见。我有什么鬼意见？是她毁了我们这个家，她不是我母亲，呜啊……"他号啕起来。

"你怎么不早说？"排长安慰道，"莫哭，莫哭，我们大家为你想办法。"

"早说有什么用？我们都在阵地上跟小鬼子拼命。我只有用鲜血来洗除她给我带来的耻辱——"朱士贵越哭越伤心。

"你这小子真没出息，既然她已经不值得你爱了，你就不值得为她流泪。"钱大刚牙齿咬得咯嘣咯嘣响，声调冷酷得吓人。

"可她，她毕竟是我的母亲啊……"朱士贵把头深深地埋进被窝，耻辱与痛苦的泪水已把枕头湿透了。

唉，大家都沉重地叹了口气。

小痦子忍不住也哭出了声，声音像小猫在哀号。

"小痦子，你怎么啦？"钱大刚问。

"朱士贵好赖有个妈妈，可我，我有一个妈妈多好啊。"小痦子的声音被被子捂住了。

小痦子是钱大刚年初从四川接来的新兵，今年才十六岁，家里除了一个刚出嫁的姐姐，再没有别的亲人。姐姐一手把他拉扯大，靠养蚕儿挣钱供他读书。当兵那天，姐姐的眼睛哭肿了，一直送到县里也不忍松手。直到汽车要开了，她才哭着说："钱首长，我老弟总算有了个真正的家。今后他是部队的人了，你打也打得，骂也骂得，只是山区里的娃儿，能吃，吃饭的时候你多照顾点儿他……"因此，小痦子到部队后，钱大刚感到对他有一种父亲和兄长般的感情，在班里要求大家对这个孤儿格外给予照顾和关心。

"班长，我、我怕……"小痦子说话声音在打战。

"怕什么？"

"怕、怕离开你们。这两天，我老做噩梦，听见有个声音在叫我走。我怕……"

"别怕,别怕! 小痦子,我们永远都在一起,不会分开的……"钱大刚感到一阵喉头发紧。

今天晚上是怎么回事? 大家的感情都变得那么沮丧和脆弱。真是活见鬼! 阵地上,谁也没想过这些家里的琐事。即使面对战火和死神,谁也没放在心上——可现在,什么都冒出来了,如一团乱麻纠缠在一起,撕扯着人的心。

沉默。屋里又归于寂静。周围的万籁在永恒深邃的时空里,显得有些神秘而不可捉摸。黑暗中,微弱的烟火不停地眨着眼睛……

五

一阵嘈杂声把大家都惊醒了。天刚蒙蒙亮。

小痦子床前围了一大堆人,给他身体做检查、量血压。胖护士和另一个女兵抬来一副担架。

"喂,你们干什么?"钱大刚喊道,翻身坐起。

"准备转院——"一个医生说。胖护士头也不抬,继续忙着。

"为什么不告诉我们一声?"排长也恼火了。

"就是,也不请示请示我们。"朱士贵揉着眼睛,瞪着医生和护士。

那个黑眼睛俩酒窝的小女兵在收拾小痦子床上的东西,回过头来,用嘴吹开挡住眼睛的额发,柔声地说:"对不起,是他不让叫醒你们的。"

钱大刚一看到她,脸不觉就红了。那天做手术昏迷中,自己啥丑事都抖了出来,还把她的手抓伤了。他尴尬地赶忙改变语气:"他、他不能在这里治疗吗?"

"后面医院条件好一些嘛，早点儿养好伤，早点儿返前线。过两天呀，你们也得转院。"小女兵利索地收拾好东西，转动黑眼睛冲他一笑。

排长和朱士贵赶紧下床，走到小痦子跟前。小痦子虚弱地侧着头，微微睁开眼睛，苍白的脸上露出一丝淡淡的微笑。他吃力地说："我说，我要离开你们嘛，你们不相信……"

排长说："这是暂时的，过两天我们就见面了。"

朱士贵问："你感觉怎么样？"

小痦子勉强挤出笑说："莫事，莫得事，医生说转院是为了更好的治疗。"

"好，小痦子，回来咱们还滚一个猫耳洞。"朱士贵捂着屁股激动地弯下腰，拍拍小痦子的肩头。

小痦子点点头，把依依不舍的目光转向班长。班长一直看着他，没有说话，好像有什么东西把他的嗓子堵住了。

胖护士和另外一个女兵把小痦子抬到了担架上。

"小痦子——"钱大刚呼喊了一声，刚开口，心弦便颤抖了。

"班长，我要走了，你多保重……"小痦子眼里两股热泪"唰"地涌出来，顺着耳根流向脖颈后。"后天，就是我十七岁生日了。我好想跟你们在一起过啊！班长，我现在真想我们住的那个阴暗潮湿的猫耳洞，如果我还能回去，我一定争取立功！"

"小痦子，排长已经打报告为你请功了，你放心好啦。"

"不，不，这次我不能立。敌人刚打炮的时候我被吓哭了。我真丢人。不过，请你们相信，我不是怕死，不是。下次我一定争取立功！"

"我们会想着你的……"钱大刚努力克制着自己，不使眼泪流下来。

"我也会想着你们……"小痦子哭出了声，像个小孩子离开自己父母那么伤心。

"好啦，小瘩子别哭别哭，"钱大刚哽咽着说，"你安心养病，后方医院条件好，伤会很快好的，我们过一阵就来看你——"

"好的，我也希望你们早日康复，再见——"

"再见——"

外面的野战救护车喇叭响了两声。胖护士和另外一个女兵把小瘩子抬走了，黑眼睛俩酒窝的小女兵在一边举着输液瓶。小瘩子在担架上一直挥着手。排长和朱士贵一步一步跟着送了出去。

众人一走，钱大刚心陡地一沉，泪珠断了线似的顺着脸颊"吧嗒吧嗒"地落到雪白的被褥上……从小瘩子当兵到现在，虽然只有几个月时间，可从来没有离开他一步。十六岁的孤儿，还不够国家法定的具有选举权和被选举权的年龄，却已成为共和国的一名士兵，走向血与火的战场，担负起保卫祖国的重任。然而，他毕竟还是个孩子。在感情上，他多么需要关爱和慰藉，同时也离不开和自己最熟悉最亲近的人。

窗外，有一只不知名的鸟儿在揪心地鸣叫。

突然，朱士贵气喘吁吁地跑进来，慌慌张张地喊道："班、班长，不好啦，小瘩子他、他昏、昏迷啦——"

"什么？"钱大刚头皮猛地发炸，吼道，"什么，你说什么？"

"小瘩子，刚抬上救护车，突然血压降、降下来，就急忙送进了急救室——"朱士贵结结巴巴，急得用手比画着，眼泪快要滚出来。

钱大刚脖子上青筋暴起，嘴唇颤抖，目光绷直了射向朱士贵："朱士贵，你小子造谣吧？刚才他还好好的……"

"班长，你冤枉人。不信你自己去看看嘛。哦对不起，你去不了——"朱士贵哭丧着脸，一副委屈的样子。

"走——"钱大刚双手撑起上半身。

"班长，你不能走，你的腿——"朱士贵扑上来，一把抱住班长。

"闪开——"钱大刚用力推开朱士贵。

两个人都摔倒在地上。

朱士贵又拼命扑上去，死死把班长抱住，按倒在床上……两人的眼里都涌满了泪水。

那只鸟儿还在叫。真烦人！

六

好不容易又熬过一个夜晚。

三个人都没有睡着。三个人都没有说话。昨晚深夜里从急救室方向传来的女兵们的哭声，现在还撕心裂肺一般萦绕在三个人的心里。

天亮了。山里白蒙蒙的雾气，被柔和的晨风送进了木板房，像丝丝缕缕的裙带悠悠而来又缥缈而去。空气中，夹着雨林地带草木散发的馨香，显得清新、凉爽怡人。病号们还在熟睡。

黑眼睛俩酒窝的小女兵和胖护士比往日来得格外早。她们的脸上一副倦容，眼睛红肿得像桃子，却谁也不看，径直走到小瘩子的床位，扯下床单和用过的被套，连枕头枕巾都换了新的。

三个人的预感不好，目光不由得碰在一起打了个问号，满腹狐疑地看着她们的一举一动，心里不免开始紧张，如同响起急促的鼓声和马蹄声。谁也不敢开口问一声什么。两个女兵匆匆收拾完毕，一声没吭，踏着急促的碎步，走了。

这时大家才反应过来，一定出什么事了。一定是小瘩子出什么事了。

两个女兵刚在门口消失，排长和朱士贵就像弹簧一样跳起来，边套裤子边撵在她们的屁股后面追了出去。

"等等我——"钱大刚心急火燎也要下床。

"班长，你躺好，我们去侦察一下，马上就回来报告。"朱士贵说罢捂着屁股跑了。

钱大刚感到事情不妙，心咚咚地跳起来。他唤来一个轻病号，扶着他起了床，一条腿立在地上，一条腿空着，双手挂着木拐，一步一步挪出病房。刚到门口，眼前一片白光，他感到一阵眩晕。四周青苍的山峰仿佛向他逼来，帐篷、木板房、芭蕉树、美人蕉，挂着红十字旗的救护车……所有的景物在眼前流动。

不远处有哭声。男人的、女人的、粗的、细的、高的、低的，交织在一起，像一把刀子割人的心。哭声里，夹着朱士贵沙哑的号啕和排长悲痛的呜咽……那是一座挂有"急救室"字样的木板房。当钱大刚挂着木拐在病号的搀扶下出现在门口的时候，哭声忽然中止了。一双双泪眼定定地望着他。

仿佛空气凝固了，大山屏住呼吸，只有风抚慰着人的衣角。

人们伫立着，犹如一群雕像。胖护士和黑眼睛俩酒窝的小女兵挡在门口。

"大刚，你来干什么？"排长如梦初醒，从人堆里钻出来，对正在发呆的朱士贵命令道："把他带回去——"

"不，别管我！"钱大刚瞪着充血的眼睛，发出古怪的吼声。

一个戴眼镜的中年军医从急救室的木板房里走出来，钱大刚问道："医生，我只问你，我们的小痞子呢？"

医生扶了扶眼镜，平静地说："昨天晚上转走了。"

"转到哪儿去了？"

"后方医院……"

"后方哪个医院？"

"……"

胖护士和黑眼睛小女兵吓得不敢吭声。

"骗人——"钱大刚像狮子一样咆哮起来，"昨天晚上我就听见有哭声，你看她们两个的眼睛。再看看其他人，眼泪汪汪的围在这里干什么？难道我看不出来？说，你们把他放在哪里？"他吼着，脸上泪如雨下。他已经预感到不祥。

医生沉重地垂下了头。

像小雨洒落在芭蕉叶上，啜泣声渐渐地又响成了一片。朱士贵猛地扑在钱大刚肩上，失声痛哭："班长，你别问了，小瘩子他、他……走了。可是我不相信，我不相信小瘩子会死……"

排长手里拿着小瘩子的遗物——一长串手榴弹拉火环，像块石头一动不动，任凭泪水爬满脸颊。那些拉火环还是在阵地上，他们帮助小瘩子收集的，也不知他将来有什么用场。除了这件遗物，小瘩子几乎没有什么东西在野战医疗所了。它们一直挂在他的脖子上。

钱大刚看见这些战火中留下的金属环，浑身的血液仿佛要冲出躯体。他战栗着，想喊，嗓子眼儿被破碎的心堵住。想哭，竟然哭不出声来。眼前一片模糊，火焰、黑烟、赭壤、焦土、鲜血……医生好像在说，小瘩子昏迷后嘴里就开始说胡话，接着就发烧，体温越升越高直到四十多摄氏度——突然就凉了下来……后面说的什么，钱大刚再也没有听清。他终于明白了，小瘩子不在了……一个年轻的生命就这样消失了。这死亡来自敌人的炮弹造成的颅内伤。

该死的鬼子!

号啕的哭声如火山喷发而出，在青苍的群峰中回荡。一层层雾霭像洁白的葬幔，沉重地垂落在山谷，悬挂在蓝天。山风呜咽，奏起一支悲壮的哀乐。

钱大刚眼前一黑，猛地摔进了深渊……

七

雨，哗、哗、哗——

突然传来消息：排长和朱士贵失踪了。野战医疗所旮旯都找遍了也没发现人影，病房里一阵骚动。

有人说，他们俩是到二线的烈士陵园为小瘩子看墓地去了。又有人说，看见他俩爬上送伤员来的救护车上了前沿阵地。

众人议论纷纷，莫衷一是。

医护人员个个大惊失色，又是派人寻找，又是向前沿部队打电话，还要做伤员们的安定工作。谁能料到这两个伤员会做出什么样的事情来？这是在前线，事情既简单又复杂。

钱大刚去看望小瘩子遗体前，排长和朱士贵还在病房里。只是情绪有些不对劲儿。当时，排长耷拉着头，沉默着。用手将那位女大学生的一封封信件，慢慢地展开，一张张地撕成条条，又撕成片片。朱士贵抱着吉他，望着纸板拼成的房子天花板，弹着一支如泣如诉的旋律，可一句词儿也没唱。

"没想到小瘩子自己已经预感到了，"排长像是在自言自语，"唉，那天晚上我们都只顾发泄自己的痛苦和不幸，却没注意到小瘩子的感情。我们太自私了。"

"我也该死，我家里那点儿窝囊事，还让小瘩子为我哭一场。"朱士贵后悔地猛一拨弦，"嘣"的一声断了一根儿。

"我想起他就想哭——"钱大刚抹了一把红肿的眼睛，揉揉鼻子说，"他把一个十六岁的孤儿所有的一切都奉献给了祖国。今天是他的生日，他却死去了……"他哽咽着再也说不下去。

排长拿出了烟，拿出了酒，拿出了罐头和糖。

三个人都沉默了。

当钱大刚从停放烈士遗体处回来时，排长和朱士贵已经不知去向。朱士贵的断了一根弦的吉他依然还在，香烟插在罐头盒上像炷香，袅袅地飘着青烟，一瓶白酒全浇在了地上。

他在枕头边发现了一张纸条，是用小瘩子的拉火环压住的。上面写着：

"大刚，我们走了。你别问，也别说。小瘩子的拉火环，请你代为保管。望多保重！如果我们还能活着回来，一定与你相聚。如果回不来了，请把我们与小瘩子埋在一起……"

排长和朱云贵毫无疑问是偷跑回前沿阵地去了。一种失落感和孤独感袭上钱大刚的心头，眼泪忍不住"哗哗"地涌了出来……

水 的 风 波

一

一阵急促的电话铃声，把俞四海副政委从睡梦中惊醒。他翻身起床，习惯性地抬腕看手表，恰好五点。这时，窗外已露出了灰白的晨光。师部大院里静悄悄的。

"喂，哪里呀？"他嗓音有些沙哑，胖乎乎的圆脸上睡眼惺忪。他张开嘴，准备打个哈欠。可是，口刚形成个椭圆形，便被电话里急促的报告惊得定了格，半响回不到位。

"什么，跟老百姓打起来了？打伤五个，我们的人呢……一个。老天，搞得好啊！"俞副政委涨红的脸上，像有许多蚂蚁在爬。

"老百姓冲进团部来了——"

"什么？都冲进团部了，多少人？"

"五六十人……"

"胡闹！"他的脸由红变白，像张纸，"陈奎儿，陈团长，你搞得好哇！李远远呢？告诉他这个政委，准备好一份检查吧……"

"现在该怎么办？"

"怎么办？赶快通知部队不许轻举妄动。想办法叫老百姓离开团部，退出营区，事情闹大了，我拿你俩是问！"放下电话他又骂了一句："简直是瞎胡闹——"

俞四海像听到了火警，心里火烧火燎的。且不说事件本身正面临着一场危险——当兵的和老百姓打架，这条新闻影响够大的，够刺激的。关键是，这个团过去一直是师里有名的爱民先进单位，曾经涌现过著名的爱民模范。这一锤子，把自己的牌子砸了不说，连整个解放军的脸也丢了。事态发展下去，后果不堪设想。

背上出了一层冷汗，俞副政委反而清醒了。师长、政委不在，他是唯一的"消防队员"。快，驱车出发——去"救火"！

二

出事的地点，在一条狭长的山沟里。沟上是西北苍莽的黄土古塬，赤裸着干裂的皮肤，一看就是个缺水的地方。沟口有一个小村，叫望富楼，以前叫"望夫楼"，说的是过去穷，男人们都跑到外地去做工或帮工，剩下村里的女人整天盼着男人回来。改革开放后，男人们陆续回来了，女人们又盼着致富，就把村名改成了望富楼。

从沟口望出去，是一望无际的关中平原，八百里美丽、富饶的秦川。进了山沟，过了门口站着哨兵的团部大门，很快就看见崖壁前一个漏斗式的院子，这就是陈奎儿、李远远的团部了。"漏斗儿"四周种有高大挺拔的白杨，郁郁葱葱，浓荫蔽日，顺着"漏"出沟口的道路，与望富楼村的柿子树连为一体，已经分不出彼此了。

可是现在，望富楼的村民们，正蜂拥在"漏斗儿"小院里，一个个神色严峻，怒目而视。五辆架子车一字儿排着，把"漏斗儿"口堵得严严实实。五个黑黢黢的男人躺在车上，大声地喊叫，或痛苦地呻吟。院中央，老婆婆、年轻媳妇和娃娃，抱头痛哭，乱成一团。陈奎儿和李远远，被人群围在窑洞式的办公室门口。参谋和警卫员们站在一旁护着他俩，不让老百姓靠近，但也不敢说什么，生怕激怒了这些红了眼的村民。

"大家不要闹，不要围在这里。等我们把事情查清楚了，一定会给大家一个交代的。请相信我们——"李远远挥着手，赔着笑脸。这笑，在他那张年轻而又白皙清秀的书生脸上，显得有些尴尬、窘迫。嘴上无毛，办事不牢。执拗的村民们才不信他的话。

陈奎儿黑黑的脸绷得紧紧的。他瞪着那双瞳孔发黄的眼睛，喘着粗气。他四十出头，个儿不高，体魄粗壮，四方脸，大鼻子，脸腮有胡楂儿，容易使人联想到一坨砸堤坝的夯石。他不如李政委有"几载寒窗"，他是从训练场的泥水里滚出来的"土包子"军官。作为一团之长，眼前这番景象，实在使他看不下去。

事情是昨天晚上发生的。团部放映电影《少林弟子》，望富楼几个青年翻墙进场，被执勤的警侦连战士朱小俤抓住。那几个青年出言不逊，结果扭打起来。这时，被挡在外面不准进场的老百姓呐喊一声，推倒一段砖墙，如流涌进。顿时，全场大乱。电影只得停止放映。观众散去后，望富楼和警侦连各自打扫"战场"，老百姓拖走五个"伤员"，朱小俤头部被砖头砸开一个大口子，冒了"烟儿"。谁是谁非，还没弄清楚，没想到老百姓居然先发制人，一早便冲进营房，大哭大闹，在他陈奎儿的鼻尖上指来画去，真不像话。

"乱套了！乱套了——"他憋不住大吼了一声。

全场哑然。所有的目光"唰"地投向这个夯石般的团长。他们熟悉陈团长，知道他平时对当兵的虎着脸，但见了望富楼的村民却是笑眯眯的，很谦和。没想到他的兵，竟敢打人，打望富楼的人，而且打倒五个，五个壮劳力啊！没有他陈团长的命令，那个有武功的警侦连新兵敢出手吗？

"这是部队,我的乡亲们,不是你们赶集的市场,随便乱哄乱嚷。要知道,冲击部队营区,是要犯法的——"陈奎儿一边吓唬,一边苦苦相劝:"打架是双方的事情,谁先动的手我们还要调查,如果是我的兵错了,我陈奎儿可以亲自登门向大伙儿赔罪认错。可是你们现在这样,像什么话——"

沉默。空气瞬时凝结了。

村民们闷闷地看着陈奎儿,表情十分木然。

李远远望着眼前这些憨直粗犷的庄稼汉,心里也蛮不是滋味儿。他理解他们倔强的自尊心所受到的伤害,但他们对事情的结果似乎考虑得又是那么简单,一任感情的火焰发泄,烧得他们自己失去了理智。他有些同情这些由悲痛变为愤怒的面孔了。

李远远诚恳地说:"乡亲们,咱们是邻居,是一块篱笆上的两个桩。有点儿纠葛,有点儿矛盾,大家要互相扶持才是,可不能拔了桩,把大家都弄倒了。你们围在这里解决不了问题,请问,你们谁的话说了算数呢?"

村民们你看我,我看你,多数人是来看热闹的。

"你们洪支书呢?"李远远问道。

"洪麻子,哦顶个球!"

"他下台了,不吃香啦!"

"哦穷耍嘴子的,和他媳妇还横在炕上哩!"

"哈哈哈哈……"

"那村里现在谁负责——"

突然,一阵马达声传来,眨眼工夫,一辆红色"幸福"牌摩托驶进"漏斗儿"小院。村民们见了这辆摩托,迅速地分开了道,发出欢呼声,大概是他们的"领袖"来了。骑车的是个复员军人,身穿洗得发白的军装,脸上有一道道风沙吹打过的褐色斑块。他脚尖点地,跨在他的"幸福"上,从那轮廓分明的鼻梁上摘下太阳镜，露出一双咄咄逼人的眼睛。

他一挥手，村民们老老实实地静下来，等候他发布"宣言"。

"两位首长，我只问你们一句话，"复员军人冷冷地说，"你们打算怎样处理这件事？我提醒你们，不要以为老百姓是故意跟你们过不去，也不要以为我们穷，是想讹诈你们的钱，我们要的是一个说法、一个道理，钱换不来一颗受伤的心。"

"你是什么人？"陈奎儿看不惯这种傲气十足的样子。

"鄙人是望富楼砖瓦厂的厂长，也是村里现在的负责人。这里躺下的五位，都是我的工人，你们看怎么办吧？"

"我看这样——"李远远说，"当务之急，我们先把受伤的人送到医院检查，有了调查结果后再研究处理的问题。"

"好，既然这样，我们就把伤员留下，你们看着办吧。不过，希望你们尽快把事情调查清楚，给我们一个满意的答复。"说完，复员军人转身对村民中起哄的一伙青年训斥道："围在这里凑什么热闹？误了今天的活儿，一分钱也别想拿，走人——""幸福"摩托车一掉头，屁股吐一股烟儿，一阵风似的消失了。

小青年们一走，围观的老老少少便自觉无趣，一哄而散。

望着远去的村民，陈奎儿和李远远抹了一把脸上的热汗，苦笑地摇摇头。他们心里明白，望富楼村和"漏斗儿"小院矛盾的根儿不刨除，卷走的狂风还会重新回来，而且会更加凶猛和危险。但是，要刨除这根儿，谈何容易啊……

三

俞四海副政委乘坐的北京吉普，箭一般射进"漏斗儿"小院。

跳下车，院里空空如也，静谧得好像一座幽雅的花园，没有一声村民的喧嚣，也没有一丝儿村民身上的泥土和汗味儿。只有一阵阵月季和米兰的馨香，扑鼻而来。

陈奎儿和李远远从屋里出来，跑步上前，举手敬礼，见俞副政委铁青着脸，眼皮儿浮肿，嘴唇一颤一颤的，知道此时不能说话。

俞四海也一言不发，缓缓走到团部会议室门口。推开门，只见红光一闪，熠熠耀眼。原来会议室的墙上，挂满了大大小小的锦旗。名头大的可以数到国防部，小的可以排到望富楼。这些锦旗有军事训练争夺的第一，有学习教育取得的成绩，还有抗洪救灾、军民关系的见证……每一面锦旗上的题词，俞四海可以倒背如流。因为他比谁都熟悉这里，熟悉这些锦旗的意义。他在这个团当了十年的政委，为这些荣誉，他付出了心血。看见这些锦旗，他不知怎么有些酸楚和痛心。

"哼，你们搞得好哇！"俞副政委长长嘘了一口气，"你们对得起这些锦旗吗？"

"报告副政委，我们没有忘记过去的光荣传统，可是……"

"可是什么？"

"可是，现在很多事情都发生了变化。"李远远说，"平时，我们安排连队给村里扫地、挑水，照顾孤寡老人，我们的兵没有少干。逢年过节，敲锣打鼓慰问，我们都是主动上门。可是，如今老百姓不吃这一套。"

"吃什么？"俞副政委瞪着眼睛。

"吃一个字，钱呗！"陈奎儿黑着脸愤愤地说，"什么军民鱼水关系，现在水不要鱼了。要人民币！他们有钱了，瞧不起穷当兵的。他们开了砖瓦厂，卡我们的水，抢我们的水，我们的水龙头都快生锈了。"

"陈奎儿，你乱放炮！"俞四海厉声制止道。

"本来嘛，我说的是大实话。"陈奎儿嘀咕着，闷头猛吸了两口烟。

李远远看俞副政委嘴唇有点儿颤抖，赶紧拉了陈奎儿一下。接着，向他汇报事情发生的经过。

俞四海来回地在屋里踱步。他相信陈奎儿和李远远说的都是真话、实话。但，这些无疑是对过去军民关系的一种冲击，也是在市场经济形势下出现的一个新课题。难道部队过去的做法过时了？难道是今天的望富楼变了，不满足？俞四海苦苦地思索，一时找不到答案。

"副政委，要不要去看看朱小俤？"李远远说。

"朱小俤？你是说那个受伤的兵，嗯，要看看。"俞四海说。

陈奎儿和李远远陪着俞副政委向警侦连走去。警侦连离"漏斗儿"小院不远，一根烟的时间就到了。刚到警侦连连部门口，就听得一间屋里有人低声哭泣，哭声像猫在哀号。

连长、指导员跑出来，敬礼，开锁。

这是一间禁闭室，实际上是个堆扫帚、铁锹、塑料桶之类工具的杂屋，眼下关着一位当兵才不到一百天的新兵。他头部受了伤，看来还不轻，白纱布缠了厚厚一圈，后脑勺上还是渗出了鲜红。

有人进来了。里面的人仍然不知道，背着身，蜷曲着坐在砖铺的地上，把头深深地埋在两膝之间，不住地哭。

"朱小俤，首长来了还不站起来？"连长大声呵斥。

新兵吓了一跳，浑身一抖，站了起来，用手在脸上抹了一把，然后才胆怯地转过头来，哭泣着说："首长，我错了——"他刚敬完礼，委屈的泪水唰地又挂满两腮，吧嗒、吧嗒地砸到地面上。

"你坐下，"俞副政委接过连长递来的折叠椅，送到朱小俤面前，和蔼地拍拍他的肩，"伤口疼吗？不要哭。男儿有泪不轻弹嘛。慢慢讲，啊。"

朱小俤刚坐下又从椅子上弹起来，身板挺了一挺，眼睛泪汪汪的，嘴唇上的汗毛也被鼻沟冲下来的泪水打湿了。这完全是一张孩子的脸，眉清目秀很可爱。一张口，一排整齐白细的牙齿，声调带着浓浓的南方人的口音。

"首长，是他们先动手，后来把墙也推倒了。我叫他们别翻墙，他们不听。我叫他们别推墙，他们还推。我上前制止他们，他们就打人。我喊你们不要打人，他们反而打得更凶。我没想到，他们敢打解放军，呜呜。我只好还手，以为他们是故意搞破坏的坏人……可是，我错了。首长，我不是故意想打架，真的不是。我，愿意受处分，呜……"朱小俤双手捂脸，肩膀抽搐着，泪水从指缝朝外流。

俞副政委用手绢替新兵擦去泪水，又问道："小俤，为什么不让望富楼的老百姓进来看电影呢？"

"这……"朱小俤看看团长和政委，回答说，"这是团里规定的，你问他们嘛。"

陈奎儿和李远远有些狼狈地相互斜了一眼。

"是，是这样。不过，因为……"李远远感到有些话当着战士不好讲。

"讲嘛，有什么关系呢？"俞副政委催促道，显然很不满意。

"因为望富楼的砖瓦厂，买通了抽水站的老刁，卡了我们的水。后来跟村里关系就有些僵了。为了避免出问题，干脆就少接触，所以……"

"他们还出言不逊，说让当兵的也尝尝没有水的滋味儿，指桑骂槐翻老账。哼，娘的！"陈奎儿气呼呼地嚷嚷，"副政委，我们团部这么多人，要吃、要喝、要洗，你说怎么办？整天派人拿着水桶到处找水，车拉肩挑的，真窝囊！真他妈的活人给尿憋死了！"

一听"翻老账"，俞四海副政委心里"咯噔"了一下。

四

夏日当空。"漏斗儿"小院的白杨树纹丝不动。知了寂寞、单调地叫着:"嘶呀——嘶呀——嘶呀——"

俞四海副政委烦躁不安地在屋里踱步,一支烟接一支烟地抽。

刚才,团卫生队打电话报告,五名受伤的村民经地方医院检查,一切正常,只是皮肤有红肿或一些轻微伤,已经作了处置。可是他们非要闹着住院不可,地方医院认为不符合条件坚决不收,那伙青年在那里大吵大闹。俞四海命令先把他们拉回卫生队"住院"治疗,而且特别叮嘱要好好照顾。

看来,老百姓是在借题发挥。想捞一笔医疗费?不像。故意耍赖皮,出部队洋相?无意义。难道仅仅是为了出一口气?打架的导火索是因为望富楼新建了砖瓦厂,而砖瓦厂又是因为水——指桑骂槐,翻老账……想到这里,俞副政委感到头部仿佛被人猛地一击,发麻,发奓。他差点儿喊出声来。

几年前,他在这个团任政委。由于团部吃水困难,一直都靠地方的抽水站,常常被"卡脖子",于是上级专门拨款给团里,准备打一口机井。井打了二十多米,钱用尽了,只出了小孩儿尿那么大一股水。再要钱,上面不给。井,报废了。这一年,天特别旱,滴水贵如油。望富楼一群青年找到部队,说他们想办一个砖瓦厂,挣钱救全村的命。希望部队把废井低价卖给他们。当时,他对他们说:"你们办砖瓦厂,是不务正业,农民是靠种田吃饭的,搞砖瓦厂是走歪门邪道,解放军不支持。再说,井在部队营区里,卖给你们也不合适。"结果,井硬是给填了。望富楼的砖瓦厂也没办起来。年底,村里每人只分了七斤麦子……可是,他俞四海却带着人到望富楼扶贫,总结经验教训,大讲特讲要克服困难、战胜困难……

愧疚、悔恨、痛苦，宛若一根无形的绳索绞着他的心。俞副政委感到自己被生活戏谑和嘲弄了。这颗苦果，没想到还得由他自己品尝。这是以怨相报啊！他感到身体有些摇晃，支持不住，一下倒在了沙发里。好一会儿，他才长长地叹了一口气，从痛苦和悔恨中挣脱出来，重新面对今天的现实。他醒悟到，望富楼正在发生一场根本性的变革啊，他们不会沉浸在过去的恩怨中的，他们为了自己的幸福生活，为了未来的美好前景，他们会不计前嫌，脚步向前迈进的。然而，从贫穷到富裕，他们还需要支持，尤其是老邻居部队的支持。

想到这里，俞副政委再也坐不住，他"腾"地从沙发上弹起，叫来陈奎儿和李远远："走，我们去抽水站。"

抽水站离团部只有七八公里，小车不一会儿就到了。抽水站属于自来水公司，为团部和附近这一片区域供水。除部队外，周边还有村子和一些小工厂，用水十分紧张。

大家刚下车，一辆红色"幸福"摩托箭一般地从抽水站院里冲出来，差点儿撞到俞副政委身上。骑摩托的人老练地将车头一偏，画了一个弧线，风风火火地扬长而去。陈奎儿和李远远一看，正是那个望富楼砖瓦厂的厂长，现在村里的负责人。

"冒失鬼——"俞副政委骂了一句，拍拍摩托溅在身上的泥土。

"这家伙，真不像话。"陈奎儿气愤地说。

"太没礼貌了，连招呼都不打一下。"李远远也很不高兴。

"你们认识？"俞副政委问。

"他就是望富楼的头儿——"陈奎儿和李远远几乎异口同声地说。

"哦，怪不得这么神气！"俞副政委揉揉鼻子。

这时，背后抽水站院里传来一个破锣嗓子发出的叫骂声，像是冲着远去的红色"幸福"摩托："你小子，有本事别溜。咱们骑驴看唱本——走着瞧吧！你那电驴子欢不了几天，忘恩负义的东西，二杆子！两个卵子打架，碍你啥事啊——"

甭看人，光听这声音，陈奎儿和李远远就知道这是谁——抽水站的"水老虎"老刁。陈奎儿厌恶地朝地上吐了一口唾沫。这个"水老虎"，把沟里的"漏斗儿"小院坑苦了，平时什么菜油、军衣、胶鞋、军用罐头之类的不时往"老虎"嘴里送，逢年过节烟酒茶肉还要专门"进贡"，就这样还填不饱这个家伙的肚子。有什么办法？不然他就卡你的水，还会扮笑脸故意装傻："唉，最近水量不够哩，解放军就克服一下困难，节约用水，艰苦奋斗嘛。"气得陈奎儿真想在他那刀背脸上狠狠地扇两耳光。但是不行，还得跟他穷磨牙："老刁啊，想想办法，咱们是鱼水关系，没有水鱼就活不成嘛。你那手松一下，我们就可以喘口气了。拜托，拜托——"到最后，还得把"贡品"送进"老虎"口里，水才流出来，流进沟里的团部来。呸，真他妈不是个玩意儿！

老刁像个卫生队的尿壶，一手叉腰，一手指着远处摩托的背影，刀背脸因生气充血变得发乌，大嘴龇着铁锈一样的黄牙，抽搐着十分难看。见几个军人走进来，他先是一愣，接着眼睛骨碌一转，马上转怒为喜，主动迎上前来。

"嘻嘻，原来是老政委大驾光临，什么风把你给吹来了呀？"

"风从你处生，你还水仙不开花——装蒜。我可是无事不登三宝殿啊。"俞四海副政委故意刺了他一下。

"不就是供水嘛，好说，好说。从今天起，你们团里的水，我老刁包了。"

"怎么这么痛快，太阳从西边出来了？啊，我们可没带'贡品'哪。"陈奎儿挖苦了一句。

李远远捂着嘴笑。

"哎呀，陈团长，你可是冤枉好人哪，我老刁啥时候做过亏、亏心事啊。唉，各人都有一本难念的经啊，望富楼那帮二杆子，办起了砖瓦厂，逼着上面要我给他们供水。我说大家喝的用的都不够，他们还用水浇砖头，这不是太糟蹋了吗？我提出涨几分钱，他们不干，还说我破坏改革。如今，没想到这帮不识抬举的东西翅膀硬了，想自个儿飞了。哼，没那么容易！老实说，没有我老刁，有他望富楼的今天？"老刁气呼呼的，小眼睛里闪出绿光，咬牙切齿地冷笑道，"老子叫你没有水，看你富、富个屁！哼，还想打机井，做梦娶媳妇吧，嘿嘿。"

"怎么，他们要自己打井？"俞四海睁大了眼睛。

"放心吧，老政委。就他们那点儿家底，还没把兜儿撑起来，哈哈哈哈。"老刁露出满口黄牙，幸灾乐祸地笑起来。

俞四海副政委感觉像吃了个苍蝇，直想呕吐。他恶心地转过身，挥挥手说："我们走。老刁，一个人说话办事要有点儿良心，有点儿人味儿，要不然就……"

"就是猪变的，怎么样？嘻嘻。"老刁接口，脸不红心不跳。

"好，要是断了水？"

"这次绝对不会！"老刁捣蒜般地点头。

"不，我是说，如果望富楼的水也断了，咱们就在自来水公司见！"俞副政委头也不回，上了车，啪地关上车门。

"啊？"老刁翻着白眼，张大嘴巴，僵直得像根木头。

小车飞也似的驶去。

五

车上，陈奎儿和李远远忍不住放声大笑。治了老刁这种人，心里的确感到痛快，可是俞副政委葫芦里到底装的什么药，他们不清楚。得罪了老刁，西瓜皮擦屁股，事情没完没了。加上那五个伤民还赖在卫生队，像几颗定时炸弹随时有可能"爆炸"。对此，副政委想到没有？现在，又提出去望富楼砖瓦厂，这不是惹火烧身吗？

陈奎儿和李远远的脸上又罩上一层阴云，神色变得有些紧张和不安。

车停在望富楼砖瓦厂门口，里面机器轰鸣，烟尘弥漫，到处堆放着烧过和还没有烧过的砖瓦，一根烟囱高高地耸立着，吐出浓浓的黑烟涂抹着天空。那些几乎是赤裸的工人，在露天里顶着炎热的阳光忙碌着，有的在和泥，有的在制砖，有的来回拉着砖块奔跑，油光的脊背像一块块硕大的砖坯。他们埋头干着，浑身都是汗水。

"你们厂长呢？"陈奎儿问一个工人。

工人把头一摆，不理，推着砖走了。

砖瓦厂离团部不远，靠着塬上的崖壁有一片空地，过去是望富楼举行集会和村民活动的地方。原来的一个土台上，如今立着一架搅拌机，不知疲惫地吼着、滚着。一根长长的水管喷着水朝着搅拌机里不停地喷洒，如同是生命里的一根血管。一旦那水一断，搅拌机就会停息下来，整个砖瓦厂就会陷入瘫痪，变得跟火葬场一样安静。

几个人正在四下踅摸着，忽然听得一阵轰响，那辆红色的"幸福"摩托刹那间又出现在面前，好像早知道这几个军人要来一样。车上的复员军人下车后喊道："不知首长们大驾光临，有失远迎，见笑了。请问，你们有何赐教？"

俞副政委笑了笑说："你就是厂长？当年望富楼的娃儿头，当了几年兵，果然有些不同凡响。"

"老政委过奖了，难为你还记得当年。"年轻人口气仍然含着锋芒。

俞副政委脸上有些难堪，心里却十分高兴。他喜欢小伙子的直爽干脆，便笑道："度尽劫波兄弟在，相逢一笑泯恩仇嘛。怎么，跟老刁决裂啦？"

"是的，已经分道扬镳！这种人，靠不住。净他妈坑人。"

"没有水，日子不好过啊。他把你的水一停，砖瓦厂就得熄火，你这个厂长，打算跑买卖，还是……"

复员军人涨红了脖子，目光却有些黯然，说："死了张屠夫，不吃混毛猪，活人不会让尿憋死，我们准备自己想办法打机井……"口气很硬，但底气不足。

"你们有资金吗？有技术能力吗？有打井的合适地方？"俞副政委问。

"这……"复员军人一下卡壳了。

"小伙子，带领群众致富的愿望是好的，决心和勇气也是令人钦佩的，但光凭这些还不够啊——"

"你、你这是啥意思……你们来找我到底想干啥？"复员军人瞪大眼睛。

"我想来帮助你们——相信我们吗？"俞副政委真诚地投去灼人的目光。

复员军人一怔，黯然的眼睛豁然一亮，目光同样灼人。两双炽热的目光交融在一起。复员军人说："相信，但要看行动——我也是当过兵的，说话从不拐弯抹角，部队过去对咱村里的好，老百姓一辈子不会忘记，但现在出现的一些矛盾和问题，你们也要敢于承担责任。"

俞副政委说："你说得很好，给我们敲响了警钟。在任何形势和情况下，我们都是人民的子弟兵，都是为人民谋利益的，这一点永远不会变。你作为村里的负责人，带领大家脱贫致富，我们支持你，你有什么条件和要求，请提出来吧！"

复员军人抑制住激动的心情，思忖片刻，下决心地说："好，既然首长这样关心支持，那我就斗胆开口了。不过，我提一条，你们必须立即答复一条，行或不行。"

陈奎儿和李远远知道马上就要"摊牌"了，心里不免有些紧张。

"第一条，给我们派两个文化教员办夜校，每天晚上教望富楼的青年学文化。我们望富楼虽然比过去好了，但文化还很落后，精神生活缺乏，还很粗野，不文明。"

陈奎儿和李远远齐声回答："行！"

俞副政委高兴地补充道："这个要求好。从今天起，部队放电影、军人俱乐部活动，你们都可以参加。同时，我们还帮你们把村里的'青年之家'和图书室办起来。"

复员军人高兴地说："那太好啦！"

陈奎儿心急，说："快往下说——"

"第二条，希望帮我们修一条路。俗话说：'要想富，先修路。'修好路，我们的粮食、水果、蔬菜就能运出去，卖上钱。砖瓦厂的运输也方便了。这修路的钱不用你们出，你们只支援人力、车辆和机械设备就可以了。"

陈奎儿和李远远相视一点头，说："没问题！"

"第三条，我们计划打一口机井，彻底改变村里缺水的历史。但目前资金不足，希望部队能够借款给我们，以作急需，以后会还给你们。"

"这……"两位团官不约而同把眼睛转向俞副政委，估计这个事情难办。

俞四海笑了，出乎意料地说道："打机井，是我们和望富楼多年的愿望。因此，我建议：我们共同集资修建这座机井。师里拨一笔款给团里，与望富楼合力将原来填了的那口井重新建起来，继续往下打。让那水，把我们部队和望富楼永远连接在一起！"

陈奎儿和李远远先是一愣，随后恍然醒悟，原来俞副政委心里早已有了解决的办法！两人顿时松了一口气，眼睛兴奋得发亮。陈奎儿说："副政委，感谢你给我们化解了一个令人头疼的大难题呀！我们也拿出一笔机动费出来，同时派一个连队帮助施工。"

李远远激动地说："副政委，你让我更加明白了，什么叫唇齿相依，什么叫军民一家人！"

俞副政委笑着说："其实，我也在反思，我也在解除过去的心结，对我也是一个学习和教育，在新的历史时期怎样适应社会的发展，把目光往远处看。"

陈奎儿忽然问复员军人："那你们那几个在卫生队里的伤员怎么办？"

复员军人脸一红，不好意思地说："我刚才去了卫生队，已把他们赶回家了，一点儿小伤就躺下，算什么男人？他们是故意赖赖你们的，嘿嘿。"

陈奎儿和李远远笑了，总算松了一口气。

"好！"俞四海满意地点点头，"村主任和厂长同志，你还有什么要求，都说吧！"

复员军人的眸子里闪着泪光，猛然抓住俞四海副政委的手，声音颤抖地说："首长，我最后一条请求，就是请不要处分警侦连那个新兵，一定不要——他没有错。"他的眼里终于忍不住涌出了热泪，"我也当过兵，处分，是当兵莫大的耻辱！何况，他只是一个新兵，又被打得那么重……我们那些该死的二杆子！"

几个军人都被感动了。

大家无声地相互望着，鼻子酸酸的，眼睛闪亮，心里像涨了潮一般，掀起一阵阵欣喜的波澜……

秋天的阳光

窗帘上飘浮着一层朦朦胧胧的灰影。

他起床了。

摸索着扣好军衣，又爬进床底掏出一双皱瘪瘪的解放胶鞋，"嘭嘭"地拍去上面一层毛茸茸的东西，套在脚上，然后小心翼翼地翻大立柜、抽屉、木箱、纸盒以及门后挂衣物的挂钩……

"腰带呢？喊——"他自语着挠挠后脑勺。

"呃，醒醒……"他推推床上屁股耸得像座"小山包"的妻子。妻子背对着他含糊地哼哼一声，"小山包"岿然不动。

秋凉天，好睡觉。不要说人，就连农场的鸡呀鸭呀狗哇牛呀，皆像吃了安眠药，一夜里也没叫唤一声。可他这一夜没睡好。他很兴奋。兴奋得一夜在床上"烙大饼"。

"呃，醒醒——"他用拇指和食指像小孩捉蜻蜓般轻轻夹住了妻子翕动的小鼻子。

"啪！"手重重地挨了一下。他笑嘻嘻的，贱。

"干什么呀，你？"妻子憋不住说，喘息着，不高兴地甩开他的手，"捏得这么疼，讨厌。一早就折腾人，烦死了，昨夜里折腾得还不够啊？""小山包"终于扭动起来，忽然发现屋里像开了百货铺，眼睛顿时瞪得溜圆，"你这是干什么？"

"找腰带，我的腰带——"他比画着，怕惹妻子生气。

妻子瞪了他一眼，爬起来，从枕头下的棉垫里找出一根扭得如麻花状的家什，没好气地扔给他："来个副司令，看把你烧得，啧啧，要是来个更大的官儿，还不把你魂弄丢啦？"说罢，身子夯一般砸下去，"小山包"扭一扭，又睡。

他"唰"一下就涨红了脸，热辣辣的。

"首长今天在咱家吃晚饭……别忘了。"

"……"

"别……别忘了……"

"知道了，烦不烦？"

他赶紧从厨房胡乱拿出点儿东西吃了，然后扎好腰带，背上挎包，从门后取出一支 63 式半自动步枪，走到大立柜的镜子前，从头到脚地看了看，直到快五十岁的脸上挤出一个个满意的大括号、小括号。

他一拍屁股，挺胸出门。

秋天的黄河滩，赤裸裸的。

熹微的晨曦中，农场收割后的庄稼地像刚生过孩子的女人，显得那么疲惫和憔悴，同时又懒散地陶醉在一种因付出而获得满足的幸福里，而在这幸福里仿佛又在期待着什么。黑油油的沃土上，飘浮着氤氲的雾霭，散发着秋天庄稼成熟残存的气息。

他紧贴着发白的机耕道，朝远处灰蒙蒙的黄河边走去。解放胶鞋踏出来的"嚓嚓"的声音，特别悦耳。他又想起昨天晚上的电话来——"丁零零——"声音同样悦耳。

他刚脱衣上床。拿起电话，是老尤打来的。老尤是他的同乡，同年入伍的战友，如今是集团军政治部的副主任，正师职，比他高出两级，整一个档次。

老尤告诉他，明天下午军区余副司令要到农场检查工作，嘱咐他连夜召集头头们开个会，研究一下汇报工作和接待的事。

"为什么不早点儿通知？"他看看手腕上的西铁城电子表，有点儿埋怨老乡。

"别不高兴，首长来是好事嘛。"老尤先是官腔，然后压低声音神秘地说，"老伙计，告诉你，这次余副司令下来可是来考察团以上干部的。"

"跟我有什么关系？"他自嘲道。他在农场泡了十多年，很清楚，当了场长就是"皇上"——职务到顶了。再蹦跶也是这块屁股大的地方，怎能与那些军事、政治干部相比？顺江撑船有的是位置和机会！

"关系大着哩——"老尤意味深长地拖着腔，放了一颗"炸弹"，"后勤部王副部长要调到军区，现在缺了一个空位……下面报了好几个人，上面也有人想挤，可军里研究也提到了你老兄，你说有没有关系？不过，关键是看余副司令的印象了。这是个机会，懂不懂？机会！"

老尤还说了一些他职务偏低、任职时间太长、而只顾埋头工作、不会跑动关系、早该动动窝了、自己愿助一臂之力之类的话。

他心里乱成一团麻了。

老尤叮嘱说，除了工作情况要汇报好，重点要接待好。农场嘛，要突出农场的特点。自己生产的东西，都叫首长看看、尝尝，要让首长感到满意。老尤最后特地交代，余副司令喜欢吃点儿"野味"，不喜欢大鱼大肉；喜欢深入群众到家里做客，不喜欢轰轰烈烈大摆宴席。

"这样吧，晚饭就安排在你家吃。老伙计，这可是个机会。"老尤一副关心的口吻，"想办法，搞点儿你们黄河滩的'土特产'，你亲自去，避免影响。走的时候再给捎上点儿。首长嘛，不喜欢饲料喂的，就喜欢'野味儿'，哈哈哈哈……"老尤指的"土特产"，就是黄河滩的飞禽——大雁。

他放下电话，既兴奋又不安。

"现在这时节，天都开始凉了，哪儿还有大雁啊？"妻子噘噘嘴，不满地说，"亏老尤这家伙想得出来，都是他的馊点子。"

"会有的，也许会有的。"他喃喃地自语，脸上升起灿若霞光的潮红。

"这么些年你都没摸过枪了，能行吗？"妻子怀疑地盯着他。

"能行、能行……"他兴奋的目光里还充满了自信。

…………

视线里横着一条残破的河堤。沿着河堤是一片白花花的芦苇。越过芦苇，是那弯弯曲曲缓缓流淌的黄河，它不见头也不见尾，如飘动在天地间的一条带子。

愈近，愈影影绰绰。

他提着枪，猫着腰，开始接近黄河岸边的芦苇丛。

兀立的芦苇，在秋风中摇曳，发出的"呜——呜——"声活像是从远古的战场上传来的哭泣，声音凄切而又委婉，撕扯着人的心。

他感到胸口发胀，太阳穴突突地跳。

两只灵巧的小水鸟，在河滩如镜的倒影里舞蹈，跳跳飞飞，飞飞跳跳。

大雁藏在芦苇里，它们的身体是褐色的，腹部灰白，在芦苇里不易被发觉。一到深秋，大雁们就陆续南飞，寻找新的归宿。只有一些恋旧的大雁，往往迟迟不肯离去，甚至等到初雪来临才不得不展翅高飞。大雁爱成群结队在一起，就像一个幸福的大家庭。它们是一种很有感情的动物。他真不忍心伤害它们。他曾下过命令，农场的官兵一律不准伤害黄河滩上的动物，尤其是大雁。可是……以前，上面机关有的人来到农场，喜欢拿枪到黄河滩打猎，他挡不住。黄河滩上有狐狸、野兔，但最多的还是飞禽类，白鹭、野鸭、大雁……机关的人拿着枪"砰砰砰"一阵乱放，吓得鸟儿们惊恐地逃窜，飞出芦苇丛，冲上天空……

被子弹打中的，就成了饭桌上的"野味儿"。那些家伙说大雁肉好吃。

他反正不吃。

但这一次，他要打破自己定的规矩了。

芦苇发出的泣鸣在空气中颤动，颤动的空气中暗布着杀机。

他的目光终于在一处隐秘的地方，捕捉住了第一只大雁。接着是第二只、第三只、第四只、第五只……这是一群大雁啊，估计有一二十只呢。大雁在芦苇里三三两两在一起，有的在嬉戏，有的在觅食，有的依偎着，还有的把头埋在翅膀里睡着，一点儿没有想到会有人偷袭，来杀戮它们。一层淡紫色的雾霭，流水般地在它们身上缓缓地移动着，像恬静安逸的梦幻在弥漫。

他兴奋、紧张，嗓子发干。心怦怦地狂跳，声音像闷雷在响。

"好漂亮肥大的个头儿！"他在心里赞叹。

大雁们依然没有察觉。

他选好了位置，在一簇芦苇丛前悄悄地趴下来，匍匐前进，然后停住。他要打一串漂亮的点射。轻轻地打开保险，用手掬住枪机，慢慢地朝后拉……拉……"咔嚓"，金灿灿的子弹上膛了。声音轻微得如一根芦苇叶断折。

"嘎——"突然一声悠长响亮的啸鸣，像闪电划破黄河滩的死寂。紧接着，芦苇丛里如突然涨起大潮"哗哗"地掀响，水花飞溅，大雁们宛若一群精灵拍翅而起——

"狡猾的家伙，原来派有暗哨！"他慌乱对空举起枪。

"砰——砰砰——砰砰砰——"

大雁们飓风般掠过他的头顶，朝远处飞去。

一泡屎落在他的头上，还烫手。他骂了一声，把屎甩掉。

他提着枪穷追不舍。大雁刚一落脚，他的枪就响起："砰砰砰——"水花四溅，芦苇横飞，竟不见打下一根大雁毛来。

他浑身泥水，喘着粗气，气急败坏。这些大雁简直像跟他故意兜圈子，捉迷藏，飞一程，停一阵，停一阵，飞一程。一会儿岸边，一会儿水里，一会儿芦苇深处……把他折腾得筋疲力尽。有一次，他满以为打中了一只大雁，见它从空中坠入芦苇丛中。他费了九牛二虎之力，好不容易蹚着齐腰深的水靠近猎物，可刚一伸手，那家伙"呼"地一翻身，"扑棱棱——"又箭似的射上了天空，喷了他一脸又腥又凉的臭水花。

他恼羞成怒。举起枪，一阵乱轰："砰砰砰——"

"我 ×——"他气愤地骂。

军衣被锋利如刀的芦苇划破了，解放鞋也跑丢了一只，脸上手上大腿根上，到处是一道道血口子，火辣辣地痛。他狼狈不堪，幸好没人看见。他开始怀疑手上这支 63 式半自动步枪。一定是枪有问题，或者好久不用，枪膛生锈，准星偏斜。他后悔事先没有校一校，这枪"老掉牙"了。农场的枪哪里比得上部队的枪？

他随意地举起枪，随意地对准数米之外一棵雪白的芦花，"砰——"一叶漂亮的"羽毛"在天空悠悠地飘扬起来。

又是一棵雪白的芦花，"砰——"又一叶漂亮的"羽毛"在天空悠悠地飘扬起来。

"砰——砰——砰——"秋日的晴空里雪片似的飘满了"羽毛"，美丽而迷人。

枪枪皆中，弹无虚发，他被自己惊呆了！

他耳边又响起老尤那意味深长的话："这可是个机会、机会、机会、机会——"

他忽然意识到了一种悲哀。心被一个无形的锐器深深地刺痛了。

太阳从黄河对岸钻出来，脸色煞白，毫无表情。四周一片死寂，世界仿佛凝固了。

他提着枪，垂着头，木桩似的戳在河滩上，孤寂地品尝着失败的滋味儿，像一尊失意者的雕像。

一群大雁在高空中"嘎嘎"地欢歌着，朝南方飞去。

他绝望了。

一双脚踏着脚下的影子在河滩上移动、徘徊。

忽然一阵渔歌。歌未断，从芦苇丛中摇出一只小船来，船尾立着一个粗壮的黑后生。后生一手摇橹，一手提着一支乌黑的火铳，结实的双脚下躺着好几只大雁，有一两只还在扑腾呢。

他眼睛不由得一亮，目光在那些大雁身上定住了。

小船稳稳地靠拢岸。

"喂，小伙子，收获大大的嘛。"他主动上前打招呼。

"嘿嘿，瞎碰着咧。"黑后生一看眼前是个当兵的，身上还背着枪，便不好意思地挠挠耳朵，问道，"你打下几只呢？"

他脸一红，忙搪塞道："我刚、刚来，还没有开张……"

"现在才来就迟哩。"黑后生厚道地说，"你咋不早来？我刚才听见已经有人开枪啊。"

"哦哦，是啊是啊，是来迟哩……没见有大雁了……"他长长地叹一口气，心底泛起一股难言的滋味儿。不知该怎么给余副司令准备"野味儿"。陡地，他望着黑后生脑子里闪出一个火花，脸"唰"地烧红了，心也剧烈地跳动，蹦到嗓子眼儿上。

他瞧瞧左右，悄声地问道："小伙子，你的大雁卖不卖？"

"啥？"黑后生没听清，眨巴着眼睛望着他。

他壮着胆，索性开门见山地说："你的大雁是不是拿到街上去卖的？我想买几只。"他听见自己的声音特大，而且还用手比画着，担心黑后生不懂。

黑后生憨厚地笑着，先是点头，后是摇头。

他糊涂了，到底是卖还是不卖？他说："我不会亏你的，由你说个价，怎么样？"

黑后生还是笑，还是摇头。

他急了，大声喊起来："喊，你这个小伙子，既然打了大雁就是要卖的，为什么老是摇头？"

黑后生开腔了，说："谁买我都卖，就是不能卖给你。"

"为啥？"他愕然。

"你是解放军，你不是有枪吗？"

"嗨，有枪可是现在没有大雁了嘛。"

"不是说解放军不打大雁、不吃大雁吗？我看你还是官呢。"

"这……"他突然卡壳了。没想这后生心里还挺有谱儿的，不能跟他说真话，不然他反倒不相信你。于是，便灵机一动，说："你说得对，我们解放军不打大雁。但我要大雁是急着要用它做药医治病人，医生说要用这玩意儿。"

这话果然灵验。黑后生脸上立即变了表情："你说的是真的？"

"难道你还不相信我……"他把自己全出卖了，心里虚得慌。

"拿去——"黑后生将脚下的那几只大雁朝前一挪。

他赶紧摸口袋，上下一阵乱抓。

"你快些拿走吧，我不卖钱。"黑后生说罢，停好小船就要走。

他一把拉住他，说："这怎么行？买卖公平嘛，我身上没带钱，就把这块手表给你好了，不够明天你到我农场办公室来。"说着，他迅速地从手腕上撸下"西铁城"，硬塞到黑后生的手里。"谢谢你，小伙子。"

黑后生不收，说："其实，这几只大雁不是我打的，是我捡到的，它们是那些为了钱的有私欲的黑心人打死的。这两只受了伤的不能给你，我要把它们养好后放了。"他指着脚下还在挣扎的两只大雁。

他心里如被刀捅了一下，小伙子说的话就像说的他。同时，他心里也一阵感动，还有人不为利益所动，保护着黄河滩的动物，保护着大雁。他坚决要把表给黑后生，说："这表算我送你的——"

黑后生憨厚地笑着，只好收下，说声"谢谢"，然后一边抱着受伤的大雁，一边背着火铳，哼起渔歌，踏着有力的步子，走了。

他感到鼻子有些发酸发紧。

上午的阳光很灿烂。他提着63式半自动步枪，肩头挂着几只大雁，好像一个凯旋的英雄回到农场家属区。他本来想避开大家的视线，但这时候场里的干部、家属和兵们都按部就班地忙碌起来，凡碰见的远远就跟他打招呼，声音中无不带有恭维和惊异的意思。

"哎哟，场长，您的枪法真是绝了。这样的季节还能打着大雁，真是绝了。"

"嘿嘿，瞎碰哩……"

"咋可能呢？您的枪法这么好，太谦虚了——"

"农场有规定不能打大雁，可是……"

"可是特殊情况还是可以打的嘛，啊，对不对？哈哈哈哈。"

"嘿嘿……"

"哎呀，场长，您这大雁真肥呀，比我们家养的那几只鹅个头儿还大哩！"

"凑合，嘿嘿，凑合。"

"场长今天亲自出马，看来是有贵客临门喽？"

"哪里哪里，军区余副司令来检查咱们工作，自己首长嘛又不是外人，没啥招待的，嘿嘿，这家什是咱黄河滩的土特产，意思意思。首长嘛，不喜欢大鱼大肉，喜欢野味儿，哈哈哈哈。"

"就是就是，应该的，哈哈哈哈……"

他笑着，不停地跟大家点头，显得从未有过的谦虚谨慎与和蔼可亲。奇怪的是，他忽然觉得胸前挂着的大雁就是自己打死的。那黑后生仿佛是一个模糊的幻觉。于是，他的心里便复杂地搅成一团。

回到家，两口子一阵忙碌。

"看把你烧得——"妻子生气地将围裙一甩，从厨房里出来，一屁股坐在沙发上。忙活了一上午，吃饭的时间也到了，丰富的饭菜也准备好了，甚至两瓶珍藏了十几年的茅台酒也摆上了桌，可余副司令还没有来。

"你再打电话问问，到底还来不来？"妻子说。

他在客厅里来回踱步，一看妻子不悦的脸色，连忙安慰道："来来来，肯定来。刚才打电话老尤不在，机关的人说，看见首长的车一早就出来了。也许，路上车出了点儿毛病，或者上个厕所什么的耽误了时间，再等等。"

"等？你不看看现在是啥时候了？还没见着人影儿，也不来个电话，真是烦死人。"

"没有电话就是快到了嘛。"他朝妻子讨好地笑笑，殷勤地递上一杯茶。

桌子上的一切都摆齐了。在满桌的碗盘中间是一钵热气腾腾的清炖大雁肉，格外醒目。这都是妻子的功劳。她忙碌了一上午——为了热情接待余副司令，也为了他的前途。

他不时地瞧瞧电话，希望它响，又害怕它响。

电话终于响了，"丁零零——"震得整个房间都在晃动。

他兴奋得一阵心惊肉跳，一把抓起电话："喂，是我，什么？你说什么……"

电话是老尤打来的，不紧不慢地说："首长不来了，情况有了变化。"

"那吃饭……"他讷讷地不知道该说什么。

"首长现在在后勤部田处长家里……"

"那明天能不能——"

"不行啊，老伙计，首长工作太忙了，明天一早就要赶回军区开会，下次吧。"

"……"

"喂——喂——喂——"

"……"

他仿佛一只被子弹击中的大雁，重重地栽倒在沙发里，目光呆呆地望着妻子。

妻子不以为然，冷冷地说："看把你烧得！"说罢，自己走到桌前，抄起餐刀狠狠地朝汤钵里的大雁戳去……

家　　当

一

蒙塬车站下来两个穿便服的军人。一个是冯子健，一个是他的秘书。

冯子健带着秘书刚从北京开完会返回西北，突然半道萌发看看老部队这个念头，于是就在这个西北边塞的小火车站下了车。秘书说应该先到师部，并已电话通知师里领导在下个站等候。可是冯子健硬是要在蒙塬下，一竿子插到炮二团。老头儿的倔脾气真叫人有些受不了。

炮二团是冯子健土生土长的部队，这支部队的历史可以说他了如指掌。近二十年光阴过去了，除了当初勘察定点和有一年春天来过两次外，这些年工作忙、会议多，再也没有机会到"娘家"看看了。但是，他是一直关心着这支部队的。只要机关工作组的同志下部队，每次他都要派一个组到蒙塬来，而每次工作组回来向他汇报，二团的工作都是令他满意的。军区小报凡是报道有关二团的新闻，以及机关转发二团的经验材料，他都一条不落地剪下来，贴在一个小本本里，有空了就看一看，好像二团是他生命中的一部分，永远不能分割。

然而，他心里又明白，愈是这样做，二团离他的距离愈远，愈陌生。 这次军区准备对全区的先进团队进行一次全面的检查考核，二团到底怎么样？能否承受住这一压力？老实说他有些不放心。而不放心的关键，又是现任二团的团长孟天成。孟天成是他过去的警卫员，他那些鬼心眼和胆大包天的性子，他是一清二楚的。弄不好就砸锅在他的身上。老头儿越想越不踏实，干脆提前亲自走一趟，打打预防针，省得下次头头脑脑们都聚在这里，二团出洋相，他老脸上也没有光彩。他承认自己有私心，好面子。

　　蒙塬是西北偏远穷困的黄土荒塬地区。二团营地立足荒塬，背倚山岭，是块习武练兵的好所在。当年他一眼看中这块"风水宝地"，就是因为这荒塬曾经是秦汉时期的古战场。他记得这塬上有一处叫作"将军墓"的古迹，那墓是用枯河床里的卵石垒成的，状如烽火台垛子口，造型结构很是奇特，远远看去活像一位半截身子的无头壮士。只是"将军"没有留下姓氏，墓独立塬野，除了荒草和鹰鹫，没有人来凭吊，也不为人所知。冯子健就在"将军墓"旁划了一块营区，安营扎寨，叫手下的士兵们来伴着孤独的"将军"。可见他的一片苦心。

　　他还记得塬上有一处温泉。说起来还得归功于他呢。那时候，他是这个师的师长，带着一伙人到这里给二团勘察驻地。他们骑马在齐肩的荒草中行走，突然惊起一只野猪没命地奔逃。军官们突然来了兴致，提起枪就追，快到山岭一石壁处，他举枪搂了火。"砰——"野猪挣扎着蹦得老高，抽搐几下就不动弹了。等他们跑近一看，嗬！这一枪居然"打出"一只泉眼来。 那泉水清冽明澈，咕嘟咕嘟地流得好欢。 正好下面是个马蹄形凹坑，不一会儿就淌了半膝深，吐出一股缭绕的乳雾，用手一摸，还烫呢。尝一口，滑溜溜地在嗓子眼儿回甜。正好大家渴了，痛痛快快喝了个饱。正好大家跑得浑身是泥汗，就依次脱光了舒舒服服洗了个澡。于是，这眼温泉也被他圈进了营区，大伙还给它取了一个好听的名儿，叫作"马蹄泉"。

想起往事，他感到很亲切。

现在这两处风景该是个啥样呢？他想象不出来。他希望一切还保持着他原来记忆里的样子，又希望一切又不仅仅是那个样子。

冯子健被自己的想法逗乐了。

秘书不解地瞧瞧他，跟他一起走出了检票口。

刚出车站，他们就被一群黑黝黝的开三轮"篷篷车"的汉子围住了，争吵着要他们乘坐自己的车子。道路两旁卖柿子瓜果和当地手工艺品的妇女们，也将潮水般的叫卖声向他们袭来。

秘书赶紧拒绝这些山塬人的热情，一边对老头儿说："首长，我去给团里打个电话，叫他们派辆车来吧？"

冯子健好像突然对这些"篷篷车"产生了兴趣，他眯缝着眼睛仔细地打量它们，那小斗车的篷布上醒目地挂着去"将军墓"和温泉的招牌，引起了他的注意。而且他发现许多旅客都喜欢坐这种"篷篷车"，笑闹着，一颠一摇，很开心的样子。那正是去二团的路啊。二团，二团……

"走，上车！"他仿佛童心焕发，决定乘这"篷篷车"去塬上逛逛那两处风景。

"什么？"秘书扫了一眼那简陋的运载工具，吃惊地张着嘴巴，站着没动。他怀疑自己的耳朵是不是听错了。

"嘻，走哇！你不走，我走。我这辈子还没享受过这种小车待遇呢。"老头儿说罢，笑呵呵地便往车上爬。

秘书急了，赶紧上前扶住他。无可奈何地摇摇头，然后放心不下地对司机叮嘱："师傅，请开慢一点儿，稳一点儿啊。"

司机笑笑回答："翻不了。"

"篷篷车"像只可爱的小甲虫，张开翅膀，摇摇摆摆地朝塬上飞去。

二

今天是星期天。

炮二团党委会议室里正在召开紧急扩大会议。会场被浓浓的烟雾笼罩着，而烟雾中的每一张面孔又被紧张不安的情绪笼罩着。大家手里都握着一个小笔记本，各自在埋头记着什么，或者用手顶着下巴在想着什么。

气氛很不寻常。

孟天成斜坐在会议桌正中的一把电镀椅里，仰头望着屋顶的天花板出神。他是今天清晨在被窝里接到师里的电话，说军区首长冯子健今天乘火车抵达师部，明天将到二团来看看。看看？看什么？师长在电话里说他也不知道，只有等首长来了之后先探探风，然后再打电话给他们。

情况来得太突然。一时，孟天成有些手足无措。冯子健是他的老首长，按说多年在首长身边工作，首长的一举一动，孟天成也该是熟悉的。然而，这次老头儿的突然光临，他真有些捉摸不透了。来检查工作？不像。来检查工作起码要提前三五天通知，而且陪同人员有一大堆。回老部队看看，叙叙旧情，讲讲传统？也不像。老首长百事缠身，哪还有这份闲情逸致？再说老头儿也不是那种爱摆"老资格"的人。他说来看看，到底是要看什么呢？

他放下电话，张嘴打了个哈欠，用手使劲搓搓脸，接着抓起床头的烟，点燃一支抽起来。按照他的习惯，星期天是要睡懒觉的，而且也不准自己的妻子起床。像他这样三十二三的团级主官不多，平时工作繁重，早出晚归，难得有个星期天好好跟妻子睡个囫囵觉。他还年轻，不像其他团职老同志，没有瞌睡。

"谁来啊？"妻子睁开蒙眬的睡眼，喃喃地说。

"冯老头儿。"他盯了她一眼。

"是他？好嘛，这下有你的事儿了。"妻子翻了个身，投给他一个含蓄的笑。

"也许。"他耸耸肩，做出一副从容不迫的样子。

"少装，"妻子软软地捶他一拳，"他是你的老首长。"

"还是我的证婚人哩。"

"去你的。"妻子脸上涌起两片红云。

"我跟他是老冤家哟。"

"冤家路窄，你小心点儿。"

"言之有理。"他高兴地笑了，俯身在妻子清秀的脸颊亲了一下。妻子像小羊羔似的钻进他宽厚的怀里。

妻子的提醒是有道理的。正因为是自己所熟悉的老首长，才应该更加认真地"对付"。就像战场上彼此都知道对方弱点的敌手，稍一疏忽，就会酿成大错。当然，他跟老头儿并不存在什么对立的关系，相反他们之间的感情十分深厚。只是由于在性格和工作作风以至在领导方法上，他们两人都太相似了，相似得彼此互相不能容忍，相似得彼此可以从对方的身上看到自己的影子而形成对立。所以，在他们的心理上都产生了一种防范，这种防范就像一堵透明的墙，隔在他们中间，结果是谁也不能走近谁。

于是，孟天成联想到军区将要进行的先进团队全面检查考核，立刻就意识到，冯子健此行是"无事不登三宝殿"。他仿佛一下识破了老头儿"奇袭"的意图，不由得嘿嘿地笑出声来。

"别高兴得太早！"妻子用手指点了一下他的宽脑门。

"也许应该早点儿高兴。"他把烟屁股朝地上一甩，起身跳下床，边套衣裤边说，"起床！甭睡了，去把你们那一摊子也好好摆弄摆弄。"

妻子坐起来，白了他一眼："有什么好摆弄的？真是。"

他开始打电话，发出一个又一个的指示。

现在，营以上干部都到齐了。他简短地作了动员，最后强调，他所安排布置的每一项工作，必须在今天二十四小时内完成，司政后机关谁也不准扯皮。完不成的，一旦出了纰漏，别怪他孟天成翻脸不认人。他把军帽拨拉下来，甩在桌上，露出齐刷刷硬茬茬的"寸儿头"。目光咄咄逼人。

"大家想想，还有啥落下的没有？"他朝左右扫视了一遍。

大家都抬起头，望着他。

"没有？没有就散会。"

一阵桌椅的响动。最后就剩下他一人还坐在空空荡荡的会议室里了。他吐了一口气，重新点燃一支烟，打算在这里等师里的电话。

这时，从门口折回来一个人，径直向他走来。是后勤处处长刘富贵。刘富贵一直走到孟天成身边，朝门口扫了一眼才说："团长，向你请示一个事。"

"说吧。"他示意他坐下。

"那两个'面包'，怎么办？"后勤处长弯下腰没有坐，"要不要派一辆明天去接首长？"

孟天成一听，略一思忖，说："不急。这事连师里都还没报告。还是先放在四营，今天可以试试车，等师里来了电话再说吧。"

后勤处处长点点头，准备走。

"等等，对了，你到饮料厂和温泉池跑一趟，告诉我老婆，叫他们明早送两箱新鲜饮料过来，温泉池明天停止营业，首长来了要洗澡。吃住的问题都交给你了啊。"

"没问题。"后勤处处长挺挺并不宽阔的胸脯，转身急匆匆地走了。

孟天成满意地点点头。这位瘦小不起眼的后勤处处长，是他手下的一名得力干将。刚才他们谈到的"面包"，就是他刚从地方旅游部门用优惠的内部价买来的两辆日本进口小面包车。为了买这两个"面包"，他付出了多少心血呀。要是光凭部队过去那点儿穷家当，现在连"门"都没有。

孟天成不甘过"穷日子"。自从上任当团长，他就一手抓军事训练，一手抓"生财"。商品经济社会嘛，军营又不是真空地带，大家都可以一显身手。前几年，有个军报记者到二团来采访，参观了"将军墓"后，回到北京考证一番，写了一篇文章，说是西北蒙塬发现了一座珍贵的西汉时期的将军墓。这下热闹了，人们蜂拥而来。文章还介绍了"马蹄泉"，说人们洗浴之后，可以延年益寿，可以治疗几十种疾病。来者愈发熙攘如蚁，络绎不绝了。于是，这里便成了一处旅游区。

孟天成看准了这个天赐良机，立即将"马蹄泉"扩建，由"内部使用"改为"对外营业"。他又千里迢迢从内地地方院校研究所请来专家对泉水的水质作了多方面的分析考证，最后鉴定"马蹄泉"是优质天然矿泉水。专家们刚一宣布这一"历史性"的结论，孟天成激动得像孩子似的扑上前去，跟老教授们一一拥抱。随之，他办起了"马蹄泉饮料厂"，生产香槟、啤酒、可乐、矿泉水。销路很快打开，产品打入了地方市场，并愈来愈走红。

有了钱，孟天成兴奋得手痒痒，他决定给部队添些家当。当时机关打上来两个报告，一是计划维修车库，现在全团大多数车库因年久失修，已破旧不堪，还有一批新配备的车辆由于没有车库而停放在露天里。第二是为团首长和机关干部盖家属楼，目前大家的住宅还是20世纪70年代初调防时修建的"窑洞式"平房，现在看来不仅土气，而且有的已经开始裂缝、变形，十分危险，机关干部和家属们反映比较强烈。但是，这两个报告孟天成都没有同意。第一个报告，他批了一个字："等！"意思是等上级拨钱来解决，靠修修补补解决不了部队正规化建设中存在的问题。第二个报告，他批了两个字："忍耐！"光解决首长、机关干部家属的住房，部队怎么办？那不叫战士们指着脊梁骨骂娘才怪呢。他孟天成没有这么愚蠢。

后来，后勤处处长刘富贵提了个建议，他马上拍板采纳了——买车！长期的基层生活经验告诉他，"粉要朝脸上抹，不能擦到屁股上"。打自二团驻地成为旅游热点后，上级首长和机关工作组以及记者、作家、离退休干部及家眷们，便如走马灯似的往返不息。尤其是春秋旅游旺季，更是应接不暇。下部队者可谓到偏远基层，而实则游览名胜古迹。说是苦，却乐在其中。这样一来，最感头疼的是负责接送参观的车辆问题。而且有的机关领导和干事们大概坐惯了小卧车，不愿意坐他们破旧的北京吉普。孟天成吃过这个亏。一次，上级有个工作组下来蹲点，检查二团的军事训练、政治工作、后勤保障等方面，没有一点儿可以挑剔的。然而，就是因为小车"照顾"不周，叫那几个同志坐了一次"篷篷车"，结果不久，二团便吃了上级的一顿"好果子"。孟天成是有苦说不出，只能怪自己穷。于是他发誓一定要"生财"买车，添置家当，而且要赶在军区检查考核之前，绝不能叫上级首长和机关同志这次来了，感到部队还是老样子，没有发展，一点儿没有现代化的气息。

现在，他的愿望实现了。他可以把全部的精力，投入主要工作中。他对即将到来的军区检查考核充满了自信。但是这些，他还不能向冯子健"露底"。老头儿现在是啥思想，他还吃不透，不敢在他面前轻举妄动。

"丁零零——"电话铃急促地响了。他一把抓起电话："我是孟天成，什么？你们没有接上？……没在蒙塬下？没有消息啊。嗐，乱套了。你们给我赶紧找——我马上就去车站。"

孟天成额头上冒出一股热汗，握着话筒的手僵在胸前。

三

"篷篷车"喘息着，终于到了温泉旅游点。冯子健下了车，顿时感到这完全是"另一个"温泉。一切变得陌生了。

眼下正是金秋时节，一片高大茂密的白桦林，藏不住三两处错落的红墙绿瓦仿古建筑和几幢奶白色的楼房。一扇朱漆大门高悬着烫金牌匾，上书"马蹄泉公园"几个龙飞凤舞的大字。大门的左面是一所疗养院，右侧像是个什么饮料厂。再向山上眺望，满山葳蕤的树木让秋风染上了一层金色或红色，一簇簇一团团，远远看去显得热烈而美观。

城里来的游人不少。卖小吃和手工艺品的个体小贩吆喝得很起劲。时而有两个戴袖章执勤的战士在人群中闪现。冯子健心里涌起一股新奇的感觉，深深地呼吸了一口塬上清新的空气。

"篷篷车"太闷人了，蹦跶得叫他几乎出了一身汗。他感到有些渴了。

秘书买来两瓶矿泉水。他接过来刚要喝，却不禁一愣。目光被瓶上的商标磁铁般地粘住了，在"马蹄泉饮料厂生产"一排字前面，醒目地印刷着炮二团的部队番号，而且上面清晰地标注着水的成分和效用。

他有些吃惊，又有些半信半疑。

他试着喝了一口，又喝了一口，再喝了一口。渐渐地，他的嘴角咧开了笑容，继而笑出声来。秘书瞧着他异样的笑，也跟着似懂非懂地笑了。冯子健笑得很响亮，周围的游人都回头朝老头儿瞪着奇怪的眼睛。

"走，到厂里看看去。"

他们一打听，饮料厂原来就在大门的右侧，不到一百米。刚走进门，震耳欲聋的机器轰鸣和玻璃瓶有节奏的碰撞声迎面扑来。一个三十来岁的女人在一张靠墙的办公桌前埋头统计数字。她头也不抬地对他们说："请稍等一会儿，我就完了。"过了一会儿，她终于扔掉手中的笔和计算器，嘘一口气，将散在额前的乱发吹到耳侧，然后仰起脸，老练地笑着问道："你们要多少箱？"

"什么？"冯子健听不清，用手比画着大声喊，"我们想随便看看，可以吗？"

"您……您是——"这时，女人突然睁大了眼睛，双手拍了一下，对着冯子健，露出一副十分惊喜的表情，"您是冯……哎哟，首长好！"

冯子健此刻也很快认出了面前的女人，高兴地喊着："嗨，你不是小秀子吗？"

"是啊是啊，首长，是哪股风把您给吹到这塬上来了？"

"我是回娘家呀，你欢迎不欢迎啊？"

"哪有不欢迎之理？请您还请不来呀，您也不事先打个招呼，说到就到，叫我们天成没有个准备。"

"瞧瞧，还没三句话就开始护着孟天成这小子了。是不是他又欺负你啦？"

"他敢。"明秀脸儿倏地红了。

"他欺负你就告诉我，我来收拾他。啊，哈哈哈哈。"冯子健像父亲般地爆发出亲切的笑声。

孟天成跟明秀谈恋爱时，差点儿给吹了。这小子刚提干，就开始看不起农村姑娘明秀了。冯子健很恼火，狠狠熊了孟天成一顿："农村姑娘怎么啦？你不是从农村出来的吗？多秀气水灵的姑娘，又有文化，字也比你小子写得好看。你不要，我看你还不配呢！人家找你，算你小子福气。这个婚事，我包办了。否则，你就给我脱了军装回家种田去吧！"

冯子健吓唬孟天成，为他"包办"了一桩好婚姻。孟天成婚后受益匪浅，事业、家庭，里里外外，多亏了这个精明能干的好媳妇。

她现在是"马蹄泉饮料厂"的厂长了。

"老首长，请尝尝我们厂生产的饮料吧。我听天成讲，这口矿泉，还是您发现的呢。我们现在托您老的福了。"

"哪里哪里，我可没想到办这么大的厂啊。那时候，只想到自个儿能在温泉里泡泡，解解乏，也就满足了。谁还知道它能变成啤酒、香槟、矿泉水？简直不敢想嘛！"

三人都不约而同地笑了。

"孟天成的鬼点子，现在可是达到炉火纯青的境界了啊！"冯子健幽默地说着，顺手抓起生产线上的商标纸，在眼前晃了晃。

"还不是跟您学的呗。"明秀笑道。

"不不不，我可没有这小子的胆子大。他是青出于蓝而胜于蓝嘛，哈哈哈哈。"

冯子健和秘书在明秀的陪同下，参观了生产流程，后来，又到温泉浴池转了转。他感到满意。浑身像洗了温泉一样舒坦、痛快。

上午的阳光很灿烂。秋天的碧空如洗，清清爽爽的宜人。冯子健坐在"篷篷车"里眯缝着眼睛，心里洋溢着一种说不出的喜悦。"将军墓"到了。墓还是那个墓，却多了许多游客、个体摊贩、为拍照做道具的骆驼、马和毛驴什么的。到处都是傻瓜照相机，发出"咔嚓、咔嚓"的声音，游人脸上洋溢着欢快的笑容。

有一男一女在问答。

女人问："这个将军是谁？"

男人答："不知道，管他是谁呢？"

女人说："讨厌！那你带我来干啥？"

男人说："玩呗！要不，这将军怪寂寞的。嘿嘿。这古代当官的也真惨，死了埋个地方连姓名都没留下，他手下的兵也许更倒霉了。"

女人有些感叹："这墓很男性。"

男人有些吃惊："男性？"

女人又重复一遍："男性！"

男人说："你是不是有病？"

女人说："你才有病呢！"

女人扭头就走。

男人还愣在那里发呆。

冯子健望着那女人离去的背影，心里涌起另一种滋味，说不清楚是感激还是遗憾。回头再看看热闹中的"将军墓"，不禁为它感到惆怅。这是一种比孤独还要孤独的孤独啊！军人哪，你生前轰轰烈烈，血洒疆场，而死后却默默无名，独立荒塬，你想对今天的人们说些什么呢？

"首长，咱们到部队歇一会儿吧。"秘书发现老头儿神情不好，以为他累了。

冯子健点点头。

阳光有些刺眼了。

四

孟天成家中。

冯子健一进门便仔细打量屋里的一切。这房子还是刚调防时修建的，采用了塬上老百姓窑洞的样式，改头换面，用砖砌成，内拱外平，一排排呈蜂窝状。不仅花钱不多，而且冬暖夏凉，很实惠。过去，冯子健一直为自己"创新"的这种营房感到得意。

可是今天猛一看，心里突然钻出一种说不出来的滋味。墙壁用白纸糊了一层，已经发黄破裂。屋里东西虽不多，仍显狭窄，光线灰暗，给人潮霉霉的感觉。几件简单的家具一看便知是公家配发的，一代代主官传下来，到他手里也差不多快淘汰了。这哪儿像个正儿八经长期过日子的家啊？然而，奇怪的是，这个家又充满了"现代化"的气息：一台放在两个重叠着的木箱上的二十吋日立彩色电视机，和一台缩在屋角的中外合资电冰箱。两件东西与整个房间形成了强烈的反差。不过，冯子健最感兴趣的，还是那一墙壁站立的书柜，简直可以跟他的藏书媲美。旁边的写字台前，还有孟天成手书的一幅"狂草"："马思边草拳毛动，雕眄青云睡眼开。"

冯子健忍不住乐了，指着孟天成说："瞧你小子写的字，还是这样的张牙舞爪，还挂在墙上当座右铭呢。"

孟天成不好意思地揉揉鼻子，解释道："关键不在字的好坏，而在取意，意到字到，我这也是一种风格嘛。"

这时妻子端上茶来，刺了他一眼，说："你谦虚点儿好不好？别在这里班门弄斧了。"

孟天成不服气地辩解："弄斧就要到班门嘛，不然能学到什么东西，又怎么知道自己的高低呢？您说是不是，老首长？"

"你呀，诡辩论！"冯子健高兴地笑了。这小子还是那么股冲劲儿。

孟天成狡黠地眨眨眼，也笑了。其实他明白妻子话里的意思。直到现在为止，冯子健还没有向他和团里的其他领导询问一句有关工作的情况。晚上，团领导陪老首长吃饭，孟天成几次欲在席间提及晚上向他汇报工作，都被老头儿有意打断岔开了。今天他私下转了一圈，可以说该看的"不该看"的他都看到了，按照过去的惯例，他早就"甩牌"了。然而今天有些反常啊。他那副平静没事的样子，最叫孟天成害怕。他葫芦里卖的什么药啊？！

孟天成有些沉不住气了。

冯子健却不动声色，从这个房间走到那个房间，还看了厨房后院的菜地和鸡窝。左瞧瞧右瞅瞅，好像在找什么东西。忽地问道："呃，对了，你们的孩子呢？"

夫妻俩对视了一眼。

明秀抢过话回答："送回老家了。我们工作都忙，顾不过来，团里又没有幼儿园，离县城又太远。将来上学也只能这样，怕把孩子的教育给耽误了。"

"其他随军家属的孩子怎么办？"

"还不都是这样，当初如果把营房建得离县城近一点儿也许就……"

"明秀！"孟天成突然喝了一声。

明秀把后半截话咽了回去。

"怎么啦？"冯子健感到奇怪，看看他们二人吞吞吐吐的样子，故意生气地说，"这么说，你们是在怪罪我这个老头子啰？"

"不不不，"孟天成赶紧否定说，"女人们知道个啥？现在谁叫我离开塬上搬进楼房，我还不习惯咧。军人嘛，不就是住山沟住荒塬吗？住城镇算个什么军人？流血、吃苦是军人的本分！苦，才能磨炼出军人的意志。老首长，这是您说的话啊。"

冯子健感到浑身一震，那种说不清楚的东西又在心里涌动起来。是的，他是说过这话，这话难道错了吗？难道过时了吗？不，他不相信。

一时，屋里沉默了。

冯子健为了打破这僵局，便改换了个话题："喂，你们两口子谁当家理财啊？"

这句猛不丁冒出来的话，把孟天成和明秀问蒙了。怔了片刻，还是孟天成先反应过来，红了脸朝妻子努了努嘴："她，她呗。"

明秀脸儿顿时也烧了起来。

"当家不容易啊，"冯子健有些感慨地站起来，踱了两步回头又问，"经济上还宽裕吧？"他知道孟天成不仅抽烟，而且还喝酒。过去明秀在农村，没有像现在这样的工作，日子还是蛮紧张的。

"过去勉强，现在好多了。"明秀搭了孟天成一眼。

孟天成随即应和："是的是的，好多了。她随军后，让她组织搞了个家属工厂，搞得还凑合，个人也有了些收入。两人钱加起来，算是个凑凑合合的小康水平吧。"说完他自个儿却挠着后脑勺莫名其妙地乐了。

"其实，没钱有没钱的好处，有钱也有有钱的难处。"明秀轻微地叹了口气。

"这话怎么讲？"冯子健很感兴趣地探了探身子。

"不瞒首长您说，"明秀朝丈夫看了看，继续道，"过去我们家经济再困难，可从没有为钱斗过嘴。现在你问问他，有几个小钱了，却经常发愁，还红过好几次脸呢！"

明秀诉苦似的一气说完，开心地盯了孟天成一眼。

"是吗？"冯子健故意瞪大眼睛看着孟天成。

孟天成脸上热辣辣的，反驳道："您别听她胡说八道。她呀，把钱抠得太死了。恨不能在手心里生出崽来。舍不得花，等物价涨了，又后悔。"

"你呢，只顾眼前，不想想今后。花钱大手大脚，时兴什么买什么，像个赶时髦的青年，哈。"明秀捂着嘴笑得前仰后合。

"旧的不去，新的不来嘛。守一辈子旧东西过日子，有什么意思！"

"哟哟哟，想过好日子，美着你呀？也不照照镜子看看你的形象，你有多少家当？"

"形象嘛，丑一点儿可能没法改了。可是家当嘛，总是人置的吧？我置它一件就要像它个样儿。像你那样小农经济，修修补补地过日子，这个家呀算完了。"

"你是大老板哪？真是！想入非非！瞧你的破营区、破房子、破木箱、破纸箱……"

夫妻俩唇枪舌剑，互不相让，好不热闹，完全忘记了老头儿还在屋里。

老头儿没吭声，一只手撑着下巴坐在"简易沙发"里。他闭着眼睛好像睡着了，微凸的肚子有节奏地起伏着。可是刀锋似的眉头却锁了起来，在悄悄地抖动。

夫妻俩以为老头儿太累了，赶紧住了声。明秀走到一边取来一条毛毯，轻轻地盖在老头儿身上。

冯子健却睁开了眼皮，说："我没有睡。你们继续谈吧，我在听。很有意思嘛。"他极力想笑，可眉头却不听使唤地老是展不开，一伸一缩像两条斗架的小虫。

明秀说："我们再谈，就要红脸吵起来了。老首长，你饶了我们吧。"她说完扑哧一声笑了。

冯子健脸上也露出了淡淡的笑意。

孟天成一下看出老头儿心里有了心思。一定是刚才他和妻子斗嘴，无意中触及他内心什么东西了。否则，他不会如此地掩饰和克制自己，目光变得深沉而凝重了，彼此都好像无话可说了。相互看着有些尴尬。

无声地过了一会儿，冯子健拍拍屁股站起来辞行。他像是自言自语地感慨了一句："要当好一个家，真是太难了。"停了一下，他又意味深长地补充了一句，"不过，关键还是看你怎么个当法。"

孟天成送到门口，忽然看见老头儿的嘴唇颤动了一下，好像要对他说什么，可是没说出来，而用目光代替注视了他好一阵。那是一种复杂矛盾的目光，又是宽厚信任的目光。老头儿最后轻轻地拍拍他的肩，转身，大步走去。

孟天成怔怔地望着老首长稳健的背影，心里卷起了狂澜。他这才意识到，虽然他们之间的确有些陌生了，然而，老头儿是在宽容他，希望与他找到某种契合。一种好似丢失了自己宝贵东西的痛苦和愧疚，恍若秋风袭上心头，把他的心帆鼓得满满的。明天，他该如何向首长汇报呢？他的眼眶悄悄地爬上一层潮润泛光的物质……

塬上，月亮很圆、很亮，也很冷，像一面古镜悬在夜幕的墙上。

冯子健走出营区，兀自伫立在夜色里。天上是无垠的星空，地上是隆起的荒塬，风在移动，使人产生欲飞的感觉。四周没有一点儿噪声，只有远处偶尔传来一两声鹰鸣，给古战场的边塞之夜更增添了几分静谧和神奇。脚下的荒草起舞摇曳，夜色变得朦胧起来。蓦地，他依稀看见那半截黑魆魆的"将军墓"，正一步步朝他逼近。那无头的壮士一声号令，四周营垒忽闻号角，剑戟般的茅草从潜伏中一跃而起，一片呐喊……这时，从"马蹄泉"方向又杀出一队人马，驾驶着"篷篷车"、出租车，高举着五彩斑斓的手工艺制品，喝着可乐、矿泉水，吆喝着狂奔而来，形成强大的声势。

冯子健在冷峻的古镜下，恍若一尊兀立的雕像，沐浴着一身清辉。他的身后，拖了一条长长的影子……

骚动的春天

后勤部林部长带着政治处干事李小乐风尘仆仆赶到农场的时候，正好是吃午饭的时间。场里大大小小的头头儿都在大门口等候，个个神情肃穆，见车一到，赶紧把脸放松了，拥上来，打算把他们带往小招待所，然后开饭。

林部长稳坐在司机位置，握着方向盘的手没有动，只是对着窗外的人礼节性地点点头，丝毫没有下车的意思。

北京吉普喘着粗气。

大小头头儿们彼此偷偷看了一眼，不知所以然，于是刚放松的脸又绷紧起来。耿场长倾身上前谨慎地问道："部长，先吃饭吧？"

"不，你和政委上车，我们先去看现场。"林部长的语气很坚决，而且显得有些冰冷，说完瞥了后座的李小乐一眼。

小李干事的肚子这时正咕咕地闹着，早有些"造反"的意思，但见部长都坚持着，只好将车门打开，屁股朝里挪了挪，让耿场长和政委钻进来。

小车继续朝前驶去。门口的其他干部似木头般地立着，渐渐缩小。林部长的车开得很快，到了农场的土路上仍不减速，车屁股后拖着几丈高的黄尘。后勤部的人都知道，只要有了重大事情，林部长总是自己亲自开车，而且把车开得要飞起来。据说当年他当汽车兵的时候，就有个绰号叫"飞行员"。

眼下，"飞行员"闷着头紧握着方向盘，使车不时腾飞起来，真叫车上的另外三个人感到心惊肉跳。大家吓得不敢说话，只有耿场长偶尔在道路拐弯处，小心翼翼用手指戳戳去"现场"的方向。

林部长是早晨出完操回到家时，接到农场打来的电话。说是农场和驻地老百姓发生了冲突，老百姓砍了农场的树，农场的哨兵动了枪（子弹是朝天上放的，以示警告），还抓了一个指挥砍树的"贼王"，老百姓包围了农场要求放人，双方相持不下，出现了剑拔弩张的态势。农场耿场长十万火急请求林部长赶快派连队来，保卫农场，以防止老百姓冲入农场寻衅滋事，进行破坏。

林部长一听头就炸了。本来今天是召集机关处以上干部专门讨论研究后勤工作改革方案和意见，其中一项就有农场面粉厂贷款亏损几十万元的问题，准备在会上提出个解决的根本办法。这不，会还没开，"后院"就起了火。林部长只好亲自走一趟，叫家里的会照常开，他去"灭火"。不然，农场一旦真的与老百姓干起来，那就不仅仅是个钱的问题了。他深知事情的严重性，也清楚农场这几个干部的性格和脾气，弄不好就会出大娄子。

当时，他在电话里下了一道简短而果断的命令："首先放人，然后等着我来。"农场当即执行命令把人放了，矛盾暂时缓解。否则，现在他的车怎能开进农场，而农场的这伙大小头头儿又怎能脱身到大门口来恭候他，等他吃饭呢？

"现场"到了。这是一条长达几千米的机耕道，道的两旁原是一排排笔直整齐、高耸入云的白杨林带。一到春天，这些树木犹如绿墙一般，把田野勾勒成一块块绿色的方格，远远看去，十分壮观。这些白杨树不仅好看，绿化了环境，而且抵御了黄河上游西部年年侵袭而来的漫漫风沙，保证了农场的粮食收成。因此，农场的干部战士都把这些白杨树看成自己的生命一般宝贵。

可眼下，这一条白杨林带被砍伐得七零八落，一塌糊涂，就像遭到了一场战争的洗劫，到处是光秃秃的树桩、树枝，刚成年以上的树都惨遭劫难，剩下几棵手腕细的小树，如同失去父母的孤儿，可怜地在风中颤抖、呻吟。

现在的季节是春天，中午的阳光也很好，可是大家都感到说不出的寒冷。

"这些树刚刚才抽芽啊……"耿场长感到心里一阵绞痛，说，"一夜之间几百棵，加上前几天砍的，一二十万元哪，他娘的比土匪还凶狠哪……"

政委也哽咽着说："咱们出了告示，他们不听，派了哨兵巡逻也管不住，这些移民简直是疯了。"

林部长一直不语，一边走一边用手抚摸那些被砍伐后剩下来的树桩，那些树被砍得很粗糙很残忍，有的几乎是被拦腰强行折断，裂着长长的口子，伤处淌着透明的液体。

林部长把头抬起来，望着天空深深地吸了一口气。

小李干事一边仔细地听着场长和政委汇报情况，一边在一个小本本上一字不落地记着，眼镜下的鼻尖上细细地密布着一层晶亮的汗珠。

看完"现场"，在小招待所简单地吃了几口饭，林部长在场部小会议室里，给农场的大小头头儿们就农场发生的老百姓砍树、战士动枪的事件和目前的势态，提出了几点意见和要求，最后决定把干事李小乐留下来，详细调查，协助农场解决处理好这场军民纠纷。

林部长最后强调，绝对不能再激化矛盾，老百姓就是找到我们闹事，我们也只能讲道理，不能动手，更不能动枪，动枪是什么性质？我们还有法律嘛。再说，我们不是天天喊老百姓是我们亲爹娘吗？爹娘到儿子家拿点儿东西，你能打？你敢打？谁动手，我就撤他的职——摘他的乌纱帽！

小会议室里鸦雀无声。

林部长跳进北京吉普的驾驶座。这当儿，小李干事已将一份起草好的农场军民纠纷的简要情况交给了他。林部长看了他一眼，说："我把尚方宝剑交给你了，你不要怕，大胆工作。记住，我要的是真实的东西和解决问题的办法。"说罢，拍拍他的肩，小车就箭一般地射了出去，扬起一股烟尘。

小李干事开始有些激动，把眼镜往鼻梁上推了推，陡地感到刚才林部长拍过的肩头一沉，如同压了什么东西。

农场的大小头头儿们，直到小车不见了才舒缓一口气，把眼睛转过来，望着眼前这个个子瘦小、小脸白净、文弱书生般的小李干事，目光里渐渐就有了些复杂的成分……

农场地处黄河岸边，过去是一片杂草丛生的烂荒滩。一条黄河如烟如肠，在大西北贫瘠的黄土地上缓缓地蠕动，给人以满目苍凉之感。

"文革"时，这里住有十几户人家，靠着几块薄地和打鱼为业，过着勒紧裤带、饥一顿饱一顿的日子。最后煎熬不下去，便携家带口，渡过黄河向西部迁徙，寻找新的活路。一些去了山西，一些流落甘肃，一些漂泊新疆。那时，部队在这里办起了军垦农场，开荒种地，艰苦奋斗，终于改变了黄河滩的模样，昔日的烂荒滩变成了土地肥沃、机械化耕作的粮食生产基地。

一望无际的土地在阳光下闪烁着油黄的光亮，散发着泥土和粮食特有的醉人的气息和芳香。如今，春天到来，田野里的麦苗一片新绿，舒展着蓬蓬勃勃的生机。

而黄河滩的移民，也像春归的燕子，陆续从外面回到自己离别多年的家园。十几户人家打滚似的繁衍增加到几十户。人丁兴旺了，又在外漂泊多年，但家家户户跟出去时没什么两样，浑身上下仍然穷得叮当响。移民们在黄河边长着芦苇的一块地方扎下营来。当地政府拨给他们部分盖房的材料，送来救济粮，然而这只能是杯水车薪，解决不了问题。移民们又掏不出钱来买木料，眼见着村落到处堆着破破烂烂不值钱的东西，夜里睡在简陋的芦棚和塑料棚子里，风大天寒，冻得娃娃哭、夫妻吵、狗乱叫，这些穷急了眼的移民们便把刀子一样的目光，投向部队农场那一排排亭亭玉立、引人注意的白杨树。

于是，便有了这场发生在春天里的军民纠纷。

这是小李干事几天来初步调查所掌握的情况。他整天跑上跑下地忙着，找场里的大小头头儿们谈，也跟机关干部和分队里的战士聊天。他还几次到那个像"印第安部落"的移民村，找了一些年长的老人交谈，也与那个被抓住又放了的"贼王"徐国富——一个年轻、健壮如牛、曾经走南闯北的小伙子，唇枪舌剑般地进行过交锋。总之，他非常认真，非常书生气，手里捧着那个小本本不停地记着，连一些人的口头禅和当地土语他都不放过，比如"来球的""哈怂""油泼辣子齾齾面"，又比如当地人把好叫"嘹"、好得很叫"嘹得太"，把我叫"额"，把爸叫"大"，等等，都记在了本本上，比报社下来的记者还细致。

越了解，他越感到事情的复杂。

他把双方召集来开会，进行"谈判"。

农场的领导提出，要老百姓退回偷砍的树木。老百姓要求，叫农场退还占用的土地，因为一部分土地过去是他们的。农场的领导说，那些土地当初都是荒地，老百姓已经放弃不种，部队开垦出来，就不能算是他们的了。移民代表说，别说栽树种庄稼，你就是种出金子来哩，那地也是咱农民的姓，它是咱老祖宗留下来的家业。你有土地证吗？你有土地合同书吗？没有。如今有政府的《土地法》，你们当兵的懂不懂法律？不行咱们就打官司！

双方的"谈判"出现僵局。于是双方代表的目光都盯着"钦差大臣"小李干事，盯得小李干事诚惶诚恐，眼镜就朝鼻尖上滑，鼻尖上就冒出一层细密而晶亮的汗珠。

"今天的会……就到这里吧。"他赶紧结结巴巴地宣布散会，把小本本合拢，说等下一轮会议再研究。

大家一散，会议室里愈发闷热。小李干事就赶紧逃到田野里，放松自己的神经。他独自走在农场的机耕道上，满目是春天的景象，他感觉这景象平静如水，无边无际，却又在悄悄地骚动着朝他涌来。

小李干事以前在部队基层干过，排长、副指导员，后来上了解放军政治学院，拿了经济管理的大学文凭，就分在机关当了后勤部的政治干事。他是个做事认真的人，可就是模样长得有点白净细嫩，奶腔奶味儿的，机关的参谋干事助理员就把他当"嫩竹儿"看，常常拿他"调侃"。他很是不服气，总想有机会露一鼻子。没想到处理的第一件事，就这样地使他感到棘手。

但是，他相信自己，没有战胜不了的困难。

走着走着，不知不觉就来到"印第安部落"的移民村。村落里到处是一派忙碌的景象，人们抬石、拉土、锯木，修建房舍，连老人和妇女都在投入紧张的劳动，孩子们则在一旁雀跃着。一些新屋正在落成，而大部分住家仍是简陋的芦苇和塑料棚子。

小李干事觉得这场面很壮观。这些黄河边的黑黝黝的农民们，脸上流淌着劳动的汗水，眼睛里闪烁着纯朴憨厚和创建家园的喜悦光芒。无法相信，他们就是那些野蛮而失去理智的砍伐部队农场林木的"土匪"。

移民们见到小李干事走来，远远地露出敌意。尽管小李始终如一是一张笑脸——一张孩子般纯真的笑脸，但移民们小心翼翼的目光依然充满警惕。那个名叫徐国富的"贼王"，正领着一伙年轻人在修整道路。小李干事主动上前打招呼。徐国富指着一位穿旧军装的青年汉子说："他叫徐志强，当过兵，党员。"

大家握握手，寒暄一阵。徐国富到广州、深圳打过工，其他几个人也都在外闯荡过"江湖"，见过世面。他们是移民村的青年"领袖"，具有相当的号召力和代表性。

徐国富说："我们需要土地，土地是农民的生命。"

徐志强说："我们正在动员村民，把砍伐的树木还给农场，但是难度很大，现在村里还没有党团组织，村民散漫惯了，心又野，没有组织纪律性，更不懂政策法令。"

徐志强又补充了一句："不过，历来咱们军民打交道，只有吃亏的部队，没有吃亏的群众。"说完他含蓄而老练地笑了笑。

徐国富则干脆直杠杠地说："军民鱼水情，鱼儿离不开水嘛，哈哈哈哈。"

几个年轻人就粗犷地大笑起来。

小李干事尴尬地点着头，把这几句话很快记在了小本本上。

回到农场，小李干事翻开小本本，把移民村青年"领袖"的话转告给耿场长，要农场研究一下，尽快把过去占用移民的土地退还给他们，现在正是春种时节，如果误了，还会闹出事端。耿场长一听就火了："你的胳膊肘朝外拐，还是朝里拐？老百姓砍了我们的树，反而还要我们给他们送礼，世界上哪有这样的道理？"

呛得小李干事脸一阵红、一阵白。

小李干事硬着头皮说："人家有法律依据，我们主动退了地，砍树的问题就好解决了。"

耿场长斜了他一眼，气呼呼地说："你去跟林部长说去，那些地是当年他率领我们汗珠子摔八瓣，一镢头一镢头挖出来的，一茬儿一茬儿的兵把青春甚至生命都搭上了，才变成如今这样肥沃的土地，他要舍得给人，我们就给——"

"嘭——"耿场长将门一甩，大步走出屋去。

小李干事吓得浑身一抖，一脸的冷汗飞了出去。

后勤部接连开了几天会，专门研究改革开放，加快生产经营步伐的问题，会后将有一系列重大改革方案出台。当然农场少不了是个重点，其中就有面粉厂转产搞食品加工的一项，准备由这个厂自己搞承包，自负盈亏，实行生产责任制，上级再不能背着这个年年亏损的"包袱"走路了。只是转产的生产项目还没最后确定下来，有的提出将面粉加工改为系列"方便食品"，有的建议生产市场上价值高、需求量大、盈利多、见效快的"营养食品"，甚至有人主张走中外合资的道路，生产适应现代消费特点的"高档食品"，比如一个正在当地考察的国外某公司愿意跟我们合作，引进种植加工美国的小玉米，等等。

林部长要农场自己拿出意见来。

就在林部长在办公室给农场打电话的时候，小李干事敲门进来了。他像刚从土里钻出来似的，浑身上下全是泥土的黄色，只有眼镜后面的一双眼睛还辨得清黑白。

林部长先是一愣，然后示意他坐下，自己继续打电话。

小李干事看看沙发，拍拍屁股，小心地放了一半在上面坐着。见旁边茶几上有半杯喝剩的水，顾不上是谁的，就悄悄地端起来，咕咚咕咚地喝了。

林部长终于打完电话，回过头来亲切地问道："回来啦？怎么样，很有收获吧？嗯，黑了，瘦了。"

小李干事赶紧放下杯子，抹抹嘴巴，疲惫不堪的脸上浮着笑容，他从兜里掏出事先准备好的小本本，就要汇报。

林部长摆摆手说,不要一条两条地汇报了,随便些,开门见山,简明扼要就行了。

小李干事放下小本本,推推鼻尖上的眼镜,一时卡了壳,一路上想好的词儿全忘了。蓦地,他赤裸裸地冒出一句:"他们要求退还土地——"

"什么,你说什么?"林部长没听明白。

"他们要求退还土地……"

"他们? 退还什么土地?"

"那些移民要求农场退还过去占用他们的土地……"小李干事赶紧解释,一气说完,鼻尖上已经冒出一层密集的汗水。

"我叫你去处理移民砍树的问题,怎么搞出这事?"林部长脸色有些不好看了。

小李干事吓得不敢吭声了。

林部长叹了一口气,说:"你说吧。"

小李干事喃喃道:"你不是要、要真实的东西和解决问题的办法吗?"

"是啊,你说吧。"林部长点燃了一支烟。

小李干事就重新翻开小本本,把调查了解到的情况详细作了报告。他说,现在关键的问题是土地,移民们刚回到自己的家园,没有土地就无法生存,归还了他们的土地,或者说给他们一部分土地,矛盾就会化解。移民们砍树就是冲着那片土地来的。他们早就给农场提出来了,农场不同意,说是战士们辛辛苦苦开垦出来的,不能给。结果就发生了这场矛盾纠纷。

小李干事还谈到了《土地法》和有关法律问题。他抽时间专门走访了当地政府部门,翻阅了大量这方面的文件。因此,他掌握和分析的情况是真实和准确的。

"为什么农场没向我报告?"林部长问道。

"因为那些土地据说是您带领战士们开垦出来的，他们怕伤您的感情。"小李干事说。

"这不仅仅是我个人的感情……"林部长好像是在自言自语，他独自走到窗前，望着天空，沉默了。

小李干事此刻感到心里像是坠了一坨东西，沉甸甸的。

林部长终于转过身来，平静地说："我们要研究一下。你很辛苦，休息两天吧。"说完，他的脸上好像蒙上了一层乌云。

小李干事悄悄退出了办公室。

当天下午，经后勤部党委研究作出决定，将农场过去占用当地移民的土地，全部退还。田里的麦苗一棵也不许动，随土地一起交付。林部长在会上主动提出了这一建议，得到大家一致赞成。

小李干事没有休息，连夜搭乘公共汽车赶回农场，传达后勤部党委的决定。

农场大小头头儿们表示坚决执行上级指示，但写在一张张脸上的沉重表情，反映出心里的异常痛苦，仿佛他们身体中的一部分被分割了一样。多好的土地啊，里面凝结着农场官兵们的心血和汗水，也蕴含着对未来的憧憬和希望。再过几个月，就是几万斤金灿灿的粮食啊！

…………

土地退还移民后，"闹事"的风波果然就平息了。然而，农场被砍伐的树木一棵也没有人送回来。小李干事没回机关，按林部长的指示，他还要在农场待一段日子。

"肉包子打狗！"耿场长愤愤地说，眼睛扫了小李干事一眼，好像在说，这是你做的好事，赔了夫人又折兵。

小李干事赶紧把眼睛躲开，推推鼻尖上的眼镜，装着没听见。这几天农场的人见到他，都以一种异样的目光对待他，或在背地里议论，骂他是"叛徒"。他感到十分委屈，却无法对人诉说。

心里唯一感到安慰的，是这场军民纠纷基本平息下来，没有酿成大的事端，这应该说是值得庆幸的。尤其看到移民们得到土地后在田野里狂喜的情景，他感到了一种幸福和快乐。拿林部长的话说，部队吃点儿亏，还不是肉掉在自家人碗里，个人受点儿委屈算什么呢？呵呵。

小李干事自我安慰了一番，就躺在招待所的一间屋子里，踏踏实实进入了梦乡。他在梦中，听见春夜里的庄稼在月光下滋滋地生长，听见黄河涌着波涛在对土地深情地诉说，听见夜色迈着匆匆的步伐朝着金色的黎明走去⋯⋯

小李干事的脸上露出孩子般动人的笑靥。

日子迈着平平静静的步伐走着。然而，没走两天，新的骚动又出现了。

这天，小李干事清晨起床跑步，刚跑到属于移民的那片麦地，一下给惊得愣住了——昨日还是绿茵茵的一片麦田，转眼间便成了光秃秃的黄土。一些人正赶着牛用犁把好端端的麦苗翻埋在地里，另一些人则用铁锹拼命地挥舞着，麦苗纷纷倒地⋯⋯

小李干事惊呆了。

"你们这是干什么——"他急得大喊起来。

没有人理他。那些移民继续破坏着，现在这些土地属于他们，他们想怎么干就怎么干。吆喝牛的声音和铁锹刈断麦苗发出的声音，强烈地震动着春天早晨的天空，如同一条无形的鞭子冰冷而残酷地抽打着小李干事的心。

他再也忍受不了，赶紧跑到"印第安部落"去找"贼王"徐国富和复员兵徐志强。当他找到他们，把见到的情景告诉他们，要他们立刻去制止这一错误而又疯狂的行为时，两位青年"领袖"不仅不慌张，反而出乎意料的平静，笑着说："这是我们叫大家这么做的。"

小李干事愈发感到震惊，瞪大了眼睛。

"你们为什么要这样做？难道把几万斤就要到手的粮食，白白地埋在地里就不心疼？你们是庄稼人吗？你们这是犯罪——"小李干事像火山爆发，大声吼着，他感到他的好心被这些愚昧的移民用刀捅了。

徐国富毫不示弱，说："这是我们的内政问题，无可奉告！"

徐志强在一边只是窃窃地笑。

这些人简直是疯了！小李干事回到农场时，农场的大小头头儿们也已经知道了这件事，大家议论纷纷，焦急和不安之状不亚于树木被砍那次。大家脸色或土灰或煞白，惶惶然如灾难临头。

小李干事不明白，为什么老百姓翻埋麦苗，竟弄得农场如此紧张，如此坐立不安。

耿场长见到小李干事，就说："你回来得正好，赶快把这件事向林部长报告一下。"

耿场长说，这些移民捣毁麦苗，是不想种粮食，因为守着部队农场有的是粮食。过去就是如此，一到夏收，老百姓几乎是公开"抢粮"，夜里倾巢出动，男女老少齐上阵，一把剪刀，一个布袋，只听见黑暗中响起一片巨大的"嚓嚓嚓"的声音，到早晨一看，一片片的麦子，全成了没有头的光杆。于是农场就派兵巡逻保护，然而农场地广兵少，顾了东头顾不了西头。被哨兵追急了，那些女人就蹲下脱裤子……当兵的再不敢上前，眼睁睁看着"抢粮"者扬长而去而无可奈何。

耿场长要小李干事请示林部长，今年的夏收一定要调动更多的连队来"护驾"，并帮助抢收。现在农场实行了改革，产量已经承包到分队和个人，如果出现老百姓"抢粮"的情况，就会影响单位和个人的利益，农场的兵虽不多，但也是血气方刚的小伙子，到时矛盾一激化，后果就不堪设想了。这是一个潜在而又巨大的威胁，如一颗定时炸弹摆在军人们的面前。

小李干事像木头般地戳在原地，脸上淌着一层冰冷的汗水。

这两天，农场的大小头头儿们忙坏了。面粉厂面临着转产，要更换机器设备。一家国外的公司最近又来考察，认为黄河滩的土质适合栽植美国的小玉米，若在这里开展种植、生产、加工，不仅可以保障部队，将来在国内和国际市场上也会有着良好的经济价值和前景。这家外国公司还表示，他们愿意提供种子、技术及部分机器设备，并负责国际市场的销售。耿场长整天忙着陪同"老外"和后勤部机关派来参与洽谈的同志参观、吃饭、签合同。

与此同时，政委在面粉厂收拾"残局"。工厂实行生产承包经营责任制，搞中外合资，技术程度和要求提高了，要招收新的技术工人。而过去厂里的工人大都是部队的随军家属，文化程度不高，又吃惯了"大锅饭"，这一改革，就好比捅了马蜂窝，婆婆媳妇小姨子，吵吵嚷嚷，哭哭啼啼，厂里闹哄哄的一片。更令人头疼的，就是移民捣毁麦田的事件，给农场即将面临的夏收罩上了一层阴影。眼看着日子一天天飞快地走着，地里的麦苗噌噌地朝上蹿，大家心里急得如火烧一般。

小李干事终于从移民那里打听到，原来他们不愿种粮食，是因为粮食卖不了几个钱，他们想种经济作物。有的说种西瓜，有的说种葡萄，还有的想种烟叶，可他们对种植这些东西从技术到收益上都没有把握。然而，他们需要钱，现在政策好了，他们渴望尽快地富起来，再不能过昔日那种流浪漂泊的穷日子啦。他们说，守着部队农场，解放军从指缝儿里漏几粒粮食，就够他们吃一年。"靠山吃山嘛"。

小李干事就单纯地想，如果移民们富裕了，有钱了，还会"抢"农场的粮食吗？他直言不讳地这样问了"贼王"徐国富。徐国富笑笑说："我有钱了就会向你买，干吗还赖皮似的伸手要、动手抢？

谁不想堂堂正正地做人？"

"这话当真？"

"男人说话还有假？放个屁也砸个坑！"

这时，小李干事心里就突然萌发了一个想法，于是就把这个想法告诉了农场耿场长。

"啥啥啥？你说把进口的小玉米交给移民去种？还要招他们做工人？"耿场长一听，眼睛顿时就睁圆了，惊讶地看着小李干事，如同看一个突然出现的"外星怪物"，"我看你、你是不是神经有点儿不正常啦？现在想甩他们都甩不掉，你还把他们当宝贝搅进来，这不是西瓜皮擦屁股——没完没了吗？简直是胡扯淡嘛。"

"我、我认为，"小李干事推推鼻尖上就要下滑的眼镜，解释道，"这是解决农场跟移民关系的一个办法。"

"你能不能想点儿别的办法？"耿场长气呼呼转身就要走，又回过头来好心地劝道，"我说小李干事，你别太书呆子气了，你刚从学校出来，对基层工作不熟悉，我劝你还是多看多想少说话，别再给我们添乱子了。"

"这……"

"嗙——"门被有力地拉开又重重地合上了。

小李干事愣住了。他想了想没有别的更好的办法了，犹豫了一会儿，便拿起桌子上的电话："喂，给我接林部长办公室……"

小李干事位卑言轻，关键时候还得用"尚方宝剑"。不过，他担心林部长会不赞成，会批评他异想天开、想入非非、超越职权范围，等等。

然而，他没想到林部长十分痛快地同意了。并认为这是一个"大胆而了不起的想法"，不仅可以解决农场与驻地群众在新形势下的军民关系问题，而且将农场的改革也引入了一种竞争机制，同时对地方的改革也是一个有力的支持和帮助。军民同在一条船上，风雨同舟，团结一心，协力拼搏，才能共同奋进。

小李干事脸上大颗大颗的汗流了下来，他很激动，激动得嗓子里像堵了一团东西，眼睛酸胀胀的像有虫子爬出……但他心里明白，自己没有像林部长想这么多。真没想到一个单纯而又偶然的想法会产生这么大的作用和意义。他学过经济学，只懂得在商品经济下，一种新的社会关系正在逐渐形成，他不过是把学到的理论在实践中作了一个小小的"尝试"而已，更主要的他是想把这件事处理好，不留"尾巴"，回到机关别人再不拿他当"嫩竹儿"调侃，就足矣。

"怎么不说话啦？"林部长在电话里问。

"没……没什么。"小李干事的声音哑哑的。

没过几天，农场的大门口贴出了醒目的告示，在移民中招收有一定文化程度和技术的青年到农场的食品加工厂当工人，决定把种植美国小玉米的任务交给当地移民。场里研究，招工的事还请小李干事给农民做宣传。

小李干事拿了一个半导体小喇叭，到"印第安部落"去宣传动员，他站在村头的一棵老树下，大声呼喊："美国小玉米是高档经济植物，营养价值高，市场收益好，如今城里人讲究高消费，喜欢吃'洋味儿'，尤其宾馆饭店酒家供不应求，加工成罐头还可以出口，每年能赚几十万，如果家家户户都种小玉米，保证当年奔'小康'，两年成为'万元户'……"

小李干事声嘶力竭，唇舌翻动，唾沫星儿横飞。

围了一堆的村民们如听"天书"。

只有"贼王"徐国富和复员兵徐志强一伙年轻人感到兴奋，眼珠子发亮。他们万万没想到这个平日没被他们放到眼里的小李干事，居然为移民村找到了一条真正的活路。年轻人纷纷拥向村头。

然而，村里上了年纪的老人们却不以为然，他们不相信农场的食品加工厂会赚钱，更不相信跟"洋鬼子"打交道，还能占便宜。"咱这地自古出土豆红薯，咋能长出个洋玩意儿来哩？"他们还是认定种西瓜之类的东西，收几个钱是几个钱，保险。因此，任凭你如何宣传动员，吹得天花乱坠，吹得麻子媳妇赛仙女，这些"老人家"就是按兵不动，而且不准家里的儿女们参加。

一连几天，报名的人越来越少，最后只剩下一群妇女和娃娃围着老树下的小李干事看热闹。小李干事急得上了火，嘴皮裂开了道道口子，牙齿缝流出了血，眼睛也像两颗焦煤球似的深深凹陷下去，眼镜就无力地滑在鼻尖上。他看看手里签合同的报名册，竟然只有稀稀拉拉的几个人，悲哀得简直想大哭一场，恨不能给移民们跪下来，只要他们同意参加种植进口小玉米，哪怕叫他掏出心看看，也愿意。他这到底是为谁啊？

下雨了。他还站在那里一动不动，用嘶哑的声音喊着，雨水湿透了他的军装……他没想到结局竟是这样惨。他无法理解那些衣衫褴褛渴望富裕而又愚昧顽固的村民。现在，他像一个失败者孤独地伫立在老树下，犹如黄河滩上的一只孤雁。陪同他的两个农场兵赶紧叫他回，拉着他离开了移民村。

农场的大小头头儿们本来就不赞成小李干事的办法，只是林部长发了话，不得不执行。现在果然有了好戏，大家脸上也就有了各种颜色。他们袖手旁观，把一种嘲笑和阴冷的眼光射向小李干事，好像在说，瞧，到底是"嫩竹儿"，看你如何收场？

小李干事终于病倒了。发高烧，烧得浑身滚烫像团火，软软地无力地躺在招待所的木板床上，像大雨淋透的一张纸。他弱不禁风，昏睡不醒，嘴里还在含混不清地喃喃自语。农场领导决定连夜派救护车送他回后勤医院治疗。耿场长说，他太累了，管事又太多，太操心，所以身体吃不消了，应该回机关好好休息休息。

移民村的"贼王"徐国富和复员兵徐志强得知消息，打着火把带着一些村民急匆匆赶来了。黑压压的男女老少手擎火把，无声地站在招待所的门口。门口停着一辆白色的救护车。医护人员把小李干事用担架抬进救护车。小李干事脸色苍白，虚弱地闭着眼睛，眼镜依然滑在鼻尖上，他的身边放着那个半导体小喇叭和一个干瘪瘪的洗漱用的小包，小包口插着那本签合同的报名册。

"等一等——""贼王"徐国富喊了一声。

医护人员站住了。

徐国富上前把小李干事身边那个半导体小喇叭轻轻拿了起来，又从小包里抽出了那本签合同的报名册。他的手在微微地颤动。他的眼睛突然涌起一层水亮亮的东西。复员兵徐志强从自己口袋里掏出两个苹果，上前放在小李干事的手边。接着有村民上前往担架上或放一把枣，或放几颗核桃、几个干柿饼……

救护车启动了。村民们像凝固了的泥像，望着远去的汽车一直消失在夜色里，他们黑亮的眼睛在火把的火焰中闪动着无声的光芒。送行的农场大小头头儿们，忽然感到心里有点儿空空的，好像失去了一点儿什么东西。

当夜，"印第安部落"的移民们悄悄送回了砍伐农场的树木，许多树木已经造了房子，也被他们拆除，送到部队，堆成了一座小山。随树木一起送来的，还有那本农场食品加工厂的招工报名册，上面歪歪扭扭签满了姓名……

第二天，农场的大小头头儿们醒来一看，吓了一跳。

跑　调　儿

刚过完春节，师政治部大楼又开始热闹了。科长干事们见面哈哈一番后，就谈起物价上涨的问题，什么车票涨啦、邮票涨啦、蔬菜涨啦、煤气涨啦，等等等等。一个个侃得面无血色、失魂落魄，好像这个春节真是过得清汤寡水似的。

大家摇头，咳嗽，抱怨老天还不下雪。好像日子一下紧巴起来，跟气候也有什么关系。只有莫干事站在值班室门口不出声，咧着嘴，似笑非笑地望着那些翻动的红唇白齿。

谁都知道，政治部是个秀才云集的单位，上至主任下到科长干事，没有哪个不是有"两把刷子"的。一把"刷子"是笔杆子，另一把"刷子"是嘴皮子。这一杆笔一张嘴乃政工干部必不可少的条件。具备其中之一便可上下游刃，叱咤风云，或点石成金，或出口成章，而最终受到首长的赏识和提拔，受到众人的敬佩和推崇。

这似乎是一个尺度，达到这个尺度才能在政治部立足，否则便被人瞧不起，被人忽略，被人瞧不起被人忽略就是不合格，不合格的结局自然便是被淘汰。

莫干事大概就属于后面这类角色。他只会"跑腿儿"。他是秘书科的群工干事。群工干事的工作，就是专门干跑跑颠颠的活儿。莫干事在机关也跑了十来年了。对外他专门负责调解处理军地军民之间的关系，过年过节联系地方党政机关，确定走访时间、吃饭人数和名单等。对内他专门负责管理机关的家属小孩儿，监督检查办公大楼和家属区的卫生，譬如办公楼里厕所下水道堵塞，手纸常常堆积成山的问题，家属区的鸡鸭经常跑到办公楼引吭高歌或是在办公楼门口随便大小便的问题，等等。莫干事还管政治部的计划生育，凡机关干部家属来队，他负责亲自送发计划生育的宣传小册子和避孕工具。

莫干事干的都是些鸡毛蒜皮、鸡零狗碎的事儿，整天忙忙碌碌，跑跑颠颠，一身臭汗，可没有一样可提到桌面上来。一到年终总结，"秀才"们可以得意潇洒地说转发了多少多少经验材料，搞了多少多少教育试点，培养宣传了多少多少先进典型，问到莫干事，他涨红着脸，半天说不出个一二三。

"莫干事，莫事干，莫球事——"这一串字眼儿叫"秀才"们颠来倒去快活开心地玩味了好一阵子。

莫干事却从不生气，只是嘿嘿地随和地笑。莫干事没脾气。

莫干事大概很自卑，但也很自觉。凡是"秀才"们在一起高谈阔论、口若悬河的时候，他总是悄悄地躲开，要不就是默默地冷在一边，从不开口发表自己的意见。等到"秀才"们把一个话题嚼得像小孩儿口里的泡泡糖毫无味道了，才仿佛发现他的存在似的，一起将目光转向他，从他身上寻找开心的东西。

"老莫，听说军务科长家的鸡一夜里被偷了八只，留了一堆鸡毛，你查到没有是谁干的？"

"老莫，谭二求那小子的媳妇刚生了一胎，又刮了两次宫，这回来部队探亲你别忘了给他小子发那玩意儿，发了那玩意儿也别忘了警告他，叫他放好别让儿子拿去当气球吹啦——"

"老莫，你给咱们来一段样板戏，《十八棵青松》——"

"老莫——"

"哈哈哈。"

他总是"秀才"们神侃低潮时的调味品。

现在，大家侃到物价，侃到工资，脸上的表情都很沮丧，很无奈。于是，大家的目光便自然而然地转向他。要从他身上来找心理平衡了。

莫干事紧张起来。

"喂，老莫，节过得不错吧？"

"嘿嘿，替别人值了三天班。"

"那你小子又把钱省下了，怪不得你媳妇对你那么温柔，哈哈哈哈。"

"嘿嘿。"

"咋不把媳妇给弄来滋润滋润？"

"嘿嘿，咱那山沟里的土老婆有啥好滋润的？"他想自己还不够家属随军条件呢。

"哈哈哈哈……""秀才"们笑得前仰后合。

"秀才"们得到了满足，在笑声中就要离去。不料莫干事喊了一声："大家等一下，这里有个通知——"说罢手往值班室墙上的小黑板指去。

"秀才"们一看，只见上面用歪歪扭扭的粉笔字写着："由于市场物价上涨，本食堂从今天起，每份菜价提高二毛五——"

"哇——""秀才"们一起惊叫起来，仿佛是被谁割了一刀似的，刚刚红润的脸色一下又痛苦得变成惨白。大家面面相觑，茫然不知所措。继而有人叫苦，有人牢骚，有人骂娘。

值班室门口吵成了一锅粥。

莫干事在一边偷偷地乐了。

原来也有叫"秀才"们感到恐慌、害怕的东西啊。他心里忽然生出一种说不出的快意。

他独自走出办公楼，举目望着灰白泛红的天空，用鼻子使劲地吸了吸，那寒冷的空气便有股异样的东西像暖流般开始颤动，朝他涌来——

"啊——啊啊——天气变啦——要下雪啦——啊啊啊——"

办公楼的玻璃窗上出现许多吃惊的眼睛。

果然第二天下了一场大雪。营区里被大雪裹得肥肥胖胖的，显得很臃肿。一切静谧得只能听见落雪飘在空中发出的声音。夜来临。

突然，从机关宿舍楼的莫干事房间里冲出莫干事的歌声，唱的是样板戏《沙家浜》中的唱段："要学那泰山顶上，一青松啊——"

唱腔浑圆有力，直冲雪空，在旷野里回荡。

莫干事爱好唱戏，爱独自一人关在屋里唱，爱唱的就一首《十八棵青松》。他唱的《十八棵青松》有板有眼有滋有味，高音区如闪电穿云裂石："……一青松啊——"

莫干事好像一棵青松耸立在"秀才"们的面前。

当然，这只是莫干事的想象。他自己能把自己置身于一种想象的境界里。

如今人们对于样板戏早已淡忘了陌生了，听莫干事这么一唱倒觉着有些新鲜，尤其是在营区的雪夜里，便充满了一种神秘莫测的气氛。

雪夜出奇的静。

莫干事的唱腔出奇的嘹亮。

有人骂了一声："神经病——"

莫干事不以为然，在自己宿舍里唱别人管不着。照样唱："要学那泰山顶上一青松，挺然屹立傲苍穹；八千里风暴吹不倒，九千个雷霆也难轰……"

这是莫干事发泄感情的一种方式。

莫干事正唱到兴头上，突然门"哐"一声被撞开了，"滚"进来两团白的东西，一抖，一层雪白退到地下，原来是本科的袁秘书和蓝干事，嘻嘻哈哈从怀里倒出好些吃的喝的。

袁秘书说："来来来，别嚎了，咱们一起来过一个晚年。"

蓝干事说："春节辛苦了，你替我们二位值班，我们来表示感谢，表示亲切的慰问，哈哈哈。"

"我，我不会喝酒的呀。"莫干事推辞道。

"群工干事哪有不会喝酒的，骗得了别人还骗得了咱们？"袁秘书说着已经把土碗、牙缸摆好了。

"这……"莫干事感到今天有些异样，两位同仁还是第一次光临他的"寒舍"呢。

莫干事跟袁秘书、蓝干事都是一年入伍的兵，一年提的干，可如今袁、蓝早早提了副营，家属随了军，而他呢，老婆还在农村，自己还是个正连。在科里他失去了优势。他觉得自己有点儿像个喜剧里的悲剧人物。

屋里摆开了阵势。

袁秘书说："喝——"

蓝干事说："喝——"

莫干事说："喝——"

土碗、牙缸、酒瓶在空中热烈地碰在一起。

"哥俩好啊——"

"六六顺啊——"

"八匹马啊——"

三人风卷残云，一盘花生豆两碗猪杂碎一瓶五粮液眨眼工夫都填进了肚皮里。莫干事和袁秘书、蓝干事就有些醉眼蒙眬了。

袁秘书说："老……莫，你听我说，你小子以后有了高就，可别、别忘了兄、兄弟我们。"

蓝干事说："就是就是，老莫你有了好处，大家有福同享，共同致富。"

莫干事红着脸，十分尴尬，结结巴巴地说："你们看我这像吗？"他露出一副苦笑。

袁秘书说："天将降大任于是人，你……你不必谦虚。哈哈哈哈……"

蓝干事说："就是就是，老莫是贵人之相呢，哈哈哈哈哈。"

莫干事蒙了。他眨眨眼睛看看袁秘书又看看蓝干事，见他们一副认真的样子，便觉得有些好笑，又有些飘飘然。于是就附和道："你们别小瞧我老莫，老老老子真人不露相，露相吓一跳，哈哈哈哈哈——"他将土碗"叭"地摔碎在地上。

袁秘书把牙缸朝墙上砸去。

蓝干事把酒瓶掼到门后旮旯。

"哈哈哈哈——"三人爆发出一阵淋漓的大笑。

老莫醉了。袁秘书和蓝干事啥时候走的，他不知道。

第二天刚上班，科长叫住莫干事，叫他到他的办公室去一趟。莫干事离开门时，袁秘书和蓝干事朝他诡秘地笑着眨眨眼。莫干事早把昨晚喝酒的事儿忘了。

一进科长办公室，科长就一直朝着他笑。莫干事惶惶不安地站着，眼睛不离科长的脸。科长亲自沏茶、倒水，然后亲切地笑着请莫干事坐。莫干事小心翼翼地将屁股触在椅子沿上，轻声问道："科长，您找我有什么事？"

科长说："别急别急，有件好事要告诉你。"

"好事？"莫干事感到有些意外。

科长说："现在有个重要而又光荣的任务交给你——"

莫干事再次紧张地站起来，眼睛盯着科长。

科长说，最近大家都在议论物价问题，商品社会嘛，这是很正常的，要正确对待。昨天部党委专门开了会，提出搞点儿生产经营，生财来补贴机关同志的生活，号召大家"八仙过海，各显神通"。因此，有的人主张办小工厂，有的提议开商店，有的赞成挤出车来搞运输……总之提了许多方案和建议，可就是找不到一个合适的人选来负责这项工作。

"秀才"们毕竟是秀才，理论上可以对商品滔滔不绝，大发议论和感慨，可当真要他们去做，没有一个做得来，也不愿意去做。他们精着呢，办工厂做生意跑运输哪这么容易？哪像坐在办公室里，夏天有风扇，冬天有暖气，一张报纸一杯茶，优哉游哉海阔天空？什么原料啊生产啊市场啊销路啊竞争啊等等等等，辛苦不说，且担有风险，弄好了，大家说你是应该的，弄不好，别说领导面前没法交代，就是大伙也要骂娘的。"秀才"们才不干这种出力不讨好的事呢，只有傻瓜才会去干。于是，他们想到了老莫，说莫干事最合适，非他莫属。

"我……我恐怕干不了。"

"老莫啊，别谦虚了，我还不了解你？部首长很重视很关心，你可不要辜负领导的信任和希望哟。"

"我可没干过这玩意儿。"

"边干边学嘛。"

"可是……"

"我知道我知道。这些年你跑跑颠颠很辛苦，我们关心不够。职务比较低，家属也没随军，大家提出来，只要你每月能给大家增加两三张大团结的生活补贴，一年上缴给政治部几万元的收入，大家保证给你请功提前晋职，你看如何？"

"我……试试看吧。"莫干事眼睛亮了一下。

科长和莫干事对视着，一起会心地笑起来。

莫干事就这样走马上任了。

阳光普照在营区的建筑物上。虽然办公楼和外面的地上都覆盖着白雪，但莫干事已经感到生活正在发生变化。他需要变化。他像那天一样，独自站在雪地里，狼似的喊叫起来："啊——啊啊——天气变啦——雪要化啦——啊啊啊——"

办公楼玻璃窗上的眼睛们，复杂地笑着。

莫干事第一步从精简整编中解散的文化学校里，把一个几乎瘫痪年年亏损而设备却完好的印刷厂接收了过来，归属政治部管理。过去厂里的工人大都是部队家属，除留下几个技术骨干外，其余统统地"炒鱿鱼"。自己亲自到连队挑选了一批肯学技术、吃苦性强的年轻战士当工人，并送到地方学习，实行一年一轮换，既不用给他们发工资，还为部队培养了"两用人才"。这样，一个人没聘，一分钱没花，脱胎换骨重新办起了一个厂，取名为"育才印刷厂"，自个儿挂上"厂长"的头衔。

第二步，他把驻地工商税务的头头脑脑们，请到豪华的"春宫酒家"吃了一顿"便饭"，当众人都被灌得飘飘然如云雾山中时，莫干事便有了一张盖着众多红戳的商业营业执照。于是，一家"军利贸易公司"又敲锣打鼓地开张了。站柜台的是原来印刷厂那帮被"炒鱿鱼"的年轻漂亮的家属媳妇。地面占的是师招待所当街的几间破库房，经他一翻新装修，便成了富丽堂皇而醒目的财源之地了。他又自封为"总经理"，并印了名片。

一时间，莫干事成了政治部的大忙人。

谁也没料到他还真有两下子。他那套过去叫人瞧不起的"跑腿儿"的功夫，现在全派上了用场。虽说他没干过"生财"这事儿，但这些年长期跟地方打交道，跟社会接触，各方面的人物都熟悉，上至县太爷下到个体户谁都认识他部队上的老莫。过去老百姓依靠部队多，老莫帮了他们许多忙，现在部队有求于地方，又是老莫出面挂帅，他们哪有不报恩报德之理？只要莫干事开口，没有办不成的事情。

莫干事如鱼得水，简直就像换了一个人。出入见他常常是西装革履，脸上红光焕发，鼻孔喷着酒气，嘴里打着酒嗝。人也见胖了，双目生辉，谈吐潇洒自如，字正腔圆，全然没有过去那种人前猥琐木讷的模样。

两个月刚过去，"秀才"们忽然发现从管理员那儿领来的工资袋里每月多了三十元钱，连机关的兵也发了五块。刹那间，莫干事在机关大院里成了新闻人物，引起轰动。发钱这天，没有一个不说老莫好的，就连"秀才"们也震惊感叹："真是人不可貌相，海水不可斗量！"

那些家属婆娘更是对老莫钦佩得五体投地，回家便训斥自己的男人："你看人家老莫多有能耐，哪像你，就只会嘴皮子的功夫，那些经验材料能当饭吃啊？"

"秀才"们也有些后悔。

是啊，现在啥事情不是靠人家老莫？小孩入托上学、家属随军安排工作、老人看病、分鱼分肉灌煤气……没有老莫行吗？

群工干事香啦！

于是大家见了他一改以往的冷漠和轻视，变得热情客气，甚至有些巴结讨好的意味了，远远见了他就会主动向他打招呼：

"莫厂长忙啊！"

"莫经理忙啊！"

年终政治部果真兑现，根据莫干事"特殊贡献"给他荣记三等功一次，职务从正连提前晋升为副营。宣传科的新闻干事专门采访他，写了一篇题为《改革显身手，军营企业家》的报道，刊登在军区小报的头版头条。组织部门及时总结转发了他的先进事迹，作为"两用人才"的典型在全师范围内推广。

老莫大红大紫，春风得意。

走在路上，莫干事忍不住就要唱上几句：

"哎——妹妹你大胆地往前走哇——往前走——莫回头——通天的大道——九千九百九千九百九十九哇——哎——"

洪亮的声音在营区政治部办公楼上空缭绕回荡。

办公楼玻璃窗上的眼睛便有了妒意和不满。

一天，袁秘书找到莫干事，请他帮忙买台彩电。莫干事满口答应说好说好说。事先说好了一千七，可没想到东西拉回来，莫干事却变了卦。

莫干事问："钱带来了吗？"

袁秘书感动地说："带来了带来了，感谢感谢！"

莫干事接过钱，用两根粗短的指头熟练地一轮，说："老兄还差五张。"

袁秘书赶紧数了数，便笑道："没错呀，你再点一点。"

莫干事说："不用点了，是差五张，共二千二。"

"二千二？！"袁秘书突然像踩着了烧红的铁板，急得猛地跳起来，"原不是说好一千七吗？"

"要不要？不要别人还等着呢。"

袁秘书差点儿晕过去，颤抖着声音说："老莫，我们是……"

莫干事笑道："老兄，我已经是优惠你了，市面黑价要卖二千五、二千八——"

袁秘书只好哑巴吃黄连——有苦说不出，再从身上搜出钱，抱着彩电心疼地一步步走去。

"秀才"们知道这事后，都愤愤不平，骂老莫这小子"生财"黑了心，连自己人也要从身上刮下二两油，自己不知捞了多少"外快"。但大家没有证据，也就只能从嘴上出出气而已。像他这样"生财"谁不会？哼！缺德！"秀才"们心里不服。

于是，便有了莫干事的许多"传说"。有人说他公款请客，

126

有人说他行贿受贿，把"大团结"搓成烟卷儿，封在烟盒里，一条一条地送礼。还有人说看见他在城里有个女人，又年轻又漂亮又时髦，老莫跟他挽着胳膊，进饭馆，看电影，逛公园，带她打的士，带她去商场，带她去医院，形影不离，鱼水不分……

"啊——？""秀才"们甚感吃惊，但不敢相信，就他那形象？时髦女人？然而现在的事情说不清楚，不可全信，也不可不信啊。大家越看他越像个要犯错误的人。

莫干事对于这些风言风语却是不屑一顾，依然是"妹妹你大胆地往前走哇，往前走，不回呀头——"，干得更加欢实。

日子一晃，不觉春节又要到了。这些天，莫干事特别忙，准备过年的货物。春节不比往日，东西一时都紧俏起来，尤其是吃的喝的，莫干事天天起早贪黑地在外面跑。鸡鸭鱼肉蛋烟酒茶糖，一车一车地拉回来。别人搞不到，他能弄回来，卖给机关优惠价格，人人都欢天喜地，喜笑颜开。

莫干事还专程到四川购回来几十箱"五粮液"，以半价优惠给机关干部。几十箱"五粮液"被一抢而光。

这天正好下起入冬来第一场大雪。莫干事亲自搬起一箱酒，从车上往政治部大楼门口送，刚走几步，"叭叽——"脚下一滑，仰身摔在雪地里，身子陷了一半，一箱酒却完好无损。

"秀才"们见了大笑不已。

莫干事瞪着满天的飞雪骂了声："妈的！"脸色顿时比摔那跤还沉重。他好不容易爬起来，拍拍屁股，看看那箱酒，又看看"秀才"们，便大声吼道："五粮液，优惠半价——啊啊——快快乐乐过个年——"

"秀才们"乐得一窝蜂将莫干事从雪地里抬起来，又一窝蜂地"哄"着拥进办公楼。

"秀才"们抢着酒，高高兴兴地走了。

莫干事捂着屁股，还想着刚才那沉重的一跤。他感觉不是个好兆头。他独自走出办公楼，站在雪地里，仰头望着天空飞舞的雪片，这些雪片正变得越来越迷乱……

"啊——啊啊——啊啊——"

莫干事想大喊几声，可最终什么声音也没发出来。

睡到半夜，莫干事被敲门声惊醒了。打开门，纪委主任和保卫科长带着一帮地方穿灰制服的商检部门的人撞进来。

莫干事被他们叫到办公楼去了。

他听到一个人冷冷地问："你这些酒是从哪儿弄的？"

莫干事用手搓搓脸，揉揉眼睛，这才看清办公室的地上、桌子上、窗台上到处东倒西歪的是他的"五粮液"。

"四川。"他吃惊地看看在场的人。

"这些五粮液全是假的，你知不知道？"又是那个冷冷的声音。

"什么，假的？！"他急得跳起来，不敢相信那个声音。

那个冷冷的声音继续说："这些酒我们全部收缴，另外要罚款，要收回你的商业执照，要通报……"

"不——"莫干事突然大声喊道，"我不知道这是假酒——我以军人名誉担保——我尝着至少抵得上尖庄二曲汾酒西凤竹叶青——我卖的是半价——我不知道是假酒——"

假酒假酒假酒假酒假酒——

一个旋涡接一个旋涡……

"啊——"莫干事恐怖地叫一声，昏倒在地。

第二天是大年三十，政治部的"秀才"们很忙。上级工作组很迅速就下来了。"秀才"们集中在一起加班整材料《关于莫一鸣同志所犯错误的情况报告》，新闻干事起草稿子《一个军营企业家是怎样坠入金钱泥坑里的？》，纪委干事在四通打字机上打印《关于给莫一鸣同志党内处分的决定》，干部部干事正在装订《关于给莫一鸣同志降职的处分决定》，保卫干事向大家散发《关于查封和停业军利贸易公司及育才印刷厂的通知（报告）》……

莫干事的单身宿舍搜查过了，除了一张木板床、几个破纸箱，啥也没有。关于那个时髦女人的传说，也没有依据和线索……

除夕来临。雪下得越来越大，越来越紧。营区在黑夜里被纷飞的鹅毛大雪包围着，凛冽的寒风像鞭子似的呜呜抽着天地……

莫干事怕冷似的缩在单身宿舍一角，怔怔地望着窗外的景色。

他一下变得苍老了。

"叭叭叭叭——"鞭炮声炒豆子般地炸响了，好脆。

"哈哈哈哈——"人们的欢声笑语也传来，好甜。

过年了。

这时，一个女人抱着一个孩子，冒着风雪，出现在政治部门口，说找莫一鸣干事。哨兵给她指了指方向，她便步履蹒跚地朝那个方向走去。

这时，从单身宿舍的房间里冲出莫干事的嗓音，那嗓音有些沙哑、苦涩，而且跑了调儿，在除夕的雪夜像一个迷途的旅行者艰难地走着：

"要学那，泰山顶上——一青松啊——啊啊啊啊啊啊啊——"

　　……………

我为你导航

　　雪越下越大，属于铺天盖地的鹅毛大雪那一类。不到天黑整个山上便被厚厚的风雪裹住，成为混沌迷蒙的一片了。

　　这是在海拔一千五百四十五米的山顶上。

　　这山曰"无名山"。山顶上别的没有，只有一座"火柴盒"似的石头屋和在屋后的岩石上支着的一口"金属大锅"。石头屋据说还是五六十年代修的，有些历史啦。这座简陋的石头屋里，一年四季住着两个兵和一个排长，日夜就守住这口"金属大锅"。自诩为"无名山上三棵松"。石头屋的一间是工作的地方，有许多红红绿绿的灯闪着，还有许多红红绿绿的线连着，最终通过屋后岩石上的"金属大锅"，连着天上飞过的飞机。从南到北，从北到南，一天要在兵们的头上"嗡嗡"十多次。另一间是"三棵松"的"卧室"，里面架了三张床，竖着的两张，横着的一张，竖着的是兵的，横着的是排长的。排长的床靠着小窗。靠窗空气好，有阳光。墙是石灰抹过的那种，裂了许多缝儿，风、雪、雨都可以吹进来，就糊得满眼几乎都是报纸。报纸是旧的，有些发黄。墙上唯一新鲜的，是排长床前挂着的一幅新年的挂历。一个穿着大红色时装的漂亮女人一直笑着，黑亮的眸子里射出火一般的目光。

　　排长每天躺在床上就被这个漂亮女人的目光烫着，然后，他的眼睛就飞快地闪开，落在下面那一行行排列的日子里。

排长是从西安通信学院毕业的学生官，分到"无名山"已有四年了，四个年头的春节他都是在山上度过的。每年的这时候正是新老兵交替的关键，他走不开。可是排长是结了婚的人，去年妻子又生了儿子，他很想回家。结果还是回不去，他就只好写信叫妻子到部队来过年。

排长这时正在焦急地眺望窗外。窗外什么也看不清。他在等待妻子的到来。下午山下的连队打来电话，说他的妻子带着快一岁的儿子已经到了连队，准备马上就派人送上来。而且还要给他们送来过年的年货，有大米、白面、猪肉、鱼，还有新鲜蔬菜……电话是连长打的，说他也要亲自上山来。排长这才想起今天是大年三十，是亲人团圆的日子。明天就是春节了。在山上经常把日子过得颠三倒四稀里糊涂的。见鬼！墙上的漂亮女人在笑他。

两个兵——一个老兵一个新兵，听说排长的妻子来了，乐颠乐颠地忙着收拾床铺准备朝隔壁的屋子搬。忽然，一个黑乎乎的东西从新兵的脚下窜过去，新兵吓得尖叫一声，跳起来。老兵说，咋呼啥？新兵哆哆嗦嗦说，老鼠……老兵就老练地笑了，说老鼠还怕？这屋里多的是。它们咬东西，打墙洞，晚上有时还钻进人的被窝里来，搂着你睡觉呢。新兵的脸一时就白了。怎么也弄不明白这么高的山上也会出现老鼠。老兵就告诉新兵，这山上原本是没有老鼠的。后来有一天，这山突然就成了旅游的风景，来了一些城里的人。不久就出现了老鼠。城里的人是怎么把老鼠弄来的，谁也不清楚，反正是弄来了。城里的人多，老鼠也多。城里的人来旅游，老鼠也来旅游，而且还不走了。大家彼此成了"朋友"，真有意思。城里的人到春天还要来。

明白了吗？老兵说。

明白了。新兵说。

排长一听老鼠，也转过头，眼睛猎人一般地寻摸。

老兵见排长一脸的不安，就建议说嫂子要来了，这屋里绝不能让老鼠存在。

排长认为有理。妻子是很怕老鼠的。于是下命令抓——

屋子里乒乒乓乓的一阵乱响，翻天覆地。最后战果辉煌——消灭五只，打伤三只，赶走起码两只。然后他们就把屋角和门口的洞都堵了个严严实实。然后就搬走了两张床，留下了一张床。老兵提醒排长留下的一张床或许不够宽，只能一人睡。排长认为有理，就到屋后寻了几块破木板回来，加宽了床，扯下来那张有"地图"的床单。看着收拾出来的小屋和新铺好的"双人床"，排长的鼻子仿佛闻到一股温馨的气息，眼睛忽然变得水亮亮的，心里不由得有些飘荡。

大家都折腾累了。排长看了看手腕上的电子表，说做饭吧。他们就开始做饭。老兵从门后拿了只旧脸盆带了新兵出去舀雪。一出门，老兵吸了一下鼻子，骂了声，鬼天气！新兵却觉得好玩，用手去抓雪花。

山上没有自来水。"自来水"就是夏天老天爷降下的雨水和冬天山上积下的雪水，蓄在一个小坑里。那水又苦又涩喝了就拉肚子，拉肚子也得喝，不然就会渴死。排长还记得有一年冬天无雪，山上断了水，上级派直升机送水来，结果差点儿碰到山顶的石头上，后来就再也不来了。兵们只好到山下一桶一桶地往上挑。吃的粮食和蔬菜也是靠自己的肩膀从山下挑上来的。如果遇上下雨下雪，那就惨了，只好认倒霉，没米面了就啃压缩饼干，没蔬菜了就吃军用罐头和咸菜——这样的苦日子一直要挨到天气好转。

老兵和新兵端着雪进了屋。进门时，老兵跺跺脚，又骂了一声，鬼天气！新兵跟在老兵屁股后面乐，满脸通红，吐着白气。老兵开始生火做饭。新兵要抢过手去。老兵说，你一边稍息吧，今天轮不到你，瞧我今天给嫂子露一手。好好看着，以后咱俩就轮着来，一人一天。说完看了排长一眼。

排长说，这顿年饭还是我来做吧。等你们嫂子上山了，以后就由她做。

老兵和新兵就很幸福地笑。

汽油炉的火很旺，熊熊的像狗伸出的舌头。排长不一会儿就把饭做好了。香喷喷的大米饭和四菜一汤——咸肉炒土豆丝、鸡蛋炒西红柿、红萝卜炒粉条、一瓶红烧肉罐头，外加白菜汤。这年饭够丰富的啦！可是，窗外还不见人影。三个人就坐在桌前等。不一会儿，天就黑成一团了。

排长说不等了，吃吧。雪这么大估计上不了山了。嘴上说，手却没动。

老兵说不急，再等等吧。

新兵也说不急，再等等。说着，喉头滚动了两下。

他们就又等了一会儿。这一会儿，排长脑子里浮现出有一次回家吃饭的情景。排长的家在深圳，妻子的家也在深圳。那一次回家，是大哥介绍他跟现在的妻子第一次见面，安排在豪华的花园酒店吃饭。二哥得知消息也跑来作陪。大哥是一家电器厂的工程师，二哥是一家公司的部门经理，而来见面的女朋友是在一家中外合资企业工作的刚毕业不久的大学生。排长就像从另一个世界来的人，四下张望着走进富丽堂皇的酒店，打量着周围陌生的一切。吃饭是大哥掏的钱，摆了满满的一大桌子，那些菜他都叫不上名来。后来得知这顿饭就花了一千多块。看着满桌的美味佳肴，排长愣坐着，手里举着的筷子如有千斤重。大哥二哥端起酒杯，问他怎么啦？女朋友也纳闷地看着他。站在身后的小姐欠身问道，先生想要什么？他想哭——就在这一刻，他想起了"无名山"上的弟兄们，想起了山上吃的饭、喝的水，想起了那一个个艰苦而又寂寞的日子——反差太大啦！

排长的泪水涌了出来。

大哥说，你真是当兵当傻了。

二哥说，干脆就早点儿回来吧，别在那山上跟野人似的。

女朋友不说话，只是看着他。

排长说不——

女朋友顿时望着他，眼睛潮潮的、亮亮的。

没想到第一次见面就获得了妻子的爱心。妻子说她喜欢他有个性，有追求，更喜欢他有丰富的情感，当然包括喜欢他的"无名山"。有一天她一定要到"无名山"去看看。后来，排长就天天给她讲关于"无名山"的故事，一直讲到跟她结婚，讲到洞房花烛夜……

妻子躺在他的怀里说，继续讲。

他就继续讲——

排长的眼睛里充溢着幸福。

排长的眼睛渐渐迷茫而怅惘了。他又一次看了手腕上的电子表，妻子要到的话也该到了。天下这么大的雪，虽然有连长和兵亲自送来，但山路不好走，又抱着孩子，万一出了事怎么办？他终于坐不住，站了起来，走到窗前朝外面望了望，骂道，鬼天气！

排长说我出去看看。

老兵说我去。

新兵说我去。

正在互相争着，突然电话铃急促地响了。排长跑过去一把抓起电话，是山下的连队打来的，声音小得要命，还有杂音。排长扯开喉咙喊，你说吧我听着。一边迅速抓了旁边的记录本。你说吧。对，紧急情况，一架广州飞往北京的飞机已经起飞……二十二点飞过"无名山"，高空出现寒流，能见度……什么？喂，我老婆呢？

他们上山没有？……我老婆——喂，喂喂喂——

电话断了。

排长说，见鬼！扔下电话，脸一下变得铁青。老兵和新兵听说有紧急任务，一时也紧张起来。

先吃饭吧。排长说。他从自己的床下摸出一瓶酒，倒在三只刷牙缸里。老兵和新兵望着排长不说话。排长说，来，祝大家春节快乐，干——

老兵说，祝排长全家团圆，干——

新兵说，祝排长万事如意，心想事成，干——

大家的心里都很激动。

年饭后，排长带着老兵和新兵来到了机房，各就各位。现在离飞机过来还有些时间。他们做好了导航的一切准备工作。老兵看看窗外黑乎乎一片的雪夜，忍不住说，排长我还是下山到路上去看看吧？新兵说，我去。排长吼道，都别去，坚守岗位。

风雪在黑夜里呼啸着，如同千万头猛兽在山上奔跑，将石头屋团团包围，恨不能一口吞吃掉。整个世界静得只有风雪的声音。时间好像被冻住了，走得十分吃力。

这当儿，新兵突然就想家了。他找出一张纸，偷空儿提笔给父母写信，刚写到恰逢除夕之夜，遥祝爸爸妈妈及家里人春节快乐，万事如意……眼泪就不知不觉流了出来。

老兵戴着耳机，屏住呼吸，眼睛一眨不眨地监视着雷达屏幕。

排长不安地在屋里来回踱步，一支接一支地使劲抽烟。烟头像发红的眼睛一闪一闪。现在还没有妻子的消息，他心里快要急疯了。电话也断了，和连队失去了联系。会不会是妻子他们真的在路上出了事？这条上山的路崎岖陡峭，十分难行，这几年旅游的人到这儿来是发生过事故的。一次，有个女青年不小心踩滑了脚，结果从山上滚下去，幸好被一棵树挡住了，悬在半空。他们得知消息之后，费了九牛二虎之力才把女青年救上来，然后送到山下的医院。女青年虽然保住了命，但却永远失去了双腿。还有一次……

排长不敢再往下想了。风雪这么大，连长带着妻子和孩子，上不了山，一定返回了。

排长脑子里又钻出一架飞机来。天气这么恶劣，能见度这么差，如果遇上高空寒流，飞机就像在大海浪涛中行驶的一叶小舟，随时都有碰到山上的危险。机上可有一百多名乘客，一百多条生命啊——

现在飞机如同一个瞎子，需要一个人来为它引路，才能走出危险地带。

突然，老兵喊了一声，有情况——

新兵把刚写到一半的信，扔到了一边。

排长把嘴上的烟头一丢，赶紧奔过来。

二个人都紧张地睁大了眼睛。

排长呼叫起来，蓝鹰蓝鹰——我是三棵松——我是三棵松——

终于有了回答，三棵松……我是蓝鹰……我是蓝鹰……我们在空中遇到了寒流，风雪太大，前面什么也看不清，我们迷失了方向……

蓝鹰蓝鹰，请不要紧张，我为你导航——一切听我指挥——我的高度是海拔一千五百四十五米——

排长俨然是一名指挥员，沉着镇静地下达一道又一道的命令。飞机在雪夜的高空隆隆地轰鸣，由远而近，与寒流搏斗，与风雪搏斗……

老兵和新兵紧张地观察着仪器，心提到了嗓子眼儿上，手里捏着一把汗。老兵忽然叫新兵看好仪器，从屋里拿出一面五星红旗奔了出去，这面红旗是每天都要在山上升起来的。老兵直奔到屋外最高处的一块岩石前，一根高高的木杆直指天空。老兵在黑暗中把五星红旗升了上去。

排长明白了老兵的意图，打亮了屋外的一只探照灯，对准着老兵和木杆上的五星红旗。雪亮的灯光下，五星红旗在风雪夜里醒目地飘扬……

终于，飞机战胜了寒流和风雪，隆隆地飞过"无名山"。一阵巨大的轰鸣声掠过头顶，把石头屋震得摇晃起来。无线电波传来了蓝鹰高兴的声音，三棵松——我是蓝鹰——我是蓝鹰，我们已经顺利飞过"无名山"，我代表全体机组人员和旅客，向你们表示感谢，并致以春节的问候，祝你们节日快乐，万事如意！

排长的脸上涌出两行热泪。

回到屋里的老兵和新兵，眸子里闪动着晶亮的泪花。

三个人伫立在窗前，望着雪花飞舞的夜空，一起举起右手，致以神圣的军礼——

这时，门口响起了敲门的声音……

红　弹　头

在此之前，我们谁也没有怀疑他。

直到我们新兵连实弹射击后的第三天，我们满脸雀斑的班长十分严肃地提醒我，我还是不相信。

班长对我说，连首长叫我交给你一项任务，你这几天注意点儿李阿牛这个家伙。我说干吗？班长说不干吗，反正你注意点儿就行了。特别是他到塬上古墓去的时候，你一定要跟着他。你没发现他这几天老在古墓前转悠？

我假装不知道，摇摇头。

班长的雀斑脸就一片狐疑，一副神秘兮兮的样子。

我听老兵们讲过那座古墓，据说是汉朝的一个将军墓哩，恰好就在塬上靶场的对面，光秃秃的像座小山。开始我们一直认为是座毫无价值用来挡住子弹的黄土堆，后来得知它是古代的将军墓，便陡地对那堆黄土肃然起敬，而且就连这大西北的荒塬在我们南方新兵们的眼中，一下子也变得神圣光辉起来。

其实，我对这座古墓也挺感兴趣。这座无碑无文无人考证的将军墓过去虽然被盗过，但很难说就没留下点儿什么，谁要是在里面挖出点儿什么，说不定转身就成了万元户大富翁什么的。我知道班长怀疑李阿牛打古墓的主意，绝不仅仅是因为见到李阿牛对古迹感兴趣，而是怀疑李阿牛对古迹里的东西的价值感兴趣。

雀斑班长对我们这伙南方兵，尤其是对我们这伙南方的城市兵不放心。

大概就因为我们懂得点儿"价值"什么的。

但我始终不懂班长为什么要我监视李阿牛。我跟阿牛认识满打满算也不过才二十来天。现在的情形看来，李阿牛就好像已经成了盗墓嫌疑人，而我却充当了"便衣警察"的角色。老实说我心里并不想扮演这种角色，但既然是连首长交给我的任务，说明连首长对我信任和重视。在新兵连能得到连首长的信任和重视是不容易的，这对我今后的前途有好处。

我就答应班长了。

班长高兴地拍拍我的肩膀，脸上的雀斑飞舞起来。

在此之前，我最先认识的就是李阿牛。

认识阿牛的那天，我们俩差点儿打了一架。

颠了两天两夜的火车，我们这伙南方来的新兵在大西北一个旷野的小火车站落了地。当时虽然是半夜，天空却是亮堂堂的，微微有些发红。我发现月亮也是红的。没有一颗星星。大概就因为月亮是红的，天空于是就微微发红，或许因为天空发红，于是月亮就变成了红色，这一点我现在也没弄清楚。反正当时觉得大西北的天空真是大极了美极了。后来我才知道是因为要下雪的缘故。

我听一个老兵对另一个老兵说要下雪了。嗯，天红了是要下雪了。那个老兵抬头望望天空，赶紧招呼自己的新兵去了。第二天果然下了雪。我就记住了天红要下雪。

远处有一道模糊的东西，很厚重。不像山，山是尖的。那模糊厚重的东西像一条长长的脊背隆起在地平线上，那时我们还不明白什么是塬。

带队干部在点名，大概是要把我们南北方的兵打散混合在一起。新兵们穿着肥胖的新冬装，慌里慌张地挤着叫着找自己的队伍。结果我就跟李阿牛碰在一块儿。当时我正在欣赏大西北的天空和月亮，猛不丁被一个家伙重重地撞了一下，差点儿没把我撞翻，手里的一兜儿书掉在了地上。接着，这家伙的挎包还是背包带什么的不知怎么又跟我身上披挂的东西缠在了一起。

我看着眼前这个瘦小、眯缝着一双小眼睛的"瘦马猴"，真想给他一个"五指山（扇）"。长眼睛没有你——

对不起对不起，他连连说对不起，不是故意的。

我说你要是故意的就找对人了。他好像这才发现我壮得像座水塔，赶忙堆起笑脸，"嗨"地叫一声，脑壳机械地在我胸前捣了一下，死硬死硬的。把我吓一跳。

这时我听到连长开始点名，并且点到我的名字。我急得大喊一声到，狠狠推了他一把。没想到连长接着又点了他的名字，他也忙着踮起脚跟就像小公鸡打鸣一样尖叫了一声。于是，我们俩手忙脚乱地扭成一团，越急越解不开。此刻，我真想叫他尝尝美式拳击是什么滋味儿。

不知哪个缺德的喊了一声，有人打架了！我们就被人围成了圈。雀斑班长冲进来，对准我们俩的屁股各踢了一脚，大声吼道，干什么，干什么？打什么架？不想穿军装了是不是？

我赶紧立正站好。心想第一印象完了。真他妈倒霉碰到这么个神经兮兮的家伙。

李阿牛一点儿不慌，慢条斯理地捡起滚落地上的大棉帽，在大腿上拍了拍，笑眯眯地朝雀斑班长耸耸肩，说班长你别生气生气容易伤脾脏我们不是打架革命战友来自五湖四海为了一个共同的革命目标走到一起来了相互一高兴就忍不住拥抱了一下这不算违反纪律吧？他一口气说完，冲我挤挤眼又把手放到嘴上朝外一扬，"啪"的一声——

围观的新兵们哄的一声都乐了。

我也忍不住笑了。

雀斑班长哭笑不得很尴尬。

后来，我就发现这个家伙不仅有些神经兮兮，而且还挺有点儿黑色幽默什么的。

新兵进行第一练习的射击训练时，我就发现李阿牛肯定有名堂。他经常趴在地上瞄一阵后就抬头望着人形靶后的古墓目光发呆。班长检验他瞄的枪，三点成一线恰好枪口离靶正对着那座神秘的黄土堆。班长跳起来把他的枪一踢，就骂，你小子瞄到哪儿去了，唵？

他不识时务还为自己分辩说我瞄准了啊。

班长的鼻子都快气歪，说你小子鸭子死了嘴壳子硬，重瞄——

他于是就趴下去十二分认真地重瞄。不过我看见他的枪口仍然还是对着那座将军墓。这一点我倒挺佩服他有点儿个性什么的。

这时班长脸上的雀斑就像夏天云集的蚊子，一阵乱飞。

有一次，我俩蹲在厕所里我问过李阿牛为啥跑来当兵。我说你小子说实话不许来虚的。他从隔墙侧过头来反问我你为啥来当兵？一双小眼睛闪着一条狡猾的缝儿。我说好我说了你也要说，不说就是王八蛋。我就说我是图以后回城当个正式工的，三年服役期满就走人，当然能入个党更好。他说不想当军官指挥几个人吗？我说想啊，你给我提吗？他说好好干嘛。我说这你就管不着了，快说你怎么跑来当兵的？他说不是跑来的，是"西北风"吹来的。说完他就唱：我家住在黄土高坡，大风从门前吹过……

我骂了一声王八蛋！他说信不信由你，我这辈子啥都干过了，就是没当过兵，也没到过大西北。我故意调侃地说，你三十几啦？他说我有这么成熟吗？我说你脸上的青春痘都干了，还浪漫个啥？他就朝脸上抹了一把，真的吗？我哈哈一笑，说你在家是做啥的？个体户，他说。我"扑哧"一声笑得差点儿没有一屁股坐到粪坑里。有啥好笑的？他瓮声瓮气地说。我说你是在骡马市炸油条还是在王府街摆鞋摊？他说我在八仙楼当老板。当老板？牛皮！我撇撇嘴。老板怎么会是他这副神经兮兮的瘦马猴模样？

信不信由你，他说。

我看见他掏出纸准备擦屁股。纸是那种成卷的白色细软的高级卫生纸，在屁股上摩擦不会产生声音。不像我手里写字用的格子纸，还没接近屁股就哗哗乱响。有的兵还用过期的报纸呢。目前我们新兵连还只有他老兄一人"高消费"，使用这种柔软的卫生纸。

我说你的八仙楼是卖啥玩意儿的？他说旅游工艺品珠宝古董字画什么的都有。我想卖这些东西肯定要跟老外打交道，就说你会外国话吗？他说嗨死！我说我也会嗨死，还会拜拜呢。他就笑了说你会爱拉吾唷吗？我说拉什么，拉什么？他笑得老辣起来，说你老兄肯定还是个童子鸡，没耍过女朋友。我的脸一下就涨红了。他说，我自学了四年英语，耍了三个女朋友，弄了两张大专文凭，最后才登上八仙楼老板的宝座，信不信由你。

他站起来系好裤子，说声我走了，就在我的蹲位前挺起他那被棉军衣包裹的瘦凸的鸡胸，风度翩翩地走出厕所。好像真的似的。

牛皮！

由此我开始提防这个家伙。所以后来班长对我说李阿牛老在古墓前转悠，我就觉得一点儿不奇怪。他会在那里转悠的而且一定会转悠出点儿名堂来的。

李阿牛跟我讲过他瞄靶的当儿老是看见有个人影在他的准星和缺口上晃动。我说是你瞄久了眼花了，把人形靶看成了一个人。他说不是靶子真是一个人。他甚至快要看清那个人的鼻子眼睛了。

开始我不相信。我说你胡扯淡。他说信不信由你。我说你瞄好了我来看看。结果我在他的枪上一看，果真看见准星和缺口上有一个人——是一个朦朦胧胧穿着红衣服的女子。我抬头一看，原来是那个天天到塬上来放羊的瓜女子。此刻正侧身坐在古墓边，用眼光扫着我们这些瞄靶的新兵。远远看去活像一棵大西北的红柳树。

其实我们早就发现这个瓜女子了，但谁都装作没看见，但谁都在瞄靶的空儿偷偷用一种难以名状的目光捕捉那团红色的目标。我们甚至有好几次晚饭后到塬上散步，希望能够碰见那瓜女子，结果意愿总是落空，一根头发丝都没见着，没有红衣服，只有兀立的将军墓。这很令我们失望又使我们充满希望。那瓜女子像团神秘诱人之火，把我们所有新兵的想象力燎得五彩斑斓丰富无比。

只有李阿牛胆子贼大居然敢用枪直接瞄那个瓜女子，而且还宣称快要看清她的眉目了。能看清她的眉目等于该看见的都看见了。我真有点儿嫉妒这小子居然长了一对老鼠般好使的贼眼睛。

我说你瞄得很准哪。

他就天真无邪地笑说，那我就有希望打十环了。

这种人一般都自我感觉良好，我发现。

谁知这句话正巧叫走过来的雀斑班长听见了。

班长说你能打十环，没有发烧吧？

阿牛一本正经地摸自己的脑门，没有。

没有你牛皮啥？班长说。

我没有牛皮。阿牛说。

班长狠狠瞪了他一眼就朝他的枪位趴下了。我想这下有戏唱了。果然班长刚着地就像被火烫了似的"嚯"地蹦起来，一股劲儿冲着李阿牛怪笑，哼哼哼，不错啊阿牛，你是越来越进步了呀——

阿牛谦虚地说，主要是班长教育有方示范动作做得好。

我忍不住"扑哧"一声笑响了。

班长气得直翻白眼，双手一叉大声吼，李阿牛你少跟我装蒜！你看看你瞄到哪儿去了？你在朝哪儿瞄？哪儿不能瞄你偏偏要朝女人身上瞄！唵——

李阿牛愣住了，是个女人吗？他纳闷地说。

班长差点儿没晕过去，红着脸，结结巴巴说了一串你你你你你，最后才从牙缝里挤出一句：你个鸟兵，重瞄——他一脚把阿牛的枪踢歪了。

阿牛就重瞄。

我们都收枪把营归了，他一个人还趴在塬上重瞄。那人形靶一动不动，那古墓一动不动，那穿红衣服的瓜女子却赶着羊群慢悠悠走下塬了……

他一个人还趴在塬上瞄……

阿牛对我发誓说，他绝对不是故意瞄那个瓜女子。

我笑着说没事没事，这种事很正常嘛，像你这种耍过三个女朋友还会爱拉什么唷的就更正常啦。他说这是什么意思你？我说没有意思，我是你也会这样做，找感觉嘛。

是吗？他冷冷地说着，狠狠剜了我一眼，转身走去。

正式实弹考核那天，李阿牛跟我在一组，排在最后一名。班长发子弹的时候，是一颗一颗数给大家的，一共十颗。那天的子弹也好像不一般，在冬天的阳光下闪着贼亮贼亮的光芒，弹头尖得格外凶狠，底座沉不住气似的在掌心里直想朝外蹦。我的脸上直淌冷汗。

我听见班长压低声音对李阿牛说，你今天只要碰上一个十环，我就在班务会上表扬你。看来班长对阿牛已不存什么希望，权且死马当活马医了。

阿牛"啪"的一个立正动作，神情复杂得就像一个走向战场前的突击队员。班长刚转身，他就魔术般地从身上掏出一个指头粗的玻璃瓶，拧开瓶盖倾斜出一股浓稠的红色液体，用食指蘸了，一点儿一点儿往弹头上抹，抹得弹头血红血红的一片灿然，既叫人兴奋又叫人不安。

我突地感到一阵恐怖。浑身瑟瑟发冷，打了个寒战。

我说你这是干什么？他说不干什么。我说不干什么你把子弹头抹得红不拉几的干什么？他说不干什么就是不干什么，我喜欢把东西抹成红颜色。说着他就把立在掌心的十颗红弹头的子弹移到我眼前，像个啥？他说。一双小眼睛挺神秘地望着我。我说啥也不像，子弹就是子弹，你抹啥它还是子弹。他说你太缺乏想象力了。我不服，我说那我想象一下，它们像导弹像洲际导弹像火箭——他居然一点儿没表示吃惊和赞赏，反而露出一副不屑一顾的样子斜我一眼，说你的想象力也太夸张啦，太过分了。我气愤地说，你他妈的说像个啥？他正儿八经地说，我觉得像我们当兵的，像我们这些穿绿军装的人，子弹也是有生命的，哪怕只有一次轰响，它们也会一往无前，体现出它们的价值……

我发现他叽叽咕咕的目光发呆又犯神经分分了，就提醒他别这么玄乎乎的好不好，你这抹的到底是啥玩意儿？他说是女孩子用的指甲油，是他准备送给女朋友的。多少钱一瓶？我问。一二十块，他说。就这点儿红水水？我惊讶道。新兵一个月津贴才六块钱。这你不懂，外国货呢，抹了不容易掉，以后你耍了女朋友我送你一瓶。说罢，他把空瓶子朝脑后一抛。我叹口气说可惜啊。他说指甲油啊？我说女朋友。无所谓，他说。噘起嘴巴朝红弹头们吹一股气儿。很潇洒！

卧姿装子弹——一班长大吼一声。一排人随声倒地。

一阵喊里咔嚓的机械声。

塬上的空气立马就凝固了，靶场静得像刑场。

一排绿色的人形靶在古墓前无处可藏一副绝望的样子。

这时瓜女子恰巧就赶着羊群出现在古墓一侧，那团红衣服耀眼夺目实在是招摇得厉害，磁铁般地吸走了盯在枪上的所有目光。

班长即刻命令停止射击。显然他发现那瓜女子的出现会影响我们的射击精度，于是就大声喊靶场对面的警戒哨，把那红衣服赶到一边去了。

靶场的气氛出现了一阵骚乱。我特地瞥了一眼趴在我身边的李阿牛，我发现他正忘我入神地欣赏进入枪膛一触即发的红弹头。他那种欣赏的目光令我大吃一惊，至今不忘。可我当时并没有意识到这或许正是一种凶兆呢。

乒乒乒乒乒乒乒……

乒乒乒乒乒乒乒……

一阵枪响。最后轮到李阿牛。信号哨嘟嘟地响过好久，他还没放枪——就那么干瞄着，好像忘记了射击，一双小眼睛从缝儿里射出幽幽的蓝光。

"嘟——"信号哨又催了一声。李阿牛的枪同时叫起来，砰砰砰砰砰——砰砰砰砰——

"验枪——"

"夸夸夸——"

报靶员开始从掩蔽壕里跳出来在靶子前寻找弹着点。在李阿牛的靶前小红旗画了一个圈、又一个圈、又一个圈……刚刚画到九个圈，突然晴空里"砰"地冒出一声枪响，像谁拍了一巴掌。远处的报靶员应声双手一张，成大字状在人形靶前定格了几秒钟，手中的小红旗陡地一垂，身子像一只断线的风筝栽到靶前的掩蔽壕里……

第一个朝报靶员奔去的是那个穿红衣服的瓜女子。

谁也没注意到李阿牛一心一意还趴在地上瞄着呢。

天地安静极了，一片死寂……

…………

我们知道李阿牛开始一共打了九个0，也许是十个0，也许不是，反正最后一个是十环。这绝对没有假。因为人形靶中央只有一个弹孔，而且有血，如一朵红得刺眼的玫瑰。老兵们都说报靶员栽倒的一瞬间，那姿势绝对报的是个十环。他是给阿牛报了十环才栽倒的。

李阿牛最后一枪居然打了个十环。这简直不可思议！问题是我们不明白他为什么会有最后一枪？这最后一枪怎么偏偏就打出个十环来，而其他子弹却通通开了小差靶都不沾？

这简直成了一个解不开的谜。

事后，李阿牛曾私下对我谈起过他当时的感觉。他说他也不知道枪膛里还有一颗子弹，他只是模模糊糊看到一个黑影，那个黑影像个幽灵在他眼前跳来跳去，他的枪就不由自主地自己摆动起来捕捉那个黑影，紧接着他听见一个东西在枪膛里兴奋地笑了一声，于是那个幽灵便被卡在准星和标尺的缺口上了，他只感到双手一震微微发麻，如同触电那样，一种说不出来的畅快就像清冽的河流漫过全身，血管里的血液顿时沸腾起来。信不信由你，他说。

真是活见鬼了，我说。

李阿牛跟我说这番话的时候，我们俩是在古墓的一条暗洞里，这是过去盗墓人挖的。我起先看见他提着一把战备锹围着古墓转了三圈，瞧瞧左右就勾腰在黄土堆上东一锹西一锹地挖起来。

晚饭后的塬上空寂无人，没有太阳也没有月亮，只有低沉的乌云咄咄逼人，残雪还未褪尽，像尿布上一块块的斑迹。靶场面目狰狞，古墓阴森恐怖。西北风打着尖锐的口哨，冷飕飕的，往身里钻。李阿牛影儿一闪就不见了。

我打着手电找到暗洞的时候，听到里面传来一阵大笑一阵大哭，声音比西北风还狂烈冷峻，令人毛骨悚然。我知道是李阿牛。

我的手电光像一根棒子顶在他的脸上时，他还在嚎，蹲在黑暗里，脸色白得像石灰，而且变了形，骇得我"嗷"地一叫，一屁股坐到地上。我反应过来这小子很兴奋，一定是在将军墓里挖到什么东西了，否则不会这样失态的。我把电光对准他胸前的挎包。他下意识地捂紧了它。这更进一步证实了我的推测，这家伙的工夫没有白费。

我说找到啦？他眯着眼睛用鼻子说，嗯。我说那就好，我早就看出你这人不同凡响是个人物。他说是吗，脸色不那么紧张了。我说我一直在掩护你呢，不让班长知道。他说是吗，脸色泛红有了感激的意思。我说枪打得准不准顶个屁用，反正又不打仗，一百环也不如你挖的玩意儿。我用手指了一下他的挎包。他就咧嘴笑了，说是啊，关键在于它们实现了价值，和平时期要找到这种价值不容易啊！我高兴得猛拍屁股大叫李阿牛你小子太伟大了，简直像个哲学家。我说你的价值是什么，给老兄看看怎么样？我把手伸过去。他挡住说不行，不能随便看的。我一听就很生气。我说你小子不要太吝啬，找到价值什么的不能独吞，有福同享有难同当嘛。他说你要找价值自己去找，为啥非要看我的价值？

真是岂有此理！

我火了。我说你他妈的真不够意思，我要向班长报告了就别想有价值什么的。你给不给？他说不给！我恼羞成怒扑上去就抢。他就死死捂住挎包不松手。我们就在古墓的暗洞里扭打起来滚作一团。

阿牛哪是我的对手，不到三个回合他就败了。我拿着"战利品"——他的挎包，用手电光在他脸上嘲弄地敲了"一棒子"，他像个受伤的小动物半闭着眼睛，缩在黑的壁角，大口大口地喘着粗气，那模样就像一条被抛在岸上的鱼。我以胜利者的姿态得意地笑着。我说对不起啦哥们儿，我看看你的价值到底是啥哈？呵呵……说着我的手就迫不及待地伸进挎包里——刹那间，我突然感到寒彻肌骨，手仿佛被冻在速冻箱里，从指尖开始发凉，旋即传遍全身，五脏六腑结满冰凌——躺在我手里的竟是十颗沉甸甸凉冰冰的红弹头！

妈的，这就是李阿牛寻找的"价值"？

我一句话也说不出来。我快要疯了！

…………

新兵连结束的时候，我们都分到了老连队，成为正儿八经的兵了。然而，只有李阿牛被宣布退伍。团卫生队复查身体时，给他的鉴定是神志不太正常，视力不合格。新兵们便吵吵说这人原来有毛病，怪不得一看就是个有毛病的人。有人说，他是在家做生意破了产才出来当兵的，为穿军装在地方走后门花了不少钱。也有人说他家在南方农村，是个孤儿，吃百家饭长大的，出来当兵是想有一个真正的家。可这下刚当几天兵就退回去，不仅工作饭碗没着落，恐怕连父老乡亲的面都难以面对了。他到底有没有做过生意，是不是孤儿，到底为啥来当兵，谁知道呢？大家都觉得他该走，走了无所谓。

李阿牛背着崭新的绿背包，口袋里装着他的那十颗红弹头，独自一人踏上了通向家乡的归途。黄土塬上那个瘦小的身影很久很久才在我的视线中消失……

他既没找连队吵闹请求，也没有当着大家的面痛哭流涕，他甚至看不出有什么遗憾似的。只是哼着"西北风"，像一个成熟的老兵那样，大步走了……很潇洒！

没有回头。

蓦然，一种说不出来的滋味儿像潮水涌上我的心头……

拉　拉　水

　　拉拉水哨所的每天早晨都是阿黄掀开的。阿黄站在哨所后面的山岩上，仰着头，朝着东边的方向，发出很浑厚的声音：汪——汪——汪——

　　这时候，整个山谷里还是一片黑暗，只有天缝里露出一道朦胧的白光，这道白光掠过阿黄的身子，使阿黄的轮廓在山岩上显得金亮醒目。山谷里极静，静得只有阿黄的声音，还有随着它的声音而从山后面升起来的一种巨大磅礴的声音，那声音咔嚓咔嚓地脆响着，像什么东西在燃烧。

　　这是天的声音。阿黄听见老兵说。这声音只有老兵能听见。

　　老兵听见这声音后，向山岩上的阿黄又看了一眼，笑了笑，自言自语地说了句什么，就走下哨位，一边卸下肩上的枪，松了腰上的皮带，一边就进了哨所。

　　阿黄听见老兵在喊，起来啦，小懒虫，该出操上哨啦，我都听见太阳起床的声音了，嘿嘿——老兵在新兵的鼻子上拧了一下。

　　新兵醒了，揉了眼睛，又揉揉鼻子，懒懒地坐起来，慢慢地穿衣，半睁了眼睛看见窗外还一片黑，嘴里便喃喃地说，天还没亮呢，起来干什么吗？老兵说，咱们沟里没天亮，可外面已经天亮了。你听，阿黄的声音，还有太阳起来的声音，嘿嘿。新兵果然听见了阿黄的声音，但怎么也听不见太阳的声音。他想，鬼才相信你能听见太阳的声音呢。老兵总说他能听见太阳的声音，骗人。讨厌的阿黄！

新兵嘀咕着穿好了衣服。

两人开始在哨所前的一片空地上出操。阿黄也从山岩上跑回来，跟在老兵和新兵的屁股后面，跑来跑去。于是，一天的日子就这样开始了。

拉拉水哨所处在山谷里的最顶端，放眼望出去是一个狭长的山谷，两边是陡峭的石壁，如两把锋利的刀切断了天空，使天看上去永远是窄窄长长的一条，而山谷里却很少见到阳光，显得幽深而神秘。每当太阳在山谷上空出现的时候，阿黄就认真地盯住它，犹如盯着从眼前飞过去的一个烧饼。

哨所的旁边，有一个用铁门封得很死的山洞，那就是老兵和新兵看守的仓库。方圆好几公里的大山里都有这样的仓库，都有兵守着。仓库里装的是什么东西，新兵不知道，老兵也不知道，老兵的老兵也不知道，谁也不打听。不该知道的就不要知道，连长说过这是军规。因此，那山洞在老兵的眼里和心里是个神秘而又神圣的东西。每年的春天，山谷里都要进来一长队的军车，轰轰隆隆，径直开进山洞里，然后又轰轰隆隆，径直开出来，然后就一溜儿开出去，然后山谷里就一片寂静了。因此，每年的春天，老兵都要激动一回。站在哨所前，挺着胸，望着那山洞和进出的军车，眼睛亮亮的，直到军车在山谷里都消失了，他还举手敬着军礼。

有一次，老兵问新兵，你说我们守着的是什么？

新兵不假思索地回答，仓库呗。

老兵摇摇头说，对，但又不完全对。

新兵说，那你说不完全对的是什么？

老兵嗓子眼儿里哽哽的，竟一下回答不上来。

新兵觉得老兵有些怪兮兮的。

山谷里有一条简易公路，紧贴着石壁，就是每年春天军车进来出去的那条路。这条简易公路弯曲着向外延伸，一直到谷口的地方打一个顿号，便可看见两排用石灰刷得很白的平房，周围有一圈白杨树，那就是连队了。老兵和新兵每星期回一次连队，轮着回，回去的主要目的是开班务会，但最主要的目的是打一顿牙祭。老兵和新兵回去，阿黄也跟着回去。阿黄也要打牙祭。

出了竖着军事禁区牌子的谷口，公路继续向前延伸五六公里，便可以看到一个镇子了。远远看去，镇子的上空灰灰的，有袅袅飘动的炊烟，还有一群转着圈飞翔的鸽子。老兵去过几次镇子，新兵一次还没去过。老兵到镇子去的时候，也把阿黄带去。阿黄很高兴。出了镇子，如果向前再走几里，就可以看见一条宽大笔直的高速公路，据说这条路直通北京，而且据说这里离北京已经不远，天气好的情况下，可以看到远处的地平线上有一些积木似的东西。

新兵问老兵，你去过北京吗？

老兵说，没呢。

想没想去过？

谁说不想？

我想连长会让我们去一次的。

我想会的。

不然信封上写的北京的地址就白写了。

不会白写的。

我想也是，我的女朋友还以为我就在北京城里当兵，写信来问我长安街是不是真的很长很长，王府井是不是真的有很多外国人，还要我寄一张天安门留影的照片呢。

你小子都有女朋友啦？

有啦，你没有？

也有，也有。

那我们哪天一起进城去，到天安门前照张相，给女朋友寄回去。

好。我们一起去。

老兵和新兵对于离哨所并不十分遥远的北京城，在脑海里各自充满了自己的想象和向往。然而，新兵始终没有看见老兵的女朋友来信。

山谷里还有一条干河，一年四季没有水，只有一河的石头，突兀着，白晃晃的，与山谷头顶上的那片空白默默相视。哨所用水还要到连队去拉。后来有了拉拉水之后，干河里才有了滋润，一到春天，水细细的绕着石头缝儿流，在山谷里唱出动听的歌。那是两年前的一天，老兵牵着阿黄到后面的山岩上巡逻，到了一个石壁处，忽然见石缝中竟有一股指头般大的清泉，汪汪的，亮亮的，悄悄地涌出来，又悄悄地钻入草丛中的石缝里去了。他用手掬起来喝了一口，感到清甜细润，沁人心脾。他又用耳朵贴在石壁上听了听，里面有叮叮咚咚错落有致的流水之声，好似在演奏一曲美妙的音乐。老兵顿时惊喜万分，激动得手舞足蹈，冲着山谷大声喊起来：拉——拉——水——

山谷发出回声：拉——拉——水——

于是，哨所再也不用到连队去拉水了，反而连队有时还到哨所来拉水。兵们都说，拉拉水清澈甘甜，比城里的矿泉水还要好喝，喝了强身治病，减肥美容，把它灌进瓶子里拿到北京城里去卖，保证畅销，哈哈哈哈。从此，哨所也有了一个好听的名字——拉拉水哨所。至于为什么叫拉拉水，谁也说不清楚，连老兵自己也说不清楚。当时激动得一张嘴，就喊出了拉拉水。是拉水的拉，还是歌词里唱的那个啦啦啦的啦，还是别的什么拉，老兵也说不准，写不出来。反正大家都这么顺着叫就得嘞。新兵来了之后产生了疑问，对拉拉水三个字感到不明白。有一天就当面讨教老兵，问拉拉水的拉拉是什么意思？老兵抠着耳朵想了半天，说拉拉没什么意思。新兵说，怎么会没有意思呢，生个孩子取名都是有意思的，不是你喊出来的吗？老兵说是啊，是我喊出来的，可我也不知道是怎么喊出来的，反正一张嘴就叫出来了。我想它是应该有点儿意思的，啥意思呢，说不出来。嘿嘿。

没有意思，又有意思，新兵糊涂了，望着老兵越发感到捉摸不透。

日子就在这种没有意思、又有意思的矛盾中走着，走得很慢很慢。老兵和新兵每天上岗、下岗、学习、吃饭、睡觉，日子在平淡和单调中一天天重复着。阿黄也习惯了这种平淡而单调的生活。

阿黄喜欢跟着老兵到哨所后面的山岩上去巡逻，每当走到拉拉水泉边，老兵就要停下脚步，坐在一块石头上，把脸贴向石壁，静下心侧耳倾听那石壁里的流水之声。听着听着，便忘了周围的一切，仿佛除了那大自然的美妙之音，整个世界都不存在了，连他自己也不存在了，融化在了那美丽飘逸的音乐之中。久而久之，老兵不仅能听见那跳动的音符，而且还能从中听出在不同时间、不同季节里所演奏出的不同的乐曲。老兵虔诚的神色，使阿黄看了很感动。阿黄也支棱起耳朵听，它似乎也听见了那大自然美妙的音乐。

然而，新兵说他听不见。

一天傍晚，老兵把新兵带到泉边，叫他在那块石头上坐下，然后把脸贴在石壁上。

你听见什么啦？

什么也没听见。

你再好好听听。

好好听了。

那该听见什么了。

还是什么也没有嘛。

那是你没有用心啊。

怎么用心啊？

老兵叹了一口气。

新兵不以为然，心想这石壁里哪有什么流水演奏的音乐呀，纯属老兵自己的幻觉。

阿黄冲着新兵汪汪两声，意思说你真笨。

其实，哨所里啥都不缺，吃的穿的用的啥都有。吃的主要是方便面和军用罐头，缺少蔬菜和猪肉，但老兵带着新兵自力更生在哨所后面开出了一小块菜地，种上了一些黄瓜西红柿豆角什么的，虽然因受阳光照射少，长得有些变样，但也基本上自我解决了叶绿素的问题。打牙祭当然是到连队，杀了肥猪指导员就要亲自打电话上来。每到过年过节，上面和地方还要来慰问，带来的慰问品可以滋润很长一段日子。上级还考虑到哨所文化生活比较枯燥，下发了不少文体器材，如跳棋、象棋、军棋、羽毛球什么的。春节前还送来一台十四吋的彩色电视机，但是由于山的阻隔，只能听见声音而看不到图像，电视机只好当收音机了。日子感到最难挨的，就是看不到外面的人——男人女人，看不到外面精彩的世界。

这天，上级派来一支宣传队到大山里的仓库慰问演出，演出是在仓库机关，离哨所还有相当的路程，老兵和新兵都不能去观看。宣传队知道后就专门来到偏远的拉拉水哨所，来了好多的女兵，个个都很漂亮，漂亮得就像刚从画报上走下来。山谷里立刻回荡着她们清脆的笑声，就像飞进来一大群鸟儿。老兵和新兵显得有些激动，眼睛亮亮的。阿黄更是主动热情，不仅任凭女兵们抚摸，而且还伸出舌头大舔她们的手，在她们身上蹭来蹭去。老兵和新兵喊都喊不住，简直有失风度。

演员们开始给老兵和新兵以及阿黄表演节目。老兵和新兵目不转睛看得非常开心，一边咧着嘴乐，一边使劲鼓掌。阿黄也高兴得汪汪地叫。最后女兵们提议，全部女同胞与老兵和新兵以及阿黄合影留念。这次合影留念给老兵和新兵留下了深刻的印象，虽然当时他们并没有理解，为什么单单是女同胞们提出要与他们合影留念，但是他们凭感觉认为这有一种特殊的意义。于是，他们来不及想更多，就同女同胞们合影留念了，在一群鲜花般盛开的女兵中间，老兵和新兵感觉都非常好，发现山谷豁然明亮，天空豁然宽广，阳光豁然温暖……

最后宣传队走了，女兵们也走了。山谷里又恢复了往日的寂静。

夜里，老兵和新兵都失眠了，忽然感到什么也不少的日子里还是少了点儿什么，是什么谁也说不清楚。

阿黄半夜里朝远处发出一阵奇怪的叫声。

于是，老兵和新兵就开始盼信。可是新兵的信多，而老兵的信却越来越少，几乎几个月也见不到一封。新兵一来信，老兵的表情就变得很复杂，尤其是新兵的女朋友来信，老兵就借故躲到哨所后面的小生产菜地，拼命地干活儿。老兵下巴上的胡楂儿有些迫不及待，刮了没两天又钻出来，他就靠在哨所门口，对着小圆镜一根一根地拔。老兵的脸上还分泌出许多红亮的疙瘩，有的红透了就发白，白了就得赶紧挤。他常常双手把脸挤得歪到了一边。

阿黄觉得老兵有些过分。

一天晚饭后，新兵的女朋友寄来一大堆照片，全是彩色的，那姑娘在照片上笑得非常生动。新兵兴奋地抓着照片，像甩扑克牌似的一张一张甩在老兵的面前。老兵看后说了一句，很不错，就沉默了。新兵一边欣赏照片，一边抑制不住心里的喜悦，幸福地说，她要我给她寄一张在北京城里照的照片呢。新兵又说，我要是能去天安门照一张照片就好了。新兵又说，可是，万一她要是知道我在山沟里当兵会怎么想呢？会不会跟我吹了呢？新兵抬起头来，发现老兵已经不在哨所里。阿黄也不在。新兵赶紧追出去，直奔哨所后的山岩上。

一抹余晖落在老兵的身上，他宛若一尊雕像。

阿黄朝着天边发出一声长长的高亢的嚎叫，就像狼那样：呜——呜——呜——

新兵看呆了，终于明白了老兵的女朋友为什么不来信。他当兵到现在也没有照一张在北京城的照片，更别说在天安门前照相了。后来，新兵在老兵的面前再不炫耀自己的女朋友，也再不提一起到天安门去照相的事了。

整个夏天变得沉闷而忧郁起来。

又一个傍晚，老兵和新兵正在哨所门前吃饭，突然阿黄的耳朵竖了起来，鼻子使劲地吸着空气中的什么东西，眼睛异常地发亮，然后冲着后面的山岩上"汪汪"地叫起来。老兵朝着阿黄叫的方向望去，只见哨所后面的山岩上涌动着一片白云般的羊群，羊群的后面是一个梳着小辫、穿着短袖衣服、光着两条浑圆胳膊的女孩儿，在晚霞灿烂的背景衬托下，女孩儿身上一片灿烂。一条花白狗在女孩儿的身边蹦跳着。

女孩儿原来是带着羊群找水喝的，她发现了拉拉水。

还没得到老兵和新兵的允许，阿黄便箭一般向那条花白狗跑去。同时，那花白狗也发现了阿黄，向阿黄扑来。看来一场生死的角斗是不可避免的了。老兵和新兵大声地喊：阿黄回来——阿黄回来——

阿黄像没听见。

女孩儿也喊：小花回来——小花回来——

花白狗也不听。

在相隔一定距离的时候，两条狗都叫了起来，然后突然就不叫了，然后就互相慢慢走近，用鼻子彼此闻着鼻子，又闻了身上别的什么地方。这时，阿黄就兴奋地绕到了花白狗的身后，再一次闻了闻。眨眼间，还没等老兵和新兵反应过来，阿黄便出其不意地跨在了花白狗的身上，做出了那种雌雄动物间最本性的事情。原来那花白狗是一条母狗，一条年轻刚成熟的母狗。

突然出现的情况，叫老兵和新兵感到十分难堪。阿黄你犯错误啦——老兵吼道。

阿黄不听，继续在花白狗身上。

阿黄你赶紧下来——老兵瞪着眼睛向阿黄下了命令。

阿黄不明白老兵为啥要命令它，只得速战速决做完事情，沮丧地退下身来。

女孩儿不好意思地转身跑开了，脑后的小辫如柳条儿好看地飘舞起来。花白狗朝阿黄"汪"地叫一声，撒着欢儿地跟着女孩儿跑走了……

事后，老兵在阿黄的脖子上套上了一条长长的铁链子——这算是对阿黄犯错误的惩罚。老兵说，看你还骚情不骚情。新兵说，我都差点儿忘记它是一条雄狗了。老兵叹了一口气。新兵也叹了一口气。

此后，每天的黄昏时分，那个梳着小辫、光着两条浑圆胳膊的女孩儿总要赶着羊群出现在拉拉水哨所后面的山岩上，在泉水边给羊群喂水。女孩儿在霞光中十分灿烂。这时候，老兵和新兵总是远远地朝她招招手，而阿黄也只能对远处看着它的花白狗叫几声，因为它的脖子被铁链子拴住了。

天气越来越闷热，好像预示要发生什么事情。

后来果然就发生了一件事情。出事的那天是在雨季到来的当天晚上。那是一场罕见的暴风雨，当它突然袭来的时候，那女孩儿带着羊群正好出现在哨所后面的山岩上。霎时间，天昏地暗，电闪雷鸣，狂风大作，暴雨如千万条银亮的鞭子猛烈地抽打着大地。女孩儿吓得惊叫着，赶紧跑到哨所里来躲雨。女孩儿浑身都湿透了，脑后的小辫和光着的两条浑圆的胳膊上全是水。老兵和新兵的军装也湿了，他们是跑去帮女孩儿赶羊群时淋湿的。

天飞快地黑了，暴风雨主宰了整个世界。山谷里响起一片轰隆隆的声音。

哨所就像汪洋中的一叶小舟，随时都有被狂风巨浪吞噬的危险。

突然，电断了，屋里漆黑一片。

女孩儿抖着身子说，我害怕。

老兵说，别怕，有我们呢。

新兵说，对，有我们呢。

阿黄和小花冲着黑暗中的暴风雨汪汪直叫。

老兵赶紧点亮了应急灯，又拿出一套干净军装给女孩儿，要她换下湿透的衣服。女孩儿换衣服的时候，老兵和新兵都很自觉地背过身去。然后他们就生起火，烤换下来的湿衣服。这时，他们就听见了哨所后面的山岩上传来一种奇怪的声音，像是什么东西炸裂开了，然后滚动起来，如千万匹野马由远而近，震动得大地也开始颤抖。

老兵脸一黑，说，不好，好像要出事。说时，眉宇间凝了一个疙瘩。新兵脸上顿时有些发白，眼睛四下到处乱看。忽然，阿黄挣脱了脖子上的铁链，冲出哨所，向后山滚来的声音发出一阵吼叫。老兵打着手电也跟了出去，他看见阿黄的脖子上流着血。

原来是山洪暴发了。暴风雨聚集的泥水，撒着野，卷起石头从哨所后面的山岩上气势汹汹地奔来，不仅威胁着哨所，而且还直接威胁着离哨所不远的仓库，如果山洪冲破那道铁门，其后果真不堪设想。老兵头皮一下紧了，立刻转身返回屋里，抓起电话，赶紧向连队报告，叫火速派人来保护仓库。可是电话不通，线一定是被暴风雨刮断了。现在跑回去报告不仅危险，而且时间也来不及了。老兵急得快要跳起来，大声地咒骂着。

正在这时，阿黄跑到老兵跟前"汪汪"叫了两声。老兵心烦地说，去去去，到一边稍息吧。阿黄不走，又"汪汪"叫两声，而且咬住老兵的裤腿使劲拽了几下。老兵猛地反应过来，终于明白了阿黄的意思，眼睛顿时一亮，一把抱住阿黄，激动得不知如何是好，连连说，阿黄，你好样的。你去，你马上回连队去报告，叫连长赶快派人来保护仓库，你明白吗？这非常重要——

阿黄"汪汪"叫了两声。

你真是好样的，阿黄。这个艰巨的任务就交给你啦！老兵在阿黄的头上抚摸了一把。

阿黄转身冲出哨所，立刻消失在暴风雨中。

老兵喊道，阿黄你要小心哪——

黑暗的山谷里响彻轰隆隆的声音。

老兵和新兵带着工具朝仓库的铁门跑去，女孩儿也要跟着去，被老兵挡住了，说外面太危险，要她在哨所里待着。万一有什么情况，就用铁勺子敲脸盆，他们听见了就会赶过来保护她。女孩儿点点头，眼里涌出了泪花。

山洪呼呼啦啦地下来了，像猛兽在黑暗中张开了巨口。

老兵和新兵在仓库铁门前与洪水展开了搏斗，用沙土袋垒砌防水墙，用铁锹挖排水沟……

连长带着兵们终于赶来了，来得非常及时。连长看见老兵和新兵浑身都是泥水，紧紧把守在仓库门前寸步不让，而洪水已经淹到了他们的小腿上，石头树枝划破了皮肉。连长非常感动，拍了拍他们的肩膀，然后叫兵们把他俩换下来。

老兵说，连长我们能坚持。

新兵也说，连长我们能坚持。

连长说，你们都是好样的！

正说着，哨所里突然传来一阵急促的金属敲击脸盆发出的声音，同时还夹着一个女孩子的尖叫声。

连长一愣。

老兵和新兵赶紧拔腿就朝哨所的方向跑。

连长愕然。

仓库终于保住了，没有受到丝毫的损失。兵们用沙土袋在铁门前筑起了一道厚厚实实的墙，用铁锹挖出了一条沟将洪水引入到山谷的干河里。然而，阿黄却不见了。直到战胜了山洪，老兵和新兵始终都没有看见它。问连长，连长说阿黄一直跑在队伍的前面，怎么会不见呢？问连队的兵们，说都忙着跟洪水搏斗，加上天黑，又下着暴风雨，谁也没注意到它。

阿黄——

阿黄——

黑暗的山谷里，只有暴风雨的声音。

第二天，兵们在离哨所不远的地方发现了阿黄的尸体，它被压在了一块石头下面，腿部和腰部的骨头被砸断，浑身是伤，流尽了身上的血。可是，它的头却伸了出来，朝着哨所的方向，前腿在石头上刨出了两道深深的血印，看来它是想奋力爬回哨所，只是力不从心了。它的脖子上还有一道挣脱铁链时留下的口子。

老兵抱起阿黄，哭了。

新兵也放声哭起来。

…………

拉拉水哨所后面的山岩上多了一座小小的坟茔，每天早晨和傍晚，老兵和新兵轮流守望在它的旁边。日起日落，云飞云散，时光如水，岁月蹉跎。老兵和新兵在小小的坟茔前，守望成了一道风景。

秋天到来之后，老兵复员了。据说老兵复员跟那个放羊的女孩儿有点儿关系，这点儿关系被兵们演绎和渲染得神秘而又浪漫。临走时，连长问老兵有什么要求，老兵说没什么要求，只是想到北京城里去照一张照片。连长当场就答应了，说这算个什么？连长心里感到有些愧疚，老兵当兵三年了，没想到离开部队就提了这么个要求。这实在算不上是个什么要求，北京城离这儿没有多远哪。连长意识到平日疏忽了点儿什么。他决定用一辆车把所有离队的老兵都送进城里去好好逛一天。

然而，上级突然来了命令，老兵复员的日子提前了。老兵进北京城里照一张照片的希望落空了。老兵的脸上顿时苍老了。连长对老兵说，照片是照不成了，但他已给仓库的首长建议，让送老兵的汽车去火车站的时候，朝城里拐一下，从长安街和天安门前路过，也算是了了一桩老兵们的心愿，仓库的首长同意了。

老兵说，谢谢。眼睛就湿润了。

走这一天，老兵早早就起床了，独自跑到哨所后面的山岩上，在阿黄的坟前站立了很久，默默跟它告别。然后在拉拉水的石壁前，最后静静地听一次泉声。老兵离开时，用军用水壶灌了满满的一壶清泉，这是他从拉拉水哨所唯一带走的东西。

接老兵的车来了，准备把他接到连队然后同其他老兵一起走。老兵摘下了帽徽和肩章，在胸前戴上了连长送来的大红花。这模样有些像当新兵的时候，只是那时军装是崭新的，而现在的军装却发白了。新兵把老兵的行李送到了车上，老兵的行李很简单，就一个背包和一个当兵时发的军用旅行包。

老兵握着战友的手，心里有许多的话要说，可感到嗓子里有东西堵着说不出来，直到手松开的瞬间才说出一句话：把哨所守好，再见了——新兵点点头。老兵向前走了几步，回过头来最后看一眼哨所，眼里有了亮亮的东西。最后，他朝着自己守卫了三年的哨所立正敬了一个标准的军礼，眼泪便再也忍不住涌了出来……再见了——他颤声地说。

新兵哭了起来，哭出了声音。

老兵上了车。他看见新兵站在哨位上，一把一把地抹泪。老兵忽然觉得新兵站哨的姿势很像自己。他想，一茬儿一茬儿的兵，不就像那拉拉水永远地流淌着，永远也流不断吗？

车启动了。老兵挥挥手，再一次喊了一声，再见了——他的声音很哑。他抬起头来，向哨所后面的山岩望去，突然在阿黄的坟茔前，他看见了那个放羊的女孩儿，她的小辫变成了披肩的长发在风中飘扬。女孩儿远远地望着他，朝他招手。她的身边不仅有小花，而且多了一只小小的黄狗。

汪汪——

阿黄——

老兵的眼睛终于被泪水模糊了。

一切的一切越来越远，越来越远……

一个名叫二水的兵

二水姓牛，名二水，河南商丘人。

二水是一九七六年十二月当的兵，来到大西北的第二天就捂着冻得发红的鼻子，指着营房外一片苍茫的冰天雪地，乐呵呵地说："俺的娘，这地方可真美呀——"周围的兵们不约而同剜了他一眼，齐声骂了一句："傻×——"

二水当兵是在师直，师直单位包括通信营、高炮营、工兵营，再就是防化连、汽车连、警卫连、侦察连什么的，单位都是好单位，但不是要求文化程度高，就是要有一个强壮的禁得起摔打的好身体。而这两样二水都不具备。二水家在农村只念过小学，部队的"三大条令"有一大半读不下来，另一小半像瞎猫逮老鼠似的，逮着一个是一个，如同读天书一般，常常惹得兵们一阵阵发笑。二水身体也不魁梧，瘦不拉几的，跟发育不良的玉米秆似的，没有精神，然而头却硕大，上重下轻，穿一身军装风一吹就直摇晃。因此，新兵连结束时，连长考虑再三，最后说："你还是到师医院去当个卫生员吧，那工作比较适合你。"

这样，牛二水就到了野战师医院。

二水开始以为当卫生员是件很简单的事情，就是每天在病房里走来走去，给病人拿拿药打打针，不仅工作轻松舒服，而且还有那么多年轻漂亮的女兵围在身边，一个个笑得跟花儿一般，真是让别的男兵们羡慕而又嫉妒死了。二水心里很是得意，一高兴便忍不住一个人在兵舍里唱几嗓子家乡的豫剧。二水从小就爱唱豫剧，古代的现代的都会几句。一唱起来便微闭双目，摇头晃脑，很是投入的样子：

辕门外三声炮如同雷震
天波府里走出来我保国臣
…………

没想到卫生员一上来就是学习，发了一大堆书。二水这下愣住了。更没想到的是在卫生员学习班的一屋子新兵中，唯有他一个是男兵，其他的都是嘻嘻哈哈的女孩子。二水发现这一情况时，顿时感到一阵紧张不安，就像不小心钻进了草刺堆里，浑身都不自在。这种紧张不安不是说他害怕和女孩子在一起，相反他的性格中天生有一种对女性的亲近感，而是他从她们的眼睛里看见了一个男人的自卑。

坐在二水旁边的女兵叫赵秀梅，长了一双水汪汪的大眼睛，也是河南商丘人，家也在农村，但是个高中生，还没毕业就参了军，据说是偷偷跟着接兵的首长上了火车当的兵。二水心里很佩服她。

赵秀梅看见二水望着书一副愁苦的样子，就用肘弯轻轻碰了他一下，小声地说："别灰心，俺是老乡，俺帮你。"

二水心里一阵感动，不好意思说："俺读书可笨……"

赵秀梅说："不怕，有俺呢。"

二水感到心里有一股热乎乎的东西涌起来。

二水到底不是学卫生员的料，尽管赵秀梅百般耐心地帮助他，他的脑子依然是块榆木疙瘩开不了窍。上生理解剖课，他比女孩子还胆小，眼睛竟不敢朝人体模型看一眼。学病理学，他弄不清什么叫脑功能障碍什么叫心功能失常。那些五花八门带有外国字母的药名更是要了他的命，什么黄连素青霉素氯霉素，还有什么敏什么芬之类的，把他脑瓜儿里搅得一塌糊涂。每次测验他几乎都是交白纸。

赵秀梅有些恨铁不成钢地说："二水呀二水，你的脑袋里真是进了水呀！"

二水觉得很对不起赵秀梅，就说："俺脑子笨，俺对不起你。"

两个月学习下来，二水的成绩不及格。女兵们都分到科室和病房去了，只剩下他一人不好安置，最后只好放到炊事班。领导怕他想不通，给他做思想工作，说革命工作不分高低，都是为人民服务。七十二行，行行出状元。后勤工作也很重要嘛。没想到二水很痛快就答应了，说炊事班好啊，俺愿意到炊事班去工作，并表示决不辜负领导的希望。领导一听，高兴得直拍二水的肩膀，说你真是一个好兵啊。

二水就这样到了野战师医院的炊事班，这是一个不需要多高文化程度，也不需要多么强壮身体的地方，最适合二水待的了。加上有好吃的好喝的，近水楼台先得月，哪点不美呢？到炊事班不久，二水瘦不拉几发育不良的玉米秆身子，一下子就像催了化肥似的，很快茁壮起来。再说炊事兵还有特权呢，打饭打菜时谁不想多要一点儿？尤其是那些嘴馋的女兵，他的菜勺子稍微多来一下，她们就感动得受不了，恨不得甜甜地叫一声哥。每到这时，二水心里就感到十分滋润。

唯一让他觉得遗憾的是，他不能跟赵秀梅一起工作。他原思谋着跟赵秀梅一起工作的，她是老乡，又有文化，还有一双漂亮的水汪汪的大眼睛。他感到她很亲切，跟她在一起心里有一种说不出来的舒服。有几次，他在梦里还跟她在一起呢。现在虽说不能在一起工作，但好在有空他可以到病房去看她，每次打饭的时候还可以在打饭的窗口见面的。每次赵秀梅出现在打饭窗口，他都要好好地看她一眼，然后给她的碗里满满地盛上饭和菜，好点儿的肉都给她留着。这时候，赵秀梅就露出牙齿粲然地回报他一笑。她的碗里亮亮的东西总是比别人多，大家都感到很奇怪。

时光就这样含蓄地流淌着。冬去春来，大西北的原野一天天地变绿了，野战师医院的白杨树也向上蹿了一大截，温暖的气息在空气中弥漫。二水在炊事班很快学会了压面、做饭、蒸馒头和包饺子，还学会了各种风味的炒菜。他的手很巧，一学就会，一点就通，简直就像一个天生的厨师，很快就在炊事班确立了地位。尤其是他做的食品雕刻和象形拼摆，堪称一绝。这是他利用星期天休息时间，专门到离医院二十多里路的县城，向一个饭馆师傅学的。他的手是那样的巧，一个不起眼的萝卜或土豆一到他的手里，只见小刀飞闪，不一会儿就奇迹般地变成了"孔雀开屏"，变成了"二龙戏珠"，变成了"双燕齐飞"——令人刮目相看。连师首长有一次来医院吃饭，见了他的功夫也叫好。

没事的时候，二水喜欢和女兵们在一起，逗逗乐开开玩笑，看她们笑得满面春风的样子，欣赏她们身上散发出来的那股特别的清香的气息。他认为跟男兵们在一起没意思，有空就打扑克抽烟喝酒谈论女人，没劲。更多的时候，二水是帮女兵们干活儿，什么提水搬砖头扛箱子，他总是有求必应，乐此不疲。他还会修木凳，用铁丝做晾衣服的衣架。一次，他用废旧的输液塑料管编了一个小花篮送给赵秀梅，没想到女兵们见了都说做得漂亮精致，个个都向他要，他一高兴就给每个女兵都编了一个。结果赵秀梅脸上有好几天都是阴转多云。

二水问她："你怎么啦？"

赵秀梅冷冷地说："把你的东西拿走。"

二水不解地说："你不是喜欢吗？"

赵秀梅说："俺不稀罕。"

二水说："你是不是嫌俺跟别的女兵……"

赵秀梅火道："你跟别的女兵关俺什么事！"说完，气呼呼地撇下二水走了。

这一年，年终总结的时候，二水因在炊事班工作表现突出受到了医院嘉奖，赵秀梅也因在卫生员工作中做出了成绩受到医院表彰，两人的照片被贴在了医院的宣传栏里，正好紧挨在一起。二水看着宣传栏里跟他并肩排在一起的赵秀梅，心里感到像喝了蜜一样的甜，脑海里升起无限美好的遐想。赵秀梅啊赵秀梅，总有一天俺会真正地跟你并肩在一起，合照一张照片的。

没想到二水的愿望真的就实现了。一九七八年部队里开始恢复各种专业技术比赛，二水在军区组织的炊事技术大比武中夺得了第二名，赵秀梅在参加军区卫生员技术比赛中取得了优秀卫生员奖，两人都为野战师医院扛回来一面锦旗，争得了荣誉。于是医院特地为他俩各记三等功一次。庆功会上，两人并肩站在主席台上，胸戴红花，容光焕发，就像一对比翼双飞的鸟儿，医院新闻干事不失时机地举起照相机——"咔嚓"，留下了一个具有历史意义的瞬间。

两人的合影照片又贴进了医院的宣传栏，春天的阳光透过玻璃照耀在他们灿烂的脸上，是那样的融洽自然，熠熠生辉。令兵们羡慕不已。庆功会后，赵秀梅主动找到二水说："你真了不起，俺以前对你的态度有点儿那个……"

二水嘿嘿笑着说："没关系，只要你心里对我好就行，嘿嘿。"

二水心里那个美啊，甭提啦。一高兴，一人又在宿舍里吼起了豫剧：

咱两个在学校整整三年

相处之中无话不谈
…………

　　日子到了这一年的夏天。一天上午，二水从炊事班回宿舍取东西，路过宿舍的西头时，只见一个年轻的妇人正坐在门口，低头托着露出衣服外的半个乳房给孩子喂奶。不知是谁的来队家属。上午柔和的阳光照在女人的脸上和身上，也照在那洁白丰满的乳房上，连那青色如丝的毛细血管和鲜红的乳头也一清二楚，加上那婴儿吮奶的神情，一下使二水呆住了。二水感到不知为什么呼吸困难起来。女人发现有人看她，抬起头来，并没有掩饰自己，而是朝他微微地一笑。二水赶紧慌张地转身离去。那天夜里躺在床上，二水的脑子里全装满了那个哺乳的女人，以及女人洁白丰满的乳房，还有那个躺在女人怀里吮奶的婴儿。

　　第二天上午，二水忍不住又回宿舍去，路过宿舍西头时又看见那个年轻的妇人坐在门口奶孩子。二水的脚就像被磁铁吸住了一样再也动不了，目光直直地落在那女人又白又鼓的乳房上，落在怀里那婴儿吮奶的一嘟一嘟的小嘴儿上……二水突然感到嗓子发干，喉结上下滚动，身体里有一种东西如火焰般轰地燃烧起来。女人又发现了他，抬起头来，又朝他微微地一笑。

　　二水也赶紧笑了笑，感到有些窘迫，脸一下就红了。

　　这时，屋里突然冲出来一个男人，瞪着眼睛大声吼道："看什么看，孩子吃奶有什么好看的？想吃找你妈去吧——"

　　二水一看，原来是医院汽车班的一个老兵司机，长得五大三粗的。二水吓得浑身一抖，连忙说："对不起，我不是故意的……"边说边转身就跑。

　　回到宿舍，那老兵司机的声音还在耳边轰响，二水趴在床上把头埋在被子里放声哭了起来……

这事儿不知怎么很快就让兵们知道了，女兵们一见了二水就开他的玩笑，说二水是不是想妈啦？想得不行就叫你妈来部队看看你吧！接着，就像风吹庄稼似的笑得前仰后合。赵秀梅在一边冷冷地看着他，什么话也不说，目光中好像有一层寒雾。二水心里有一种难言的伤痛，低着头一声不吭从女兵们身边走过去。

男兵们比较放肆，见着二水就问老兵司机的媳妇那奶子如何如何，说你小子真有眼福啊，不该看的都看到了。二水气得说不出话来，骂道："你们下流，下流——"

男兵们哈哈笑道："我们下流？你看女人的奶子，是你下流——"

二水辩解道："我不是！"捂着耳朵拔腿就跑。

此后，他见着兵们就躲得远远的，就像自己做了一件见不得人的事，感到十分羞愧和可耻。

二水变得沉默寡言了。

一九七九年春天对于二水来说是好日子，南国边疆的自卫反击战拉开了帷幕，部队进入了战备状态并进行了扩编，上级决定从士兵中挑选一部分优秀人才直接提干，以备打仗的需要。于是，二水和赵秀梅都以他们各自的突出表现，被野战师医院作为提干对象报到了师部。提干当然是士兵们梦寐以求的事情，是改变前途和命运的关键。对于二水来说，更是具有十分重要的意义。提干后他就可以在部队干一辈子，最主要的是他可以跟赵秀梅永远在一起了。

男兵宿舍里又有了二水的笑声。

然而没两天却出了岔子，师部打来电话说医院报的提干名额超了，并说牛二水和赵秀梅是同年兵，他们两人当中只能提一个。院领导一看作难了，两人表现都不错，各自都有特长，一个是卫生员里的佼佼者，一个是炊事班技术拔尖的人物，两人都为医院争过光立过功，同时两人的服役期也快满了，如果提不起来，年底很可能就要复员，那真是太可惜啦。院领导左右为难，下不了决心。

就在这节骨眼儿上发生了一件令人意想不到的事情。

事情发生在师部来电话的当天，吃饭的时候赵秀梅在打饭窗口告诉二水，晚上她在病房值夜班，她有话要跟他说。赵秀梅水汪汪的大眼睛在小窗口扑闪扑闪的，然后粲然一笑："记着，十二点，别忘了。"

二水也有些激动："我也有话想跟你说。"

以前赵秀梅值夜班时，一到半夜就害怕，就叫二水去陪她聊天，天南海北无话不说。后来二水看老兵司机的女人奶孩子的事在兵们中传出后，赵秀梅值夜班时就不让二水去了，有时候见了他还下意识地用手捂住自己的胸部，好像二水那双眼睛可以看穿她的衣服似的。打饭的时候赵秀梅也不看他，也不说话，就像变成了一个陌生人。现在赵秀梅主动找他说话，一是说明她心里还想着他，二是可能因为提干的事情想找他商量。二水已经想好了，只要赵秀梅答应跟他好，他就打算放弃这次提干。反正以后还有机会，谁先提都一样。二水想，赵秀梅知道他的想法后一定会很高兴和感动的。

二水是夜里十二点准时到达病房值班室的。来之前，他专门到厨房去了一趟，为赵秀梅下了一碗油汪汪的家乡面，还打了两个荷包蛋，他想这时候赵秀梅肚子该饿了。二水端着面条来到病房，只见四下里静悄悄的，病号们早都睡下了，只有过道里的灯光依旧亮着，一副困顿的样子。二水悄声走到值班室里，没看见赵秀梅，但她的军衣和帽子还挂在墙上。二水忽然听到水房有水响的声音。水房是平日病号洗漱和洗澡的地方。会不会有人忘了关水？会不会赵秀梅在水房洗手什么的？二水就很自然地朝水房走去。

走到水房一看，不见赵秀梅，水响的声音是从水房的一扇门里传来的，水声哗啦哗啦地响。二水小声地喊了一声赵秀梅，没有回音，又叫了一声，还是没有回音。二水就好奇地走到门前，从微开的一条门缝向里看——二水一看就看惊呆了，虽然门里有一层朦胧的水雾，但他还是看到了里面有一个裸体的女人在洗澡，好像就是赵秀梅。她用一个塑料脸盆将水从头浇到脚，水从她光洁优美凸凹有致的身体上掠过，像绸缎一般落在地上，然后飞溅起来。尤其是她的胸部，白得好似七月含苞欲放的莲花。二水看得心慌意乱，不知该如何是好，双脚好像被钉住了。正在这当儿，洗澡的女人突然转过脸来，瞪大眼睛，手里的脸盆"哐当"一声落在地上，接着发出一声惊恐的尖叫："有流氓，快来人哪，快来人哪——"

果然是赵秀梅。

二水还没清醒过来是怎么回事，身边就已经围满了人，有医院领导和机关干部，有病房的医生护士和卫生员，还有看热闹的病号，每个人脸上的表情都十分严肃，每个人的目光都愤怒地指向他。赵秀梅已经穿好了衣服，身体靠在墙边一个劲儿地哭，头发湿漉漉的还在掉水。二水感到奇怪，大家为什么以一种异样的眼光看着他。

院里领导硬硬地问："这是怎么回事？"

二水结巴地说："俺……俺不知道。"

领导生气地说："不知道，不知道你怎么会站在这里？"

二水解释说："俺开始听见有水声……然后就走过来……然后就听见喊叫声，俺以为……"

领导打断道："深更半夜的你来这里干什么？"

二水看一眼赵秀梅，说："俺……"

领导说："你知道你这是什么性质吗？"

二水紧张地说："俺没做什么……"

领导说："走吧，到保卫办去说清楚。"

二水慌忙向赵秀梅乞求道："赵秀梅你帮俺说说……"

赵秀梅哭着说："没想到你是个这样的人，呜——"捂着脸哭得更凶了。

二水心里如被刀刺了一下："你——"手一抖，一直还端在手里的碗"啪"地掉到地上。碗碎了，鸡蛋面撒了一地。

事情的结果当然对二水非常不利，他没法向领导说清楚到底是怎么回事，加上据群众反映他曾经有过看女人喂奶的"劣迹"，因此发生看女兵洗澡这样的事情就是自然而然的了。有这样品行的人当然是不能提干的，不仅不能提干，还要给予处分。

二水很快受到了医院的处分——提前复员，也就是说他不能在部队待了。医院是有女兵的地方，有二水这样的人在就有事故隐患，女兵们就没有安全感，于是，医院决定派一个保卫干事把二水送回河南老家。

二水说："俺冤枉——"

领导说："你有什么好冤枉的？年纪轻轻，放着大好前途不要，偏偏做出这种丢人的事来。"

二水哭道："不是这样的，是赵秀梅叫俺去的，俺是真的喜欢她……"

领导说："你看看，这就是犯错误的根本原因嘛。"

二水再也说不出话来，只有不停地哭，不停地用手擂自己的胸，擂自己的头。最后领导问二水有什么要求没有，二水说没有要求，就是希望这件事不要影响到赵秀梅的提干，一切都是他的错。

离开部队这天，天空下起了小雨。快到医院的门口，二水突然停住脚回过头来，看看医院的营房，注视着熟悉的一切，长长地叹了一口气，往事如烟呀。野战师医院的男兵女兵远远地用目光送着他——没有赵秀梅，自从出事那天以后二水再也没有见着她。他想再看她一眼，看一眼她那水汪汪的大眼睛。可是她没有来，她不会来的，她不可能来的。

二水现在这副样子就像是一个犯人，一个地道的乡下农民，帽徽领章没有了，随身只有简单的背包和行李，一身洗旧的军装在寒风中飘动，长长的头发刺在耳外，连胡子也不知啥时候冒出来了。雨水淋在他的脸上，使他看上去非常苍老。

二水向医院鞠了三个躬，一边鞠躬一边自语道："俺走啦……俺走啦……"说着眼泪就涌了出来。

保卫干事说："好啦，走吧。"

二水说："俺走……"

眼前一片模糊。

一个星期后，保卫干事从河南商丘回来了，向医院领导汇报了送二水复员回家的情况，说一到地方就遇到了麻烦，档案交不出去。一打听才知道，原来牛二水是个孤儿，生下来就没有爹娘，是村里人在路上把他捡回来的。他是叼着村里女人的奶子长大的，女人们的奶水一直把他喂到五岁。他天生对女人有一种特殊的感情。民政局和武装部的人说，看一下女人奶孩子，看一眼女人洗澡，算什么错误？现在把他处理回来怎么安置，哪儿是他的家？保卫干事感到又吃惊又为难，只好打算把二水再带回部队。但二水说不用了，不要给部队添麻烦了，哪里都能活人的。第二天一早，他就一个人背着行李走了，不知去了什么地方。

医院领导听了，一个个就沉默了。

保卫干事还带回来一件东西给赵秀梅，说是二水送给她的。这当儿，赵秀梅已经正式提干了，穿上了四个兜的干部服和皮鞋。

赵秀梅打开一看，原来是一盘录音磁带，到屋里放入录音机里一听，是二水唱的河南豫剧，那歌声时而高亢激昂，时而慷慨悲壮：

　　辕门外三声炮如同雷震

　　天波府里走出来我保国臣

　　头戴金冠压双鬓

　　当年的铁甲我又披上身

　　…………

　　赵秀梅先是一愣，然后忍不住扑在录音机上，哭了……

大　洋　马

　　大洋马是我们野战师医院的女兵。"大洋马"是那些嘴贱的男兵们给她取的外号。她的本名叫杨贵珍。

　　杨贵珍是从军区护士学校毕业分配到我们野战师医院来的。刚来那天，是个吃罢晚饭的傍晚。女兵们没事，都在营房门口散步，看黄昏的风景。

　　这时，我们就看见瘦小的教导员领着一个背着背包、扎着腰带、全副武装的大个子兵朝我们走来。近了一看，没想到竟是一个女兵，块大、个高、胯宽、胸隆，身材十分茁壮，整个模样比我们所有的女兵都要大一号。

　　我们甚感惊奇。还以为是来了一位篮球运动员呢。

　　教导员朝大家挥挥手，介绍道："这是咱们刚分来的杨护士，叫杨……杨什么？"

　　杨贵珍冲教导员大方地一笑，露出两排刷得很白的牙齿，说："我叫杨贵珍——"

　　不知哪儿冒出个住院的男兵，叫了一声："嘀，真像一匹大洋马呀！"

　　"轰——"女兵们笑得前仰后合。

　　杨贵珍并不生气，也跟着大家一起笑。

　　"大洋马"这个名字就传开了。不仅我们知道来了个"大洋马"，而且连队的男兵们，甚至驻地的老百姓都知道，我们野战师医院有了一个"大洋马"。

大洋马来后，住在四号窑洞宿舍。我们医院的营房都是一排排的平顶式窑洞结构，阶梯式地铺着，刷着雪白的石灰，很醒目。四号窑洞宿舍里原本住着白灵灵和林燕燕。白灵灵的床铺横在宿舍唯一的窗前，林燕燕的床铺紧靠墙角。大洋马一来，教导员就叫白灵灵把窗前的位置让出来，腾给大洋马住。因为大洋马是护士，护士是干部，而白灵灵和林燕燕是卫生员，卫生员是兵。兵当然要尊重干部。白灵灵就只好把自己的床铺从窗前的位置搬开，和林燕燕的床铺小心谨慎地团结在一起，处在一种从属的地位。

大洋马就在窗前住下了。窗前空气新鲜，阳光充足，还能看见窗外的景色。大洋马感到满意。

但白灵灵的脸就有些发旧。

大洋马刚来，大家彼此生疏，女兵们很少有人跟她说话，都与她无形中保持着一定距离，好像这个人高马大的护校生，身上有种什么东西会对大家产生威胁。就连同住一屋的白灵灵和林燕燕也对她怀着敬而远之的态度。

大洋马不以为意。

可是，医院住院的男兵们对大洋马却表示格外的热情。见了她，都主动跟她打招呼，脸上堆着笑，眼里放着光，跟她聊天，跟她开玩笑。有的男兵还跑前跑后，帮她搬砖头垫床，帮她拉铁丝，帮她打水……

大洋马很是得意。站在一边指挥着男兵们，一脸的陶醉。

女兵们觉得奇怪，大洋马又不是磁铁，一来怎么就把男兵们给吸引住啦？真不明白。

我们野战师医院驻在离县城二十多里的一座黄土山塬上，我们管它叫"威虎山"。"威虎山"一片荒凉，除了黄土就是黄土。

177

山下有一条简易公路，可以通往城里，到达师部。另外，山下还有一条沟，我们管它叫"夹皮沟"，"夹皮沟"里住着工兵营，全是男兵。因此，我们女兵不能擅自到山下的公路上去，更不允许去"夹皮沟"。这是规定。

大家都遵守规定，从不敢越雷池一步。

大洋马刚来不知道，没几天就"犯了规"。晚饭后，我们眼睁睁看着她大摇大摆下了山，独自一人在公路上溜达。简易公路上时而走过一辆马车、牛车或者驴车什么的。她背着手仰着头，一会儿看看公路两旁笔直的白杨树，一会儿看看缓缓西垂的夕阳，一副悠然自得的样子。走着走着，她忽然好像发现了什么似的，侧耳听了听，是金属悦耳的哨音。她一喜，便忘乎所以，竟然不顾"禁区"，甩步朝"夹皮沟"走去。

"夹皮沟"里的男兵们正在进行激烈的篮球比赛。大洋马走进去不一会儿，传来的裁判的哨音就跟刚才大不一样，活像半大的公鸡打鸣，一下变了调。大洋马回来的时候，女兵们看见她兴奋的脸上涨得绯红，如同涌上了一层绚丽的晚霞。大家把脸转向一边，不理她。我们为什么要看她脸上的晚霞呢？！

第二天大洋马又下了山，又在简易公路上溜达，又去了"夹皮沟"。回来又是一脸的晚霞。

第三天又是如此。

我们有些受不了。我们等着瘦小的教导员找她谈话。可是教导员好像有意躲起来似的，一连几天不见面，一点儿不知道有人破坏了"威虎山"的"山规"。有时碰着大洋马，还跟她有说有笑的，会上还表扬她来医院后工作表现不错。大家便感到有些不满，甚至有些气愤，心想教导员咋的啦？他不管，这不乱套了吗？

日子一天一天地走着，什么事也没有发生。

除了大洋马，女兵们依然是遵守军规，谁也没有下山到公路上去溜达，谁也没有进过"夹皮沟"，当然谁的脸上也没有出现过像大洋马脸上那样的晚霞。女兵们依然不理大洋马。住院的男兵们依然跟大洋马很热情。医院居然还收到了一些连队干部战士的表扬信，当然是表扬大洋马的。

女兵们越发感到纳闷。

冬天过去了，春天明媚地走来。大洋马仿佛脱了壳似的变了一个人，浑身充溢着青春的活力。她常常穿出一些带有颜色的花衬衣出现在大家面前，往日被罩在军帽里的头发，在摘去帽子后像瀑布般地滑在肩上，在金色的阳光里乌黑闪亮。她的高大、丰腴、匀称而富有曲线的身材，就在薄薄的带有颜色的花衬衣下凸显出来，像是一棵白杨树露出春天暖洋洋的气息，又像春天山里明澈而又骚动的小河，使男兵们的目光开始波动，流出一种透明的东西。

女兵们便觉得有些妒意，心里酸酸的，像有虫子在咬。因为大家都没有穿带有颜色的花衬衣，有的是不敢穿，有的是不能穿。（内务条令规定，女干部可以穿花衬衣，战士不能穿）于是大家便在一起议论，说大洋马的带有颜色的花衬衣不好看。

大洋马觉得无所谓。天马行空，独往独来，完全无视我们的存在，这使我们感到无法容忍。

终于有一天，我们瘦小的教导员当着大家的面，叫着大洋马："哎，杨贵珍同志，请你到我的办公室来一下。"

女兵们高兴得差点儿跳起来，这下大洋马该有"好果子"吃了，叫她骚情。

大洋马从教导员办公室出来的时候，脸色灰白，目光恓惶，一声不吭，一直闷闷地走回四号窑洞宿舍。关了门，一个下午没见出来。

大家问白灵灵和林燕燕，是不是大洋马正趴在屋里的床铺上哭哩？白灵灵和林燕燕晃着脑瓜儿说，她没有哭，只是坐在窗前，一直望着天空，自言自语，有时还发出笑声。

女兵们甚感惊讶，眼睛都不由得朝天空瞥一眼，天空还是那个天空。

夜里，大洋马的床铺在黑暗中"嘎嘎"地响了一阵子，过一会儿又"嘎嘎"地响了一阵子。接着，角落的另两张床铺也依次跟着"嘎嘎"地响起来。

大洋马说："是不是大家对我有意见？"

沉默。屋里空气有些紧张。

大洋马说："我有缺点，希望你们帮我提提。"

白灵灵壮着胆子说："她们说你不像个女兵……"

林燕燕小声说："其实……"

大洋马叹口气说："嗐，算了，不说了。睡吧——"

她们就睡着了。

教导员跟大洋马谈过这次话后，她果然不下山到简易公路上溜达了，也不到"夹皮沟"里去了。但有颜色的花衬衣依然穿着。条令上规定，女干部可以穿有颜色的花衬衣。然而她的举止毕竟收敛多了。

女兵们为她的进步感到高兴。

大洋马属于女人当中的那种女人，她身上天生就有种东西十分旺盛和热烈，虽然被一身绿色的军装裹着，但我们都能感觉得到，仿佛火山的岩浆一样，在地壳里炽烈地奔涌。这种东西许多书上都作过解释，但都解释不清楚。只有男兵们凭着感觉，说这东西像醇香甘洌的酒味，就是没启瓶盖也能嗅到。当然，也只有他们才能嗅到。

白灵灵和林燕燕在四号窑洞宿舍里也嗅到了一股气味。不过，这种气味不是男兵们感觉的那种醇香甘洌的酒味，而是像松树分泌的松脂一样，弥漫着辛辣而刺鼻的芬芳。过去屋里没有，是大洋马来后才出现的。准确地说，是大洋马去过"夹皮沟"后才出现的。开始，她们以为是大洋马带了什么东西进来，就耸耸鼻子说："有味？"

两人在屋里四下嗅。

大洋马见状便问："有味？我怎么嗅不见？"

白灵灵和林燕燕嗅到大洋马跟前，就不说话了，也不忽忽地耸动鼻子了。她们发现屋里这股辛辣刺鼻的松脂气味，是从大洋马身上散发出来的，脱了衣服睡觉的时候，特别明显。

大洋马问："有味吗？"

白灵灵和林燕燕赶紧说："没、没味……"

白灵灵和林燕燕不喜欢嗅这种气味，嗅不惯这种气味，受不了这种气味。她们就上街买了几盒向阳牌蚊香，每天两根在四号窑洞宿舍里缭绕。屋里便有了一种混合的气味。

大洋马自己不觉得。

瘦小的教导员跟大洋马谈话后的不几天，我们野战师医院住进来一位病号。这位病号就是"夹皮沟"工兵营的一连长，患的是胃溃疡，又吐又泻，吐泻都见血，就住在大洋马的科里。一连长更是五大三粗，膀大腰圆，壮得像头野牛，一米八七的个头，据说是工兵营篮球队的主力，外号"门板"。

"门板"是被"夹皮沟"的兵们从训练场抬到"威虎山"上来的。他口里吐过鲜血，昏迷过去了。进急救室手术的时候，男兵们被挡在门外，四个女兵想把他从担架上搬到床上去，试了几下都搬不动。大洋马不知啥时候钻进来，在一旁看着急了，一把推开众人，上前喊道："闪开，让我来——"

说罢，就俯下身贴在"门板"身上，双手箍住他的腰，一发劲，"嘿——"地吼一声，一下将他抱了起来。"门板"的脸奛在她的脸上，擦了她半脸的血。女兵们看呆了。

大洋马就一直守在"门板"的床前。一夜，又一夜。一天，又一天。吃饭给他打饭，睡觉为他打水，大小便陪他走到厕所门口。照顾得无微不至。后来"门板"能够自己活动了，大洋马也整天陪着他，两人形影不离，谈笑风生。大家看着这两个"大人"真好玩，活像龙王庙的古锤———一对儿。

白灵灵和林燕燕便觉得四号窑洞里的松脂味愈来愈浓。

星期天，大洋马上了趟县城。来回走了三四十里路，结果啥也没买，就捧回来一个红皮精装的日记本。她端坐在宿舍的窗前，掏出钢笔，掀开日记本的封面，看了一阵，钢笔又放下了。

大洋马的目光移向窗外的天空。天空并不空。天空里堆着阳光，游着云彩，走着风儿，还有欢唱的小鸟。大洋马望着天空就兀自味味地笑了。

白灵灵和林燕燕感到惊异。

大洋马回过头来问道："你们说，送给人一句话，写什么最好？"

白灵灵看看林燕燕，说："那要看是什么人了，对吧？"

林燕燕点点头。

大洋马想了想说："送给战友。"

白灵灵说："送给战友就写，革命的友谊万古长青——"

大洋马说："要是比战友还亲密一点儿，是朋友呢？"

白灵灵说："那要看是男朋友，还是女朋友？"她飞快地向林燕燕递了一眼。

林燕燕会意地点点头。

大洋马想了想说："男朋友。"

白灵灵说："男朋友就写，海内存知己，天涯若比邻——"

大洋马支支吾吾说："要是比朋友还、还亲密一点儿，是……

是那种人呢？"

白灵灵故意装着不懂，说："是哪种人？"

大洋马想了想，说："就是那种……大家说的……恋人。"大洋马的脸"唰"地涨红起来。

白灵灵和林燕燕如同触电似的，大吃一惊。

白灵灵毅然决然地说："是恋人就写，海枯石烂不变心，天塌地陷不分离。或者在天愿作比翼鸟，在地愿为连理枝——"

林燕燕嘴里包着"吭吭"的笑声，目光像箭一般射向大洋马。

大洋马臊得五官开花，脸颊红得艳艳，赶紧摆手说："不行不行，后面这几句都不行，还是革命的友谊万古长青好。"说罢，就趴在窗前的床铺上，挥笔在日记本的扉页上认认真真地写下了"革命的友谊万古长青"，并签好自己的名字。

第二天，大洋马就把这个红皮精装的日记本送给了"门板"。"门板"回赠了她一支金星牌钢笔。

当天，"门板"就出院了。

"门板"走后，大洋马就常常独坐在黄昏里，望着"夹皮沟"出神。天黑了才失意地回到四号窑洞宿舍，然后便坐在窗前，从抽屉里拿出"门板"给她的金星牌钢笔，翻来覆去地看着，看着看着眼里就浮上一层亮晶晶的东西。有时她还会感叹地冒出一句："时间过得真快呀——"可是，过一会儿她又改口道，"唉，时间过得真慢哪——"

白灵灵和林燕燕觉得纳闷。她们怎么就不觉得时间一会儿快一会儿慢呢？

那天，一连长终于来了。径直进了四号窑洞宿舍。屋里响起大洋马惊喜的笑声。那笑声像泉水溅在石板上，脆脆的甜美动人，犹如音乐扣人心弦。

从此，"门板"就经常从"夹皮沟"跑上山来，找大洋马，而且次数越来越频繁，关系越来越密切。一天，白灵灵和林燕燕不小心撞进门，猛然看见"门板"和大洋马在床前扭成一团，见她们进来，便闪电般地分开，两人脸色都通红，头发冒着热气，嘴唇湿润而闪着光泽，一边粗粗地喘息着，一边瞪着一双惊恐的眼睛。

大家一时很尴尬。

从食堂打完饭回来，白灵灵和林燕燕刚走到门口，忽然听见大洋马吼着半句话："……我就去死——"吓得白灵灵和林燕燕脸都白了。几天都暗地里注意监视大洋马的行动，生怕她有什么意外。

晚上，白灵灵和林燕燕下夜班回来，走进四号窑洞宿舍，忽然发现大洋马趴在床铺上捂着被子放声大哭。白灵灵和林燕燕吓了一跳，怎么回事？出什么事啦？是不是"门板"欺负大洋马啦？可是刚才晚饭前两个人还有说有笑的嘛。

第二天，林燕燕问白灵灵："你说，大洋马和'门板'到底是怎么啦？"

白灵灵笑道："傻瓜，这个都不懂。有了爱情了呗！"

林燕燕更加不解，说："有了爱情怎么还伤心地哭啊？而且还想去死——"

白灵灵说："这我就不知道了。"

这以后，"门板"再没有来。

女兵们开始同情大洋马。都说她不该去"夹皮沟"，不该认识那个可恨的一连长——"门板"。

日子不知不觉走到了秋天。秋天的"威虎山"很萧瑟很悲情。有风的时候，天空中仿佛卷起千万面黄旗，世界变得一片混沌，一片迷茫。无风的时候，天空显得格外纯净，格外成熟，连一丝云也没有。只有一望无际的深邃的蓝，恰似一个静止透明的画面。

偶尔出现一只孤雁在画面上款款移动，好像也能听见它的来自心灵深处的独语……

大洋马就一日挨一日地坐在宿舍窗前看秋天的景色。再也没有下过一次山到简易公路上去散步，再也没有进过一次"夹皮沟"，再也没有穿那些带有颜色的花衬衣了。

女兵们认为大洋马越来越进步了，于是跟她也就越来越亲近了。然而，住院的男兵们却跟大洋马渐渐地疏远了、陌生了。

白灵灵和林燕燕发现一个奇怪的现象，屋里那股从大洋马身上散发出来的松脂味儿，竟不知啥时候也消失了——向阳牌蚊香用不着了。

屋里好像缺了点儿什么。

…………

小　河

　　女兵们的宿舍后面是一个崖畔。崖畔上有一条踩得发白的小路，像弯弯曲曲的藤蔓一直斜斜地扭进沟底。于是，就出现了一条河。由于没有名字，大家叫它小河。小河实在小。春夏水肥的时候，男兵们捡一块河边的卵石就能扔到对岸。在秋天，小河就瘦了，流得缓缓。到冬天，它就干涸了，露出赤裸裸的河床，白渍渍的，在黄土塬的沟壑里东躲西闪，最后化作一道模糊的孤烟，消失在一片苍茫混沌之中。

　　可是等到来年春天，它又突然不知从哪儿钻了出来，欢乐地唱着歌，漾起清澈明亮的水波，日夜不停地流淌。

　　小河虽然普通，但我们野战师医院的男兵女兵们都十分喜欢它。因为小河实在是我们野战医院唯一值得浪漫、可以浪漫的地方。

　　小河闪烁着女兵们许许多多的憧憬和快乐。

　　春天，女兵们在小河上游洗衣服，洗采集的草药，嘻嘻哈哈地打闹。男兵们就在小河的下游摸鱼、抓螃蟹，远远地用目光去烫她们，或者趁女兵们不注意，偷偷地在她们的洗衣盆里放上几只张牙舞爪的螃蟹，引起她们一阵惊叫。然后男兵们躲在一边开心地大笑。

　　夏天，女兵们到小河边洗头发，或是光着腿、赤着脚丫子在河边玩水看书，男兵们就在上游捣乱，穿着大裤衩在水里扑腾，把水搅浑，要不就是故意将写有字的纸条儿叠成小船从水面漂下来，接着就漂下来男兵们粗野的喊叫和调皮的笑声。女兵们也不示弱，就用卵石把漂来的东西全都击沉到水里。然后女兵们大笑，男兵们沮丧。

秋天，女兵们在小河边散步。望着细细缓缓的流水，想着军旅生活的日子，目光便有些感触，心境也就流出小河一样的纯净与淡泊。男兵们则坐在河边突兀的石头上，弹着吉他，傻帽儿似的狼嚎：

掀起你的盖头来
让我来看看你的眼
你的眼睛明又亮呀
好像那水波一模样
…………

冬天，小河又干涸了。干涸的河床上弥漫着寒冷的雾气，一派冷峻，一派萧条。冬天，男兵女兵们都不到小河去。因为小河走了。

冬天里，只有一个人到小河去——那就是瘦兵。

瘦兵每天都要拎着一个灿灿的炮弹壳，路过女兵宿舍，从崖畔上踩着藤蔓一样的小路进入沟底，然后在白渍渍的河床上独步。瘦兵在河床上兀自走着的时候，就像一只天上的飞鹰投在地上的影子，不停地寻找，好像他丢了什么东西。

河床一片死寂。除了呼呼的风声，似乎什么都没有。他总是拎着空空的炮弹壳回去。回去的时候总是带走一颗小河的卵石。

真是个"怪人"。女兵们不喜欢"怪人"。

瘦兵是病号，他是夏天住进野战师医院的，据说是胃病。胃病居然能在医院一"泡"就是几个月，而且大有长期"泡"下去的趋势，可见他的本事。女兵们不喜欢"泡病号"的兵们。所谓新兵信多，老兵病多，其实难说。每到年底总有一些老兵借此到医院"泡病号"，以逃避复员离开部队。瘦兵是老兵，当然是来"泡病号"的。因为胃病是很难判断治愈或没治愈的。

瘦兵就这样在我们野战师医院"泡"下了。这是女兵们不喜欢他的原因之一。其二，瘦兵的形象不大像个标准的连队战士。他太瘦，瘦不拉几，像一棵发育不良的树儿，不英俊，不魁梧，不五大三粗。他的头显得特别大，跟身体不成比例。其三，据称他是炮兵，然而从他身上找不到一点儿炮筒子的影子，他性格太斯文，太内向，太孤僻，跟他的职业反差太大。

一次，一个女兵故意问他："听说你是炮兵，你搬得动炮弹吗？"

瘦兵回答："我是瞄准手。"

那女兵说："哦，怪不得力气都长到眼睛上去了。"

在私下里，这是女兵们的一个开心的典故。因为瘦兵有个毛病，爱用他那双瞄准手的眼睛瞄女兵。不是偷偷地瞄，而是大胆地瞄，瞄准就不放，女兵们走近了也不会移动一下。开始，女兵们感到害怕，后来就不害怕了。发现他只是瞄瞄而已，并没有恶意。

但女兵们还是讨厌他。

于是女兵们就利用这个"典故"，每当瘦兵用他那双瞄准手的眼睛，瞄准女兵们而灵魂出窍的时候，她们便使唤他拖病房的地板，擦科室的门窗，倒肮脏的痰盂和重病号的大小便盆——惩罚他。

瘦兵并不生气，女兵们吩咐他干什么就干什么，且十分卖力，毫无怨言。

女兵们感到不解。久而久之，谁都可以使唤他：

"瘦兵，你过来一下，给我提两桶水。"

"瘦兵，我们宿舍晾衣绳掉了，你快来弄一下。"

"瘦兵，把这堆垃圾……"

在医院，对男兵来说，轻病号是变相的"劳动力"，只要女兵们一开口，病号们都得乖乖听话，讨她们的好。女兵们的吩咐有时甚至比连长、团长的命令还有力量和效果。

瘦兵在野战师医院获得女兵们"赏赐"的这种"荣誉"最多，男兵们都羡慕和妒忌他。瘦兵却自己不明白。他更不知道这是女兵们在捉弄他、惩罚他。

日子一长，这种捉弄和惩罚的结果，却使女兵们跟瘦兵变得越来越接近，越来越随便了。当瘦兵再用瞄准手的目光瞄她们的时候，她们不但不恼怒生气，反而跟他开玩笑：

"哎，瘦兵，你看我长得漂亮吗？"

"漂亮，嘿嘿。"

"哎，瘦兵，你看我是不是又胖了？"

"不胖，不胖，正好合适。嘿嘿。"

"哎，瘦兵，你在家里有没有媳妇？"

"嘿嘿，没有。"

"想在医院找一个吗？"

"女兵？嘿嘿。"

"是啊，女兵。你瞄准谁了？"

"嘿嘿，咱没那福分。嘿嘿嘿……"

"哈哈哈哈……"

女兵们笑得东倒西歪，没有发现瘦兵眼里有一圈晶亮的泪光。

秋天的时候，瘦兵从病房搬进了医院一间过去做仓库的窑洞。这是负责治疗他的黄医生安排的。他说瘦兵在连队是两用人才，住在医院何不发挥发挥他的特长为医院服务呢，人尽其才，物尽其用嘛。

瘦兵就一人住进了单间，享受特殊的待遇。其他病号们很是不满，女兵们也感到有些奇怪。

那间窑洞既成了他的病房，又是他的工厂。他居然还会木工和电工。他给医院修理门窗、维修电路，给病房和食堂修理桌椅板凳。后来又不知从哪儿弄来无线电工具，买了一摞一摞的书，把自己关在屋里，整天地捅咕收音机、电视机，并在门口挂了一个大牌子，用红笔写着"为你服务公司"，下面是一串醒目的服务项目。

口气不小。真是人不可貌相，海水不可斗量。女兵们对瘦兵的态度有了改变。大家有求于他了。有的找他钉马扎，有的求他用铁丝做衣服架，口气格外亲近、热情。

瘦兵乐呵呵地满口答应。

一时间他变得忙活起来。那间旧仓库的窑洞，白天黑夜都响彻叮叮咚咚、吱吱嘎嘎、叽叽哇哇的声音。大家忘记了他是一个病人。他自己也忘记了。唯独每天出门一次，就是清晨去那崖畔下的小河。

他拎着灿灿的炮弹壳走到河边，清凌凌的河水在他的脚下流过。他向对岸的黄土山塬望去，山塬一动不动，像经历了几千年沧桑岁月的老人。只有脚下的小河是流动的，充满着生命的灵性。

瘦兵就这么在小河边兀鹰般地伫立着，直到太阳从对岸的黄土塬里喷出来，小河里有千万块金子在耀目地翻动。

他的眼里涌满了泪水。

他把炮弹壳灌满闪动金光的河水，捡起一块卵石握在手里，然后才转身恋恋不舍地离开小河。

每天如此。女兵们想替他去小河打水，他拒绝了。他必须亲自去。

瘦兵到小河打水的原因，是因为他养了一种叫作"玻璃翠"的花，用水泡在一个玻璃瓶里，住院时就带来了。其实这种花只能算作草，因为它根本不开花，只有细小的枝叶，翠绿透明，茎上有节似竹，叶脉十分清晰，绿得如人手背的血管，仿佛不小心就会脆断。"玻璃翠"泡养在水里，不需土也能活，而且生长极快，生命力旺盛，是一种最低等的植物。瘦兵却格外喜爱它，每天给它换一次小河里干净新鲜的水。他从不用医院的自来水，说自来水含有化学成分。

黄医生曾劝他养点儿别的什么花，别养这种不开花而且每天得换水的普通草，还特地从家里给他送去一盆开得正艳的月季。

瘦兵望着美丽的月季，只是笑。

"你笑什么？"黄医生看看窗台上瓶子里的"玻璃翠"和那些捡来的卵石。

瘦兵摇摇头。

黄医生说："到了冬天，山下的小河就会干涸。"

瘦兵说："可是春天小河还会回来，是吗？"

黄医生摇摇头，抱着月季走了。

屋里留下一股月季的馨香。窗台上的"玻璃翠"犹如一双透明的眼睛，露出一种淡淡的伤感。

瘦兵终于病倒了。

落下第一场雪的早晨，他从小河边刚回来，厚厚的雪被上凹着他的脚印，不一会儿便被蝴蝶般飘落的雪片掩盖了。

灿灿的炮弹壳里空空的。

窗台上的"玻璃翠"就要枯萎。

瘦兵从旧仓库窑洞回到了病房，女兵们发现几天的工夫他恍若另一个人，躺在病床上就像一根瘦瘦的蜡烛，那么憔悴，那么微弱，只有两只黑亮亮的眼睛，瞪得很大。

黄医生把他的"玻璃翠"和那堆卵石放在他的床头。

瘦兵努力露出微笑，感激地看看黄医生。

瘦兵说："黄医生，我求你帮我办一件事。"

黄医生说："你说吧。"

瘦兵说："请你帮我把这些'玻璃翠'埋到土里去，明年春天它们还会发起来，它们不会死的。"

黄医生说："我会用水……"

瘦兵说："不能用自来水。小河已经干涸了，但明年春天还会回来……"

黄医生说："是的，小河明年春天还会回来。"

瘦兵说："你答应我。"

黄医生说："我答应。"

瘦兵喃喃地说："小河……"

黄医生说："小河？……还有别的事情吗？"

瘦兵说："没有了。"脸上露出笑容。

几天后瘦兵突然死了，平静而安详地闭上了眼睛。床头的"玻璃翠"枯萎地耷着头。人们发现他咽气后的手里还紧紧地握着一个东西，掰开一看，是一颗小河里的卵石。黄医生数了一下床头那堆卵石，加上瘦兵手里的那颗，恰好一百五十颗，这正是他住进野战师医院的时间。

女兵们这才知道，原来瘦兵患的是癌症。明白了瘦兵为什么要独自到小河去，为什么要捡小河里的卵石，为什么要在冬天里寻找小河的水……

女兵们哭了。对瘦兵她们留下了许多深深的后悔和内疚。

只有黄医生没有哭。

女兵们按照瘦兵的遗嘱，将那瓶里已经干枯的"玻璃翠"埋进了一盆黄土里，那翠绿透明的生命便默默地从人们的视线里消失了。

第二年春天到来的时候，小河又潺潺地流动，开始唱歌了。女兵们从黄土里挖出"玻璃翠"，放到一个玻璃瓶里，用瘦兵留下的灿灿炮弹壳灌入干净新鲜的小河水。没几天，突然奇迹出现了——"玻璃翠"复活了！它的茎秆重新翠绿透明，枝叶伸展开来，像一片葳蕤的竹篁，充满了生命的蓬勃生机。

女兵们甚感惊奇。

于是，大家纷纷采撷这"玻璃翠"，用小河里清冽干净的水来浇灌养育这纯洁的绿色。女兵们都说："'玻璃翠'生命力极强，小河水春天回来啦……"

——这句话好多人不懂。

违犯军规

师宣传队的乐队指挥章大鸣在女兵心目中算得上是"白马王子"，一米八〇的个头，魁梧的身材，五官周正，器宇轩昂，尤其一双明亮的眼睛充满了浪漫和热情。他在指挥乐队的时候，手里喜欢持着一根小木棍，一边挥动着一边将留着偏分的头一甩，很有节奏，也很潇洒。

章大鸣很注意自己的仪表，他穿的军装总是干干净净的，洗后折叠的线缝棱角分明。不像舞蹈班的兵那样邋遢。当然，他的衣服总有女兵替他洗。章大鸣一提干就穿上了皮鞋，把皮鞋擦得锃亮，照得见人影子。部队只允许干部穿皮鞋。穿了皮鞋，他走路或站立的姿势就更挺拔了，也更精神了。

除了排练和演出，没事的时候章大鸣喜欢跟女兵在一起聊天，他很风趣也很幽默，常常把女兵们逗得一阵阵的大笑，笑得一个个东倒西歪。就像一棵树上有一大堆快乐的鸟儿。女兵们觉得跟他在一起很轻松愉快，都愿意跟他接近，跟他接近心里有一种说不出的满足。但是，大家又都保持着男女之间的正常距离，这种距离不可逾越而又充满了美好的遐想。

只有女兵班长王秋菊不愿理睬章大鸣，她看不惯章大鸣老爱跟女兵在一起黏糊的样儿，她认为这是一种男人轻浮的表现。王秋菊是从农村入伍的，先在师医院当卫生员，有一次联欢晚会上她唱了一支家乡的民歌，结果被宣传队发现，就调到宣传队来了，据说她本人是不愿意来的，纯粹是为了革命工作的需要。王秋菊的形象长得不如宣传队的其他女兵漂亮，其他女兵多少是从城里招来的，要身材有身材，要模样有模样，而她却面孔黝黑腰板茁壮，就像秋天田野里成熟的玉米棒子，显得十分结实和饱满。不过，她吃得苦，做事干脆麻利，又听领导的话，这样就当了女兵班的班长。

王秋菊开始对章大鸣的印象还不错，认为他是北京大城市来的，长得一表人才，有文化有见识，又有艺术细胞，对人也热情，浑身洋溢着一种男人自信的力量。有一次，章大鸣问她，去过北京没有？她脸一红，说没去过，只是在电影里见过。章大鸣问她，想不想去？她愣了一下，喃喃地说，想……当然想去，可是——章大鸣说想去就好，我以后带你去。

真的？

真的！

这句话，像刀子一样刻在了女班长王秋菊的心里，使她对未来有了一种莫名的期待和希望。

然而后来，她发现章大鸣爱跟女兵们在一起说笑打闹，心里不知为什么就很不是个滋味，她就不想理睬他了。为什么要理睬他呢，他就会讨女孩子的欢心，他是个男人啊，一个男人在女人面前应该是很严肃的，正儿八经的，怎么能像贾宝玉似的身边整天围着一大堆漂亮的女孩子？轻浮轻浮轻浮……

可是，像刀子一样刻在她心里的那句话却时时闪着光芒。

一天晚上，女兵们睡觉前议论起章大鸣，有个女兵得意地说，章指挥以后要带她到北京去呢。没想到另一个女兵也说章指挥要带自己到北京去。这一说开，女兵们都嚷嚷起来，都说章大鸣说过要带自己到北京去。大家恍然大悟，原来都以为自己是唯一要被带到北京去的，没想到他对每个女兵都有这样的承诺，他的话于是就像大家都能买到的降价的东西，一下子不值分文了。女兵们都默不作声，仿佛受了骗似的，带着满腹的失望一声接一声地叹息。

王秋菊没有叹息，她躺在床上鼓着腮帮，感到胸口如刀子扎一般的疼痛。

一个女兵问她，班长，章指挥有没有说带你到北京去？

王秋菊吼道，去什么去，睡觉——

啪地灭了灯。

事后，女兵们对章大鸣采取了敬而远之的态度，但是没过多久她们又跟他和好了，又跟他在一起说笑打闹了。女兵们问章大鸣，你为什么要骗我们？章大鸣说，我骗你们什么啦？女兵们说，骗我们到北京去呀。章大鸣说，没有哇，我是说了要带你们去的呀。女兵们互相看一眼，不好意思地说，可是你……章大鸣一看便明白了，笑道，我又没有说只单独带你们当中的谁去嘛，只要你们愿意，我把你们都带到北京去！女兵们一听，高兴得跳了起来。

王秋菊在一边斜了女兵们一眼，心里直骂——贱！

她开始恨章大鸣，但说不出为什么要恨。她给自己找了一个恨他的理由，轻浮！

这一年的春天，师宣传队从北京特招了一个唱独唱的女兵，叫白洁，是刚从音乐学院附中毕业的学生，天生有一副甜润动听的好嗓子，人亦如其名，长得秀气而又白净，一双乌黑明亮的眼睛流露出单纯天真的神色。白洁一到师宣传队的驻地就傻了眼，面前是远离城市的大西北黄土荒塬，塬上是一道道的山沟，然后就是片空旷无垠的天空。北京女孩子一看这荒凉的景象就哭了，然后就哭闹着死活要离开这个地方。

队里领导没有办法，就让乐队指挥章大鸣去做白洁的工作，

第一他是干部，第二他也是北京人，老乡之间有共同语言，或许能说服白洁留下来。队长说，野战师宣传队能从北京挖到一个歌唱人才不容易，参加军区的文艺会演就指望她拿大奖呢。

队长说，这个任务很艰巨，就看你的啦。都知道他喜欢跟女孩子接近，女孩子也喜欢跟他接近。

章大鸣说，我试试看吧。说罢，就来到女兵班，这时女兵们已经围着白洁劝说了半天了，看样子毫无收获。白洁仍然哭喊着要走。女兵班长王秋菊在一边拉长着脸。章大鸣看了王秋菊一眼，就笑嘻嘻地对女兵们说，你们出去吧，我来跟老乡聊聊天。王秋菊鼻子里哼一声，挖苦道，你来得正好，这是你的特长，你来吧，我们走。说罢手一挥就把女兵们带出屋去。女兵们还没出门就哧哧地笑了，意思是看你"白马王子"有什么办法能说服这位又傲气又娇气的北京姑娘。

女兵们趴在窗户外偷听。屋里沉默了一会儿，终于有了对话：

听说你要走？

要走。

为什么？

招兵的骗人，说你们是师文工团，还说就住在城里。

没错啊，师宣传队就相当于过去的文工团啦，离县城其实也不远嘛，最多也就二三十里路吧。

二三十里，还不远？

不远。

我受不了。没有大楼没有汽车没有商店没有电影院没有公园什么都没有的这个鬼地方……

你是为唱歌来当兵，还是为当兵来唱歌？

这重要吗？

当然重要。

这……为了当兵来唱歌。

这就对了，唱歌的多的是，在北京城里街上随便可以抓一大把，可是能穿上军装的有几个？你能穿上军装又能唱歌，不容易，你应该感到光荣和自豪。

可是……

别可是。我也是北京人，咱们是老乡，我实话告诉你，你现在已经算是军人了，刚到部队两天就脱军装回去，别人会怎么看？说轻点儿是怕艰苦，说重点儿那叫逃兵——

啊？！我……我该怎么办，呜呜——

屋里传来了白洁的哭声……

不一会儿，屋里响起录音机的声音，是一支雄壮的军歌。

军歌压倒了哭声。

门开了，章大鸣满面春风走出来，一副旗开得胜马到成功的样子。

女兵们面面相觑，不禁对他刮目相看。

王秋菊怀疑地问，工作做通啦？

章大鸣美美地说，可以打扫战场了。说罢，头发有风度地一甩，挥着手里的那根小木棍，迈着很有节奏和乐感的步伐大步向队部走去。

白洁果然安心留了下来，再也没提要离开部队的事，而且工作排练都格外积极，很快改变了大家对她的印象。其间，章大鸣几乎整天跟她在一起，不论是工作还是饭后散步，两人都有说有笑，形影不离，而其他女兵想跟他说几句话，他却摆着手说，对不起没有空，本人现在工作很忙。女兵们气得没有办法。

白洁拜章大鸣当了老师，章大鸣收白洁做了学生。章大鸣解释说这是工作的需要。此后，白洁的脸上挂满了青春的笑容，她的笑声如同风铃一般在营房里摇曳。她甜甜地叫一声章老师，章大鸣就脆脆地应一声哎。那一叫一应的声音像三月里的风，无意中掀起女兵们心里的妒意，泛起一种复杂的滋味。女兵班长王秋菊板着脸说，你们现在看清他的庐山真面目了吧，他才不会把你们这些小城市的傻丫头放在眼里呢。

女兵们不高兴地噘起了嘴。

白洁在章大鸣的帮助下各方面进步很快，尤其是在独唱上，她的歌声更加明亮动人，就像一只欢快的百灵鸟，一张口整个塬上的天空都在回荡。到部队演出时，她一上台，兵们就热烈鼓掌，她一支接一支地唱，台下一浪接一浪地鼓掌。后来，在八一建军节军里举行的文艺会演中，白洁一炮打响，获得了女声独唱的第一名。这一下就在部队里出了名。领导们高兴得眉开眼笑，在夸奖白洁的同时，自然免不了也要表扬章大鸣几句，两人站在一起脸上流露出无比兴奋的笑容。

这时，女兵们的目光中就带着几分失意和嫉恨了。

王秋菊说，轻浮——

王秋菊认为章大鸣迟早要出事。

季节很快进入了秋天，荒塬变得苍凉而空旷起来。就在这时候，宣传队果然发生了一件不大不小的事情。而且事情果然就出在章大鸣身上——他居然给白洁写了封"情书"，一下在宣传队引起了轰动。

白洁收到这封"情书"是在一个阳光灿烂的星期天的下午。"情书"是装在一个信封里的，信封是牛皮纸的公用信封，邮戳是当地县城的邮戳，地址只写了部队的番号，字迹飘逸而有力。实际上她是第三次收到同样的信了，前两封主要是鼓励她在部队要好好干，争取早点儿入党提干，结尾落名是"一个关心你的人"。白洁在部队唱歌出名之后，给她写信的干部战士不少，但这个"关心你的人"跟其他的人不一样，好像对她的一切都很熟悉。她一直在好奇地猜想，这个"关心你的人"到底是谁呢？

她万万没想到这人竟是指挥章大鸣，做梦也没想到。但是，如果是他，这些话完全可以当她面说的，他是她的老师，是可以无话不说的嘛。可是，他为啥要写信呢？写信是什么意思呢？她把信压了下来，没告诉任何人。没想到第三封信又来了。这一次，她拿着信感觉有些不一样，预感到有什么事情要发生。

她抖着手刚撕开信，一张照片滑了出来——

是章大鸣！

她脑子里猛地嗡了一下。

她飞快地看信，一看浑身就像点着了火似的燃烧起来。

章大鸣的这封信很短，短得只有一句话：我想跟你成为"真正的朋友"。字迹又大又有力，占了整整一页信笺。看得出来，他写这句话时，费了很多的脑筋，用了很大的勇气，而且心里又矛盾又坚定，又激动又冷静。

"真正的朋友"——字意模糊而又明确，含蓄而又意味深长。

白洁觉得似懂非懂，不明白"真正的朋友"到底是什么意思？她只知道一点，就是章大鸣想跟她好。其实，她对他也是有好感的，也是有一种朦胧的感情的。可是——

白洁感到有些害怕。

白洁拿不定主意。晚饭后，她把女兵班长王秋菊叫到营区外面散步，走到水塔边一个僻静人少的地方，她就拿出了章大鸣写给她的那封信，还有前面的两封信。

王秋菊一看就明白了，脸一下就变了，由红变白，并且一针见血地指出，这是他写给你的情书嘛，他在向你求爱呢。

白洁顿时感到脸上有许多蚂蚁在爬。

王秋菊严肃地说，你们是不是在谈恋爱？

白洁慌忙说，没……没。

王秋菊说，那他为什么要给你这个？

白洁抖着声音说，我……我不知道。

王秋菊说，那你对他有没有那个意思？

白洁说，我……没。

王秋菊说，到底有没有？

白洁浑身一抖，说，没。

王秋菊绷紧的脸就松了，换了个口气说，没就好，事情就好办了。

白洁问，怎么好办？

王秋菊说，把信都交给领导。

白洁犹豫地说，这，可是……

王秋菊说，你知道，部队里干部和战士谈恋爱是什么性质？

白洁流出了眼泪，说，违犯军规……

王秋菊，明白就好，现在醒悟还来得及，不然就会犯错误了。我早就提醒过你们，章大鸣这个人喜欢女孩子，很轻浮。

白洁捂着脸哇哇地哭出了声。

当天晚上白洁把三封"情书"交给了队领导，王秋菊在一边也作了汇报。于是章大鸣受到了队里的处分。在全体军人大会上，他深刻地作了检查。他在检查的结尾时说，我错了，我犯了一个错误，我今后一定改正，我再不会犯这样的错误了……说罢，向大家弯腰鞠了一躬。他没有为自己解释。他向大家低头的时候，目光忽然触着了白洁的目光。他的眼睛一亮，像风中点燃的火一样，但很快就熄灭了。

白洁把脸转到一边，目光茫然地抖落到地面。

之后，女兵们再也不理睬他了，再也不把他当作心目中的"白马王子"了。而章大鸣也仿佛变成了另一个人。整天怕冷似的缩着个头，见了女兵就躲在一边，再也听不见他幽默潇洒的说笑声了。他跟大家显得陌生起来。他甚至变得说话和举止都有些迟钝起来，在指挥乐队时竟然经常出错。一出错，他就赶紧给大家弯腰赔礼，对不起，我错了，我改……失去了往日的气派和风度。

冬天的一日，他终于病倒了。到师医院一检查，没想到得了心脏病，说是心肌炎什么的，一点儿都累不得，于是就在医院长期住了下来。住院期间，宣传队的领导去看过他一次，有的男兵也去了，只是站在门口意思一下。女兵们没有去，不知是不愿去看他还是已经把他忘记了，总之在心目中已经没有了他的位置。

白洁也没有去。

最后，只有女兵班长王秋菊去了，还带了一兜水果。

这年的冬天，部队干部转业战士复员开始了。章大鸣在医院病情有些好转，但说自己身体不好，不适宜在部队工作，向领导打了报告提出转业。与此同时，女兵班长王秋菊也提出了复员的要求，说她的服役期早已超期了，也该告别军旅了。队里领导感到有些奇怪，她家是农村的，回去没法安排工作只有种地，还不如留在部队，有机会了提个干转个志愿兵什么的多好，以后再在部队机关找个参谋干事助理员，一结婚，一辈子的事情全解决了。她原来也有这个打算的，怎么一下就变了呢？于是就劝她留下来。王秋菊说，不！毅然拒绝了领导的好意。人各有志不能勉强，领导也就只好忍痛割爱了。

在宣布干部转业战士复员命令的那天晚上，章大鸣从医院回到了队里。是女兵班长王秋菊接他回来的。全队集合在饭堂里，队领导先宣布章大鸣转业的命令，然后宣布王秋菊复员的命令。领导宣布完了，正要说解散，章大鸣走出队列喊了一声，大家等一等，我还有一件事情向大家宣布。

干部战士都愣住了。

章大鸣向前面的女兵班长王秋菊点头示意一下，王秋菊也从队列里走了出来。两人站在了大家的面前，脸上红红的，眼睛亮亮的，从内心里流露出一种掩饰不住的激动和幸福。

大家感到有些奇怪。

章大鸣喉头滚动了一下，笑笑说，现在我向大家正式宣布，我跟王秋菊同志开始建立恋爱关系，这次我没有写信，也没有违犯军规，是她主动向我提出来的。上次我犯了错误，多亏她帮助我，这次不会了。嘿嘿！

大家愕然。吃惊地瞪大眼睛。

王秋菊一脸的风光，说，他说过要带我去北京的，他没有骗我。

章大鸣说，我们提前请大家吃喜糖——

两人从口袋里掏出水果糖来，雨一般抛向空中。

饭堂里响起一片掌声。

队列里，有一个女兵捂着脸偷偷地哭泣起来……

擦 肩 而 过

那天，孙虹被处长带进办公室的时候，米小康正埋头忙着赶写党委的年终总结，他的那只像竹棍一样细长的手五指分开插在乱草般的头发里，另一只手握着笔在稿子上没画上几笔，便抢着将搁在发黑的烟灰缸上的半截烟送到嘴上狠狠地吸几口，他的整个面孔被烟雾笼罩着。他没有注意到处长进来，更没想到处长身后还跟着一个年轻漂亮的女中尉。

处长嗓子里咳嗽了两声，办公室里所有的人便都抬起了头，并且有礼貌地站了起来。处长进办公室来事先总是要从嗓子里咳嗽两声的，这是习惯。大家听到咳嗽声就会自觉地停住手里的笔或是放下手里的报纸和茶缸，或是结束正在兴头上的聊天，把目光一起投在处长的脸上。然而，这次唯有米小康没有听见咳嗽声，这篇党委年终总结把他搞得焦头烂额。

直到处长走到他的面前，米小康还没有察觉。他唯一感觉到的，是来自鼻子的嗅觉——有一股特殊的气味如一道清风飘来，使他浑浊的脑袋一下变得晴朗和清澈。米小康的鼻子对于女性的气味天生有一种敏感。他正感到纳闷，就猛地听见了处长大声喊他的声音。

米小康同志——

到！

米小康站了起来。

米小康就看见了孙虹。

米小康听见干事们从鼻腔里发出了笑声。

处长给米小康介绍说，这是新来的孙干事，是从医院调来的，负责青年和共青团工作。处长要米小康把以前代管的这项工作交给孙干事。处长把孙干事安排在米小康的桌子对面而坐。米小康看着眼前这个年轻漂亮的女中尉，不知为什么心里突地抖了一下，感到嗓子有些发干，他这才意识到刚才那股扑鼻而来的特殊的清新的气味就来自于她，他看见她微笑着，一边捂着嘴小声地咳嗽，一边向他伸过手来。大概是烟把她呛着了。

孙虹说我叫孙虹，你就叫我小孙好了，以后请多多指教，多多帮助我。米小康犹豫了一下，手赶紧在屁股后面抹了抹，也伸了过去。谦虚地说我叫米小康，你就叫我米小康吧，以后我们互相学习，互相帮助。

米小康听见干事们从鼻腔里又发出了笑声。

米小康意识到孙虹的手还在自己的手里，就有些尴尬地笑了笑，赶紧松开。孙虹也朝他笑了笑，露出一排很白很好看的牙齿。米小康感到自己握过孙虹的那只手，手心有股潮热湿润的汗，他觉得有些奇怪。他乘人不注意的时候，将那只手放到鼻子前认真地闻了闻，果然有那股特殊清新的使他脑子变得晴朗和清澈的气味。后来米小康几天都舍不得洗这只手，总感到手里还有一只绵软可爱的小手，总感到那气味还在手上缭绕和弥漫。晚上的时候，那气味就如同一片彩云飘进了他无边的遐想和梦中。

米小康是办公室里唯一还没有结婚的人，其他的李干事张干事郑干事贾干事不仅结了婚，而且已经有了接班人，张干事和李干事的接班人还分别上了小学和幼儿园。郑干事和贾干事的接班人虽然还没有出生，但已在他们老婆的肚皮里眼看着天天地饱满起来。只有米小康年龄二十七八了还是单身，其实他在农村家乡的父母早在三年前就为他定了一门亲事，找了一个邻村的姑娘，可他不愿意，提干后他一直想在部队找可又没碰上一个合适的，为此米小康心里暗暗地感到有些着急。没想到这时候孙虹自己就走上门来了。

孙虹来的第二天，米小康改变了一些往常的习惯。比如抽烟，他以往抽烟是很凶的，写材料的时候基本上是一支接一支，嘴唇和手指都有些发黄。文章千金，全靠烟熏，这是他的理论。但他突然就不抽了。他看了一眼坐在对面的孙虹，把刚从口袋里掏出来的烟又塞了回去。他想在女同志面前抽烟不太好，报纸上说被动吸烟的人受害更大，何况昨天孙虹被烟呛得咳嗽的样子实在是怪可怜。接着他又改了爱随地吐痰的毛病，他因抽烟多，痰也多，忙起来顾不上找痰盂，就随地"噗——"用脚蹭两下了事。现在当着孙虹的面，他觉得这样做的确有些不雅观不文明。因此，当实在忍不住要吐痰的时候，他就赶紧撕一张公用信笺，把痰小心翼翼吐在里面，然后包成小团扔进脚下的纸篓里。他还删除了爱用手掏耳屎的癖好，他一边写材料的时候，喜欢一边用手掏耳屎，他以前认为这样可以掏出一些灵感来。

这些情景孙虹是看在眼里的，她只是装着没看见而已。

米小康意识到了自己对孙虹有些一见钟情的意思，他觉得这个年轻漂亮的女中尉很适合做自己的妻子，工作一段时间之后更是印证了自己的想法。孙虹不仅聪明能干而且还非常细心和体贴。比如她每天上班一来就把办公室卫生打扫得干干净净，桌子上收拾得整整齐齐，东西放在该放的地方，笔筒里的铅笔削得光光生生。她坐在他的对面，从不大声说话，看见他写材料写得心烦了（他写材料的时候，其痛苦的样子绝不亚于女人生孩子），她就悄悄地送一杯清茶放在他的面前。在他烟瘾上来难受的时候，她会不失时机地扔给他一颗水果糖。有时处长逼着他下班前必须交上一篇材料，他急得火烧屁股，七窍冒烟，而她却坐在一边不声不响地帮着他誊写稿子，直到完成。她的字娟秀又好看，最重要的是孙虹有文化，她军医学校毕业，懂得外语，还爱好文艺，这一点不仅适合做青年共青团的工作，而且简直就跟米小康有了共同的语言，米小康也业余喜欢文艺什么的，他的二胡就拉得很有些味道。因此，米小康暗暗就把追求的目标放在了孙虹的身上。

这样一来，有时候米小康的目光就不由自主地越过桌面落在孙虹的脸上，如同冬天的阳光温暖地触摸着她。孙虹好像第六感觉特敏感，猛地抬起头来，朝他微微地一笑，露出一排洁白好看的牙齿，然后脸一红，赶紧把头埋下去。米小康觉得也有些不自然，飞快地把目光移到别处，装着找东西，干自己的事情去了。这样一段时间之后，两人的关系依然保持在工作和同志间的正常交往上，大家也没看出有什么别的内容。

春天的一个星期天的傍晚，米小康饭后没事走出宿舍到办公楼前的小花园散步，走到喷水池时，看见一个穿连衣裙的女孩子背靠在水池边读书，在夕阳金色的余晖衬托下，从侧面看过去不论是神态还是身段都非常美丽。走近一看原来是孙虹，米小康大吃一惊，没想到孙虹穿上裙子竟是这样的妩媚生动和迷人，一时有些紧张不知该说什么是好，猛见她手里拿着一本厚厚的书，便借机问她看的什么书？孙虹说《走遍美国》，是一本很流行的英语书。米小康说你真爱学习啊。孙虹说你也很爱学习。米小康说自己以前也是很喜欢英语的，自学过几天，比如"三克油""马日儿""发日儿"什么的，他还记得，但后来因工作忙，又没有老师也就丢了。孙虹捂着嘴乐，说你如果愿意学，我以后教你，先从 ABC 开始，怎么样？米小康高兴得差点儿跳起来，他一直希望有机会能进一步地接近她。

于是，米小康就在暗中开始跟孙虹学英语，每天晚饭后他们就在办公楼前小花园的水池边见面，她教一句，他学一句，尽量模仿她的发音。孙虹还送了一套许国璋英语教材给他。米小康学得很认真，有时上班的时候忍不住还向孙虹请教，但又怕引起办公室同志的注意，就采用写纸条儿的方式。米小康写一张纸条儿悄悄地递过去，孙虹看后写一张纸条儿偷偷地递过来，一本公用信笺不一会儿就让他们扯光了。孙虹忍不住捂着嘴乐，米小康也捂着嘴乐。两人都觉得挺有意思。过了一段时间，米小康认为有必要将学习的地点改在自己的宿舍来进行了，因为他感到办公楼前的小花园眼睛太多，他们的目标太大了。他正式向孙虹提出邀请，她犹豫了一下，还是同意了。

孙虹第一次到米小康宿舍的那天，刚一进门就发现墙上醒目地挂着一把二胡。孙虹眼睛一亮，说你还会拉二胡？米小康谦虚地说胡拉的。孙虹要米小康拉一段来听听。米小康推辞不过就从墙上取下二胡，吱嘎吱嘎地调了调音，说拉个什么呢？ 孙虹说随便，你最喜欢拉的。米小康说那我就拉个《军队和老百姓》，说着就拉了个《军队和老百姓》。孙虹认为拉得不错，主题鲜明，很有激情，说再拉个抒情的。米小康就拉了《良宵》，拉了《良宵》然后就拉《二泉映月》，拉了《二泉映月》然后就拉《梁山伯与祝英台》……

米小康完全投入音乐的意境之中，时而欢乐，时而倾诉，时而哀怨，时而悲伤——拉得孙虹满脸激情，眼泪汪汪地看着他。这天孙虹没有教米小康学英语，就一直听他拉二胡，临走时只说了一句话，没想到两根弦竟然能拉出如此丰富的内容和情感来。这句话让米小康整整琢磨了一个晚上，心想自己拉了这么多年的二胡，怎么就没有这么深刻地想过呢？

很快就到了五四青年节，机关准备搞一台联欢晚会，这件事处长交给了青年干事孙虹来组织，要求机关各办公室团员青年都要踊跃参加。办公室里只有孙虹和米小康最年轻，大家就要孙虹和米小康代表办公室出一个节目。米小康从来脸薄，不爱在大众场合抛头露面，便推说自己早就不是团员，不在参加之列。大家说不是团员也算是青年，到底还没结婚嘛，再说有文艺细胞也得发挥出来为办公室争光啊。大家七嘴八舌的时候，孙虹一直看着米小康。米小康转过头来触着了孙虹的目光，发现里面有许多东西，心里不觉抖了一下，不知怎么就答应了。

米小康看见孙虹笑了，露出一排洁白好看的牙齿。

米小康问孙虹会什么？孙虹说会弹吉他。米小康想了想说，我们俩来个器乐合奏，二胡与吉他，怎么样？孙虹高兴得跳了起来。于是，两人就利用业余时间开始投入了排练。

正式演出这天，机关礼堂里坐满了人，连家属小孩儿也跑来看热闹。各办公室自编自演的节目，纷纷登台亮相，礼堂里不时爆发出一阵阵的笑声和掌声。米小康和孙虹演奏的二胡与吉他，给观众留下了深刻的印象。他俩端坐在舞台前，灯光醒目地投射在他们身上，一个拉一个弹，拉的潇洒，弹的自如，要节奏有节奏，要乐感有乐感，要欢乐有欢乐，要抒情有抒情，配合默契，真是天生的一对儿。

米小康在台上一边演奏一边看着孙虹，也感觉到从来没有过的美好。他觉得自己心里对孙虹怀有的那种感情正随着音乐而流淌出来，同时她也如此，就像荒漠上的两条小河远远地走来，终于拥抱在一起……

米小康陶醉了。

整个夏天，爱情之树在米小康心里疯长。这一点，连办公室的张干事李干事郑干事贾干事都看出来了，认为这是一件好事，私下给米小康出主意，抓住重点，抓住实质，早点儿开花早点儿结果，不要肥水流入外人田。

米小康想那层纸还没有捅破呢。

米小康决定把自己的爱慕向孙虹倾吐出来是在秋天的一个傍晚。这天上午他收到一封家里的来信，要他赶快回家，与等了他三年的那个农村姑娘结婚。米小康拿着信心里一时没有了主张，想来想去，他决定今天无论如何也要向孙虹说出自己希望和她结合在一起生活的愿望，他相信她也是有这个愿望的。只要他和孙虹的爱情挑明了，他就不怕家里来信逼他回去跟那个农村姑娘结婚了。整个上午米小康坐在办公桌前，用一张报纸遮住自己的脸（他不想让对面的孙虹看出写在他脸上的心思来），琢磨和推敲如何向孙虹表白自己的感情，如何开头，如何进入主题，如何丰富内容，如何结尾，等等。就像音乐要有起承转合，写文章要求凤头猪肚豹子尾一样。米小康的脑子里充满了甜蜜幸福的想象和许多精彩绝伦的词句，他甚至因此而激动得快要热泪奔涌了。

快要下班的时候，忽然处长进来了，要孙虹到他的办公室去一趟，说有话跟她说。处长叫孙虹的神情显得有些神秘，甚至还看了米小康一眼。不一会儿，孙虹从处长办公室回来了，一句话不说，也用一张报纸把自己的脸遮了起来，不让米小康看到她脸上的表情。米小康觉得有些奇怪，但又不好开口问什么，就用笔写了一张纸条儿从桌面递过去，米小康说我有话跟你说。孙虹放下报纸也用笔写了一张纸条儿递过来，说我也有话跟你说。米小康又写一张条子过去，约定晚饭后在办公楼前的小花园见面。孙虹点头同意了。

米小康认为他们彼此一直都在喜欢，现在终于等到了互相倾吐爱情的这一天。吃罢晚饭，米小康早早就来到了办公楼前的小花园，为了遮人眼目，他特地带上了孙虹送给他的那套许国璋英语教材。不一会儿，米小康就看见孙虹走来了。

米小康高兴地笑了，他听见自己的胸口里发出了咚咚的很响的声音。

两人都把身子靠在了水池边。米小康左右环视了一下，发现小花园里竟只有他俩，一切都静静的，好像全世界都在等待着他发表伟大而神圣的宣言，他顿时感到紧张起来，呼吸急促，脸色忽然变得一会儿红一会儿白。孙虹也是如此，胸部起伏，眼睛发亮，他俩的目光碰到了一起，又飞快地闪开。两人都显得心慌意乱，神情紧张。米小康意识到这是一个关键的时刻，绝不能放跑它，就像写材料时突然产生的灵感，或似梦中朦胧的美景，稍纵即逝，无影无踪。然而，不知怎么搞的，这时候他的脑子里却一片空白，一整天美好幸福的想象和精彩绝伦的词句全不知钻到哪儿去了！

他们沉默着。

孙虹说你不是有话跟我说吗？

米小康说我……

米小康不知该如何开口，以前他们除了谈工作谈学习，还没有谈到过爱情。米小康感到心里憋得十分难受。他的目光瞟了一眼手里的许国璋，决定要打破这个僵局，否则时间一长他的信心和勇气就要土崩瓦解了。他咽了一口唾沫，刚要开口，见孙虹的目光正亮亮地看着他，他突然犹豫了一下，想说的话却被"卡"住了，就听见另一个声音说，我……我没什么说的，只是想让你给我补习一下英语。米小康对这个声音感到陌生又吃惊。这话不是他的本愿，也出乎他的意料。他看见孙虹愣了一下，眼里亮亮的东西就像退潮一样，消失了。

孙虹叹了一口气说，好吧，上次上到第几课啦？

于是，他们就很自然而然地读起英语来了，而且声音很大，大得压住了周围所有的声音。之后，他们一直读着英语，再也没有回到原来预想的主题上。好不容易有个停顿休息的机会，但他们却一个谈起了二胡，一个谈起了吉他，就是谈不到爱情上来。

他们都弄不清楚是怎么回事，到底哪里出了错。

秋天到来之后，小花园里的花草已经出现凋谢的景象，水池也不喷水了，也没有人来散步了，四周显得有些空荡零落。米小康不觉有些感伤。一阵秋风吹来，他们都感到了寒冷。

孙虹说我们回吧。

米小康说回吧。

他们就各自分道离开了小花园（后来他们就再也没有来过）。走在回去的路上，米小康后悔不已，沮丧透了。到了宿舍后，他还在想着到底是哪个环节出了问题，一眼看见许国璋还在自己的手里，就气得一下扔到门后的角落，抬头又看见墙上挂着的二胡，也一把扯下来一脚踢进床下旮旯里去了。最后，他米小康的目光落在了桌子上那封家里的来信上，他想，我一直没法向孙虹谈出对她的爱情，莫不是因为我心里是在想着农村的这位姑娘？她足足等了我三年，我不能对不起她。一定是这样的。他这样想着，心里就慢慢平静了。

第二天，米小康坐上火车回到家乡，很快就和那位等了他三年的农村姑娘结婚了。他觉得这个姑娘也不错，虽然不是大学生，不会英语，也不会弹吉他，但她也有许多做女人的好处，至少对他来说是百依百顺的。再说如果女人有那么多的文化，自己还得跟她学，累不累？米小康感到满足了。

米小康一个月之后回到部队，进办公室的第一个发现是，办公桌对面的位置空了，桌面收拾得很干净。一问几位干事，才知孙虹已经离开机关回到原来的医院去了，据说是本人主动要求走的，原因不详。处长为此感到非常惋惜，然而，最令米小康感到震惊的是，孙虹也突然结婚了，男的是一位首长的儿子，是处长亲自做的媒人，认识还不到两个礼拜，没想到她竟然是一个攀附权贵的人。大家一直以为米小康和孙虹在谈恋爱，还等着喝他们的喜酒呢。干事们一阵唏嘘，感叹不已。然而，米小康却突兀地放声大笑起来，自语般地说幸好那天我没有说出来。

干事们问什么没说出来？米小康平淡地说没什么，我已经忘记了。干事们从米小康的眼圈里看见了一种轻蔑的目光，同时又沾着一层潮湿而干涩的东西。

从此，米小康又恢复了抽烟、随地吐痰、用手掏耳屎等习惯。他的鼻子对于女性的嗅觉也渐渐变得迟钝和麻木了……

最后的军旅

绕过马厩，我们从窑洞营房后面的一条坡路爬上塬。我看见铁锨沟就在我们的屁股底下。

塬上没有人也没有风，甚至没有飞鸟的影子，只有那座小山似的古墓斗样地扣着，四周一片静静的安逸。

我们继续往前走。

太阳的脸活像一只铜脸盆，黄黄的不高也不低恰好悬在黄黄的塬上。塬上的草儿是黄黄的，塬上崖畔几株孤独的古柏是黄黄的，"公主"、"土匪"和"骚鬼"的侧身也是黄黄的，而且我的军装也是黄黄的。

我们像是在一张发黄的旧照片里。

"呃，慢一点儿。"我喊了一声。

"公主"、"土匪"和"骚鬼"还是闷头朝前走。我只好小跑两步，跟上去一起朝前走。走到古墓跟前，它们站住了。斗型的古墓只有光秃秃的黄土，挡住了阳光。阳光冷冷的大概很刺眼。

我看见崖畔上那几株古柏依然兀立着，有几只归巢的小鸟黑箭似的从空空荡荡的天空射进去。

"走，继续走！"我喊道。

它们回头望了我一眼。

我说："继续走——"

于是，它们就又朝前走。穿过古墓旁一条发白的小道往左侧的崖畔走去。

"铜脸盆"还悬着。

"呃，慢一点儿，公主。"这次我点名了。

"公主"慢下来。"土匪"和"骚鬼"也跟着慢下来。

走到崖畔了。崖畔下是陡峭的沟壑，从沟壑拐几个蛇行的弯，出了川口便是平平展展望不到边的关中平原。风烈烈地撩起了我军装的衣角。

我说："好啦，就在这儿。"于是我们就伫立在离古柏十米左右的地方。

"你们面朝西北的方向，"我说，"听我的口令。"

我自己则面向西南的方向。我们临风背向而立。恰好这时"铜脸盆"磕在我突出的脑门子上，我仿佛听见"哐当"一响的钟声，心就无主地摇摆起来……但我紧接着就果断下了口令："开始——"

"咴——"

"咴——"

"咴——"

三匹军马引颈嘶鸣，声音洪亮而凄婉，一种悲壮感在黄昏的空气中颤动。秋风萧瑟，它们漂亮的鬃毛和马尾，飘荡如呼啦啦的旗帜。它们的眼睛里，陡地有一圈水亮亮的东西十分迷人。

我突然受了感动，一股压抑的力量霎时从胸腔汇集到喉咙，强烈地振动着奔向茫茫荒塬：

"啊——啊——啊——"

我听见我的声音像雄狼一样地嚎叫……

古柏里的几只小鸟，黑箭似的从巢里射向空空荡荡的天上。

我趴在塬上。

趴在塬上有一种趴在马背上的感觉。塬就是我心中的马，温暖而多情。

一个遥远而朦胧的光点在天际浮动，将我忧郁阴沉的脸点燃成一片晚霞五彩缤纷……

刚当兵的时候，脑壳里也是五彩缤纷的。

连长摇着我发育不良的身子，就像摇一棵小树一样，巴心巴肠地笑："你小子喉结还没长大咧，先到驭手班养马吧。等你喉结变成杏核再来找我，到战斗班去。"

我说："我能吃苦。"

连长说："我知道，养马也很苦哇。"

我说："我能吃苦。"

连长说："我知道，二机炮连打起仗来全靠马，平时要把马养好。马是我们的'航空母舰'。"

我说："我能吃苦。"

连长说："我知道，马养好了也会有出息，立功入党提干转志愿兵什么的都行。"

我就不说话了，只是望着连长忍不住笑。

连长也笑。

驭手班四个人十六匹马。我们分工每人负责管理饲养四匹。我的"公主"雪白是一匹母马，"土匪"乌黑是一匹公马，"骚鬼"棕红是一匹骟马，"秀才"金黄是一匹嫩马。遛马的时候十六匹都在一起，但我最偏爱这四匹马。这些身躯高大强壮的良种马，都是从西北山丹军马场养大后配备野战部队而服役的。这些在草原上疯野惯了的家伙们，在狭窄的铁锹沟感到压抑得厉害，成天在马厩里叫唤，只有一到塬上，才像获得了解放和自由，活蹦乱跳。奔跑起来肚皮紧贴着地面，四蹄翻飞，像一群精灵，皮毛在阳光下耀眼夺目，仿佛一阵疾风，眨眼间就撕去一层地皮，腾起丈高的黄烟。黄土塬便在马蹄声击地如鼓的颤抖中，从沉寂里苏醒了……

有一次，团长来我们二机炮连检查工作，他哪里都不看，却直奔我们驭手班的马厩。看到一匹匹彪悍强壮的军马，团长就很高兴，一直让我陪在他身边，叫我讲如何如何地养马，我就讲如何如何地养马。团长听着不但笑得比我们连长声音洪亮，而且还不时亲切地拍拍我的左肩。以至于后来我老觉得左肩比右肩低了许多，斜斜的很沉重——这种沉重感使我产生过很远大辉煌的抱负。后来，团长集合我们机炮连的全体人马，当着全体官兵的面把我和军马们狠狠表扬了一通，说我"能吃苦，会养马"。

操场爆起一片掌声。

这一年年终总结，我们二机炮连全体官兵都认为我该立个三等功，于是我就立了个三等功。

军马给我带来了光荣。

我想，辉煌的日子还在后头哩！

到了七月底八月初，大西北的雨季来了。那场罕见的大雨下得好凶啊。一连下了二七一十四天。简直就像天被谁撕破了似的，下个不休，把塬上和铁锨沟冲得像只落汤鸡。南方山区的雨季也没有如此发难啊。

我们整天像老鼠似的缩在窑洞营房里。营房紧贴着沟的两壁，在滂沱的雨中活像人哆嗦露出的两排牙齿。

整个世界响彻哗哗的雨声。夜里雨声催人入眠——

……我骑着"公主"在塬上奔驰，塬上开满了鲜花，鲜花在马蹄下飞溅……我紧搂着"公主"雪白的脖子，脸颊贴在它飘拂的雪白鬃毛上，鼻子吸着它雪白的躯体染着的鲜花馨香，胸膛和屁股感觉着它雪白的背上散发的温暖……我兴奋地夹紧了双腿……咴——咴——"公主"也兴奋得亲昵地回头朝我低语……我遍体酥软了，如躺在一片白云上在湛蓝的天空飘荡、飘荡，说不出的惬意……

"咴——咴——"突然眼前出现一道深沟。

眼前一黑——

我猛地醒了，坐起来。觉得裆部舒服得异常冰凉，用手一抓黏糊糊的，"他妈的跑马啦？"我满意地骂了一声，回味刚才的梦。

"咴——咴——"是"公主"的声音，不是在梦中，而是在门外，并且还有马蹄踢门的"咚咚"声，很急促。

我赶紧跳起来，顾不得黏糊糊的大裤衩，冲到门口，打开门一下惊呆了——果然是"公主"，还有"土匪""骚鬼""秀才"，一见我它们都惊喜地"咴咴"叫着，一副烦躁不安的样子。其他军马们也都挣脱了缰绳，从马厩里跑了出来，有的在踢门，有的在黑暗的大雨中嗒嗒地狂奔，围着营房乱转。

我吓坏了。这是怎么回事？

我赶紧转身把铺上的三个弟兄叫醒：

"起来——"

"起来——"

"起来——"

我们冲出门外，小腿就被湍急流动的雨水淹没了，黑暗中响着轰隆隆的声音，像看不见的怪兽在四处发出吼叫。我们打着手电奔跑着，发现从塬上冲击而下的暴雨形成了洪水，势不可当地朝铁锨沟扑来，瀑布似的砸在紧贴沟壁的平顶窑洞式营房，好些窑洞在洪水的冲击下开始出现裂缝，有的窑洞里灌进了水，解放鞋、脸盆、肥皂盒什么的也漂浮起来，门窗在风雨中"嘎吱、嘎吱"地呻吟，仿佛要散架一般。

我们一看吓得头皮都麻了起来。哨兵死到哪儿去了？我们惊慌失措地奔到各个班排拼命捶门：

"起来连长——起来——"

"发山洪啦，起来，起来——"

连长穿着大裤衩跑出来了。

二排长穿着大裤衩跑出来了。

全连百号人都穿着大裤衩跑出来了……

暴雨哗哗哗——洪水轰隆隆——

我们全连人马木桩似的站在淹着小腿肚的操场上，默默地望着黑暗中摇摇欲坠的窑洞，一点儿办法也没有。大自然的疯狂谁也无法阻挡。

"轰——"一间窑洞塌了。

"轰——"又一间窑洞倒向一边。

一声接一声的巨响，霹雳一般。

所有人的眼睛都大惊失色，充满了恐怖。所有人的目光都转向暴雨中默默伫立的军马们，充满了感激……是军马救了我们一百多条性命啊！

"咴——咴——"军马们对着雨中的夜空引颈嘶鸣，那是一种超越人类的生命体相互沟通的呼唤，它强烈地震撼着每一个人的心灵。

塬上开始模糊了……

天愈来愈黑，黑得成了一团墨汁。人马和夜色搅和在一起分辨不清。团里命令我们二机炮连必须在凌晨五点半到达演习集结位置。

连队在黑魆魆的山塬上急行军。

寒风呼呼地吹着，狭窄的山道冻得又硬又滑。前两天下了一场雪，雪后结冰，天气冷得人鼻子呼吸都生疼。军马们背上扛着沉重的 82 无后坐力炮、82 迫击炮和轻重机枪、弹药箱等，身子压得比往日低矮了半截，四条腿紧绷绷地支着，吃力地向前行进。黑暗中除了人的咳嗽喘息和脚步声外，最响的就是马鞍与炮具摩擦撞击发出的"咔嚓、咔嚓"的金属声。

队伍不断从前面传来连长的口令：

"驭手班跟上——驭手班跟上——"

我牵着"公主""土匪""骚鬼"夹在二排的队伍里。二排长是个"暴君"，像个催命鬼似的不停地催促我们。走得太快，我的裆部被湿透了的裤衩勒得火辣辣地疼，肯定下面那地方被勒破皮了。出发前光想着为军马收拾驭具，忘了把大裤衩脱掉，只穿空心棉裤，有经验的老兵拉练演习都是这样。我只好暗自叫苦了。

翻过一条大沟，上了崖畔。我突然听见队伍后面传来一阵"轰隆隆"的滚动声，像山坡塌方一般，同时传来一声马的惊叫："咴——"

有人喊："不好啦，有马摔到沟里去了！"

我心一紧。不好，是"秀才"！我听出是它的声音，是那种在绝望中呼救的声音。它才两岁多，严格地讲还是匹小马驹。由于它身体嫩弱，这次演习它跟随炊事班驭运粮食和炊具。

这时候，队伍里乱了。

"秀才——"我惊呼着，撒腿就朝队伍后面跑。

二排长一双铁钳似的手一把抓住了我的后背衣领，恶狠狠地揉了两下，骂道："去你的秀才，给我回来！你的这些破马如果误了我的时间，看我怎么收拾你！"

我被衣领勒得咳嗽起来，眼睛里感到胀胀的酸疼，直冒金星。我只好带着"公主"、"土匪"和"骚鬼"往前走。

我们二机炮连赶到集结地点时，还是晚了半个小时。"战斗"已经打响了。团长在步话机里粗野地骂我们连长，我们连长就粗野地骂二排长，二排长就粗野地骂我和驭手班。恨不能立即将我们送到军事法庭，一切罪过都在我们。因为我被二排长勒过的喉咙里一直在发痒，痒得像有鸡毛在搅动，一路拼命咳嗽。我一咳嗽，"公主"、"土匪"和"骚鬼"就停下来，看着我痛苦的样子。于是二排长就解下皮带狠狠地抽打它们，它们就乱蹦乱跳，一点儿不听二排长的指挥。

　　我们机炮连紧张地投入了"战斗"。驭手班原地待命。

　　我们穿着棉衣，里面的衣服都湿透了。现在一停下来，寒风一吹，冷得我们直打哆嗦，牙齿碰得咯咯地乱响。此时天还没亮，四周影影绰绰的。然而"公主"、"土匪"和"骚鬼"它们却浑身冒着热气，一摸一层滚烫的汗水，马背上被炮具磨出的血道，黑乎乎的烫手，还有二排长用皮带抽的伤痕，令人心疼。它们不像人有了劳累、有了伤痛、有了委屈可以喊叫，可以痛哭，可以发泄，它们只是无怨地站在原地，吐吐白气，喷喷响鼻，或是互相用嘴舔舔身上的汗珠，扬扬蹄松松筋骨，随时准备又接受新的重荷。它们虽然是牲口，可它们毕竟是有生命甚至有感情的动物啊！

　　我心里一直在想着"秀才"，不知它怎样了？

　　"秀才"被炊事班的人抬回来已经是晌午了。

　　头顶上的太阳苍白得咄咄逼人。

　　我们打了"败仗"的二机炮连，垂头丧气地躺在一片光秃秃的老柿子树林里。一个个除了眼珠子是黑的，偶尔转动一下，脸上头上身上全是黄土，活像一堆刚从墓穴里挖出来的出土文物，一点儿没有生气。大家都饿得肚子咕咕地响着等着炊事班造饭呢。

我们在树林边给驮马们喂饲料。

我看见"秀才"被几个兵撂在一棵老柿子树下，四条腿僵直地伸着，头歪在一边。它死了。

不知谁很积极，从附近村庄的老百姓那里借来一块破门板。"秀才"被人拖到破门板上，破门就"嘎吱"地叫唤了一声。随着一伙兵就一哄而上，围上前去像看死人一样看稀罕。

我们赶紧把"公主"、"土匪"和"骚鬼"与其他驮马一起，牵到柿子树林的背面，不让它们看到"秀才"遇难后，一动不动独自躺在一块破门板上的悲惨情景。

我瞧见二排长手握着一条背包带，兴奋得不怀好意，大步朝"秀才"走去。

二排长一手叉腰，一手指着"秀才"，呈尿壶状，指挥着炊事班用水冲洗"秀才"。他的声音咋咋呼呼的，十分刺耳。"秀才"像个大木架被那帮肥乎乎的小子们搬来翻去，冲得水淋淋的。那水很快就在身上结了冰，再翻动的时候，就有了玻璃破碎的声响，刺划着人的心。

二排长把手里早预备好的背包带朝地上一丢，喊一声："吊起来——"

一个小子就爬到柿子树上去了。

"秀才"悬空了。

我发现情形好像不对，赶紧跑过去，对二排长问道："二排长，你、你们要做什么？"

二排长黑鼻孔一张合，眼睛斜了我一下，怪笑："打牙祭呀——"

我心里陡地一沉，便提醒道："二排长，你不能这样做啊，军马是不能随便吃的，它应该受到尊重……"

"应该？"二排长打断我的话，吸吸黑鼻孔，"你的这些破马磨磨蹭蹭耽误了今天连队演习的时间，要是打仗怎么办？你小子等着挨战场纪律吧。军马的规矩老子比你懂，除了病死不能吃，事故死亡咋处理都行。吃它的肉算个啥？算是弟兄们瞧得起你，也瞧得起这马，这么嫩的马肉不吃岂不可惜啦？哈哈哈哈……"

我乞求道："二排长，我求求你，'秀才'是执行任务摔死的，没有功劳也有苦劳，我们应该把它埋了……"

"埋个球——"二排长的眼睛朝炊事班的兵一扫，厉声吼道："看着我干啥？动手啊！"

几个兵站着没动，眼睛盯着我。这时我的脸色一定很可怕。

"动手——"二排长又吼了一声。

我抄起旁边一把铁锹，突然疯了似的冲到"秀才"跟前，护着它，号叫起来："谁敢动它一根毛，我就跟他拼命！"

二排长愣住了。其他兵也都吓得像木头似的戳着。

他们被我这种愤怒的举动惊呆了，不知所措地望着我。

二排长毕竟是干部，脑瓜子比我们当兵的好使得多。他很快就清醒过来，哪能容我这个兵蛋子在一个干部面前如此放肆？他有他的一套办法。他冷冷地一笑，指着我说："佩服，佩服，我们二机炮连今天出了条英雄好汉哪。一个兵竟敢不服从命令，今后要是入党提干，还能把连长、营长、团长放在眼里啊？唵，为一匹死马，你小子有种——"

我一听他话中有话，想到自己的前途命运，头不觉"嗡"地一炸，眼前发黑，捏紧的拳头无力地松软了。要是我跟二排长这样对立下去，肯定没有好"果子"吃。然而让他们在我亲手饲养、与我朝夕相处的伙伴身上动刀，我又怎能忍心？我扔掉铁锹，转过身，忍不住抱住悬在树上的"秀才"痛哭起来："啊呜——秀才——"

二排长立即叫两个兵把我架开了。他冲着炊事班的兵骂了一句："部队白养了你们这一伙，杀匹死马都不敢，打仗要叫你们杀人怎么办？俺——狗肉！"骂着，朝手心啐了一口唾沫，一把夺过一个兵手中劈柴用的斧头，两步跨到"秀才"跟前，对准它的胸脯，高高举起斧头，用力地劈下去——

"啊——"我惨叫一声，被人架着的身子痉挛般地抽搐起来。我的眼前仿佛地球裂开了一道口子，一道血光冲天而起，血……血……血……一片血红的世界。

"秀才"的胸脯被劈开了，鲜血喷了二排长一脸和一身。他喘着粗气，像个疯了的屠夫满脸血腥，歇斯底里地挥着斧头，那姿势更像一个劈柴火的汉子，借用力量拼命地发泄着什么。他"嘿嘿"地吼着，把"秀才"当作他的武器那样分解了，在血肉飞溅、骨头断裂的"砰砰"声中，他获得了一种快感。他哈哈地大笑起来，笑得我们所有的兵感到浑身冒鸡皮疙瘩。

我紧闭着眼睛，全身发抖。我觉得我的躯体也在被劈成一块一块的，四分五裂。

二排长终于劈累了，扔了斧头，倒在柿子树后面，仰面朝天，两颗眼珠一动不动地瞪着天空，硕大的喉结随着起伏的胸部来回滚动。

"水——"他喊。

没有人动。全都吓傻了。

他见没人理睬他，就侧过脸去了。

后来，"秀才"的肉被分成了若干份，按质量和数量分别送给了参加演习的团部、营部和一两个关系好的兄弟连队。

开饭的时候，战斗班的兵吃得津津有味。"秀才"的肉成了一顿美餐。只有我们驭手班的四个兵端着碗，伤心得吃不下去。

沉默了好一阵。突然一个说："吃——白养了一场。"

"吃——"另一个尖叫一声。

"吃——"另一个哭了。

他们把菜盆里的"秀才"，大口大口地塞进嘴里，闭着眼睛大嚼特嚼，嚼得满脸是泪，好像嚼着自己的肉。

"哇——"我忍不住恶心地呕吐起来。

"哇——"

"哇——"

"哇——"

他们也跟着我呕吐起来，满嘴的苦涩。

我看见二排长还躺在那棵老柿子树下，一动也不动……

大西北的月亮升起来了。

月亮又大又圆，而且猩红猩红，像一面巨大的涂过血的古镜。红月亮照着塬上的黄土就映成了铁锈的颜色。铁一样的凝重，铁一样的有一股子冷冷的铁腥味弥漫时空。

连长说以后塬上要筑一条正儿八经的马路，"解放"牌一直开进铁锨沟。

那是以后的事情。那时候塬上的铁腥味就会更浓。我想。

结果没想到那天我们铁锨沟里果真就撞进来好几辆"解放"牌。是团汽车队新装备的，说是以后专门配属给我们二机炮连使用。连长高兴得手舞足蹈，集合全连官兵夹道欢迎。那"隆重"的气氛使他完全把我们驭手班忘到了后脑勺，把他过去称作二机炮连的"航空母舰"的军马们，抛到了九霄云外。

他摸着崭新的"解放"牌呵呵地傻笑着，就像抚摸他一岁零两个月的儿子，脸上露出一种毫不掩饰的兴奋和骄傲。给我们大侃什么"摩托化开进""机械化闪电进攻"以及"合成训练演习""未来立体战争"什么的。把我们侃得晕晕乎乎，热血沸腾。战斗班的兵就热烈鼓掌、大笑。而我们驭手班的几个弟兄就在众人的掌声和笑声中，缩紧了脖子，顿时觉着比别人矮了一头。

"喜新厌旧！"我在心里狠狠地骂了连长一句。

晚饭后，我一直坐在马厩的黑暗里。身子靠着墙角柔软甘香的干草堆，静听军马们匀和的鼻息和有节奏的咀嚼声。四周充溢着饲料、干草和马粪混合的气味。我喜欢闻这种气味，它给人一种温和香甜的犹如回到乡村的感受。在这样的感受中，你听着军马们的鼻息和咀嚼，就会像听一首优美的歌，或者抒情的诗那样，心中变得格外纯净和安宁……

马厩的门半开着。红月亮探进头来。一根银亮的蛛丝从门楣上垂下慢慢地延长。丝端有一个小黑点一跳一跳地悬在空中。

连长走进来。

我看见干裂的泥地上有一个瘦长的影子。

"你待在这儿干吗？"连长说，"你干吗不去睡觉？现在都夜深了。"

我没吭声。

连长就瞥一眼模糊中站立的军马们，叹一口气，安慰我："别难过，团里给了我们连一个到师司训队学开汽车的名额……"

我不吭声，脸转向马们。

我一点儿没觉得高兴或者激动。我才不稀罕学开汽车，当汽车兵。我几乎从军马们面临的命运，看到了我的命运。

那根银亮的蛛丝和悬在空中的小黑点不见了。

我看着门口探头探脑的红月亮。我们家乡的月亮一点儿不红一点儿没有铁腥味一点儿不探头探脑的。我们家乡的月亮像八月桂花有一股子淡淡的清香，永远是雪白雪白的，如瓷盘光洁镶嵌在蓝蓝的天空，照着山梁子永远是雪白雪白的，照着村里的茅屋也是雪白雪白的……

我陡地冒出想读一首古诗的念头，但一句也读不出来。望着军马心里充满了一种渺小得伟大的悲壮感。

红月亮的光芒便像血水的河流涌了进来……

东头塬的地里生了一片蓬蓬勃勃、密密匝匝的白杨树。西头塬的麦地到了该吐穗儿的季节。眼下是四五月间，庄稼植物旺盛起来，牲畜们也骚动不安。

十几匹军马一溜儿上了塬，缭乱而有力的步子踏得塬东摇西晃。公马们马蹄"啪啪"地拍击着干燥的地皮，雄赳赳地围着母马们团团转悠。母马们则在黄土地里骄傲地打着滚儿，骚情地甩着肥硕的屁股。

"公主"成了公马们追逐的主要对象。尤其是"骚鬼"缠着"公主"丝毫不放松，一有机会便大献殷勤。"骚鬼"的骚情在营区里是闻名的，甚至出了我们铁锨沟，老百姓也晓得沟里解放军的二机炮连有个"骚鬼"。它酷爱跟异性黏糊，甚至不管在任何场合一见母马它就来劲，欢蹦乱跳想以身试法。有时见了穿花衣服的女人它竟也会怪异地大叫，骇得驻地附近村庄的姑娘媳妇到塬上割草，或是到我们连队来倒泔水捡煤渣什么的，只要看见军马们就提着颗心，躲它远远的。我一直怀疑是兽医骟错了地方，没有把它两胯之间那坨东西要害的地方拿掉，要不它的欲望怎会如此的强烈蓬勃？不过"骚鬼"的骚情，常常在母马们面前碰壁。热乎一阵之后它们很快就会远离它而去，或许是受不了它的"骚情"，或许是看透了它的"本质"。总之它在这方面兴趣特大，却屡遭打击，是个"死不改悔"的悲剧角色。然而，不论是干活儿还是训练，驮炮具弹药拉粮食，"骚鬼"却从不含糊，体力和吃苦性都是公马中数一数二的。

"土匪"却不太合群，它跟其他军马总是保持着一定的距离。好像既不对异性感兴趣，又跟同性们搞不好关系。它脾气暴烈，却不动声色，军马们都怕它。当它独自站在一边的时候，眼睛里总是流露出忧郁伤感的神色，常常朝着西北的方向兀自发出一种眷念而苍凉的嘶鸣。我猜测它在军马场一定有个"相好的"。

只有"公主"是军马中最单纯、最年轻漂亮的母马。它还没有配过种咧。它丰腴的躯体一片雪白，没有一根杂毛。唯有眼睛是乌黑的、圆圆的，眼圈水亮亮的。耳朵挺直，小巧玲珑，不时机敏地一侧，对准有声音的地方，显出一种十分动人可爱的样儿。

"公主"温顺而亲近人，但胆子却极小。有一次半夜里，马厩的房檩子上掉下来一只老鼠，吓得它"咴咴"地惊叫，四蹄乱跳，以至于所有的军马都跟着它乱叫起来。全连兵们以为又发生了什么"重大事情"，纷纷慌忙爬起来，迷迷糊糊地就摸黑朝外跑，气得连长直骂"神经过敏——"。结果大家都跑到马厩来看热闹，以为是有人偷马什么的。检查来检查去，在"公主"屁股后面发现一具老鼠的尸体，已被它踩得血肉模糊了。连长就又骂："神经过敏——睡觉！"叫我们驭手班好好看管军马，别这么大惊小怪的，影响大家休息就是影响训练。实际上把我们又撸了一顿。害得我只好从班里抱着被子来到马厩，挨着"公主"睡了好几个夜晚，它才总算平静下来。

"你呀，真是个胆小鬼。以后离了我怎么办啊？"我拍拍它的头。

"公主"就用头撒娇似的顶我的脸。

自从"秀才"死后，我的心情一直不好。"公主"、"土匪"和"骚鬼"发现少了一个伙伴，也难过了一阵子。尤其是在喂饲料的时候，我总是在"秀才"过去的位置上，照旧地放上一份豆饼、草料和水，它们看着我的举动，眼圈就潮湿湿的，半天不吃东西。然而过了不久，它们就又欢实起来了，好像把"秀才"给忘了，这令我很伤心和失望。特别是在训练和干活儿中，它们更加卖劲，无论身上压着多么沉重的东西，它们都默默地忍受着，从不呻唤一声，心甘情愿全心全意地忍受，好像这是它们天生的职业。它们是军马，能够承受沉重的负荷，也能承受任何痛苦、不幸和命运的打击。一旦闲下来，叫它们无事可做，它们反而烦躁不安，感到惶惶不可终日。

"真是一群贱骨头。"我想。这一点跟我们当兵的有点儿相同。我希望它们跟我们不同。人受的约束太多了，而且人还爱好约束别人，甚至动物。总之人类太自私了。

"干什么、干什么？给我滚开——少来打坏主意！"几匹公马挺着高高的胸脯，公然朝我身边的"公主"撞来。我拉紧了"公主"的缰绳，给这帮家伙回敬了几坨土块。它们气愤地跑开了。

"骚鬼"在一边徘徊，暗暗窥视"公主"的一举一动，不时摆着头把响鼻喷得格外嘹亮，而且两只前蹄用力"夸夸"地刨着地面，一刨一个坑，坑上冒着烟，烟腾在棕红的马腹上，像燃着的一团火。我晓得这家伙是在急着勾引"公主"。"公主"却不理睬"骚鬼"。它眼睛一直望着站在崖畔边的"土匪"。"土匪"浑身乌黑，临风而立，扬起长长的鬃毛和马尾像一面黑色的旗帜。

我看见"公主"的眼神，如痴如醉跟一个坠入情网的姑娘差不多。它鼻子喷出的气息在我脸上急促灼热地扫拂，我就用手去捂它的鼻子，它就张开嘴，伸出潮润火烫的舌舔我的手心，舔得我丧魂失魄如同触电般的发抖——我想起骑在它背上"跑马"的那个幸福下流的梦。这个梦在我以后的梦中又重复出现过多次。每次之后都使我第二天不敢见它，仿佛有一种犯罪感似的。我也不明白是怎么回事。因此，每每想起它，我就享受到一种烈火烧身的羞耻和快乐。

我赶紧把它的头推开了。

"咴——""公主"朝"土匪"呼唤了一声。声音颤颤的有些胆小。

"土匪"耳朵转动一下，身体却没动。

"公主"赶紧把目光移到别处，样子很尴尬。

"骚情！"我拍拍它的头，乐了。

"公主"勾下脖子抖抖雪白的鬃毛，掩饰自己的羞涩。

"别这么没出息，"我说，"如果你真喜欢就大胆些，别这么羞羞答答的。爱情嘛，大概跟打仗差不多，要主动出击。怕啥呢? 有我给你做主哩。再喊它一声，它不理你看我收拾它，喊——"

"公主"扭捏一下，没喊。受了一次挫折，尝到了"爱情"的苦滋味。其实，"公主"对"土匪"的意思我早就看出来了。只是过去我不让它们"发展"。我甚至私下曾经找过"土匪"，专门对它进行"教育"，不许它跟"公主"单独接近。要服从命令，一切行动听指挥。万一出了"事情"，我不好向连队交代。其实我也闹不清为啥要找"土匪"谈话，反正心里挺复杂的。我就说，如果公马和母马都"谈情说爱"，那不乱套了? 这是部队，要随时准备打仗，如果母马们一个个都挺着肚子，我们二机炮连还打什么仗? 连训练也别搞了，就伺候你们这些"月母子"吧。因此，我一直把军马们看管得紧紧的，不许它们出现"事故苗头"，否则驭手班发生"桃色新闻"，够他们战斗班的兵当成笑话故事而幸灾乐祸的。还是谨慎为好。所以军马们不理解我，尤其是公马一直对我耿耿于怀。

当然那是过去。今天我要解放它们、放纵它们。因为它们不久就要离开我们二机炮连，离开铁锹沟，退出现役。拿连长的话说，"军队要现代化，如今咱们有了'解放'牌，这些军马就自然而然要退出历史舞台，淘汰啦。这是没办法的事情。感情嘛，这玩意儿是会转移的，你们很快就会爱上'解放'牌的。"瞧他说得多轻松，只有他的感情才会转移，因为他根本不懂感情，不懂军马们的感情。还有二排长，还有那些战斗班的兵，他们都不懂。过去我们欠军马们的情太多了。它们应该得到的东西，我要还给它们，反正不久的将来它们就是"老百姓"了。

"骚鬼"在一边刨坑刨得更响了。

"一边休息去，没你的份儿——"我朝"骚鬼"挥挥手。

"骚鬼"死皮赖脸撵不走。

我又给"公主"鼓劲。"喊——"

"公主"果真壮着胆子朝"土匪"大喊了一声："咳——"

"土匪"还不动。没反应？

我气急了，扬起一坨土块朝"土匪"打去。都怪我过去对它"管教"太严了，以至于使它对异性的呼唤竟变得如此的麻木迟钝。

"土匪"跳了一下，躲过土块，依然站在那里，一副坐怀不乱的冷漠样子。这样子使我很生气。

"公主"仿佛再也忍受不了这种羞辱，突然挣脱了我手中的缰绳，跑到"骚鬼"的面前。它摆摆头，甩甩尾，露出情意绵绵的举止，然后掉头朝东头塬的白杨树林的方向跑去。"骚鬼"先是一愣，忽然明白什么似的，惊喜地一跳，赶紧追上去，就像一个趁火打劫的强盗，疯狂地用头部撞击"公主"的屁股。

我边追边喊："'骚鬼'，你小子老实点儿，你要干坏事，我就宰了你——"其他母马都可以由它"骚情"，就是不准它碰"公主"一下。我拾起土块使劲朝它打去。击中了那家伙的后腿，它居然毫不顾及，简直他妈的骚疯了。好像为了"公主"，为了那一下痛快，粉身碎骨也心甘。

令我愤怒的是"公主"。它现在竟然一点儿没有羞耻，当着我和"土匪"以及众多的军马们奇怪地跟"骚鬼"放肆地亲昵。随"骚鬼"怎么撞，它也不恼，反而跟它你唱我和地舞蹈旋转，有意在大家面前展示它跟"骚鬼"好像有一种不一般的关系。

"公主"你不能这样，那小子是个骗、骗了的家伙——我拼命地喊叫，也制止不住它的任性。就像一个任性的姑娘，脾气一上来，啥傻事都会做出来的。我心里难过极了。

"骚鬼"更急。它围着"公主"的屁股团团地转着，龇着两排交错不齐的大黄牙，迫不及待地支起颤动的后胯，几次就像山峰般地耸立起来，却都扑了空。"公主"灵巧地闪到了一边，不让它落到自己的身上。好像故意跟它捉迷藏，看得见，可老抓不着。"骚鬼"耐着性子，不敢发怒也不肯罢休，但总是不成。急得它猛喷响鼻，鬃毛乱抖，蓬乱着像一团着了火的蒿草。

这个可耻的家伙！

突然，我听到背后"咳——"一声惊天动地的嘶鸣，仿佛一道黑色的闪电"唰"地从塬上掠过，只见"土匪"猛地向"骚鬼"冲去——两匹强壮的军马在塬上"角斗"起来。它们既是好伙伴又是"情敌"。好一场惊心动魄的厮杀。一黑一红，忽而撕开，忽而又骤然搅在一起，旋即成为卷起来的两团黄尘，在塬上刮起阵阵风暴。风暴中响彻激战的鼓声，嗒嗒嗒嗒嗒嗒嗒嗒……我简直看呆了！

终于听见一声惨叫，一条棕红的影子狼狈而沮丧地落荒逃去。

"土匪"凛然地站在"公主"面前，对着天空"咳——"的一声长啸。

"公主"在"土匪"的身前惬意而安然地打着滚儿，然后站起来把脑袋伸向"土匪"，在它的脖颈和两条前腿之间，轻轻地蹭来蹭去，一边喷着温湿微响的鼻息，仿佛低声诉说一种人类无法理喻、无法用语言来表达的爱情。然后，"公主"亲昵地朝"土匪"甩甩丰腴的屁股，扬起略为矜持却十分轻快、充满异性诱惑力的弹性步子，朝白杨林跑去。"土匪"紧紧地尾随于后……

我注视着它们亲密的身影渐渐在白杨林消失。

白杨林亮晃晃的，堆满了阳光。我陡地被一种动物间真诚的情感所感动，仿佛我自己也亲身经历了这一切……

我在白杨林没有找到"公主"和"土匪"，却意外地看见二排长和他的女朋友在白杨林里扭作一团。有一片绿茵茵的草遭到了侵犯，被碾得横七竖八遍体鳞伤的样子。

二排长听见响声，慌慌张张地提着裤子站起来。两颗眼珠就凶狠地瞪着我。大概嫌我冲了他的美事。我看见他喘着粗气，头发上还沾着几根干草。他的女朋友把乌黑的长发朝脑后一甩，坐起来，从容地遮盖好裸着腿部的红裙子和裂了扣缝儿的花衬衫，不慌不忙地抬起水灵灵的黑眼睛，大方怡然地投给我一个美丽动人的笑。她的笑容打动了我的心，使我不敢相信她这样美丽善良的姑娘，咋会偏偏看上了我们凶狠的二排长？

二排长的眼睛一直死死地盯着我。

我朝那望着我的姑娘笑笑，装着什么也没发生。一扭头，就走了。

…………

这一天，我发现二排长的眼睛一直在跟着我，狗样的充满了警惕。

晚饭后我上厕所，二排长也跟着上厕所。他站在尿池上，手在下面捞了一把没尿几滴尿就抖抖缩了身子。而后路过我跟前时有意站住了，从口袋里掏出一支皱皱巴巴的"金丝猴"烟点着。我看见一张纸条儿也随着飘到了地上。

我说："排长你的东西掉了。"

二排长好像没听见，点燃烟就大步出了厕所。

当时厕所里只有我们两个人。

我从地上捡起纸条儿，只见上面写着："今天晚上支部召开会议，推荐学开汽车的人选，讨论今年复员战士的名单。"这明显是故意丢给我的。

我的心紧张得突突地跳起来。这可是连队的"核心机密"。二排长为什么要故意透露给我？我瞧瞧左右，赶紧把纸条儿揉成一团，正要往粪坑里扔，一转念又捏住了塞进了裤兜里。

晚上熄灯号吹过后，二排长骑着自行车送他的女朋友回塬下的工厂。我一直就在营门口等着他。换第三班哨的时候，他哼着小曲儿回来了。嘴里喷着酒气，熏死人。

我拦住他。把纸条儿递给他，我说："我什么也没看见。"

他先是一愣，后来就笑了，说："你很聪明，不过现在已经无所谓了。"说完又笑。笑得我毛骨悚然。

我不明白他是什么意思？

古镜似的红月亮生毛了。生了毛的红月亮像一只充了血的大瞳孔。我眨眨自己的眼睛。我的瞳孔也充过一次血……

那是我最后一次带着军马们上塬遛马。

秋天的阳光很冷淡，也很耀眼。军马们跟往常一样，像一群无忧无虑的孩子，上了塬就欢蹦乱跳，嬉戏打闹，一点儿不明白厄运正等待着它们。从明天起它们将退出军旅生涯，就地"转业"，从此在我们二机炮连的编制序列里消失。命令下午就宣布，然后就由替代它们的"解放"牌，把它们分别送到地方新的家，重新开始一种新的生活。

我让它们在阳光下尽情地表现自己。它们在西头塬割完庄稼的地里奔跑，它们在东头塬的白杨林捉迷藏，它们在黄土地里打滚儿，它们在古墓前凝思，它们在崖畔上呼叫……它们随心所欲。

我躺在塬上的一片枯草里。枯草黄中泛白，白中透黄，在太阳的照射下闪烁着金银的光泽。

我眯缝着眼睛，闪烁的光泽渐渐朦胧起来——天际出现一张蓝灰色的"宽银幕"：

莽莽荒塬辐射出一派流光，一群涌动的云彩——雪白乌黑棕红金黄……一群彪悍强壮的军马从雄浑的黄土塬上腾空跃起……流光在变幻，马群在奔驰。"宽银幕"上慢镜头般地扬起一片马蹄，绚丽的天空被踏得五彩缤纷……

我在塬上奔跑，追逐着涌动的"云彩"。

我也腾空而起，飘然如云。

眼看就要赶上"云彩"了，突然一阵狂风刮来，霎时天昏地暗。"云彩"们翻滚起来，挣扎着猛地朝一个无底的黑洞坠去。我的双眼被风沙迷住了。我哭喊着在一片混沌的世界中寻找、呼唤我的"云彩"——雪白乌黑棕红金黄……我要救它们……

"宽银幕"变成了一张怪兽的巨口，朝我扑来，要吞噬一切……

"啊——"我惨叫一声，惊醒了。一头的虚汗，胸口还在"咚咚"地猛跳。

猛睁开眼的一瞬间，发现军马们全都围在我身边，成一个圆形的墙，伸着头异样地望着我，一副惊恐不安的神色。而"公主"、"土匪"和"骚鬼"则紧靠在我身边，轮番地用嘴舐我的脸颊和眼睛，潮润润的，软乎乎的，暖洋洋的，痒酥酥的……我知道它们是在舐我的眼泪，我的嘴角含着咸咸的苦涩。

那个噩梦叫我痛断肝肠，而现实更令我悲伤欲绝。它们将遭受命运严酷的打击，此刻它们却在安慰我。我的眼泪情不自禁又涌了出来。它们于是又舐我的眼睛和脸颊，越舐泪水越多。我闭着眼睛任凭它们用温暖潮润的嘴，轻轻地舐着、舐着……此刻，我觉得世界上再没有比军马们这种超越人类之爱的情感，更加美好令人心醉、更使我感动而永生难忘的了。我忍不住搂紧它们的头，一句话也说不出来……

枯草上沾着的阳光，仿佛千万颗太阳在闪烁。后来，我带着军马们到塬下，塬下的公路旁有一条水渠，它们开始饮水。一队崭新的绿色"解放"牌开过来了，是团里的汽车队，好威风，车厢里都有几个神气十足的汽车兵，军衣也是崭新的。

"牛皮烘烘！"我心里骂道。

这些"牛皮烘烘"的司机们看见我，看见我们二机炮连的军马，就指指点点地议论、大笑，好像在博物馆里发现了历史文物一样。一个鸟司机故意冲我们按了两声刺耳响亮的喇叭："嘀——嘀——"

军马们吓了一跳。

车厢上的兵们就乐得前仰后合。

于是，其他司机们也都跟着按响喇叭，像晴空里突然响起尖厉震耳的警报："嘀——嘀——嘀——嘀——"响成一片。

马群顿时像油锅进了水惊炸开来，四处奔窜，吓得"咴咴"地乱叫，有的还不小心滑到了水渠里。"公主"本来就胆小，一看眼前这庞然大物发出的恐怖怪响，便疯了似的竟朝"解放"牌们冲去——

"公主——"我大喊一声，抓它已经来不及了。

它完全失去了理智，像一支射出的箭，冲上公路，猛地从一辆汽车的驾驶窗前腾起，一条银弧般"唰"地掠了过去，旋风一样朝塬上奔去。紧接着是"土匪"也吼叫一声，瞪着双眼冲向汽车，飞掠而过——

接着是"骚鬼"——

接着又一匹马——

接着又一匹马——

所有的兵都被这突如其来的情形惊呆了。司机们和车厢上的兵们骇得面如土色。车熄了火，动弹不得。我就及时抓起水渠边的土块，红着眼睛朝"解放"牌砸去："我叫你们嘀——我叫你们嘀——"我歇斯底里地叫骂着。

雨点般的土块击中了"解放"牌，车门、顶篷和车厢上发出"砰砰"的痛叫。司机们缩着颈子，龇牙咧嘴地躲闪着。

一个司机探出头嚎了一句："你他妈疯啦？"

"疯啦，老子就是疯啦——"我喊着。一坨土块飞过去，差点儿没把司机的鼻子打扁。

司机们终于反应过来不对劲，赶紧轰油门，夺路而逃。我的土块就紧紧撵着他们的屁股飞去……

我抑制不住内心的亢奋，发泄出痛快淋漓甚至疯狂的大笑，泪水如雨点从眼眶里飞溅出来，"哈哈哈哈哈哈——"

军马们离开了部队。

几个月过去了。我想跟"公主"、"土匪"和"骚鬼"见面的心情愈来愈强烈。

它们三匹马都安置在塬下张王村生产队。这是连长的苦心，主要是让我能经常地看到它们。而其他的军马却去了较远的地方。事实上自从它们离开之后，我就大病了一场，先是发烧，送到团卫生队检查说是急性阑尾炎，团里做不了手术又连夜送到师医院，在师医院做了手术，后来伤口不知怎么又受了感染，就这么来来回回地在医院里泡着时间。心里一直惦记着它们。等回到连队，才知道连里决定我复员了。

命令已经宣布。驭手班除一个愿意去养猪外，其余的全都"打回老家去"。得到这一消息，我一点儿不吃惊。我只是想跟"公主"、"土匪"和"骚鬼"见上一面。这是它们离开部队后我第一次去看它们，也是最后一次。我们朝夕相处了四年，在复员离开部队时，我无论如何要跟它们告别一声，这是一定的。

我赶到塬下。还没进村就在地头呆住了。

——我突然看见了"公主"、"土匪"和"骚鬼"。三匹马站在北方广袤的黄土地上，并成一排，拖着一张横在屁股后面的沉重的铁犁耙，铁犁耙上站着一个穿黑夹袄的中年农民，他不时地朝空中挥舞鞭子，啪——哦哦——啪——

眼下正是初春的农忙季节。春寒料峭。田野上的风劲刮着，贴在还未解冻的泥土上，呜呜地鸣着，低沉而忧郁。

地头有一堆散乱着的玉米秆子渣，大概是"公主"它们的晚餐。它们干着这么沉重的农活儿，却吃着这种粗劣的饲料，我的鼻子不觉一阵发酸。

三匹马迎着呜呜的寒风，弓着背艰难而行。雪白、乌黑、棕红在一片黄色混沌的土地上，像一幅春寒中的风景画，既醒目又模糊，一如人间的往事和情感，清晰而温馨，却同时饱含着许许多多难以言喻的伤感和悲怆。我的心被这风景掀得颤动起来。

中年农民扬着鞭子不时地吆喝着，声音混沌沙哑。如果看见哪匹马稍有松懈或走神，便将鞭子凶狠地甩过去——长长的鞭梢就在那匹马的背上或屁股上无情地咬一道血痕。

啪——哦——啪——哦哦——啪——声音在寒冷的空气里很响亮。

我看见鞭子挨得最多的是"土匪"。因为它常常昂起脖子，猛一摆头，露出一副不甘人摆布的样子，还不时用嘴咬勒在它胸前的绳索，好像时刻准备挣脱出去。其次是"公主"。它瘦了，背上有骨头的地都凸了起来。肚子开始大了，坠着，圆圆鼓鼓的。它怀上小马驹了。它雪白的身上也不如以前那样白净丰腴了，而是松松垮垮、邋邋遢遢的。怀了孕走起来就吃力，有时就落后一两步。穿黑夹袄的中年农民不管这些，照样对它粗暴。鞭子在空中还没落下来，"公主"就惊吓得一跳，一副可怜无助的样子。

只有"骚鬼"很狡猾。不哼不哈，装得很老实巴交的样儿，做出努力朝前冲的姿势，其实腿上并不真使劲。主人常常看不出来，最多鞭子在它头上晃晃就过去了。

　　它们就这样被人抽打而行走着，好像已经习惯了这种日子。在鞭子的抽打下，或默默无言，或偶有反抗，或装相耍滑，仍然是无可奈何。这就是曾经在暴雨山洪中救过我们全连性命的军马吗？这就是在军事演习中失去了伙伴，驮着沉重的武器，累得汗水淋漓，磨得道道伤痕，却不会叫一声痛苦的军马吗？这就是在荒莽的黄土塬上奔驰如精灵、自由欢爱的军马吗？现在，它们几乎跟当地农村典型的庄稼土马一样，完全失去了区别。

　　我真正从心里为它们也为自己感到悲哀了。

　　一阵冷飕飕的寒风吹来，犹如刀子在心里绞着。或许正因为春天要来到了，风才如此的寒吧？

　　鞭子的声音又在空中"啪啪"地响起。我浑身不停地战栗，每一鞭都像抽在我的心上，每一鞭都使我痛苦不堪。

　　——天哪，它们曾经是军马啊！

　　我再也没有勇气目睹下去，更没有力量跑去看望它们，而且也没有必要去唤醒它们了。我转过身，垂着头，空虚地朝塬上的小道走去……

复　　员

开林翻过最后一座山崆的时候，太阳正好从山顶掉下去，溅起几缕烟状的辉煌。开林感到眼前开始发黄了，就像自己身上洗得发旧的军装。三月的黄土高坡刮着刺骨的寒风，他缩紧脖子，提着背包和简单的行李，走得跟跟跄跄。

南城一条白渍渍的羊肠子小道在山塬上有气无力地蠕动缭绕，勾勒出西北苍野的混沌、凝重和清冷。昏黄的天空无声地掠过几只黑鸟。几株光秃秃的胡杨，鬼魂般地兀立在路旁。

一切都似乎没有什么改变。

一个熟悉而又陌生了的小黑点在一片灰暗的山洼里终于凸现出来，眼睛里有了呛人的炊烟。

开林的心怦然一跳，发黏的目光陡地变得恓惶起来。

那时，大人们在盖房子。

开林站在马厩前好奇地看着他们干活儿。一条小马驹转来转去地用头顶他的屁股。开林没心思跟它玩，只想看大人们干活儿。大人们干活儿蛮有意思，喜欢大喊大叫，打打闹闹，还可以骂脏话和荤话。女人们听了也不恼，只是脸红红的，扭着屁股，笑得嘎嘎的，像鸭子似的。

来帮忙的人很多，蚂蚁似的忙碌着，开林觉得很开心。开林看见他爹跟队长在墙上砸土坯子，那发白的太阳烂得不成形，就在他们的身后一晃一晃的。开林感到有些刺眼。

开林把目光滑下来，瞥着他妈跑前跑后地给干活儿的男人们递烟送水。妈很年轻漂亮，一头黑发，总是梳得油光光的。妈生孩子多，却依然不显老。房子一共起四间。这是开林的新家。过去的家是在城里，住楼房，不是这种黄黄的矮泥屋。

开林听爹说，我们要永远在这里过日子啦，我们祖宗是农民，现在还是农民，娘他个驴球日的——

开林爹说这话的时候，开林才十岁。开林当时并不懂得这话的含义。

开林的爹当过兵。先当的是国民党的兵（这是开林后来才知道的），在晋西北一带打过日本鬼子，后来又参加了解放军，在西北军一一三师步兵团当兵。在参加兰州战役时，开林的爹立了大功，只是被一块弹皮子咬去了左边的耳朵。

开林爹凭着一只耳朵在城里跟开林的妈结了婚。开林的妈那时才十七岁，刚从中学毕业。后来日子起了变化，开林看见爹稀里糊涂地脱了军装。再后来，就回到爹的祖宗生活过的这片黄土荒塬里来了。

开林爹说，我们要永远在这里过日子啦！

开林爹说这话的时候，开林看见妈哭得眼泪汪汪。开林爹说哭个球——开林妈就吓得不敢哭了，眼睛里湿乎乎的。

小马驹在顶开林的屁股。

开林的爹身材很魁梧，光着的脊背如铜像般在阳光里熠熠耀目。两条粗大的胳膊也格外有劲，十来斤重的土坯子在他手里像扑克牌一样被甩得啪啪作响。

开林见爹高高举起一块土坯子，正要朝下砸，突然喊起来，开林你快拿条毛巾来——他闭着眼睛站在高高的墙上，大概一粒泥沙或是虫子飞进了眼睛。

开林迟钝地望着爹，觉得爹高举着土坯子站在墙上的姿势，在逆光里异常优美。

开林爹骂道，日球的，你死啦——话音没落，开林就看见爹魁梧的身子在墙上一扭，双手张开，土坯子朝天空飞了出去，身子像被什么东西撞击了一下，风筝似的开始坠落……

开林欣赏着爹坠落的姿势，直到地上发出"啪——"的一声，像土坯子那样沉重而又绝望的轰响。他看见妈像被刀捅了心窝一样尖叫着向爹扑去——

他好奇地愣在原地。

周围的世界陆地没有了声音……

开林怔怔地站在自己家院的门口，突然鼻子发酸，有一种想大哭一场的感觉。他是等到天黑才偷偷地走进村里的。开林害怕乡亲们那冰凌一般寒冷的目光。

他在家门口犹豫着。矮泥屋泛出昏黄的灯光，他看见自己身后拖着一条模糊的影子。开林知道家里不会有人来迎接他。妈已嫁给一个建筑工程队的"包工头"，带着一群弟妹们到城里去了。

穿着黑夹袄的队长从屋里钻出来，探着头，眯着眼，踏实地把开林看清了，才回头朝屋里吼了一声："花儿，你出来一下——"

"干啥哩？"

"那浑球儿回来啦——"

门口闪出队长女儿。开林看不清她的脸，只能大致见着那丰腴的轮廓、凹凸的线条。

队长女儿叫马春花，跟开林是同窗同学，年龄比他大三岁。上初一那年，两人同桌坐一条板凳。一天，开林突然看见队长女儿的屁股下面，流出一条细细的红线，如同蚯蚓蠕动着，在板凳上延伸。开林惊呼起来，血——血——教室里一片混乱。

队长女儿捂着脸冲出门去，从此再没来过学校。

队长女儿低着头，走过来无声地取了地上的行李，然后转身走进屋去。一条井绳粗的黑辫子在她丰腴的屁股上来回地摆着。

队长把双腿盘在炕上，点燃一锅烟，开林给的纸烟他不抽。他的嘴里巴兹巴兹地发出很响的声音时，屋里弥漫着呛人的烟味。

队长在烟雾里说："这四间屋，你妈给你留了一间，其他的三间卖给了我们，你看你歇哪一间？"

"随便。"开林无精打采地打量着这个一点儿没变的家。

"那就歇西屋吧，等你跟花儿成了亲，就把东屋给你们，嘿嘿。"队长烟锅在炕头上磕着，用手在鼻子上一按，喷出一股鼻涕，然后咧开嘴露出笑。

开林感到一阵发冷，身子颤动了一下。这门亲事是他妈做的主。因为队长是他们家的救命恩人。

队长女儿端着一碗热气腾腾的拉面条子进屋来，往炕桌上一放，碗上摆一双筷子。她飞快抽身闪进厨房，又拿来一罐子油泼辣子，一碟雪白的细盐，两头大蒜。然后退到一边抬头怯怯地扫开林一眼。然后就一直拧那根井绳粗的黑辫子。

队长说："现在不比过去，有白面吃了哩。"队长的眼睛里流出满足的笑。

"那就好。"开林盯着粗碗里飘着的油花和白气。

"吃吧——"队长揉揉鼻子，朝喉咙里"呼"地吸了一口。

"嗯……"

开林妈说吃吧——弟妹们就像饿狗抢食一样，一齐把筷子刺向桌子中间。桌子中间有一大粗碗坨坨肉。这是妈特意从二十里外的集镇上用一筐鸡蛋换来的。快一年光景没嗅见肉腥了，开林和弟妹的目光早就忍不住直朝肉碗里跳。

开林妈把弟妹们的筷子阻挡了回去。

开林妈说，今天是你们大哥参军，明天就要上路，叫你们大哥夹头一筷子。开林妈朝开林幸福地笑着，示意他夹肉。

开林蒙了。

突然明白从今天起他在家庭中的地位起了变化，爹不在，身为长子，他从此被赋予了某种神圣的责任和神圣的特权。在这个家庭里，他不再是孩子了。

开林颤抖着手将筷子朝桌子中间伸去。第一块肉颤抖着从开林的筷子上冉冉升起，就像升起一面旗帜。全家人看到了希望，目光潮湿。

开林鼻子一酸，将肉放进妈的碗里。妈像怕这块肉如同雪团一样化了似的，迅速地从碗里夹起来，飞快地送到开林的碗里，故意生气地瞪他一眼。妈说，开林吃啊吃啊，你是家里的老大，今后我老了，还有这些弟妹们都要靠你呀。到了部队要好好干，将来有了出息，我也好跟你爹有个交代呀。妈说着就用手去抹眼睛里涌出的晶亮的东西。

开林赶紧把肉吞进肚子里，感到喉咙里哽得发慌。弟妹们的筷子便剑戟般地闪动起来。

屋里便暗淡了。

开林悲哀地看着妈脸颊上挂满冰凉的泪水。开林心里说，妈，我一定要在部队好好干，混出个人模样来为你和爹争气——

…………

西屋里传出来哭声。先是细细的，如同一根金属丝，被什么沉重的东西压着，在黑暗的空气中颤动。接着，声音渐渐增大，犹如塬上七八月间的洪水，放声地号啕发泄。

队长毛骨悚然地从炕上坐起来，冲着黑暗干咳了两声，吼道："号啥哩，当兵的回来，不都是个球样，种地！你也认命吧，农村也能活人——"

"呜呜呜——"西屋里哭得像下雨。

东屋里的队长女儿躺在炕上辗转难眠，眼睛瞪着黑暗，不时地发出轻微的叹息。她心里想，开林哥，咱庄稼人不会嫌弃你，你犯了错误从部队复员回来咱也不会嫌弃你。你回来了，花儿好高兴。开林哥没提成干，要是提成干，他就不会回来了，也不会要花儿了。可是没提成干，开林哥心里该有多痛苦哇……

队长女儿也忍不住伤心地哭起来。

"村里人都言传你要当干部啦，我和花儿欢喜了一场——"队长在黑暗里说。

"呜呜呜……"

"没想到你忘恩负义，你学陈世美，你这是自作自受哇——"

"呜呜呜……"

"嫌咱花儿没文化，去攀人家团长的姑娘，呸——"队长生气地咳嗽起来。

"呜呜呜……"

"你忘了祖宗，你自作自受——"

"……"

西屋里的哭声突然息了。整个黑暗的世界变得一片寂静。只有门外的风在院子里徘徊，呜咽。

开林的手触着了枕头下两块硬硬的东西……

开林的爹奄奄一息地躺在炕上。凹陷下去的双眼如同鱼目死死地盯着开林。

开林害怕地躲在妈的身后。

开林的爹用手在枕头下摸索了半天，终于掏出一个小红布兜，握紧了，眼里陡地射出两道雪亮的光芒，将小红布兜努力伸向开林。

开林使劲朝后退。

开林妈把他往前推。

开林看见爹张张嘴，却没有声音，忽然身子一痉挛，手一松，红布小兜"啪"地落地，滚出两枚灿灿的金属。开林妈赶紧从地上拾起来，在衣服上小心地擦擦，看看开林爹，然后十分庄重地放在开林的手里——这是两枚军功章。

开林的爹一双鱼目死死地盯着开林。

开林妈赶紧哽哽咽咽地说："开林他爹，我明了你的心思，我会把孩子抚养成人，送到部队去……"

开林妈刚说到这里，开林的爹就露出笑，喉咙像风箱般地抽起来，越抽越响，越抽越急，忽然一下不抽了，头一歪，死啦！

开林手里的两枚灿灿的金属，冰凉冰凉……

开林在部队进步很快。

开林当兵在野战部队步兵连。如今和平时期，部队不打仗，大事没有，尽是些小事。训练也是那千篇一律，更多的活动便是打扫卫生、冲厕所、种小生产菜地这类不起眼的活儿。兵们都把浑身的劲使在这些小事上，比试着看谁有能耐出人头地。

开林爹的那个小红布兜总是在枕头下激励他，把他的梦照耀得灿烂辉煌。

开林的努力没有白费。埋头苦干换来的是，一年立功，二年入党，三年当班长，四年被定为干部培养的苗子。

开林很荣耀，当兵四年，他目睹全连总共才有三个战士立功，一个是星期天救了一名跳水自杀的女青年，一个是改造了电子感应式的水塔报警器，一个就是开林自己，他年年被连队评为学雷锋标兵。

开林喜欢在夜里等班里的同志们都睡熟的时候，把爹的小红布兜从枕头下掏出来。小红布兜里有爹的两枚灿灿的金属，也有他的一枚灿灿的金属。开林把小红布兜放在耳畔，轻轻地摇动，那小红布兜就发出金属碰撞的美妙声音，就像开林的心碰着了爹的心，开林当兵的历史碰着了爹当兵的历史。声音中，眼前闪现出一条金光灿灿的大道——

开林便甜甜地走进了梦乡。

天下着大雪。

开林挑起他爹曾用过的筐子，在马厩里装上一筐粪，一摇一扭地朝山上走。

一双脚陷在雪里，艰难地移动。

队长女儿挑着担子追上来，脚踩得雪咯吱咯吱地响。队长女儿拦住他，脸儿红红的。

开林吐口白气，说你干吗？

十七岁的队长女儿比他高出半头，身体成熟得像匹丰腴的小母马。她勾着头，有些生气地望着他，说："你怎么不读书啦？"

"不想读了。"开林说。

"你应该去读书。"队长女儿盯着他。

"不用你管！"开林说着，挑起粪筐就要走。

"你去读书吧，我帮你挑——"队长女儿要揽下他的担子。

"不——"开林倔强地闪开，双眼瞪着队长女儿。

队长女儿就叹息一声，眼里有了忧郁，关心地说："那你就少担点儿，别把身子压坏了，疼哩！"说着不管开林愿不愿意，就把他筐里的粪倒一半在自己的筐里，挑起担子就朝前走去，身子一悠悠的，那条井绳粗的黑辫子就在她的屁股上左右地摆着，很优美。

太阳照在头顶，雪亮雪亮，很耀眼。

挑粪的村民们坐在塬上的雪地里吃自带的午饭。

开林走到一处凹地的僻静地方，从兜里掏出两个拳头大的玉米菜团，又抖落出两颗烧得黑乎乎的土豆，都冰得像钢球一样，一啃一道白印儿。

开林感到嘴被玻璃划了那样的疼。

"日球的——"开林学爹粗野地骂了一声。

"给——"开林看见是队长女儿走过来，靠紧他，从怀里掏出一个粗面馍馍，塞进他手里。开林感到那馍馍暖暖的、软软的。

他怔怔地望着她。

队长女儿微微一笑，说："快趁热吃吧——"

"你不吃吗？"

"吃哩，吃哩，这是专给你留着的，还有。"队长女儿心疼地看着他。

他咬了一口。好软，好香。他笑了，露出一排细细的白牙。

队长女儿也笑了，高兴得眸子发亮。

开林说："咋还是热的呢？"

队长女儿脸一烧，红得像两团火，羞涩地说，我焐着的哩……

"焐在哪儿？"开林问。

"这儿——"队长女儿指指自己的胸口，然后抓住开林的手，说，"不信你摸——"

开林感到队长女儿的手烫手，而且抖着，而且抖得脸儿一阵白一阵红，闭上眼睛，像停止了呼吸，开林的手触着了她胸口处，那软软的暖暖的地方……

这时，突然一阵狂风卷来一片雪。队长女儿一把将开林搂进自己的怀里——

开林悄悄从队长女儿的怀里仰起头来，陡地觉得队长女儿长得很好看呢。

开林在团长的家里认识了他的女儿。那时，开林常常去团长家。团长是他的接兵首长，很喜欢他，把他当自己的孩子看待。

开林有空便去团长家帮忙干活儿，搬蜂窝煤，糊房顶篷，油漆家具，种菜地，垒鸡窝，等等。开林勤快，老实，深得团长家属的欢心。

团长女儿刚从军区护士学校毕业，分在团里卫生队。第一次见面时，团长把女儿叫到开林跟前说："这是你开林叔叔……"

团长女儿捂着嘴哈哈大笑起来。

开林感到很尴尬。

团长家属在一边也哭笑不得，瞥了团长一眼，圆场说，女儿只比开林小三岁，咋能叫叔叔呢？应该叫哥。

团长女儿这才开口叫了声开林哥。

开林怪不好意思地红了脸。

团长女儿长得身材娇小，性格开朗，小巧的鼻子，红润的嘴唇，尤其是那双眼睛，黑黑的，像周围罩上了一层毛茸茸的雾，叫人看不透。开林特别佩服团长女儿有文化，爱学习，她有好多好多的书。

几年过去后，开林成了老兵。一天，团长家属终于向开林提起一件令他兴奋的事情。团长家属问开林："你在农村有对象吗？"

开林心里一惊，脱口道："有。"又忙改口，"没、没有。"

团长家属说："到底有没有？"

"没有！"开林坚定地说。花儿只是他妈提起过。

团长家属笑笑说，你都二十好几啦，也该考虑考虑个人问题了。

开林说："我一个当兵的，谁能看起我呀？"

团长家属便把话挑明了，说："开林哪，我觉得你这个孩子挺老实能干，我和你们团长都喜欢你，要是你能跟我们女儿好的话，你会更有出息，更有进步的。怎么样？"

团长家属的目光盯着他。

开林顿时心花怒放，热血奔涌，汗从脸颊上淌了下来。他赶忙说："我一切听阿姨的安排。"

他听见自己的声音在颤抖。

团长家属便高兴地笑着说："这就对啦，我听你们团长说，最近师里分下来一个提干指标，你的基础好，表现也好，我看你就很合适嘛，哈哈哈哈……"

开林一听，耳畔立刻响起了那小红布兜里金属撞击的声音，那灿灿的光芒照亮了他眼前的世界，一条锦绣前程铺展了开来——

…………

"睡吧——"队长出门在墙根撒了一泡尿，回屋后，滚上炕咳嗽几声，自言自语，"日球的，人不知足啊……"

村里静悄悄的，山洼里静悄悄的，荒塬上也静悄悄的，整个世界在黑暗里睡着了。

猫狗们都有了自己的归宿。马厩里的马们只是暧昧地喷几声响鼻，也凝固在夜色里了。

队长的炕头滚起满足的呼噜。

队长女儿也进入了梦乡，牙齿咬得像老鼠似的嘎嘣嘎嘣响。

开林睁着眼睛，听着天色一点点亮起来的声音……

团长看看开林说："你坐下，这个提干名额必须得通过文化考试。"

开林说："可我是连里学雷锋的标兵，还立过三等功，你就不能决定吗？"

团长说："光先进不行，还要有文化，这是师里决定的，我个人没有权力，你好好准备考试吧——"

开林着急地说："可我，初中还没念完就退了学，我……"开林眼里涌出了泪水。

团长的面孔一下变得模糊了……

开林参加了考试。然而，由于文化底子薄，考试不及格，终于被淘汰了。四个兜的军装眼睁睁被别人穿走了。

开林绝望了。

团长家属在叹气。

团长女儿在嘤嘤地哭。

开林痛不欲生，心如刀绞。一切希望都化成了泡影。五年，整整五年啊，一千八百个日日夜夜的军旅生涯，一千八百个美好憧憬的梦啊！破灭啦，破灭啦，破灭啦——

开林满脸泪水，眼前发黑。

团长安慰他说："铁打的营盘，流水的兵。"

开林大吼一声："不——"

开林朝门外冲去……

县人武部。

开林眼睛发红地瞪着接待他的干部。干部说，要找工作应该找民政局，武装部不管这种事——干部的鼻子里冒出一股冷气，把发黄的档案袋扔到柜子的角落。开林听见那档案袋痛苦地呻吟一声，然后就沉默了。那里面装着他当兵五年的辉煌历史啊。

开林推开民政局斑驳的大门。屋里坐着一个瘦瘦的老头儿，斜着目光怀疑地看着他。

老头儿说："国家规定从哪儿来到哪儿去，希望你能够正确对待。"老头儿的牙齿像生了铁锈，黄得发黑，上下吃力地张合着。屋里的报纸味、烟草味、酽茶味、酒臭味、臭汗味混为一体，直呛鼻子。

"你是党员嘛，啊——带个头，中国有八亿农民呢。"老头说。

"你他妈怎么不去当农民？"

"你，你说什么？"

"我说你他妈的怎么不去当农民？你他妈的儿子孙子怎么不去当农民——"

…………

开林听见斑驳的大门在他的屁股后面咯咯地咬牙切齿……

天蒙蒙亮，山洼里的小村还在沉睡。

西屋突然传来队长女儿的一声惊叫："啊——"

队长一个骨碌从炕上爬起来，奔到西屋，只见女儿愣在门口，屋里不见开林的人影，连行李也不见了。

队长也惊呆了。

这时，从荒塬上隐约传来一首浑厚的歌声，那歌是军歌，唱得悲壮苍凉："生命里有了当兵的历史，一辈子也不会懊悔……"

队长和队长女儿就听清了这一句，仅这一句。

这一句是开林唱的。

队长和队长女儿循声朝塬上奔去。荒塬一片苍茫，黄黄的土地，黄黄的天，一条羊肠子小道如烟般缭绕，伸向遥远的地方。

歌声消失了。空旷的天地寂静无声，只有风在低低地诉说着什么。

队长和队长女儿在开林爹的坟上，发现了一个小红布兜。小红布兜挂在坟头上，像一面辉煌耀眼的旗帜，在风中猎猎飘动，发出金属撞击的声音，那声音扣人心弦，在苍茫的天地间久久地回荡……

队长愣住了。

队长女儿哭了……

冬 天 的 船

一切都结束了。

他与她在法院花了不到二十分钟，就办完了离婚所需要的全部程序和手续。走出那扇黑漆漆的铁门时，两人不约而同地出了一口气，相互望了一眼。男人和女人的脸上，都露出一种既超脱又不超脱、既尴尬又不尴尬的勉强的笑意。

他俩就在铁门前立住了。

眼前的路变得很宽广。

是立刻就分道扬镳呢，还是……在这个问题上他们似乎没有考虑到，一时显得有些难堪。法院只能从法律上解决夫妻的关系，毕竟是夫妻一场，最后的分手总得有一种表示的形式，就跟结婚时一样，有始有终。他是军人，本应该干脆利落，快刀斩乱麻。就像他接到她的电报后立马从西北戈壁滩的军营赶回北京，没有丝毫犹豫。然而，现在当他跟她完全没有一种法律的关系时，他好像勇气都用完了，全使在结束这种关系上了。

他没有力量转身就从这个曾经是他的妻子而眨眼间就会在他的生活中消失的女人身边离开。她也如此。似乎早就盼望着这个结果，可一旦这个结果真正成为结果，她又发现这个结果原来又是一个开头。开头总是难的。同时她又想起，他昨天才乘火车抵达北京，在路上颠簸了三十多个小时，晚上独自住在一家黑黢黢的个体户旅馆里。应该有点儿时间让他把要说的话都说完，或者有条件的话，还可以握握手、拥抱一下接个吻什么的。一次性将过去的酸甜苦辣、所有的情啦恨啦怨啦，彻底勾销，省得将来还觉得谁欠了谁什么似的。

两人的目光落到地上，无主地恓惶了一阵，在空间又碰到了一起，终于达成了一种默契，决定另找个地方"拜拜"。在法院门口太缺乏人情味儿了，而回到研究所她的那间四人住的集体宿舍（那曾是他们临时的家），也再没有什么意义。街上嘛，人多得像忙碌的蚂蚁，车多得像玩命的甲虫。得找个清静人少的地方。

他们不约而同想到了一个公园，由公园想到了一片湖，由一片湖想到了一条船，那地方是市里最僻静幽美的所在。这公园对他俩来说，过去和现在都意味着一种重大意义的抉择。

于是他们来到湖边。

湖面上没有船。

湖边的柳树在冬季的严寒里，像个快要掉光头发的女人，默默望着快要凝固的湖，仿佛在回首往事，想着过去喧闹的日子。沿湖堤的小道，也显得寂寞了，偶尔能看见两个老人蹒跚而行。虽然没有风，但路旁的枯草却不知为什么在暗暗地瑟瑟发抖。

湖水灰得有些模糊。靠岸的浅处已经结了一层毛玻璃一样的薄冰，而湖中心的地方依然显得很深沉，叫人捉摸不透。

几个身上穿着红色、黄色棉衣，像小麻雀似的娃娃，尖叫着朝冰上比赛投掷石子儿，给空旷的湖岸填补了几分声色。一个身体健壮得跟牛差不多的年轻小伙子，脱了衣裤，不紧不慢地沉入水中，身体猛一冲，朝湖心游去，缓缓将灰色明亮的又有几分凝滞的湖水拨在身后，皮肤一会儿便成了酱红色，远远地望去好像一尾红鲤鱼，游得没有一丝声响。

船到哪儿去了？

望着湖边这幅冷落、空寂的景象，他俩都禁不住打了个寒战。昔日春天里的那只船儿仿佛沉没了，那是怎样一只特殊的船儿啊！

他们终于找到了船，原来在离湖岸不远的一座山坡后面的小树林里。这是一片洼地。长满了高大的银杏树。春天的时候，郁郁葱葱，沐浴着和煦的阳光，在风儿的波动中，绿得像一支又一支的歌。而现在这些银杏树，音符早就飘零不知何处，只剩下黑褐色的粗糙冰凉的枝干，那些船就倒扣在这片孤寂凄凉中，七零八落，看样子有好几十条，反凸着身子，活像被人打上岸后阴干的鱼儿。

他们在一张已经破旧斑驳的绿漆条椅上坐下来。

四周都是翻扣着的船儿，他俩的心也跟着翻了个儿，记忆的湖水顿时涌动起来……

那天，正好她也是翻了船。她在水里清楚地看见同船的三个女同学因恐惧而变形的脸，也看见湖边上几乎所有的人都跑来站在岸边……渐渐地，天空变得模糊混沌，人的面孔也变得模糊混沌。她忽然看见有一片"绿色的云"朝她飘来，接着很快就覆盖了她的柔软美丽的身体……等她醒来时，撞入眼帘的又是那一片"绿色的云"，朦朦胧胧的，好美。云渐渐地扩散清晰，原来竟是一身绿色的军装，湿淋淋的。再向上，她看见了一张脸，一张赤黑色四方方的男性的脸，脸上有一双深邃黑亮正焦灼盯着她的眼睛。她发现自己躺在一片小树林的条椅上，三个女同学朝她瞪着惊喜的眼睛，满脸是泪。她一切都明白了。

一年后，这片"绿色的云"就成了她的丈夫。她嫁给了这个在北京军事学院学习的大西北军人。她那时像崇拜英雄似的，爱上了这位身材魁梧、赤黑色脸膛的大兵。她从小就倾慕勇敢无畏的男子汉。她太弱小，需要这样真正的男人的保护。而他，就像传奇故事中的佐罗，像美国电影《第一滴血》的主人公兰博，闪电般地闯进她的生活中。她那时还是大学生，很浪漫。

谁知结婚后，生活并不是她想象的那么浪漫。她发现她的"佐罗""兰博"什么的，没有一点儿"英雄"的味道……

她看着倒扣的船发愣。

他却挺着身子，抬头看周围那些银杏树。他忽然发现几乎每一棵树杈或树端的高处，都有一个由铁丝箍着的小木盒，盒子中间开了一个小圆洞，好像一扇门。他忽然明白过来，这是人们为了吸引鸟儿到公园里来，专门为鸟儿做的鸟巢。想到鸟儿还有一个温暖的小巢，而自己结婚三年了，还没有一个属于自己的窝，心里真是感到窝囊死了。

三年的三次探视，都挤在一间四人住的集体宿舍里。同屋还有三个女同志，并有两次她们中有两位的丈夫也恰好从外地赶回来休假，有一位还带着个四岁的小女儿。大家凑到了一块儿，真是热闹极了。虽然各自都占据着屋子的一隅，并用纸板、三合板、布帘子什么的遮挡一番，自成一个独立的小世界。然而，声音却是挡不住的，屋里发出任何一点细微的动静，彼此都能听得一清二楚。同屋的男女同胞们大概早就对此生活习以为常，白日黑夜，该喊就喊，该笑就笑，该动就动，发出什么声音也不在乎。

可是他却无论如何也不能适应。一直清醒得睡不着，一支接一支地抽烟，浑身憋闷像桶炸药要爆炸，却只能熬到屋里的三个角落从黑暗中响起呼噜声时，他才小心翼翼地辗转一下横在床边的身子，去温柔快要睡着的妻子，轻轻地，生怕传出一丝声响……

新婚第一夜，就是在这种环境里度过的。那一夜，与其说是幸福的开端，还不如说是痛苦的萌芽。他觉得不见面时要比见了面的好——这是什么夫妻生活啊？

妻子气得直咬牙，说："你怕什么呀，大家不都这样吗？你老想别人干什么？咱们为谁活呀？你救我的那股子英雄气概到哪儿去了？"一连串的问话，刮得他脸上一阵发烧一阵冰冷，虚汗一潮一潮地涌，光着的身子湿漉漉的，好像刚从澡堂子里捞出来。妻子赶紧用毛巾给他擦汗，一边鼓励他。

他感到压抑、懊丧、气馁。

这该死的集体"夫妻宿舍"，叫他深恶痛绝。

后来，他从军事学院毕业了。本来可以留校的，他却自愿要求又回到大西北戈壁滩的老部队，当他的连长，睡他的木板床去了。

为此，她跟他大吵了一架。以后吵闹就接连不断，最终导致了这场离婚的结局。

小树林里忽然响起一阵有节奏的"咚咚——咚咚"的声音，同时伴随着小女孩儿发出的尖细的笑声。他俩共同转过头去，看见一个男人带着小女孩儿，一人站在倒扣的船头，一人站在船尾，用力地踏跳，一上一下，玩得很开心。他俩都在心里猜测，那男人的妻子、孩子的妈妈为什么没有来？会不会也离婚了？要不那男人为何笑得那般凄楚。

幸亏没有小孩儿。他俩同时为自己感到庆幸。

"咚咚"的声音和小女孩儿天真的笑声，在小树林的空间回荡，给兀立的银杏树和纵横躺着的船儿，增添了几分活气，也使他们愈加显得无奈和不安。

"呃"，她用胳膊肘轻轻碰了他一下，目光引导他朝左侧方向二十米开外的地方迅疾地扫了一眼。他立即看见在一排交错的船儿后面，也有一条座椅，座椅上也坐了一男一女，各坐一端保持一定距离，也是默默无言，一人望着倒扣的船儿发呆，一人望着银杏树发呆。那是两个打扮时髦的小青年。一定是谈恋爱快要谈崩了吧？两个人的表情就跟眼前被人搬上岸的船、入了冬的银

258

杏树差不多。

就在这同时，他又发现了另一对人儿。那是一对背影，在他们正前方的视线下，因为是坐在船体上，只能瞧见两颗靠在一起的脑袋瓜，以及重叠的一双半肩膀。这一对，像两只小鸽子，一直咕咕地甜蜜细语，谁也听不清他们在说些什么。

他们刚进来的时候，怎么就没发现里面有人？怪了。

她也在一棵银杏树下找到了两个人。这是两个中年人，脸上虽然没有年轻男女那种难以掩饰的表情，但她发现那中年男人正悄悄拉着那中年女人的手。这与他们身上穿的笔挺的西装革履一样，显得有些可笑。她想，如果是夫妻，他们肯定有自己的房子，何必到这寒冷的地方为彼此捏捏手，而紧张得直着身板，装得跟夫妻一样。但是又可以看得出来，他们的关系绝对不一般。

难道这些人都是因为没有属于自己的窝吗？她似乎想解开他们之间的谜。

"呃"，他也用胳膊肘暗暗捅了她的腰眼一下，嘴唇向右面的方面一撇。

"在哪儿？"她看了看没发现目标。

"嘘——顺着我的右肩看过去。"他压低声音说。

他宽厚的肩头，闪烁着三颗银色的星星，镶缀在一条鲜红笔直的轨迹上。瞄准这条轨迹，她首先发现的是一双眼睛，一双女人的眼睛，一双女人有魅力的眼睛，也在注视着这一条鲜红的轨迹和三颗银色的星星。这女人在观察他们。这女人很漂亮，一头乌黑的披肩长发。旁边歪躺着一个男人。

她的心不知为什么咚咚地跳起来。没想到他们在观察别人的时候，也在被别人观察着。她有些紧张了。在这漂亮女人的眼中，她和他之间是一种什么关系呢？她能看得出来吗？她能窥透他们心中的秘密吗？人最怕的是别人对自己的观察和分析。

那漂亮女人的眼光暂时躲到一边去了。

一个魁梧的军人和一个年轻娇小的少妇不言不语地坐在一条冰冷的椅子上，当然容易惹人注目。

她下意识地朝他身边靠近了一点儿。

太阳不知啥时候，从阴沉的灰色天空露出了它有些苍白的脸。一种看不见的暖意便悄悄洒落在小树林，给银杏树和一地凸起的船儿，都抹上了一层淡淡的阳光。

四周依然十分静谧。

不过，跟景色一样，小树林里的人也出现了一些不易察觉的细微变化。

父女俩在船肚子上踏跳的"咚咚"声，还是跟先前一样有节奏地响起。然而旁边不知何时冒出一个女人，抱着衣服和提包在微笑，瞧着那父女俩的游戏。偶尔，也朝他俩投来几束善意的目光。

那对打扮时髦的小青年，现在"阴转多云"，并肩靠在了一起，比比画画，又说又笑，好像这片小树林只属于他们两人似的。

勾着头、背着身、坐在船边的那一对"小鸽子"不见了。不过他们屁股下的那只船，看去有些微微摇动，他们会不会钻进倒扣的船儿里去了？

中年男人还是正襟危坐，目不斜视，偷偷地捏着中年女人的手，可是那女人微胖的身子却大大方方地偎在他的怀里了，感觉完全是一对正儿八经的夫妇。

只有那个与他们肩头呈一百八十度位置的漂亮女人，又在用那种特殊的眼光解剖着他们。她身边的男人打着哈欠，也顺着她的目光看过来。

军人和军人身边的女人原来是令人瞩目的。

他俩突然对小树林里这种微妙的观察，产生了一种共同的、然而从未有过的内心体验。他们在观察别人的同时，好像也发现了自己。他们完全忘记了他们是一对法律上刚刚宣判了 "死刑" 的夫妻，忘记了他们是到这里来作最后的告别。

他们抬头数着银杏树上的鸟巢，一个、两个、三个、四个、五个……他们想，冬天，人们如果都有一个属于自己的窝，窝里有一盆火，那该多好啊。

"你看那两个。" 她一把抓住他的手，把嘴凑近他的耳边，眼光斜着左前方，脸与他的脸几乎快要挨到了一起。

那两个"时髦"青年，正紧紧地依偎在一起，疯狂地吻。远远看去活像两头顶架撒欢的牛犊，扭动的姿势十分滑稽。不远处，一棵银杏树的鸟巢里，钻出两只小鸟，箭似的射向冬日的天空。

她不愿再看下去，一下扑在他宽厚的肩上。

他握紧了她柔软的小手，硕大的喉结上下滚动。他看见那两个中年男女也滑进了倒扣的船里……

他们看着满地凸起的船儿，突然感到了一种威胁，仿佛每一只船儿下都潜伏着什么，在向他们诱惑，向他们嘲弄，向他们准备攻击。

那漂亮的女人看着他们惊慌的样子，好像终于从他们身上看到了她所要看到的东西，爆发出响亮刺耳的大笑："哈哈哈哈——"

他被激怒了。

她觉得受到了极大的侮辱。

她触电般地推开他宽厚的双肩，她害怕那漂亮女人的笑声和刀子一样的眼光。她浑身战栗，像一只受伤的鸟儿。

突然，她感到一双有力的大手落在了她瘦削的双肩，使她不再战栗。一垛厚实的"绿墙"，有力地贴紧她的身体，她柔软飘忽的身子立刻有了一个坚实的依托——是他！他用双手捧起她那张冰凉惊悸的脸庞，目光灼热地投进她潮润的眼睛，然后将火一般燃烧的厚唇朝着她颤抖的薄唇冲锋而来——这是他从来没有过的冲动。仿佛沉睡了千百年的生命的岩浆，终于苏醒，像火山爆发一般冲破地壳，自由狂放地喷发奔泻——

"啊！"她轻轻地呻吟了一声，"你这个该死的西北大兵……"她忽然觉得自己已经停止了呼吸。她的眼泪如暴雨夺眶而出——她心里在胡言乱语："结束了！结束了！结束了……"

他也激动得热泪纵横，浑身战栗不已。

倒扣的船儿下探出好多好多男男女女的脑袋瓜，连那踏跳船儿的一家三口，也在一条凸起的船下，他们朝着军人和军人怀里的女人送来钦佩而含蓄的微笑。他那肩上三颗银色的星星和一条鲜红鲜红的轨迹，就在小树林里大放光彩，格外醒目。

一刹那，他们看见满地倒扣的船儿，变成了银杏树另一端的鸟巢……

他朝他们勇敢自信地微笑。

她羞红了脸，像个新娘，埋在他的宽厚的怀里。

太阳的脸终于红了。

小树林的船儿充满了生命的灵性，在冬日阳光的湖面自由地荡开双桨。银杏树挂满了金色的音符，鸟巢里唱起悦耳和谐的歌声。四周的天地闪烁着波光粼粼的碧波，好像流淌着一首优美动人的抒情诗……

街 上 的 风

国有被明子叫醒了。

国有正在做一个梦呢。他梦见自己在一片荷塘边钓鱼。突然浮子一动，鱼线"唰"地绷直了，他赶紧握住鱼竿，可是那条鱼——金红色的鲤鱼，实在是太大了，劲儿也足，猛一打挺，他猝不及防，连人带鱼竿被拖进水里。这时，岸边出现一个年轻漂亮的女人，红口白牙，朝他开心地大笑，咯咯咯咯咯——你是谁——他回头刚要看清这年轻漂亮女人的模样，水一下淹到眼睛，他拼命地挣扎……结果，醒了。

"该起床啦，懒虫！"明子湿润的嘴凑过来。

他感到脸颊上印了个润润的圆。

他怔怔地望着明子。那女人该不是明子吧？他想。

"看着我干什么？回来三天了，还没看够哇？"明子娇嗔地一笑，麻利地收拾着床上的东西。

国有想把刚才的梦告诉明子，可又怕明子误会。那年轻漂亮的女人他可从来没见过，怎么会隔地从梦中钻出来？还有那红口白牙的笑声。怪了。

"还愣着干什么？快下床啊。"明子在他耳朵上拧一把，"从今天开始得帮我干点儿活儿了，休想在部队那样，天天有通信员侍候，给你打洗脸水，给你挤牙膏，给你打饭……"

明子一边唠叨，一边把儿子宝宝也从床上揪起来。

"我现在可没这么多闲工夫来陪你们两爷子'蘑菇'，这家里家外的，总有一天非把我累死。"明子说。

明子确实辛苦。过去在工厂上班，累了一天，好歹有个八小时以外，累了一个星期，好歹还有个星期天。后来工厂时兴优化组合，本身生产效益就不好，生产的东西卖不出去，几个人守着一台机器没事干，头头们又开不出钱来，就想了这么个歪招，还说是日本的经验。结果没关系、没本事、年老体弱的都成了淘汰的对象，尤其是女人，女人中尤其是军人的家属，因无依无靠，家庭拖累大，就更是倒了霉，干脆叫工厂赶回家，每月拿几张生活费过日子。

明子就自己摆个小摊，卖服装，起早贪黑地干。

"你这是自找的。"国有说着起身，刚要伸个懒腰，手却碰到悬吊在铁丝上的一串串衣服。房间本来就窄小，又到处堆着纸箱，挂着衣服，简直就成了仓库。

"为我呀？还不是为了这个家。"明子一边说着，一边赶紧把当天要卖的东西，往一个大纸箱里装。

院外传来一串自行车铃声，随即响起一个男人的声音："明子——"

"噢，来啦，来啦——是二墩。"明子对国有说，"人家现在可发了，一个月千把块钱，我这小摊还多亏他帮忙呢，到底是邻居。"

国有没吭声。二墩过去跟他是同学，爱瞎捣鼓鸽子呀猫呀狗呀什么的，学习成绩不好，留过级，连高中都没上，成了待业青年。

"快点儿，明子！"二墩在外面催促起来。

"来啦，来啦！"明子一边应着，一边叮嘱国有不要忘了去批发公司找他的战友，叫他把宝宝也带上。

"你不吃饭啦？"国有说。

"不吃啦。你跟宝宝吃吧，我已经做好了，在厨房里。"明子匆匆在他脸颊上亲了一口，又在儿子脸上亲一口，抱着大纸箱就匆匆出了门。

国有看见二墩推着一辆三轮车，手里捏着一把油条，明子一出去，两人说笑着，蹬着车走了。

国有感到心里有点儿不舒服。他望着自己女人的背影叹了口气。

街上很热闹。车水马龙，人来人往。

到处是五颜六色的广告，到处是五彩缤纷的音响，到处是五花八门的人。国有觉得很新鲜，虽然每年都要从大西北的戈壁滩回到都市里一次，每次回来都要上上街，每次上街都看到有一些变化，熟悉而又陌生。然而，每次他都感到有些受不了，街上太嘈杂，街上没有秩序，街上是金钱主宰的领地。他走在街上就像一个异域来的行囊空空的匆匆过客。他感到头晕、眼花、恶心、乏力，他感到累，比参加一次军事演习还累。

明子也喊累。可累她还要到街上去折腾、去疯野。

开始国有不同意，写信告诉明子，再忍耐一下。别人知道他在部队里是堂堂的连职军官，老婆却在街上摆小摊，脸面上怎么见人？再说他是指导员，天天给战士们讲政治课，讲到"军人要经受住商品经济浪潮的冲击"，自己的老婆却在街上摆摊，这……不好讲啊。

明子没听他那一套正统的大道理，回信写了四个大字"逼上梁山"。她怎么忍耐？她已经忍耐够了。别人家可以过好日子，自个儿家为什么不能？难道军人的家庭就该受穷吗？靠劳动致富，怕什么？明子是个要强的女人。

天高皇帝远。国有也没有办法，只得依了明子。

本来，明子叫国有今天上摊，帮他一手的。国有一听就跳起来，说："什么、什么，叫我去跟你站小摊，一个人失足不够，还要另一个人也睁着眼睛，陪着往火坑里跳啊——"

明子说："这有啥大惊小怪的？"

国有顺手从铁丝上揪下一件衣服，嚷道："你看，叫我一个解放军上尉军官，站在个体户的小摊堆里，大声吆喝，哎——卖衣服嘞，卖衣服嘞，最新款式，最新时髦，领导世界服装新潮流，快来买嘞，物美价廉，实行三包——嗯嗯，这像什么话？！"

明子笑得弯了腰，拍着手说："好极了，好极了。我没想到你还有这份天才。革命队伍就是锻炼人嘛，整天喊操讲课，把你嗓门喊大了，口才练出来了，加上你会做人的思想工作，懂得心理学，准保招徕顾客。"

"你你你——"国有哭笑不得，只好把脖子一梗，说道，"买卖的干活，本解放军不干！"

明子知道他的脸皮薄，当然不会勉强他。就叫他先跑跑"外事"，去找他的战友——转业后在市商业物资批发公司的田副经理，让他想办法批点儿物美价廉的紧俏货。

明子说着，就搂住他的脖子，又是亲，又是撒娇。

国有身上那点儿不愿"为五斗米折腰"的英雄气概，叫明子几下温柔得没有了脾气，只好点头答应，好啦好啦，我去我去——不然明子绝不会从脖子上把手放下来，嘴会在脸上啄得跟鸡啄米似的。唉，碰上这号软硬兼施的老婆，有什么法子？

国有带着宝宝出了门，朝着物资批发公司的方向走去。

办公室里挤满了青年男女，穿着都挺时髦的，男的头发长得像女人，披在肩上。女人头发短得像男人，露着脖子，分不出阴阳。若要看出分晓，只能看脚上，女的细高跟，男的厚皮鞋。

屋里烟雾腾腾，闹哄哄一片。

国有皱皱眉头，叫宝宝在门口站好，自己硬着头皮侧身挤了进去。

"挤什么挤什么，后边站着去——"一位嘴巴像吃了人血似的时髦女郎冲着他的脸大声尖叫，一股浓烈的脂粉香水味差点儿没把他呛个咕噜毛。

他赶紧说："对不起，对不起。"

一个留着小胡子的牛仔青年，回头斜了他一眼，像突然发现了UFO（不明飞行物），惊奇地吆喝起来："哎，哥们儿，快瞧瞧，解放军我们最可爱的人也来搞批发喽，哈哈哈哈。"

男男女女们都回过头，望着他，咧开嘴巴发出一阵哄笑。

国有十分尴尬地挤到办公桌前。

一个戴眼镜的老头儿忙碌着，头也没抬就伸手："营业执照。"

国有结结巴巴地解释道："老同志，我不是来……我是来，哦，对了，请问田副经理在不在？"

老头儿抬起头，从眼镜的边框上方瞥了眼脸前这个有点儿冒冒失失的军人，冷淡地答道："不在，开会去了。下一个——"

小胡子牛仔拍拍国有的肩，故意怪声怪气地说："噢，哥们儿，我告诉你，要找田副经理呢，最好聪明一点儿，还是晚上到家里去找好。"

一嘴血红的时髦女人也接了腔，嗲声嗲气地说："没错，不过我提醒你一句，可别忘了多带点儿这个……"她的抹了指甲油的拇指和食指，在他面前夸张地做了个点钞票的动作。"当兵的，你有吗？"

"哈哈哈哈……"男男女女们快活得手舞足蹈。

国有又羞又恼，在一片嘲笑中，赶紧逃了出来。

什么乌七八糟的！他气得脸一阵红一阵白。宝宝见他满脸是汗，喘着粗气，就问："爸爸，你找到人了吗？"

国有气愤地骂道："见他田副经理的鬼去吧，我们走——"

国有带着宝宝来到熙熙攘攘的个体摊市场。

他想瞧瞧明子到底是怎么做生意的。

明子的小摊摆在一处不显眼的位置。在一片汪洋大海般的个体小摊中，被挤得像张无人问津的落叶，煞是清冷。因为明子的摊架上，挂的几乎都是清一色的国防绿，这是国有在部队换装后以便宜价格搞来的淘汰"军用品"，有军帽、军衣、军裤、军袜、军鞋、军用水壶、军用腰带等。过去，军人是人们崇拜的偶像，这些军用品非常抢手。但现在是和平年代、商品社会，人们追求的是时尚和金钱，军用品就开始受到冷落。

明子大声地吆喝着。

行人们路过明子的小摊，看着国防绿，又看看她，看看她，又看看国防绿，笑一笑，摇摇头，便离开。明子只得望着行人的背影叹气。

马路对面的货摊是另一番热闹的景象，那是二墩的新潮时装小屋，是他从广东进的货。男男女女们把那小屋围得个水泄不通。二墩的头像只浮在水面的皮球，跳动着，起伏着，忙得神采飞扬，忙得财大气粗，忙得眼花缭乱，应接不暇。

二墩曾经劝过明子，叫她别净卖国防绿，要来点儿现代感的，跟着潮流走。他可以帮助她到广东进货。明子不愿意。明子就要卖国防绿。明子的性格很倔强。她想，等她赚了钱，她还要办一个国防绿服装公司呢，专门设计展销世界各国军人的服装，作战服、训练服、礼常服，海军服、空军服、陆军服，女兵服，等等。

明子的野心很大。她是军人的妻子，小摊也要有军人的特色。她说将来国防绿一定会成为流行服，她的国防绿公司一定会挤垮二墩的新潮时装小屋。

二墩感到很惊讶，也很佩服她。可眼下，国防绿却不景气。

明子的脸色有些苍白。

国有从旁边瞧着明子，心里也涌起一股说不出的滋味儿。

这时，突然有几个社会小青年，晃晃悠悠地走到明子的小摊前，嬉皮笑脸地找碴儿闹事，一会儿试试衣服裤子，一会儿翻翻鞋子帽子，把小摊上的东西弄得乱七八糟的。明子开始没有理睬他们。没想到这伙人越加放肆，一边口出浪言恶语，一边对明子动手动脚。明子就生气了，跟这伙人争吵起来，人们围上来看热闹。

二墩见状丢下生意跑过去相劝，结果被其中一个家伙一拳打倒在地，鼻子里流出两股鲜血。二墩吼一声又冲了上去，小摊"哗"一声塌了架。

明子喊叫着，声音很尖。

国有被眼前突然发生的这一幕惊呆了。他正要冲上前去。忽然，一声尖厉哨音响起，他看见两个警察跑来，那伙小流氓像老鼠见猫似的四处逃窜。围观的人群散去。二墩抹着鼻血回到对面自己的服装小屋。明子站在自己一片狼藉的国防绿前，满脸是泪。

国有觉得脚下好像生了根。

宝宝挣脱他僵硬的手，喊着"妈妈——"径直朝明子奔去。

国有感到头上飞来一颗炮弹，"轰"的一炸……

明子跟国有吵架了。屋里爆发了"战争"。

明子说："你这个没良心的，老婆受人欺负，别人都知道站出来帮忙，你却躲在一边，你算什么军人？"

国有说："你活该！谁叫你去摆小摊呢？"

明子说："不摆小摊，叫我们母子俩喝西北风啊。"

国有说："日子再苦，也不能干那种丢人的事。"

明子说："我丢什么人啦？我靠劳动挣钱丢什么人？"

国有说："挣钱挣钱，你就知道挣钱。"

明子说："我不挣钱，跟你受一辈子苦哇？"

国有说："你嫌跟我苦，谁有钱跟谁去。"

明子说："你，你是个混蛋——"

明子伤心地哭起来……

明子什么时候叫过苦？自从嫁给国有，国有每年休一次探亲假，假期一满，拍屁股就走人，家里的担子就由她一人挑上。年年叫她唱"不圆的十五月亮""望不尽的满天星空"，她多么希望国有回家来，自己好有个依靠哇。可是她失望了。没在一起的时候，彼此都想得发疯，但真正回到家来要不了几天，就总要为一些鸡毛蒜皮的事情吵架。这好像成了军人家属的流行病。这到底是怎么啦？

结婚五年了，他们没有给宝宝买过一件像样的玩具，以至于宝宝看见别的小孩儿玩变形金刚，就眼馋得慌，哭闹着要。他们不敢掏出几十块钱，去满足儿子的欢心。自从有了宝宝，他们没有到舞厅跳一次舞，没有逛过一次公园，甚至很少去看电影。明子也没有添一件像样的衣服。男人不在家，不能打扮自己，也没有工夫和心思打扮自己。每当看见别的女人在享受着丈夫的爱抚，享受着生活的幸福和甜蜜时，她的心里只拥有不尽的思念和不尽的痛苦。她拼死拼活地挣钱，难道不是为了这个家——这个军人的家增添光彩吗？难道不是为了自己穿军装的男人有一个稳定的"后方"吗？可这一切苦心换来的竟是国有的责备和不理解。她感到好伤心哪。

明子哭得好伤心，好委屈。

国有在屋里抽着烟，来回走着，就像一匹找不到方向的马。刚才明子的话像刀子一样刺在了他的心尖上。他感到一阵战栗。

明子说："你不在家，我一个女人在外面风里雨里地奔波、应酬、打拼，你以为我容易吗？要是我真的为了钱，我……我跟你结婚这些年，什么时候叫过一声苦……老实说，我都苦惯了，呜——呜——"

明子抱着宝宝大哭起来。

宝宝也不明所以地跟着哭。

"你……"看着母子俩的哭，国有一屁股也坐到床上，长长地叹了一口气。他心里也矛盾极了。明子和宝宝这一哭，把他的心哭乱了，哭碎了。他看着妻子憔悴消瘦的脸颊和一双疲惫不堪的眼睛，心里宛若刀割般的难受。一下仿佛觉得明子比过去老了许多，手粗糙了许多，眼角和额头也爬上了细细的五线谱一样的皱纹，连乌黑的头发里竟也有几根白发。他陡地一阵心酸。天下男人哪有不疼女人的？一个男人不能为女人遮风挡雨，算什么男人？他觉得委屈了明子。他感到自己很内疚，对不起明子。这一切不能怪她，现实就是这样嘛。而且她在街上摆摊，卖的也是国防绿呀，在生活最困苦的情况下，是她支撑了这个军人的家，她从未忘记自己是一个军人的妻子啊。再说，军人妻子摆小摊做生意，就真的不好吗？他想不明白。

唉，这可怎么办？

黑夜降临，灯火阑珊。

"哎——快来买啊，正宗的老式军装，更新换代前的训练服、迷彩服、礼常服，快来买嘞！你崇拜军人吗？你热爱国防绿吗？请买上一套提精神。老人穿上年轻，小伙子穿上帅气，姑娘们穿上潇洒，哎——快来买嘞，快来买嘞——"

国有站在小摊前大声吆喝，声音热情洪亮。

人们纷纷向他拥来，拥向他的国防绿。

他笑着、忙着、喊着。夜的城市朝他眨着五彩斑斓的眼睛。街上的风温馨而多情，给他送来优美适意的旋律。生活在流动，如同一条看不见的河流，闪烁着迷人的光彩。

国有想，他一定要给宝宝买一个大大的变形金刚，给明子买一套漂亮时尚的裙子，给她买"永芳" 高级润肤霜，还要买两张十点后的电影票……他明天就去同二墩商谈合资办国防绿服装公司的设想。

国有好兴奋。

忽然，他在人流中看见一张女人的脸，红口白牙，朝他开心地大笑，呵呵呵呵——正是早晨梦中那年轻漂亮的女人，朦胧而神秘，在无数拥挤的身影间一闪，便消失在夜色里。

他猛一惊。

回头一看，是明子。

明子双眼噙满了泪水，朝他一步步走来……

主　刀

于成章教授病倒了。

这一消息在陆军医院里不胫而走，引起一阵不大不小的骚动。要是一般的医生教授生个病什么的也没啥了不起，生病嘛很正常，是人都少不了的，医生教授也不例外。但于成章教授不同，他是医院里知名的专家教授，是外科手术的"第一主刀"，在全军医学界有一定的影响。尤其是在做脑科手术方面，于成章教授名气更大，有一个报社的记者给他写了一篇文章，题目就是《在大脑里绣花的人》，这个比喻很形象。不过，于成章教授这次生病要在平时也不会惊动大家，他平时也偶尔生病的，只是很少像这回躺在病床上——然而，这次却偏偏是在院里宣布他离开科主任位置的命令之后而病倒的，这就不能不叫人产生许多的联想。

命令是在上星期六科主任级参加的院周会上宣布的。同时还宣布了副主任梁声教授接替他主任的位置。梁声过去曾是他的学生，现今年龄已满五十岁，副教授、副主任医师，一切都是副的。老实说，后勤保障单位跟野战部队不同，在这个年龄当官已经没有什么新鲜感了，何况医院里已经有了三十七八岁就当主任的，而且有的已经干了好几年了。梁声的国字脸上没有丝毫高兴的表示，反而皱着眉头坐在会议室的角落里，仿佛周围不断向他投来嘲讽的目光。

人们知道，梁声副主任跟于成章教授暗地里是有矛盾的，甚至有一种深深的积怨。至于到底是什么原因谁也不清楚。只是从现象上看，于成章教授一直坐在科主任的位置上雷打不动，一直到六十二岁的现在，压了梁声副主任这么多年。不过，多年的媳妇熬成婆，梁声今天总算是拨开乌云见太阳——翻身啦！

因此，对于于成章教授的病倒，人们便有着不同的看法和议论。

于成章教授是在星期一的上午病倒的。早晨，他跟往常一样提前十分钟到科室里去上班。出门时，夫人提醒他用不着去那么早了。退下来了，就放慢节奏。他在门口愣了一下，还是出了门。多年来他已经养成了习惯。

深秋了，医院道路两边高大的法国梧桐树，枯黄的树叶掉得差不多了，残存的还挂在树枝上在寒风里挣扎着，显得十分无奈。春夏季节的时候，梧桐树是多么蓬勃茂盛啊，树冠如伞，浓荫蔽日。然而眼下，实际上冬天已经悄悄来临。于成章教授心里不由得生出几分伤感。

上班的路上穿着军装的医生护士行色匆匆，自行车铃响成一片。于成章教授靠近路边走着，尽量不让人们看见他。快到外科楼时，他突然又有些犹豫了。他认识到自己不应该去这么早，因为他现在已不是主任了，去早了说不定别人会有看法。于是，他就钻进了外科楼前的厕所。

这样，于成章教授到达科里的时间就比往日要晚十分钟，恰好就在这十分钟里发生了他意想不到的事情。当他走到自己的办公室跟前，推开门，他一下呆住了——屋里空空如也。他的办公桌、椅子、书柜、钢丝床……一切的一切全没了。屋里一片狼藉。最初的一刻，他的脑子里闪出"被盗"两个字，但很快他就推翻了这个设想，小偷偷桌子椅子可以，但绝不会偷那些英文版的像砖头样厚的外科手术经典著作，更不会偷他的学术论文拿去发表。可是……

这时，一帮科里的年轻医生拿着扫帚拖把和抹布走过来。见了于成章教授都向他点头问好，但互相都有些尴尬。

于成章教授指着空空荡荡的办公室，气愤得涨红着脸说："这……这是怎么回事？"

大家你看我我看你都说不知道。有一个年轻的小伙子憋不住还是说了，说他的办公室已搬到另一个地方去了，他们是来打扫卫生的，这间房子要作为科里的工作休息室。于成章教授忍住火问，把他的办公室搬到哪儿去了？那个年轻小伙子说，搬到科里的库房旁边了。于成章终于忍不住火了："这是谁叫干的——"

小伙子怯怯地回答："梁主任……"

"什么——"

于成章教授接受不了这样的打击，他当时只感到有一条火舌从心里"呼"地蹿上脑门，脑门里如同装满了汽油"轰"地燃成一片。他的眼前一黑，昏倒过去……

于成章教授的病房里围满了人。几乎院里的头头脑脑们都来了。

床头柜上堆满了慰问品和鲜花。

于成章教授躺在病床上，他的头部上方悬吊着输液瓶，透明的液体正一滴一滴通过塑料输液管进入他的体内，他感到血管有一种发胀的感觉，就像血液和液体在血管内发生冲撞。他的头部后脑勺左侧仍然在隐隐作痛，仿佛有一群蚂蚁在撕咬。想起那天发生的情景，他心中的火仍然未消，像蛇芯子似的暗地吐着。本来下台他心里就不是很痛快，没想到人还没走，就把他的窝给端了，这简直是太欺负人了。真是虎落平川被犬欺啊！

院头头儿们依次上前嘘寒问暖地安慰一番，都劝他别再生气了，身体要紧。院长拉着他的手说："这件事是梁声主任做得不太好，有些过分了，我们会找他谈谈的，把你的办公室搬回来。不过，他是你的学生，刚当主官没有经验，事情考虑不周，你就原谅原谅他吧。"

于成章教授没有吭声，只是叹了一口气。

院长又说："老于啊，想开些，不当主任还是教授嘛，一样可以在门诊看病人，一样挂你的专家号。再说，外科的业务也离不开你，需要老同志的传帮带。我今年也六十啦，再过两个月也该退下来了，让年轻人来干，我还是当我的教授好，无官一身轻嘛，啊？"

其他头头儿们都笑起来。

话说到这个份儿上，于成章教授觉得再这样为退下来的事给领导们紧绷着脸，显得自己度量也太小了。于是便跟着笑了笑，说："感谢各位领导来看望我，我没事的，明天输完液我就可以出院了。办公室的事，就这样吧，别再折腾了，搬来搬去的干啥？库房那地方也好，安静。"

到底是老同志，高风亮节。院长有些感动，再一次抓住于教授的手说："好好歇着，别急着出院，利用这个机会好好把身体检查一下。"又说，"院里花几百万美元新进的一台西门子公司1.5T磁共振，最近已经调试完毕正式开机，院里的头头儿们都去试过了，效果很好。于教授也不妨去检查一下。尤其是对颅脑的诊断，十分准确。"

于成章教授说："谢谢，谢谢。"

院长的眼睛最后看了看病房的窗户和门，又说了句："屋里是不是有些冷？现在还没有供暖气。"

于成章教授赶紧说："不冷不冷，不要给大家添麻烦了。"

又说了几句话，院长说还有事，头头脑脑们就跟于成章教授告辞。一直站在一边的夫人送走领导们后，回到于成章教授的身边，眼睛红红的，眼睑上还闪动着些许晶亮的泪光。夫人原来是妇产科的医生，早就退休了，在家里全身心地支持丈夫的事业。

夫人柔软的手落在他的额上。

"好些了吗？"夫人温存地说。

"我没事，真的没事。"他把手放在夫人的手上。

"我看你应该去做个磁共振。"夫人说。

"我没病，只是当时一下气晕了……"他说。

"这么大把年纪了，还像孩子似的脾气，你以为还像过去啊。你又不当主任了，何必去跟他斗气呢？"夫人嗔怪地叹口气。

于成章教授说："他是在心里恨我呢——"

夫人说："让他恨去吧，恨能让他得到什么呢？不就是跟你争主任这个位置吗？如果前几年你就让出来，不就没这些事了？而且他是你的学生，别人还会说你甘作人梯，主动让贤。"

于成章教授说："这么简单就好了，现在说这些有什么用？"

夫人又说："其实，你知道吗，你现在不当主任了，我心里有多么高兴……"说着，眼睛忍不住又红了。

"为什么？"于成章教授感到纳闷。

"因为我们又有时间像年轻时那样经常地在一起，出去跳舞、看电影、听音乐、外出旅游……"夫人的眼眸里盈盈的，竟像年轻时那样的生动迷人。

"可是，我们都老了。"于成章教授带着歉疚的目光看着夫人，他的眼睛里流出两滴干涩的泪水。

"还来得及。"夫人望着他，满怀希望。

正在这时，门被推开了。儿子女儿孙子外孙，一大堆人提着水果麦乳精什么的，"爸爸""爷爷"地喊叫着拥进屋来。病房里立刻就有了春天的气息。于成章教授顿时感到一种温情如同春水漫过他的全身……

院长一直在手术室门口等着。

此刻，梁声主任正在手术室里为一个患大脑肿瘤的病人紧张地做切除手术。他在手术台上足足站了快三个小时。于成章教授突然病倒的消息他已经知道，但现在他抽不出时间去看他。这几天手术特别多，一个接一个。

从星期一开始，他就正式走马上任了。虽然这个主任的位置来得晚了些，但毕竟有了这个位置。这正是他多年梦寐以求的东西。有总比没有强。只有在主任这个位置上，他才能更加展现出自己的才能，实现自己的梦想。不论怎样他还是很兴奋。

在院里宣布他接替于成章教授主任位置的当天下午，他召开了全科人员大会，发表了简短而有力的就职演说，然后布置下一周的医疗工作、年终总结。对几个默默工作多年的老教授和几个刻苦钻研业务的中青年骨干提出了表扬。最后，他说为了照顾大家的身体健康，马上腾出一间屋子作为大家的工作休息室，科里的医生护士早就反映工作累得贼死，连个喘气的地方都没有。他说的这间休息室就是于成章教授的办公室。

多少年来，梁声对于成章教授一直是耿耿于怀。那还是在他当学生的时候，一次他偶尔提出了有关脑干肿瘤手术方面的一个"大胆设想"——脑干肿瘤历来被医学界称为生命中的"死亡禁区"，然而没过多久他的这个"大胆设想"便成为他的老师于成章教授的论文，赫然发表在国内权威的医学杂志上，紧接着国外的有关杂志也跟着转载，一时间在医学界引起了轰动。于成章教授一举成名，成为医院外科手术的"第一主刀"。而他梁声是这一"大胆设想"的最先提出者，却署名都没有一个，一直默默无闻直到今天。可是这一切能向谁说呢，谁又会相信这一切呢？于成章教授毕竟是他的老师啊。

他一直在等待着，等待着老头儿早日下台，他要用自己的手术刀向人们证实自己的才华。然而这一等就是二十多年，等得头发都白了，还在老头儿的手下当助手，被这棵"参天大树"挡着永远见不到太阳。后来，他不甘寄人篱下终于获得出国留学的机会，在国外刻苦学习度过了三年，并在学术上初露锋芒取得了可喜的成果。老外要他留下来工作。他说 NO！他要回国。

他回来了，要求还在于成章教授的手下当助手。院里领导很感动，给了他一个副主任的位置。但老头儿仗着自己的名气依然稳坐在"第一把交椅"上不撒手，看样子非战斗到生命的最后一息不可。这样，不仅压了他梁声一人，而且科里还有一大帮中青年骨干冒不出头来。虽然老头儿在科里资格老，又是权威，受人尊重，但人到老年也容易固执，脾气也大，得罪的人也多。而梁声正是年富力强，又出过国，见过世面，身上具有现代开放的意识，中青年人很喜欢跟他打成一片，威信自然就渐渐地立起来了。于是，大家在暗地里支持梁声"推翻"老头儿。

实际上，于成章教授在去年就被自己"推翻"了——他那双外科"第一主刀"的手突然奇怪地发抖了。

那是在一次手术时突然发生的事情。当时他正在台上主刀给一位患者做手术，梁声副主任跟往常一样给他当助手。手术做到一半，病人突然出现了异常情况，呼吸急促，血压降低，心跳紊乱……在场所有人包括于成章教授和梁声副主任都紧张得心提到了嗓子眼儿上。于成章教授赶紧叫采取措施抢救。就在这节骨眼儿上，梁声副主任与于成章教授在手术问题上发生了分歧。

梁声副主任说："于主任，我看手术不能再这样做了。"

于成章教授头没有动，说："不这样做怎么做？"

梁声副主任说："再这样下去会有危险的，我在国外见过这种情况。"

于成章教授回过头来，看着梁声说："这里不是国外，是我主刀还是你主刀？"

梁声副主任也不示弱："你主刀也不能把人的生命当儿戏——"

于成章教授愣住了，瞪大眼睛："什么？你说什么……我把生命当儿戏？你……你……"

于成章教授的手就在这一刻突然地抖了，它悬在半空中如同要极力甩掉什么东西似的一直不停地抖着、抖着……

手术刀"当啷"落在地上，发出一声清脆的金属声音。

…………

手术只好由梁声继续做下去，直到顺利完成。

从此，于成章教授只要一做手术，手就不听使唤地抖起来，直把他抖下手术台，一直抖出手术室。他再也不能进手术室了。一个外科医生的手抖意味着什么呢？意味着他的手术生命甚至整个医学生涯的终结和死亡。

从此，梁声自然而然就成了陆军医院外科的"第一主刀"。

…………

手术终于圆满地画上句号。梁声主任放下手里的金属器械，松了一口气，抬头朝墙上的电子钟看了一眼，然后对正在做收尾工作的大伙儿笑着说："时间不早了，收拾完快走，今天本主任请客。"

大伙儿立刻雀跃起来。

梁声带着大伙儿走出手术室。院长站在门口正盯着他。

众人都叫一声"院长"。院长和气地点点头说："我找梁主任有点儿事。"

梁声朝大伙儿说："你们先去，我一会儿就来。"

众人走了一段路回过头来，看见院长和梁声主任在激烈地谈论着什么……

于成章教授到底还是听了夫人的话，到磁共振做了一个检查。没病做做也无妨嘛。老实说，当了一辈子医生自己还没有认真地检查过呢。他没有想到会出现意外。

"做完检查我下午就出院。"他对夫人说。

他实在是不习惯躺在病房里，在这里啥也做不成，简直是要他的命。几天来，他感到度日如年。小女儿怕他寂寞，把自己的"随身听"给了他，还专门找来了他过去最爱听的贝多芬的《英雄》和《欢乐颂》交响乐，他听得也烦了。夫人知道他的心思，只好从家里把他前段时间正在修改的一篇论文拿了过来。

这正是他所需要的，他很高兴。只有夫人懂得他的心。

这篇论文就是当年他一举成名的杰作。于成章教授认为，一个人一辈子能够做一件令人瞩目的事情也就不枉此生了。多少年来，他一直瞄准脑干肿瘤这个生命中的"死亡禁区"不断探索，以前发表的论文不过是提出了一个"大胆设想"而已，而他的目标是要把这个设想最终变为现实。所以，直到今天他也从未间断对它的修改和完善，最终缩短理论到实践的路程。然而这段路程是艰苦而漫长的，或许成功，或许失败，或许只走到一半的路就倒下了。科学就是这样，总有许多人要付出牺牲。

他知道梁声多年来就是在为这篇论文而恨他。是的，当初梁声是提出过这样的想法，然而想法是什么？想法什么也不是。想法是没有价值的。想法并不等于科学的理论。人人都会有想法，但绝不会人人都因为有想法而成为科学家、作家、艺术家。梁声是他的学生，刚刚走进医学的大门不久，可以说还十分幼稚，只能是有想法而已。然而只有他于成章才把这一想法写成了论文，形成了医学理论。何况这种想法并不是谁人的专利。梁声又没参与论文的写作，当然不能署他的名字啦。

就因为此，梁声一直对他不满，在暗中跟他作对。师生两个闹得面和心不和，直到最后矛盾激化公开红脸。想到此，于成章教授叹口气，深感痛心。

看了一会儿论文，夫人带着他走出病房，来到院子里放松一下。他又注意到了那些路旁的法国梧桐，几天的工夫连树枝上的残叶也落尽了，光秃秃的像手指一样无力地支撑着天空，可是那粗大发白的树干却依然迎风挺立着，好像一个饱经风霜的历史老人，更像一个超然的哲学家和智者，仿佛时间和生命深藏在那树干的年轮里。

于成章教授无声地望着法国梧桐，心里突然想说点儿什么，可什么也说不出。法国梧桐在初冬的季节里兀立着，与他相对无言。

"快走吧。"夫人拉了他一把。

"走……"他又看一眼梧桐树，就跟夫人朝磁共振的小楼走去。

进口的磁共振安装在一间宽大的全封闭的房间里，主机立在中间像是一座庞大的"锅炉"，透过一面特制的玻璃窗，可以看到有电子计算机的控制室。他走进门，脱下鞋，换上一次性的鞋套。医生和技术人员很快为他忙碌起来。

于成章教授的身体被平放在一块铺了白布单子的活动板上。身边的女技术员按了电钮开关，活动板开始徐徐地朝"大锅炉"拱形的门里滑动，首先进入的是他的头，然后是全身。于成章教授马上联想到火葬场的焚尸炉，院里的老同志去世他去过那个鬼地方，因此印象深刻。这是一个不好的联想。他闭着眼睛躺在里面，干脆什么也别想。

机器发出很响的嗡嗡的声音，不知啥时候他就迷迷糊糊地睡着了。

也不知过了多久，他听见有人在叫他。一下睁开眼睛，见女技术员笑着把他从活动板上扶了起来。他这才反应过来已经检查完毕了。走出"大锅炉"的屋子，他大口地吸了一口气，犹如刚死过一回从坟墓里爬出来，浑身不由得冒出一层冷汗。

他对夫人说："不行，我要出院——"

于成章教授刚说完这句话，突然感到脑后被什么东西猛击了一下，"嗡"地一炸，眼前发黑，他喊了声什么，双手下意识地去抱自己的头，结果身体却失去了平衡，向后倒去——

夫人一把抓住他，吓得大声呼喊："成章——成章——快来人——"

医生和技术员们赶紧跑出来，赶紧把他抬到病房，立即投入抢救……

科里正在忙着搞年终总结。会议室里全科人员差不多都到齐了。只有一个位置空着，那就是于成章教授坐的那把破藤椅。过去每年的总结都是他坐在那把破藤椅上给大家讲话。今年轮到新主任梁声来组织全年的总结了。梁声坐在一张新的木椅上。

总结自然要对每一项工作和每一个人进行评价，还要搞立功授奖评选先进个人。现在就剩下于成章教授没有谈了。他病了不能到会，由大家来对他作出评价。会议室里一片肃静，大家都低着头不说话，有的人捂着嘴咳嗽，有的人抽着烟把自己的脸藏在烟雾里。气氛显得十分沉闷。好像是在给谁开追悼会似的。大家都知道，梁声主任跟于成章教授一直"铆着"，谁好开口？

梁声主任朝大家扫了一眼，感觉到大家心里有话不好说，或者是不敢说。这次于成章教授的病倒，科里的人也是众说纷纭。人嘛，总是同情弱者。于成章教授在台上的时候，大家都在背地里说他如何如何，恨不能早点儿把他"推翻"，可现在他下台了，人们忽然又生出了恻隐之心，想起了他的许多好处。

梁声主任从大家脸上的表情看得出来，"办公室事件"的发生，人们对他的确有看法，而且心有余悸。他知道自己这件事做得过火了些，弄不好会失去一部分人心。如果说过去于成章教授长期"压"着他，大家为他不平，而他一翻身起来就对于成章教授给予"报复"，人们又会怎么看呢？自然会认为他跟于成章教授一样，上台以后也会把别人"压着"，有朝一日大家也会想办法"推翻"他。这样的局面简直是太可怕了。

那天院长找他谈话，也跟他讲了许多肺腑之言，有的话是非常深刻的。

院长说，一个人迟早都要退出历史的舞台，不论你扮演什么样的角色，人们总是看得清清楚楚。一个角色是主角还是配角这并不重要，重要的是你是否把你的角色演好，而不是重复别人的角色。人生就是如此。

实际上这些年来，他梁声和于成章教授就是在扮演着同一个角色。为了名利和个人的得失，心灵扭曲，你在上面压我，我在下面绊你，弄得师生之间反目成仇。现在于成章教授下台了，他又登台接着演他的戏，这样下去，他们俩只能是两败俱伤，其结果是在退出历史舞台的时候，遭到社会的摒弃和人们的嘲笑。

想到这儿，梁声不仅为于成章教授感到悲哀，也替自己感到悲哀了。

他暗自地叹了一口气，心里对自己说，这是何苦呢？！

其实抛开个人的恩怨和成见，公正地对于成章教授作出总结性的评价，大家的心里是有一个共同的尺码的。几十年来，他兢兢业业为党工作，全身心扑在医学事业上，敬业精神和责任心是有目共睹的，外科的发展和成就与他付出的大量心血是分不开的，特别是在对待病人上，他真心实意地关心和爱护，充满了感情……这些，在如今的社会来说，这样的老同志不是越来越多，而是越来越少了，尤其是后继的年轻一代，传承状况更加令人担忧。因此，在对一个人进行总结评价的时候，不应该忽视他身上这些主要的闪光的东西，更不能抹杀他在历史上所起到的作用。

然而，要说出来还要一定的勇气。

大家的目光都看着他。看他到底是什么态度。

梁声主任被大家的目光灼烫着。他必须面对现实，面对于成章教授，面对自己和所有的人，否则他失去的就会更多。他清了清嗓子，抬起头来，正视着那些期待的黑亮亮的目光，平静地说："各位教授、同志们，我先谈吧……"

病房里，人们走马灯似的来看望于成章教授。院里的头头脑脑、老专家教授、机关的同志、科里的医生护士，还有亲戚朋友……大家都知道了他的病情，个个心情沉重，神色忧郁，默默地排着队在门外候着，一拨一拨地进去，一拨一拨地出来，进去时强装了笑脸，出来时却大都红着眼流了泪。大家心里都清楚他的病情的严重性，或许这是最后的诀别。

于成章教授没有出成院。他突然昏倒的那天下午，检查的片子很快就出来了，结果令所有的人大吃一惊——在他的颅内脑干处发现一个巨大、罕见的肿瘤，附着在被称为生命中的"死亡禁区"的地方。没想到这样的事情偏偏出现在一个脑外科手术专家的身上。老天给于成章教授开了一个十分残酷的玩笑。

院里头头儿们得知消息后，立即召集全院有关专家教授进行了大会诊。专家教授们的一致意见是必须尽快手术，切除肿瘤，否则随时都会有生命危险。大家的目光自然落在梁声主任的身上。这个手术只有他来主刀。可梁声主任的心里却十分犹豫，这种手术他也没有做过，不仅难度大，而且手术中随时会出现猝死，风险太大了。再加上他跟于成章教授个人之间有矛盾，万一出了问题，他就是跳进黄河也洗不清了，然而，这种手术又是他——也是于成章教授多年来一直想攻克的堡垒，如果放弃了便会终身遗憾。

院长着急地问他："怎么样，有没有把握？"

梁声主任没有吭声。

院长看出了他的心思，说了一句："你不要有顾虑，大家相信你。"

梁声主任有些感动，看看大家，毅然地说："好，我上吧。"

接下来他们便开始周密而细致地讨论手术的方案。

院里头头儿们赶到病房的时候，于成章教授已经苏醒了。夫人和儿女们围着他乱成了一团，眼睛通红，脸上惊慌的神色依然没有散去。于成章教授的鼻孔里插上了氧气管，脸色苍白，身体躺在白床单下微弱地起伏，眼睛却亮亮地看着大家。

院里头头儿只好把他的病情如实地告诉了他。大家不能瞒他，瞒也瞒不住的，他是这方面的专家。当他看过自己的片子后，脑子里只冒出两个字：完了……一切都完了。他万万没料到一生都在想为别人切除这种肿瘤，而这种肿瘤却恰巧长在自己的脑袋瓜里。

院长告诉他不用担心，手术已经安排好了，由梁声主任亲自主刀。

于成章教授拒绝说："不……"

院长说："于教授，你放心，我们会尽全力。"

于成章教授固执地说："不……"

他心里清楚，这是没有希望的。

儿女们在他的床前跪下了，哭泣着要他接受做手术。夫人轻抚了一下他干瘪的手，泣声劝道："成章，你就为我和孩子们想想吧，让梁声给你做……"一句未说完，手捂住嘴已是泣不成声了。

正在这时，门一下被推开了，梁声主任大步奔了进来，朝着于成章教授喊了一声："于教授，学生来晚了——"

师生二人四目相对。

人或许只有到生死离别的时候，才能抛弃世间的一切隔阂，包括个人的恩恩怨怨，在一起敞开心灵对话。

梁声主任真诚而又愧疚地说："于教授，是我对不起您……是您培养了我，可我这些年来，没有好好地配合您工作，对您尊重不够，做了许多对不起您的事情，您原谅学生吧。您是我的老师啊！"说着，眼睛里闪动着泪花。

于成章教授看着梁声心里也一热。虽然事情来得太突然，太出乎他的意料，但人到这个时候还有什么好计较的？那些名利和个人的得失统统都是虚无的东西，生不带来，死不带去，更不能拿去见马克思。人哪，只有消解了彼此间的封闭和隔阂，潜伏在内心深处的善良、理解和宽容，才会完全地释放出来，就像春天的土地上开满了美丽的鲜花。

于成章教授眼睛潮湿了，喃喃地说："我也不好……对你关心不够，把你耽误了这么多年……我心里一直很后悔……真的很后悔，你能原谅我吗？"

师生二人的手终于紧紧地握在一起了。

墙推倒了便成为桥。梁声主任哽咽着说："于教授，你就给我一次机会，让我给您做手术，好吗？"

于成章教授激动地点点头，从枕头下拿出了那一篇修改了多年的论文，递到梁声主任的手里，说："这篇论文，我反复进行了修改，你拿去吧，或许对你有点儿用的……"

梁声主任接过论文一看，正是那篇攻克脑干肿瘤"死亡禁区"的论文，在标题下的第一作者位置上，醒目地写着"梁声"二字。他终于没有控制住自己的感情，声泪俱下，喊了一声："老师——"

第二天早晨，于成章教授被推进了手术室。

手术开始了。无影灯骤亮，于成章教授被抬上了手术台。一切术前准备就绪。专家教授、医生护士各就各位。梁声主任领衔主刀走上手术台，一场征服生命中"死亡禁区"的战斗拉开了帷幕。手术在紧张而有序地进行着。手术室墙上的电子钟一分一秒地跳动着。

院里的领导、于成章教授的夫人和儿女们以及亲朋好友们都在手术室门外焦急地等待着。

一个小时过去了。

又一个小时过去了——

经过八个小时的艰苦努力，手术终于取得了成功，顺利地切除了于成章教授头颅里那个罕见巨大的脑干肿瘤。手术室门打开，人们捧着鲜花含着泪水拥上前去……

包子或者书法

复员兵甲在本市的"黄金地段"二马路开了一家餐馆，他用自己的名字给餐馆命名为"甲包子"。

甲的餐馆主要卖包子。甲的包子在本市很有些名气，因此使得甲在本市也很有些名气。餐馆分为楼上楼下，楼上为雅座，楼下为普通座，上下都装潢得豪华高档。但是甲左看右看还是感到少点儿什么，最后他的目光落在墙上，发现是墙上少点儿东西，尤其是餐馆的牌匾更不能少，得有一个醒目的字样儿。于是甲决定重金聘请本市几位著名书法家来，为餐馆题词写字，以填补墙上和门牌的空白。请帖发出去后，没想到书法家们竟满口答应，欣然决定前来。

一大早，复员兵甲便在门口高兴地等着了，他不时回头看看挂牌匾的地方和墙上的空白处，目光美滋滋的，感觉那地方仿佛已挂上了著名书法家们的墨宝，心里如潮水般地涌起一阵满足。要知道，书法可是一种文化呢。顾客来吃包子，一边吃一边欣赏墙上的书法，不仅可以吃出包子的味道，而且还可以吃出许多文化的味道，同时还会觉得老板也是很有文化的。甲这么想着脸上露出一丝不易被人察觉的得意。

甲的妻敏这时走过来，敏有些不悦地说，花钱请这么多书法家来干什么？我们卖包子又不是搞书法展，墙上装饰点儿花挂点儿美人照什么的不就得了？甲说女人。敏说女人怎么啦，没有我你能行？再说不就是写几个字吗，谈恋爱时你说你也会书法，正好露两手给我看看啊？甲一下红了脸，讷讷地说，嘿嘿，我的那字拿不出手，嘿嘿。敏剜了他一眼，说骚包。

复员兵甲的确从小喜爱书法，也曾经产生过当书法家的念头，只是每每与书法无缘。离他家不远的古城墙下就有一个碑，他读小学的时候就常常跑到碑前去玩耍，碑上刻有很多字，古里古怪，弯弯扭扭，甲觉得很有意思，就用指头在字上照着描画。结果老师说甲的字越写越糟糕，一塌糊涂，谁都不认识，有一次就把他的小字本当着全班撕了，那碎片伤心地撒了甲心里一地。

甲的父母是卖包子的，早早地就教甲如何做包子、如何卖包子，但没想到甲不爱包子爱书法。没事的时候，他就独自跑到古城下的石碑前去描字。有一次，甲描字的时候，被一个老头儿抓住了。那老头儿几乎天天都守在碑前，不准人碰那碑，更不让人碰那碑上的字。谁动了就像动了秃头上那几根草一般的头发一样，不是怒骂就是挥着棍子追打。大家都说他是一个疯子。甲总是趁着老头儿去撒尿的空儿，跑到碑前去描字。甲后来知道了一种方法可以把碑上的字拓下来，带回家里去练。

甲找来了薄白纸和铅笔，趁老头儿不在的工夫，将白纸铺在石碑上，然后用铅笔对准碑上的字来回地涂抹，不一会儿白纸上就显出了字来。甲正在高兴的时候，手就被一只干瘦而有力的手抓住了——是那守碑的老头儿。甲等待着老头儿的怒骂和棍子落在头上，可是没想到老头儿不仅没有骂他打他，反而从身上掏出一个皱巴巴的字帖来送给他，说是他自己写的。老头儿说回去吧，以后别在碑上描字了，这碑是国家级文物呢，弄坏了就没有了。要学书法，回去就照着字帖练，持之以恒，必定有出息。甲就把老头儿的字帖带回了家，有空了就照着描写。

甲后来就当了兵。甲想当连队的文书，却被分到了炊事班。甲找到连长，说自己有书法的特长。连长笑笑说，你还有做包子的特长嘛，连队很需要这方面的人才，可以提高部队战斗力。从此甲就在炊事班为连队做包子，甲做的包子果然又香又好吃，受到全连的一致好评。

　　一天营长到连队来检查工作，吃了甲做的包子后连连称赞不错，就把甲调到营部做饭。甲做的包子也跟着更上一层楼。这事不知怎么传到了团长的耳朵里，团长是最喜欢吃包子的。团长一句话就把甲提拔到团部的小灶上，专门为团首长们做包子了。团首长们吃包子吃得高兴，就让甲到地方的烹饪学校学了半年，考上了二级厨师。甲做的包子就更地道了，名声传遍军营。甲成了团里的两用人才，立了功，入了党。然而好景不长，没有多久团里换了个团长，新来的团长不喜欢吃包子，喜欢吃面条，于是就把甲退回了营部。营长说他也不爱吃包子了，就把甲退回了连队。没想到连队做包子少了，甲就没有多少事做了，于是这一年甲就复员了，离开了部队。

　　这一天，甲想起了书法，他有些伤感地对自己说，如果当初做了文书该多好，没有这么多折腾，说不定已经提干了。复员兵甲回到本市后，决定不再跟包子打交道，可是分配了很多工作他都感到不满意。甲就整天闷闷不乐地在家里练字。

　　一天，甲突然想，何不把自己的书法送给本市有名的书法家看看呢？拜拜师，说不定经名家一指点会成为一个书法家哩。于是甲就带着自己的作品到了赵书法家的家中，赵书法家是本市最有名的书法家，只要他认为甲的书法不错，甲就有希望做书法家了。甲恭恭敬敬地递上自己的习作，眼睛一动不动地看着赵书法家。赵书法家看完甲写的字后，好半天没说话，最后从鼻子里问甲还有别的什么爱好。甲预感到有些不妙，说只有书法是唯一的爱好。赵书法家就叹了一口气，直言不讳地说，可惜你不是这块料啊。赵书法家说，艺术这玩意儿不是谁都可以搞的，你还是做点儿别的什么吧，说不定也会有所作为，大家何必都要吊在艺术这棵树上呢？从此，甲对于书法就越发感到神秘而又神圣，就像梦中的女人水中的月亮可望而不可即，于是便也死了那份当书法家的心。

失去了书法，自己还能做什么呢？甲想只能做包子了。这样甲就接替了父母在二马路开的包子铺。甲这时才发现二马路已经完全变了，变成了本市的商业中心。离二马路不远的古城墙也变了，变成了旅游景点，那座石碑也被保护了起来，专门修了一座房子，卖票参观，门口收票的正是以前那个守碑的疯老头儿。甲也要变，他首先从外观上整修了包子铺，然后从内容上改变以前父母单一卖大白包子的做法，吸收民族饮食文化的传统精华和现代人的观念，推出了系列风味包子和包子宴，打出了"甲包子"的特色牌子，使食者闻风而来，吃后赞不绝口。一到吃饭时间，包子铺的周围便停的到处是小车，门口排了长长的队伍。连老外也慕名而来，一边吃一边"OK"。甲越做生意越红火，越做名气越大，几年下来便娶了妻，盖了楼，鸟枪换大炮，现在是"甲包子"的总经理啦，还印了名片呢。

复员兵甲想起过去的事，每每感慨万端，一脸的岁月沧桑。

汽车喇叭声传来，四辆出租车相继停在餐馆的门前，先后从车上走出本市的赵书法家钱书法家孙书法家李书法家，以及他们的家眷和助手。甲立刻就笑着迎上前去，表示热烈的欢迎。书法家们也一见如故，笑着一口一个甲老板甲经理地叫喊，叫喊得气氛又亲切又活跃。甲心里非常高兴，赶紧把书法家们请进门，径直上楼到早已准备好的雅座小厅。

甲叫人送上茶来，与书法家们一阵小小的寒暄。甲说今天能把各位著名书法家请来，真是不胜荣幸、蓬荜生辉啊。书法家们连连谦虚地说，甲经理太客气了，现在不是时兴文化搭台经济唱戏吗？艺术家也要为市场经济服务，为你这样的商界人才广告宣传啦。甲想，到底是艺术家，说话和境界就是不同凡响。

接着，甲叫人备好几案，让书法家们一展艺术的风采。书法家们脱下身穿的外套，铺开笔墨纸砚，凝思片刻，便龙飞凤舞信笔挥洒起来。赵书法家不愧老将，写得从容自如，字老辣而含蓄，气韵十足。钱书法家和孙书法家正当中年，写得饱满踏实，字稳重而凝练，有成熟之美。而李书法家属于后起新秀，写得无拘无束，字形飘逸潇洒，天马行空。

复员兵甲在一旁不由得看呆了，虽然他也练习过书法，临摹过古代和现代不少有名书法大家的字帖，也看见过本市的大街小巷到处都挂着书法家写的牌匾，可亲眼观看书法家挥毫写字这还是第一次。他恍惚觉得有点儿进入梦境的感觉。

书法家们把写好的第一幅字给他过目，一律都是四个字，李书法家写的是"恭喜发财"，孙书法家写的是"生意兴隆"，钱书法家写的是"财源滚滚"，赵书法家写的是"包揽天下"。甲的妻敏在一边看了不解地问，前三句都好懂，就是最后一句不知是啥意思。甲说女人，这个都不懂？赵书法家的意思是，让咱们甲家的包子走向世界，打遍天下无敌手，所谓肉包子打狗有去无回。对吧？众人哄地乐了。赵书法家笑说，正是。甲情不自禁鼓起掌来，众人也跟着使劲鼓掌。

复员兵甲就一直看着书法家们写字，看着看着不觉心里也蠢蠢欲动，像有一条看不见的虫子从某处爬出来，浑身上下痒痒得难受。每当书法家们写完一幅字，他就忍不住大声喊：好！赵书法家对甲说，看来甲经理对书法也感兴趣？甲不好意思地说，曾经业余爱好而已。赵书法家作惊讶状说，原来甲经理也会书法，咱们也算是同行嘛，何不让我们见识见识，也开开眼啊？甲红了脸推辞道，不敢班门弄斧，不敢不敢。甲在书法家面前是很自卑的。没想到钱书法家孙书法家李书法家也跟着附和起哄，一致要求甲无论如何也要写几个字，跟他们切磋切磋，大家都爱好艺术，走到一起不容易，算是缘分。

复员兵甲的手不知怎么就抓住了笔，他感到笔格外重，抓笔的手不由自主就抖起来。自从复员那年死了当书法家的心后，他的手就再也没有抓过笔。赵书法家已经说过他不是书法家的料，这就等于判了他的死刑。这么多年了，自己还能死里逢生吗？写什么呢？甲望着铺好的纸，脑子里一片空白。他犹豫了。四位书法家催促道，甲经理不要谦虚啦，快快挥毫吧——

复员兵甲咬咬牙，横下心，笑笑说，恭敬不如从命，那我就只好献丑了，请各位老师多多指教。说罢，展臂挥笔，将那浓墨尽力泼洒到三尺幅长的宣纸上，只见笔锋时而凝重，时而流畅，时而婉转，时而虚空，恰似一个人在路上艰难地行走，走得曲曲折折坎坎坷坷……宣纸上出现了六个大字：有志者事竟成。

甲刚一写完，书法家们便异口同声叫起好来，说没想到甲经理能商能文，写一笔如此潇洒的好字，真是不简单哪，奇才奇才！甲看一眼自己的字，歪歪扭扭粗粗糙糙，就像狗撒尿似的，觉得并不怎么好，还不如以前的一半水平呢，毕竟生疏了呀。然而书法家们却一致认为不错，说甲经理不要谦虚了，这么好的字可够得上一个书法家的水平啦。甲想，书法家们的眼光应该是不会错的，也许正是因为过去自己认为好，结果书法家们反而觉得不好，现在自己觉得不好，却被书法家们认为好。不好是因为好，而好是因为不好。因此好和不好并不是对立的，而是看你处在什么样的位置，怎么来看，进没进入一种境界。书法家大概是进入了这种境界的，他们知道什么是好什么是不好。如此这般一想，甲心里便踏实了，再看一眼自己写的那几个字，觉得好了起来。

复员兵甲忽然又想起了当年去请教赵书法家时的情景，便突然问赵书法家还认不认识自己。赵书法家愣了一下，不知甲是何意思。甲便将复员那年带着字去见赵书法家的那一幕叙述了一遍，只是没讲赵书法家断言他不是搞书法这块料的细节。赵书法家立刻做回忆状，然后想起来似的，连连说有这么回事有这么回事，那时候他就看出甲的字不同一般，很有发展前途，没想到现在果然事业有成、文武双全哪。一席话说得大家都高兴起来，连甲的妻敏也对甲刮目相看，柔声地说，看来你还真的练过书法。李书法家说，既然甲经理是赵老师的学生，咱们不如一起结为笔友如何？孙书法家说，最近本市要举行一次书法展，我看甲经理可作为我们的特邀嘉宾把这幅字送来参展，好吗？钱书法家也接着说，我们书法家协会最近要吸收一批新会员，只要甲经理交一点儿赞助费，不仅可以入会成为书法家，而且还可以担任我们书法家协会的名誉副主席，怎么样？

所有的目光都看着甲。

甲陡然哈哈地大笑起来。

气氛越发热烈和融洽。

当天中午，复员兵甲设宴好好地款待了书法家们一行，临别时给四位书法家每人口袋里塞了一个信封，信封里鼓鼓地装了两千元现金。

不久，复员兵甲写的那幅"有志者事竟成"的字果然参加了市里的书法展，而且还获了一等奖。同时甲又被书法家协会吸收入会，成为书法家协会的名誉副主席。甲从小梦寐以求的愿望终于实现了。甲觉得自己还是当书法家的好，于是他把"甲包子"餐馆全权交给了妻敏，自己猫在家里，闭门谢客，潜心地练起书法来。

日子转眼即逝，时光飘零如秋天的落叶。复员兵甲全身心投入书法练习，没想到餐馆的生意竟渐渐地冷淡起来，到了年底几乎要倒闭了，而且还欠了一大笔债。

甲的妻敏说，你还卖不卖包子？甲说不卖了，这一辈子能做个书法家足矣。甲的妻敏一气之下，抱着儿子回娘家去了。甲索性把餐馆卖给了别人还了债，自己照旧关在屋里练字。那餐馆被别人改成了卡拉 OK 歌舞厅。

春节前夕，本市隆重举行了一次名人书画展，复员兵甲精心书写了两幅字参加展出。一幅写的是："古之立大事者，不惟有超世之才，亦必有坚忍不拔之志。"另一幅写的是："死犹未肯输心去，贫亦其能奈我何。"不论是字的主题含意，还是形势章法，都达到了一定的艺术境界。甲对自己的这两幅字感到满意，认为算得上自己呕心沥血之作，说不定展出时会引起反响。

展出这天，复员兵甲早早就来到了本市的艺术展览中心。走进展览大厅，琳琅满目的书画映入眼帘。甲迅速地寻找自己写的字。他想，凭借着跟本市四大书法家的关系，以及书法家协会名誉副主席的头衔，加上自己那两幅字本身的分量，他的作品是应该出现在比较醒目的位置的，至少是排在四大书法家的后面。然而，在主要位置的一号厅里他看见了四大书法家的一排排作品，却没有自己的一幅字。甲有些纳闷，怎么没挂在这儿呢，会不会挂在别的厅里了？好的书法是不能挂在一起的，挂在一起就像都是高山，看久了也会叫人感到脖子酸疼、心里厌烦。他们可能把他的字放在别的厅里，这样做是为了整体的效果，说不定反而会鹤立鸡群一鸣惊人呢。

甲这么一想，心里便释然了。赶紧到别的厅去看，可是一个一个的厅都看遍了，一幅一幅的书法都仔细过目了，就是没有自己的那两幅力作。甲开始慌了，脸上一阵白一阵红，鼻尖冒出了汗，手也不由自主地抖了起来，这是怎么回事？怎么回事——

这时，参观的人们潮水般地涌了进来。复员兵甲急了，抓住一个从身边走过的服务小姐，报了自己的大名，问自己的两幅作品挂在什么地方。服务小姐斜了他一眼，说没听说过这个人的名字，也没见过他说的那两幅作品。甲说不可能，他是一星期前亲自把那两幅字送到这儿来的，当时本市的四大书法家都在场。服务小姐这时仿佛认出了他，说我好像见过你。甲有些激动地说，是啊是啊，我说我是书法家嘛，你还不信，上次书法展我还得了奖，上了电视——服务小姐打断他的话说，不不不，不是在电视里，是在——对我想起来了，是在二马路有名的"甲包子"餐馆，你是甲包子，你的包子特好吃，为什么……

复员兵甲猛地咳嗽两声，尴尬地红了脸，不知如何是好了。

服务小姐大概看出他的表情有些难堪，便把话回到主题上，解释说这次书法展是名人书法展，展出后的作品全部要进行拍卖，有的一幅字就标价十多万元，连国外的艺术家和收藏家们都惊动了，纷纷前来。因此，有好些人都想借此机会发财，送来的所谓书法可以装几十个垃圾桶，结果大都被刷了下来，现在就堆在展厅后面的旧仓库里，等展览结束了就用车拉到废品站去，然后就拉到纸厂里当废纸处理了。

复员兵甲听得汗毛都竖了起来。他赶紧跑到展厅后面的旧仓库，果然发现那里堆了一大堆乱七八糟的书法作品。他拼命地翻了起来，终于找到了自己写的那两幅力作，皱皱巴巴，破破烂烂，就像一件乞丐的衣服。甲抚摸着呕心沥血的作品，就像抚摸着自己被人遗弃的儿子，伤心地哭了。

突然甲抬起头来，拿着那两幅字向展览大厅发疯般地冲去。他在大厅里看见了赵书法家钱书法家孙书法家李书法家，一大堆报社记者和电视台记者正围着他们。甲挤过去问四大书法家，为什么不让他的书法参展。赵书法家耸耸肩幽默地说，这是名人书法展，不是名人包子展，你的书法值不了几个钱，我劝你还是回去好好卖你的包子吧。书法家们哈哈地笑了。记者们也哈哈地笑了。甲解释说，我不是为了钱，不是——

几个工作人员上来把他推到了一边。

甲呆了，像一截木头戳在了那里。

从此，复员兵甲每天都来到本市的艺术展览中心。

人们看见他蓬头垢面失魂落魄的样子，身上挂着那两幅皱皱巴巴的书法，站在展厅的门口，大声地喊着：我是名人书法家，我不是为了钱，不是为了钱——

人们说那不是甲包子吗？现在吃不到他的包子了，真遗憾哪！他是不是疯啦？

甲吼道：不，我是名人书法家，我不是为了钱，不是——

保安人员赶他，赶不走。

人们像流水般地从他身边走过，目光再不看他一眼。

战　　友

文晓东跟往常一样，一大早就走出家属院，向院子外面临街的"老兵饭馆"方向走去。院子里起早赶路上班的和晨练的熟人，碰见他都会打一声招呼：

晓东啊，饭馆的生意最近怎样啊？

马马虎虎吧。

晓东，这两天咋没有见到你那个吹号的班长呢？

他病了几天。

晓东，听说你的小饭馆要搬走，我们以后想去吃饭都不方便了。

呃呃……他不知该怎么回答。

大家向他打招呼时，并没有注意到他脸上的表情，更不会知道他内心在想些什么。只见他跟往常一样，依然是嘴角翘起，带着热情的微笑；依然是走路双脚有节奏地迈步，一副风风火火的样子。当过兵的人都是这样。

文晓东当过兵，复员回来后在邮电局上班，工作干得好好的，进步也很快，可不知为什么后来突然就办了停薪留职，在家属院外开了一个"老兵饭馆"，有人说他是为了下海挣钱，也有人说他是为了那个坐在轮椅上的班长，到底是为啥别人都不清楚，只有文晓东自己晓得。

人们看到的，只是他跟那个班长几乎形影不离的身影。

一

文晓东没想到这辈子能够跟班长武卫国生活在同一个城市，而且一在就是三十年了。他既感到高兴，又感到深深的歉疚。

班长武卫国的家乡是四川农村的，来到这个北方城市跟他有间接的关系，也有直接的关系。所谓间接的关系，是班长在这个城市找了一个漂亮的媳妇，而直接的关系是班长为救他受了伤。说明白一点吧，就是三十年前，文晓东和班长武卫国一起参加了南方边境那场防御作战，在一次敌人的炮袭中，班长叫兄弟们赶紧往猫耳洞里躲。可刚当兵不久的文晓东执意要守在阵地上，班长气得拽住他就跑。快到猫耳洞口时，突然空中传来一声金属的啸叫，班长用力把文晓东朝猫耳洞里一推，紧跟着身子也扑到他身上。一声轰响之后，文晓东爬起来，看见班长半个身子在猫耳洞里，半个身子在猫耳洞外，双腿之下血肉模糊，就像一个拖把……

班长武卫国坐上了轮椅，他的双腿下半截被截肢。在这次战斗中，司号员马福来也牺牲了，他跟文晓东是老乡，家在离这座城市一百多公里外的山区农村。马福来的身体被炮弹炸飞了，身上的军号被炸扁滚落在战壕里。后来，班长把那炸扁的军号悄悄收藏起来。再后来，每年马福来生日那天，班长都要拿出那把炸扁的军号擦拭抚摸，吹一吹。文晓东则会组织一伙战友去马福来的家，看望他的父母，到他的坟头去烧三炷香。

班长武卫国能结识这个漂亮的媳妇，缘于战后来到这座城市做英模事迹报告。那天是在一所大学里演讲，礼堂坐满了年轻的大学生，班长在台上的轮椅里讲着前线的故事。台下的大学生们，尤其是女大学生们听了感动万分，热泪盈眶。报告会结束后，文晓东推着班长走出礼堂，看见门口站着一个亭亭玉立的漂亮姑娘，长发过肩，穿着白色的连衣裙，手里拿着一个笔记本，眼睛红红地等着他们。班长以为是找他签名的，就伸手准备接过她的笔记本，却没想到接到一只纤细柔软的手。班长的手跟他的脸一样有些粗糙，握着这只纤细柔软的手觉得就像绸缎般绵软细滑。姑娘说，我叫白洁，以后就由我来推你吧——班长当时就愣住了。

一年后，年轻漂亮的大学生白洁从学校毕业嫁给了班长武卫国，成了他的媳妇。白洁的父母是小学老师，家就在这座城里。班长跟白洁结婚后自然也就落户进了这座城市。白洁在城西的一家国营搪瓷厂当检验员，厂里得知她丈夫是战斗英雄，就分给她筒子楼的一间房子，专门安排在一楼，方便轮椅出入。还特许她可以不按时上下班，晚去早走，好照顾家里轮椅上的丈夫。白洁把小家收拾得干净利落，把班长武卫国也收拾得干净利落，除了一日三餐做饭，给他穿衣穿裤，扶他去上厕所，还要推着他到家属区的林荫道"散步"。林荫道两边是高大的法国梧桐，树叶如冠，浓荫蔽日。"散步"时，人们会向他们投来敬慕的目光，并主动向他们打招呼。白洁一月的工资不高，班长的残疾金也不高，但他们很满足很快活很幸福。

班长见了文晓东就说，我这辈子太有福喽，身体缺了半截子，还找了这么个漂亮贤惠的媳妇，要不是跟你是战友，就不会来到这个城市，不来到这个城市，就不会认识我媳妇，真是缘分。文晓东听了打心眼里替班长高兴，但又暗自感到一阵痛楚和内疚，毕竟班长是因为自己而失去两条腿啊！

二

文晓东打完仗就复员回家了，工作安排在邮电局上班。一开始是当邮递员，每天骑着自行车，驮着两大包信件包裹满城大街小巷地跑，风里雨里烈日炎炎都得把东西送到，不得耽误时间，更不能出现差错。好在他当过兵，上过战场，这点儿苦不算什么。

一工作，文晓东就谈了女朋友，是市中心开元商场的服务员，叫王丽丽，是个聪明能干做事泼辣的女子。速战速决，喊里咔嚓，他们闪电般就结婚了，是跟班长武卫国和白洁一起办的集体婚礼。集体婚礼简单省钱，又很热闹，最主要的是文晓东要让班长在这个城市里不感到孤单，结婚也要陪着班长。那天，一帮子战友都来了，都夸班长的媳妇漂亮贤惠，都夸文晓东的老婆聪明能干，两人得意得呵呵傻笑。大家喝得一塌糊涂，嚷着要他们早生贵子，给当兵的留下后代。

一年后，文晓东和班长武卫国不负战友们的期望，都有了结果——王丽丽生了一个儿子，白洁生了一个女儿。两家人为家里新增添的小生命兴奋不已，幸福满满。有了家，有了孩子，轰轰烈烈的过去就渐渐归于平静。白洁在搪瓷厂晚去早走地上班，有空了带着孩子、推着轮椅上的丈夫在家属区林荫道里"散步"。这时候，南方边境已经平静，市场经济的洪流席卷着大地，人们的目光不再投向他们，而是转向了票子、房子和车子。没有人再主动向他们打招呼，也没有人再关心轮椅上坐着的是谁，他双腿下半截的裤管为何是空的？人们脚步匆匆，与他们擦肩而过。班长武卫国自嘲一笑，说这样很好，本来就是普通人，过普通人的日子，平平淡淡最好。

白洁就平平淡淡地一笑。

文晓东几乎每个星期天或节假日都要带着老婆和儿子，去看望班长武卫国。文晓东跟班长在窄小的屋里聊天说笑或下象棋，王丽丽在外面帮白洁打扫卫生做饭，两个孩子在楼道里玩耍。每年的春节两家人也都在一起过，热热闹闹，其乐融融，就像是兄弟间的一个大家庭。有一次见面，班长对文晓东说，你小子有点儿文才，喜欢写写画画，在部队时就办黑板报，何不空了写点儿东西，给报社投投稿什么的？还可以挣点儿稿费嘛。文晓东觉得一天到晚跑街送信也很枯燥无味，就答应试试看。

文晓东一家挤在父母的家里，夜里等家人都睡下了，就趴在外面吃饭的桌上，把单位的好人好事和自己白天跑街送信遇到的事儿写成"豆腐块"。第二天送信路过报社时，顺便把"豆腐块"递给门口传达室的老头儿。

他一篇接一篇地写，嘿，功夫不负有心人，没想到有一天"豆腐块"就登了，并且接二连三地登出来，在报纸上起眼或不起眼的地方。单位的同事看了报，都说他了不起，一个走街串巷的邮递员还会写文章。没几天，局里领导就找他谈话，直接把他调到了机关办公室专门负责宣传报道工作。不久，又给他在城东的单位家属院分了一套五十平方米的房子。

班长武卫国一句话，竟然改变了他的命运。文晓东心里很是感激。

三

城东的家属院在老城墙边。

这座北方城市是个古城，标志性建筑之一就是城墙。城墙是明代的，曾经抵御过外来敌人的侵略。城墙上的那些垛口和老砖斑斑驳驳，坑坑洼洼，经受过箭镞火石的打击，留下了战争的痕迹。

受伤的地方有过坍塌或残缺，有的老砖也被人偷走，拿去贩卖或砌在自家的墙上，现在已修补完整。文晓东从家里的窗子远远看着城墙和那些斑驳坑洼的老砖，脑袋里常常浮想联翩，嘴里不时地唏嘘。

改革开放的春风吹拂大地，家家户户都感受到了温暖。然而，城里的一些国营企业却在春风中纷纷改制或倒闭。其中，就有城西的搪瓷厂。班长的媳妇白洁接到厂里的通知，叫她每天必须按时上下班，再没有晚去早走的照顾，否则就扣工资，晚到一分钟扣五元，早走一分钟也扣五元。因为工厂要在市场竞争中求生存，每一个人都不能特殊。

白洁急了，这下怎么办？当初厂里可是答应要照顾残疾军人和家属的。然而，厂长已换了好几茬儿，谁也不认识她，谁也不管她家里是不是有个双腿截肢的退伍兵。眼下的情形，如果按时上下班，就照顾不了丈夫。如果还是以前那样晚去早走，就会被扣工资。本来一个月钱就不多，三扣两扣还怎么生活？孩子一天天长大，读书上学，处处要花钱，这日子该怎么过？

班长武卫国安慰说，媳妇，莫得事，你放心按时去上班，家里我会照顾好自己。

白洁一走，班长武卫国就坐着轮椅上了街，在城里寻找卖假肢的地方。在部队时，组织上要给他安假肢，他没愿意，觉得那玩意儿冷冰冰的没有生命，跟他的身体融合不到一块儿，就是安上去也是假假的，走起路来十分别扭，而且还磨得残肢接触面疼。因此，每天就得靠白洁把他搬上搬下，在轮椅里活动。白洁不在时，他也试着自己"走动"，用双手撑着离开轮椅，让身体悬空，就像鞍马运动员那样，但终究还是失败了。

他在一家医院旁边看见了假肢店，一副塑料的肉红色假肢悬挂在门口作为广告，十分醒目。在女服务员的热情帮助下，他挑选了一副合适的假肢，又买了一对不锈钢管的金属双拐，这样就可以从轮椅上站起来了。白洁下班回家时，忽然听见屋里有响动，打开门一看，班长忽然耸立在面前，吓了她一跳。班长笑着摇摇晃晃地扑向她，一把抱住了她。晚上睡觉时，白洁替他脱下假肢，发现双腿截断处竟磨破流出血来。白洁看了心疼，不觉落下眼泪。

这不算啥，你可以放心上班了。他说。

这一天，白洁中午从厂里回家做饭，一进门又惊呆了——班长武卫国没有耸立在面前，而是摔倒在地，假肢和双拐也抛在一边，书柜里的书撒了一地，桌上的小金鱼缸也倾倒了，屋里一片狼藉。他是在寻找什么东西。

你找什么？

我找军号——

就是司号员马福来的那把被炮火炸扁的军号。

白洁赶紧扶起他，不由得失声哭泣。

文晓东得知这些事后，要带着一伙战友去找搪瓷厂的领导理论理论，如果理论不通就去找政府。现在的领导咋变成这样了，冷漠无情，没有一点儿人味，除了经济效益和上面下达的任务指标，全不把老百姓放在眼里，更不把退伍军人放在心里。当年英雄流血，现在还叫英雄的家属流泪。班长武卫国推着轮椅在厂门口把他们拦住了：你们要做啥子，是帮我呢还是害我哟？啥英雄啊，保家卫国那是当兵的本分，不能一辈子捧着吧？跟死了的马福来比比，我还活着，活着比啥子都强——

班长的眼里潮湿了。

文晓东和一伙战友低下了头。

过了一段时间，事情更加恶化，搪瓷厂并没有咸鱼翻身，反而彻底倒闭死翘翘了。工厂卖给了一家开发商，工人买断工龄下岗，给一笔钱回家，自谋生路。城西那一片变成了开发区，一栋栋写字楼拔地而起，一家家公司闪亮登场。班长媳妇白洁只好进了一家电子公司，给私人老板打工，在流水线上手脚不停歇地干活儿，不光上下班打卡，有时候晚上还要加班加点。白洁忙得顾不上家，家里的一切都得班长自己摆平。事情逼得他学会了自己穿衣穿裤，坐着轮椅或者穿着假肢挂着双拐在家打扫卫生、做饭、洗衣服，下午出门到学校去接女儿放学回家。

但更多的时候，班长武卫国感到的是孤独。尤其是当他一个人在家的时候，感觉自己就像是一个被社会抛弃了的人。除了年底街道办事处的老李打一次电话问候一下外（问候其实也是为了证明他是否还活着，好继续给他发放残疾金），其余再没有什么单位或组织来看望他了。就在这段日子，班长武卫国翻出了司号员马福来被炸扁的军号，开始学着吹奏。这把军号过去一直珍藏着，现在拿出来派上了用场，可以排解和消除心中的孤独感。

班长每天嘀嘀嘀嗒嗒嗒地吹着，凭着记忆竟然学会了吹起床号、出操号、吃饭号、集结号和冲锋号……那嘹亮的号声，把班长带回当兵时的青春岁月，也把他心里的孤独和郁闷吹了出来。然而，这嘀嘀嘀嗒嗒嗒的号声引起了家属区和周围写字楼里人们的不满。家属区里住了许多外地来的打工者，写字楼里都是白领或蓝领，他们找上门来，说号声影响了他们的休息和工作。班长不理，人来就停，人走又吹，几次差点儿发生冲突。

文晓东觉得这样下去不行，班长一家的生活全乱套了。一连几天，他心里就像猫抓似的，昼夜不安，便跟老婆王丽丽商量，这怎么办？媳妇说，你小命都是人家班长给的，你咋办都行。老婆是东北人，说话做事豪爽。文晓东说，有你这句话我就踏实了。于是决定辞去邮局办公室的工作，专门陪伴和照顾班长武卫国。当然，这话不能这么直接跟班长说，这样说班长决不乐意。

他采取了一个迂回战术。

四

文晓东向领导提出辞职的时候，领导眼睛瞪得跟灯泡一样。说实话，文晓东干得真不错，宣传工作搞得有声有色，每年一百多篇大大小小的"豆腐块"在报纸上频频亮相，把单位形象宣传得美美的。文晓东又勤快又会做人，吃饭喝酒抢着买单，上上下下都说他好，职业生涯正处在上升阶段，领导准备把他提拔起来，当个办公室副主任什么的绰绰有余。这时候提出辞职，简直不可思议。可领导听完文晓东要辞职的原因后，不由得对他刮目相看，敬佩有加，当即就同意了。但建议他办停薪留职，把饭碗留住，万一后悔了还可以回来。

领导还答应每月给他一定的生活补贴。文晓东说补贴就不要了，只需要领导帮个忙，把家属院外面临街的那间邮局小库房租给他，他要开一个小饭馆，这样既可以有时间照顾班长，又有了生活来源。原来，他早已有了主意。那间邮局小库房只有五六十平方米，十分破旧，原是一个门市部，后由于邮政业务受市场冲击年年下滑，干脆关门做了仓库，里面堆满了杂物。领导一口答应，并且免去三年的租金，一是支持他照顾战友，二是开小餐馆做生意也不容易。文晓东顿感温暖，张着嘴不知该说啥好。

小饭馆就这样匆匆地开起来了，里面布置了一些文晓东当兵时的照片，还有在前线与班长和战友们的合影，营造出一种"国防绿"的氛围。小饭馆取名为"老兵饭馆"。文晓东既当厨师又当服务员，老婆王丽丽自然是幕后"老板"。一切准备停当，就在星期天把班长武卫国和白洁，以及一伙战友请到了饭馆里。大家没想到文晓东忽然"下海"了，纷纷向他表示祝贺。

文老板，恭喜恭喜！大家故意调侃。

啥老板，这饭馆就是弟兄们聚会的食堂，想见面了就来。文晓东举起酒杯。

文晓东对班长说，我是北方人只会做面食，炒菜方面是外行，得请你这个南方人当顾问，否则饭馆就开不下去。

班长武卫国一听很高兴，毫不推辞地说，我七岁就学做饭，还跟一个老师傅学过一阵子，会做一手正宗的川菜，这个顾问非我莫属。

大家一阵鼓掌。

文晓东暗笑，目的达到了。

于是，就说好每天早晨文晓东去城西把班长接过来，白天在小饭馆里指导工作，中午在小饭馆里吃饭，到晚上打烊后再把他送回家去。白洁说这样太好了，他每天有事情做，又有人做伴，不光给她减轻了生活负担，还减少了一天到晚在家吹号引起的麻烦。两家人和一伙战友高高兴兴在一起吃了一顿饭，放了一串鞭炮，小饭馆就这样开张了。

第二天，吃过早饭，文晓东就到搪瓷厂家属院接班长武卫国。白洁送女儿上学已经走了。文晓东推着轮椅上的班长从城西往城东走，班长穿着假肢坐在轮椅里，金属双拐竖插在轮椅的一侧，目光看着城里一路的风景和变化，脸上不时露出欣喜。楼稠了，车稠了，人也稠了，真是日子一天天好了。

到了城东邮电局家属院外的"老兵饭馆"，文晓东放下班长在店里看电视，自己就去附近的市场买肉买菜。回来后一边收拾东西，一边跟班长聊天说笑。不知不觉就到了中午，却不见一个客人到来。又等了快一个时辰，都过了饭点还是没有人光顾。文晓东说，看来客人肚子都不饿，不饿咱就自己吃。于是炒了两个小菜，下了两碗面条，拿出半瓶喝剩的酒，两人就自个儿吃了起来。班长开玩笑说，牛奶会有的，面包也会有的，客人也很快会有的。

说着就笑了起来。文晓东也笑。只要班长开心，自己就开心。两人一边喝着小酒，一边说笑，无比快乐。

下午没事，文晓东带着班长武卫国来到小饭馆对面的城墙根下，这里已成为公园，平日就一些老人逗鸟遛狗、唱戏跳舞、做操抽陀螺。文晓东给班长讲了古城墙的历史。班长很是感慨，看着厚重无声的城墙，看着上面曾经与敌人拼杀的垛口，又看着那些斑斑驳驳伤痕累累的老砖，他的眼睛浮现出一层水亮的东西。

一整天没有客人。一连几天都没有客人。

小饭馆里显得有些清冷，班长坐着轮椅守在门口，有人路过就吆喝两声，没人就看马路上来回跑着的车辆，或者目光越过马路去抚摸对面的城墙。最终还是只有两人在小饭馆里独自说笑吃饭，倒也其乐融融。之后，一伙战友隔三岔五就来，想烘托生意，邮电局的同事偶尔也来，想帮衬一下文晓东，但都没有多大效果。班长问文晓东，你放着邮局机关好好的工作不要，偏偏"下海"开小饭馆图的是啥？万一生意砸了，挣不来钱可咋办？

文晓东嘿嘿一笑说，莫得事，咱图的就是个自在、高兴。

五

这一日，班长武卫国带来了马福来被炮弹炸扁的军号，见文晓东在店里打扫卫生，自己在一边闲着无事，就说想吹号。他在家里吹习惯了，每天都要吹，已经憋了好几天了。文晓东说，你吹，我这里不是开发区，你尽管吹！班长武卫国就在小饭馆门口，坐在轮椅上，朝着城墙方向吹起了军号。周围都是临街做买卖的商铺和小摊，流行音乐和叫卖吆喝声音十分嘈杂，果然没有人干预。

嘹亮的军号声升起来，嘀嘀嘀嗒嗒嗒，穿过街上的流行音乐和吆喝声，在城市的上空缭绕，别具特色，风格新颖，很快就吸引了无数的目光。人们纷纷循声而来，看见了坐在轮椅里吹军号的班长武卫国，然后就走进"老兵饭馆"，一边看墙上的照片，一边高喊着点菜。文晓东高兴得钻进厨房里忙活起来，搞得一脸的油汗。想不到班长的一阵号声竟把客人招揽了过来，更想不到还有这么多人对当兵的怀有深情。

每天来吃饭的人越来越多，班长在"前台"，文晓东在"后厨"，忙得不亦乐乎。两个媳妇下班后也来帮忙，"老兵饭馆"里人来人往，笑声一片。有一个报社记者认识文晓东，吃饭后写了一篇报道《当年英雄开饭馆》。一时间，"老兵饭馆"一下就在城市里出名了。许多人慕名而来，就为听轮椅上退伍兵的号音，看墙上的军旅照片，吃当兵的人做的饭菜。也有商家找上门来，提出跟文晓东合作，投巨资扩大"老兵饭馆"的规模，或在城里开十几家连锁店。文晓东没有同意，他不想搞那么大，也不想让"老兵饭馆"商业味太重，他开饭馆图的不是钱。商家想不明白，开饭馆不为钱为啥？真是的，脑子进了水。广播电视台的记者想采访班长武卫国，让他讲讲当年的故事，谈谈现在生活的感受。但被他拒绝了，他说没啥好讲的，也没啥好说的，就普通人一个。记者感到很尴尬，说我替你宣传，会让你出名的。他说，我现在不想出名，一点儿都不想。记者愕然。

店一火，没想到把工商和税务的人招来了，要文晓东拿出营业执照和卫生许可证，还要交税什么的，否则饭馆就要关门。文晓东心里犯了难。小饭馆刚有起色却遇波澜，没想到会有这么多麻烦。班长武卫国说，不用担心，他有军残证，自主创业还可以享受国家的税收减免政策。文晓东很是高兴，就以班长和自己的名义办理了营业执照和卫生许可证，成了正儿八经的个体经营者。为了让小饭馆生存下去，也为了更长久地照顾班长，文晓东还报名参加了职业学校培训，每天夜里去上课，最终通过考试拿到了厨师等级证书。

其间，文晓东先是把班长的女儿想办法转到了跟自己儿子一个学校，学校离小饭馆不远，走路十几分钟就到了，放学回家吃饭也很方便。以前儿子一个人中午不愿回来，就在外面混吃，放学后还去打游戏。现在有了班长的女儿做伴，往返学校乐此不疲。接着，文晓东买了一辆二手面包车，一是方便采购东西，二是可以每天开车接送班长和女儿。现在的环城公路大大拓宽，把以前的自行车道挤没了，人行道也挤窄了，推着轮椅从城西到城东就很难走，要绕道好几个地方，费不少时间，没有车不行。

再后来，搪瓷厂的家属区也被开发商"蚕食"，要盖高楼。班长武卫国一家成了拆迁户，由于房子小，又是过去单位分的房，拿到的拆迁费少得可怜，根本就买不起商品房。无奈之下，一家人只好选择租房。文晓东便在邮局家属院给班长家租了一套小两室的旧房，两家人住在一起，相互照顾，抱团取暖。只是白洁要辛苦点儿，一早要赶公交车去开发区的电子公司上班，路途要远一些，但比起过去家里的困难来说已经好了许多，她的脸上有了光润和笑容。文晓东说，只要"老兵饭馆"生意好，以后挣了大钱就一家买一套商品房，门对门挨在一起，最少也要一百多平方米，一楼带花园那种。班长听了呵呵大笑。两家的媳妇也笑。大家都憧憬着这一天早日到来。

生活相对稳定后，日子也有了滋味儿。班长武卫国和文晓东依然每天来到小饭馆，不忙的时候，班长就坐在轮椅里守在门口吹军号，那号音里充满了满足和感激。一日，班长提出想去看望马福来和他的父母。原来马福来的生日快到了。过去因为交通和腿脚不方便，他还从来没去过马福来的家。这样，在马福来生日这天，文晓东就带上班长和一伙战友，开着面包车到了城外一百多公里的山区农村。

有了车，有了高速公路，也有了乡村公路，不到两个小时一行人就到了。

马福来的家在村子的半坡上，车上不去，文晓东就背着班长来到马福来的家。这是树林边的两间瓦房，已经破旧不堪，旁边用茅草搭着一个猪圈。屋里光线昏暗，简陋至极，两个白发的老人听见来人便躬身迎出。班长武卫国一看这景象，忍不住眼泪就往外涌。大家拿出带来的水果点心和一些营养品，以及私下凑集的一万多块钱，一起送给马福来年老的父母，然后就在一起说说话。马福来有两个姐姐，早就出嫁，一年偶尔回来一两次，平日就两个老人在家。政府在山脚下修了新房，村里人陆续都搬去集中住在一起。两个老人不愿搬，因为儿子马福来的坟就在瓦房后面的树林里，他们要守在儿子身边。

大家听了，唏嘘不已。

一行人来到司号员马福来的坟前，清理坟茔上的杂草，擦拭石碑，点上香，摆好水果等祭品，点燃鞭炮，然后三鞠躬向马福来致礼。班长武卫国在大家的搀扶下，面对一丘土坟，刚说了句，福来兄弟我们看你来了……就哽咽得说不下去了，眼泪哗哗地流出。

大家也哭得一塌糊涂。接着，班长拿出马福来被炸扁的军号，在坟前吹起来，吹给马福来听。揪心的号音如同一条飘带呜咽着在山里缠绕……

六

潮起潮落。

小饭馆的生意没红火几年，旁边新盖了一座美食城，客人一下就稀少了。日子就如同一叶小舟，在波涛里起伏跌宕，艰难前行，寻找着躲避风雨的港湾。如今，两家的孩子都大学毕业有了工作。两家的媳妇虽然还在上班，但没几年就要退休。文晓东和班长武卫国依然坚守在"老兵饭馆"里，有客人来就忙着，没客人来就歇着，打扑克下象棋讲笑话段子，自个儿吃饭喝酒，自得其乐。一伙战友依然隔三岔五来烘托生意，邮局的同事偶尔也来帮衬一下文晓东，但都无法使饭馆再兴旺起来。最清冷的时候，班长武卫国就坐着轮椅在门口，向着城墙方向吹起军号，嘀嘀嘀嗒嗒嗒……号音里多了一些沧桑。

人们似乎淡忘了这个小饭馆。

班长武卫国看着外面路过的行人说，咱们就像没爹娘的孩子一样——

文晓东懂得班长说话的意思。

不好的消息传来。城市开始升级改造，要将城东邮局家属院外临街的商铺和小摊都拆掉，改为绿色花圃路，与古城墙和城墙公园遥相呼应，协调配套，打造成绿色环保城市。小摊小贩都得搬走，另寻出路。城管人员、工商人员、街道办人员走马灯似的来找文晓东，给他限定了搬迁的时间。这下可急坏了文晓东，有了绿色花圃路自然好，可小饭馆没有了，他和班长武卫国今后咋办？小饭馆搬到别处，班长咋吹军号？城区现在唯有靠城墙这里可以吹军号。

搬迁的问题还没解决，新的麻烦事又来了。这一天，文晓东接到单位通知，不再实行停薪留职，要他回去上班，或者办理提前退休手续。这把年纪再回去上班已经没有竞争优势，办理提前退休还得找熟人到医院检查身体开假证明，不然民政局通不过，但文晓东不愿意这么做。

文晓东一时不知该如何是好了。

班长武卫国说，小饭馆都没有了，你不回去上班做啥子？有没有竞争优势没关系，上着班总比在社会上打滚儿强，收入也稳定。文晓东说，可你一个人在家咋办咧？班长说，这不用你操心，我自己会照顾好自己的。这些年我把你拖累够了，也应该让你轻松一下了。再过两年，媳妇就退休了，我还要坐着轮椅跟她出去旅游呢。

文晓东笑了，笑着笑着，眼泪却涌了出来……

文晓东走到"老兵饭馆"门前，班长武卫国已经坐在轮椅里等着他了。

早啊！

早！

两人进了小饭馆里，里面已经空空荡荡。门口投射进来的光，在地上留下一高一低两个身影。在里面无声地待了几分钟，两人退了出来，锁好门。最后看了一眼门上的"老兵饭馆"几个字。然后，在门上贴了一张告示。

文晓东推着班长武卫国来到城墙根下，看着古城墙坚固厚实的墙体，看着城墙垛口留下的战争痕迹，看着一块块斑驳坑洼的老砖，心里不由得感慨万分。班长武卫国拿出马福来炸扁的军号吹响了集结号，嘹亮的号音在城市的上空久久回荡……

老　枪

现在，福生站在了一支老枪的面前。

这支老枪静静地躺在革命军事博物馆的一个玻璃柜里，周围还有许多的枪，但在这些枪族里，它显得尤为惹眼，因为它粗糙、造型古怪——它是一支手工自造的土手枪。老枪的枪身已经长满了铁锈，有红有绿，斑斑驳驳，唯有枪把的木头部分依然光亮如初。在枪把的中央有一个焦黑的弹洞，残留着干红发黑的血迹，十分醒目，如同一只乌黑明亮的眼睛看着这个世界，也看着福生。福生触电般朝后退了一步。

一晃几十年过去了，福生已是满头白发，拄着拐杖。

福生再一次把目光落在老枪的枪把上，落在那个如同一只乌黑明亮眼睛的弹洞上。他仿佛看见了一个女人的眼睛。他感到自己被那眼睛的目光灼了一下，心里开始颤抖，接着身子也颤抖。一段被历史岁月尘封的往事浮现出来……

福生清楚地记得那是一九三一年秋天的事情。

那一年，福生才十八岁。春天的时候，当木匠的父亲请媒人给福生说合了一个妹子，是茶陵镇上一户打铁人家的女儿。妹子比他大三岁。女大三抱金砖，父亲说。铁匠木匠，户对门当，母亲说。可福生听说，铁匠女儿年龄大，个子大，手脚也大，从小跟铁匠的父亲学打铁，力气更大。摔跤打架，茶陵镇上的伢子没一个是她对手。她手里提着一把十来斤重的大铁锤，把烧红的铁板砸得叮叮当当地响，来回翻转跟揉面一样。吓得镇上的伢子们都躲着她。所以，铁匠女儿一直都嫁不出去。福生也不愿意。

湘赣山区的农家人，结亲都比较早，福生的父母希望他早早成婚，早早给家里留下传宗接代的烟火。当然，也想有个女人好把福生牢牢地拴在家里。那时候，湘赣山区已经开始"闹红"，红军在周边地区跟国民党部队和保安团打仗，年轻人都不安分起来。福生也是一样，白天跑出去跟着一伙人贴标语、喊口号，夜里在村后的山庙里开会，听"闹红"的人讲打土豪分田地农民翻身的道理。福生的心开始野了。父母很是担心，害怕福生惹出事来。家里有个女人，可以绊住他的腿。

父母的心思福生一清二楚，他坚决不同意父母包办的这桩婚姻。对于男女之间的爱情，福生虽然并不甚明了，甚至不懂，但他在外面知道了婚姻自由这四个字。他跟那打铁的妹子连面都没有见过，怎么能够与她成婚？自己才十八岁，还小得很呢。福生坚决反对同一个不相识的妹子结婚，这一点是十分清楚的，更何况还是一个年龄大、个子大、力气大的妹子，弄不好今后自己要吃亏。

然而，福生终究拗不过当木匠的父亲，通过说媒、看亲、踩嫁场、联庚、过大礼等一套繁杂的程式，一顶借来的"花轿"便把那个铁匠的女儿接到了家中。那一天，村里好是热闹，邻里乡亲都来喝喜酒，当木匠的父亲和当铁匠的亲家都喝醉了。整个过程，福生感到是一种煎熬，一直没有跟披着红布盖头的铁匠女儿说一句话，也没有认真地看她一眼。

到了晚上，人都散去，两人被父母推进了"洞房"，这是过去福生自己住的一间屋子。福生看见铁匠的女儿坐在床前，披着红布盖头，穿着一身新衣，不言不语。福生蹲在门后，也不言不语，闷着头，手里拿着一把小刀在地上不停地刻画。

两支红烛在桌子上燃烧，闪耀着喜庆的光芒。

到了午夜的时候，铁匠女儿忽然自己掀开了头上的红布盖头。福生身子顿时紧张地缩了一下，靠在门边，眼睛怯怯地看着铁匠的女儿。烛光中的妹子模样并不丑陋，虽然个子高大一些，但脸庞倒也干净清晰，一双眼睛乌黑明亮，并不像传说中的样子恐怖和可怕。但福生还是不愿意理她，这是封建的包办婚姻，要坚决反对。

铁匠女儿坐在床头，用那双乌黑明亮的眼睛盯着福生。

福生心慌，低头用刀子继续在地上刻画。

铁匠女儿走到桌子前，从壶里倒了一碗水，自己没喝，放在了桌子上。那碗水是为福生倒的，福生明白。福生还是不理会她。福生的目光偷偷扫了一眼妹子的手脚，的确有些大，且厚而有力，如生铁打造一般。这样的手脚干活儿倒是不错，可做女人就有些硬了，男人不喜欢。男人喜欢手脚细小柔软的女人。福生这么想。铁匠女儿回到床边，安静地坐下看着他，乌黑的眼睛忽闪忽闪。看样子，福生不睡觉她也不睡觉。福生才不会跟她上床睡觉呢，他想象着她跟铁匠父亲抢着大铁锤打铁的样子，叮叮当当，来回翻转，如同揉面一样。

突然，蜡烛啪地灭了，屋里一片漆黑。黑暗中，福生能够听见自己的呼吸声，也能够听见铁匠女儿的呼吸声。听着听着，福生感到眼皮有些打架，后来不知啥时候就靠在门边睡着了。

福生醒来的时候，听见鸡鸣，天已经亮了。他睁开蒙眬的眼睛，发现自己躺在床上，猛地吓了一跳。定睛一看，床上和屋里并不见铁匠女儿的身影，慌忙掀起被子，自己也没有光着身子，这才松了一口气。他突然想起昨晚在门边地上用刀子刻画的事来，那可不是胡刻乱画，他刻画的是一把枪的草图，是他这些日子脑子里一直在琢磨的东西，叫人发现了可不得了。他赶紧下床来到门边，发现刻画的草图已经被人抹去，没有丝毫痕迹。他听见屋外传来铁匠女儿大声呼唤猪们的声音。

福生从门口望出去，看见母亲在问铁匠的女儿，晚上睡觉睡得好不。女人说睡得好。母亲说，福生睡觉不老实，爱翻滚。女人说，莫得事。母亲说，你们早点儿让我抱孙伢子。女人脸一红说，嗯。女人一边把手里的猪食撒给脚下的一群猪崽儿，一边脑子里想象着给福生生一堆的伢子。女人忍不住笑了。母亲也笑了。铁匠女儿没说出福生夜里不上床的事情。

就这样，铁匠女儿成了福生的女人。

女人回娘屋的一天，福生硬着头皮跟着去了，带了些辣椒豆腐腌鱼什么的。一路上，福生总是低着头不说话，女人向他交代一些注意事项，他只是从鼻子里应一声。到了茶陵镇，见到了铁匠女儿的父母，福生按照女人的交代，见面礼信敷衍一番，之后便无话像个哑巴。铁匠的脸上有些不悦，女人赶紧替他打圆场，又在父亲跟前耳语几句。铁匠竟哈哈大笑，出门买酒买肉招待姑爷。福生不知道女人给铁匠说了些什么。

从娘家回来，女人带回一个包袱。关上门后，女人把包袱递给福生，说这东西是给你的。福生接过，手里一沉，问这是啥家什？女人说你自己看。福生打开包袱，里面露出一堆黑乎乎的东西，有半尺长的铁管，还有一些零星的小铁件。福生心里一惊，又一喜，这正是自己梦寐以求的东西。可女人是如何知道自己需要的呢？难道她看懂了门边地上他刻画的草图？福生说，你从哪儿弄的？女人说，偷伢老倌的。伢老倌就是她的铁匠父亲。女人轻描淡写地说完，做自己的事情去了。福生越发感到惊讶，心想这个女人不简单哩。

后来的日子福生就把自己关在屋里，日夜地造一支枪。福生打算造好这支枪就去参加农民赤卫队。那时候，农民赤卫队里大都是梭镖大刀，还有几杆打猎的火铳，没有一支像样的武器。同乡陈朝富就拿了一支枪，进了农民赤卫队。他那支枪是假的，木头做的，只能吓唬女人。以前他拿着那把木头假枪吓唬过地主刘旺财的小老婆，要跟她睡觉，结果被刘旺财发现了，叫人打了一顿，赶出乡里。陈朝富就是一个流氓，可没想到他比福生还先参加了农民赤卫队。福生心里不服。福生打算造一支真正的枪参加农民赤卫队。

福生按照自己事先设计好的图样，用木头做了枪把，用铁匠女儿带回的小铁件敲打成枪体，然后再安上那支金属铁管，配上打磨好的撞针和扳机，一把完全手工做的手枪就造好了。福生感到这把枪很完美，比起陈朝富那支假枪要威风多了。福生来到后山一处无人的沟里验证枪的威力。他装上火药和弹丸，对准十米开外的一棵野山桃树，树上的野山桃青里泛红十分醒目。福生闭上一只眼睛扣动扳机：砰——一个野山桃顿时呈粉碎状飞散。

一举成功！福生高兴得跳起来。

当天晚上，福生决定第二天就带着自造的土枪去参加农民赤卫队。女人知道挡不住他，这一走不知何时才能回来，就帮他收拾行李，穿的吃的塞满了一个布袋子。女人一边收拾一边流泪。

到了睡觉的时候，女人铺好了床，乌黑的眼睛盯着福生。女人突然意外地提出一个要求，要福生上床睡觉。福生结婚以来一直没跟女人上床睡觉，而是睡在门后的一个凉椅上。福生有些紧张，说你睡吧，别、别管我。福生打算还躺在门后的凉椅上睡。女人说，不行，今晚你必须上床睡觉，否则我就不让你走。福生说，为啥？女人说，我嫁给你，你要让我做一回女人，我要给你留下一个伢子。女人说话直白又大胆，眼里汪着水亮。福生犹豫了。女人嫁过来后，伺候父母，照顾自己，挑水喂猪，下田种地，样样都干，毫无怨言，而且还暗中帮他造了枪。他感到自己有些亏欠了女人。

女人把福生硬拉到床上，替他脱了衣服，然后吹灭了床前的油灯。福生在黑暗中听见女人也脱了衣服，并躺在他的身边。福生绷直了身体，跟一根木棍似的，一动不动。他在黑暗中听到女人呼吸起伏的声音，如同潮水一样。他的呼吸也跟着起伏起来。福生感到浑身发热，就像火在燃烧。忽然，黑暗中一只大手抓住了他，并一把将他拉了过去——他趴在了女人的身上。福生感到女人的身上很柔软、很宽大，仿佛是一条波浪滚滚的大河。福生如一只小船徜徉在大河里。福生想，革命是要掉脑壳的事情，也该给自己留个种子。于是，福生控制不住自己，就翻江倒海让自己的女人做了一回女人……

五更的时候，福生被女人叫醒了。女人脸上的红晕还没褪去。福生要出门了，他对女人说，照顾好两个老人。女人点点头。福生又说，如果有了伢子，一定要把他养大。女人点点头，眼里却潮湿了。福生也感到鼻子发酸，看了女人一眼，再想说什么却没说出来。福生刚要转身，女人哽咽地喊了一声，你要小心，我等你回来——女人眼里的泪水涌了出来。福生心一狠，挎上布袋子，别上自造的土枪，大步迈出了家门……

福生就这样参加了农民赤卫队。

日子一晃就到了秋天。事情就发生在这个气候变化的季节。在一个大雨滂沱雷电交加的夜晚，福生突然回到了家里。他是从后窗翻进屋的，没有惊动父母。他浑身湿透，衣衫褴褛，神色慌张，一脸苍白。

女人还没有睡下，正在油灯下做针线活儿，见一男人翻进屋来，吓了一跳，紧张地抓起身边的剪刀。女人要喊。福生上前一把捂住了她的嘴巴。女人借着晃动的灯光终于看清楚他的脸。女人激动万分地说，你可回来了！看他一副消瘦憔悴魂魄不安的样子，又紧张地问，你这是咋了？

福生不吭声，抓起桌上的茶壶朝肚里咕咕灌水。

女人再问，你到底咋了？

福生抹了一把嘴，骂道，陈朝富叛变了！

原来，红军遭到了国民党的"围剿"，革命受到了挫折，阵营里有人主张向敌人缴枪，连农民赤卫队的梭镖大刀都要缴。福生认为这不是向敌人投降吗？福生坚决不愿缴枪。农民赤卫队大部分队员也不同意缴枪，梭镖大刀也不缴，决心继续跟着红军闹革命。

然而，农民赤卫队出了叛徒，这个叛徒就是陈朝富，他被地主刘旺财的保安团抓住了，刘旺财答应只要他找到农民赤卫队，缴了所有人的枪，就不杀他，还把小老婆许给他。陈朝富一听马上就叛变了。陈朝富带着保安团把农民赤卫队包围在一个叫马家坳的小树林里。敌人要农民赤卫队缴枪，不然就全部消灭。队长在黑暗里把一个布包交给福生，要他赶紧逃走，把里面的东西交给红军。一些人开始扔下手里的武器，队长和几个队员坚决不缴，并且进行反抗。小树林里枪声一片。

福生乘乱逃了出来。他趴在一棵树后，亲眼看见队长和那几个不缴枪的队员被敌人开枪打死，用刀砍下了头颅。血水和雨水混杂一起在地上流淌。这一幕触目惊心，福生惊恐地瞪大眼睛，浑身冷得发抖，嗓子发干。他忽然想起队长交给他的那个布包，还有自己身上的枪，决不能落在敌人手里。他心急如焚，赶紧逃离马家坳，在这个血雨腥风的夜里沿着崎岖不平的山路奔回自己的家中。

当着女人的面，福生打开手里的布包——里面原来是一面红色的农民赤卫队旗帜和一堆银圆。旗帜上沾着血迹，银圆在油灯下闪亮发光。两人都愣住了。福生赶紧把旗帜和银圆包了起来，要找地方藏好，说这是赤卫队留下的命根儿，决不能落在敌人的手里。女人想到了一个地方，她领着福生把包着旗帜和银圆的布包藏在了屋外猪圈的食槽下。女人看福生要走，就劝他住上一夜，天亮再出门。福生说不行，必须赶紧离开，敌人很快会追来，不能连累家人。女人还是不愿他走。女人说，你看看我的肚子。福生这才发现女人的肚子凸了起来。福生惊喜地喊道，有伢子啦？女人说，嗯。女人乌黑的眼睛里流露出无比的柔情和幸福。福生高兴地想，没想到那晚上一发命中啊。女人小声说，你要当伢老倌了。福生呵呵地笑着不知所措。女人把福生的手放在自己隆起的肚子上。福生激动得手不停地颤抖。

福生还是决定要走。女人感到留不住，就叹息一声，要福生到她娘家的茶陵镇躲几天。福生刚要出门，忽然转身把自造的那把土枪从腰上取下来，交给女人，说，替我藏好，等过几天我再回来取。如果遇到危险，可以防身，保护自己和肚子里的伢子。女人点头答应，忽然扑上前来，在福生的肩头咬了一口。肩头留下了女人的牙印。福生疼得一叫，你这是干吗？女人说，记着我！福生说，忘不了！福生摸摸肩头纵身从后窗翻了出去。

屋外还下着大雨。福生一眨眼就不见了。

女人拿着福生自造的土枪，抚摸那被他用得乌黑光亮的枪身，就像触摸到福生的身体，那枪还是温热的，留着福生的体温，她觉得福生还在自己的身边……

果然，第二天就出了事。

一大早，叛徒陈朝富带着保安团的匪兵像一群恶狼扑到了福生的家。他知道福生身上有一支枪——自造的手枪，还带走了一包东西，里面有农民赤卫队的旗帜和银圆，有人向他告了密。陈朝富把福生的父母、弟弟和女人都绑到屋前，叫人在屋里屋外开始搜。

屋里乒乒乓乓一阵乱响，屋外鸡飞狗跳猪嚎。

敌人翻遍了没有找到枪，也没有找到赤卫队的旗帜和银圆。敌人把福生的父母和弟弟用棉被裹了，浇上煤油。叛徒陈朝富要他们交出枪和那包东西。福生的父母和弟弟都说不知道，福生跑出去几个月了没有回来。陈朝富就把眼光转向福生的女人，见女人肚子高高地隆着，就淫邪地一笑说，这么快都有种了啊。女人转过脸去。陈朝富要女人说出枪和旗帜银圆藏在啥地方。女人说不知道。陈朝富说，有人看见福生昨夜跑回来了，不说就把福生的父母和弟弟点火烧了。

一个匪兵点燃了火把。

福生父母痛苦地闭上眼睛。福生弟弟吓得浑身发抖。

福生女人一惊，忙叫敌人住手。福生女人说，我知道东西藏在啥地方，你把他们都放了，我带你们去找。陈朝富说不许撒谎，撒谎我就把你杀了。女人说，信不信由你。敌人就把福生的父母和弟弟放了。

福生女人把敌人带到了村后的山庙前，里面供奉着菩萨。女人说，枪和那包东西就藏在里面，你们有胆量就自己去找。匪兵踟蹰不前，都害怕惹怒了庙里的菩萨。陈朝富气得用脚踢匪兵的屁股，逼着他们进去找。匪兵们只好冲进山庙里翻腾搜寻，最终也没有找到枪和旗帜银圆。陈朝富发觉是被骗了，就抓住福生女人的头发，朝脸上挥了一拳。女人的鼻子顿时一片血红。

陈朝富问，枪和东西在哪里？

女人坚决地回答，不知道，自己找！

陈朝富准备再打女人一拳。没想到福生女人一只手挣脱了绑绳，一巴掌狠狠甩在他的脸上。福生女人骂道，你个狗东西！铁匠女儿打过铁的大手很重，一下把陈朝富扇了个趔趄，嘴里两颗门牙飞了出去。陈朝富疼得双脚直跳，恼羞成怒，捂着火辣辣的脸和嘴骂了一句脏话，冲上前想对福生女人凸起的肚子下手。陈朝富说，老子要搞掉你和福生的种！还没走到跟前，福生女人飞起一脚，踢在陈朝富的裆部，他当即倒地，张大嘴捂着下身翻滚，像挨了一棍的狗一样嗷嗷乱叫：快开枪、快开枪——敌人就疯狂地开枪了，砰砰砰砰——

枪声中，福生女人双手捂着胸口和肚子倒在血泊里……

福生得到消息赶回来时已经晚了，一切都发生了。敌人把福生家洗劫一空，点燃一把火，扬长而去。村里的乡亲们帮福生家灭了火，把福生女人从山庙前抬回了家。福生的父母和弟弟在家的废墟前痛哭，里外一片狼藉，黑烟缭绕。

福生看见女人浑身是血直直躺在一块门板上，一只手紧捂着凸起的肚子，一只手紧捂着胸口，像是护着什么。福生大哭扑上前去。女人高高凸起的肚子如同一座山。福生抚摸着如山的女人，感到痛不欲生。突然，福生在女人捂着的胸口处触到一个坚硬的东西，他把手伸进衣服里，费了很大的劲在女人的双乳间取出一个东西——一把枪！不错，正是福生自造的那把土枪。土枪上沁满了女人的鲜血，枪把处被子弹穿了一个洞，如同一朵盛开的花。子弹穿过枪把再穿过了她的心脏……铁匠的女儿死得英勇壮烈！

福生抱着女人撕心裂肺号啕大哭。

福生边哭边骂，陈朝富，老子要宰了你——

福生在家的废墟中找到了猪圈食槽，翻开取出了压在下面的那个布包，里面的农民赤卫队旗帜和银圆完好无损。

后来，在一个月黑风高的夜里，福生潜入叛徒陈朝富的家，他正抱着地主刘旺财的小老婆睡觉，福生用那把自造的土枪杀死了叛徒，替农民赤卫队报了仇，也替自己的女人报了仇。然后，他找到红军队伍，交上了农民赤卫队的旗帜和银圆，并且参加了红军。再后来，这支浸着自己女人鲜血的土枪就一直跟随着他南征北战，经历了红军长征、抗日战争和解放战争，直到新中国成立后，他把这支枪送进了革命军事博物馆。

往事如烟，岁月沧桑。一晃半个多世纪过去了，福生现在已是一个耄耋老人。人老了，枪也老了。今天他再来看一眼这把玻璃柜里的老枪，来回忆那双乌黑明亮的眼睛，也许以后腿脚走不动，就再也无法来看望它了。他感到肩头的牙印隐隐作痛。

福生颤抖着手，对着老枪敬了一个军礼，眼睛里溢出一行老泪。

一个年轻的女讲解员带着一群孩子来到枪的展厅，讲解关于枪的故事。在众多的枪族里，这支枪身有洞的老枪并不显眼，它静静地躺在一边，谁也不知道它与一个女人有关。一个小女孩儿指着福生说，阿姨，你看那个老爷爷在哭——女讲解员说，爷爷想起过去的事情了，我们不要打扰他。不一会儿，女讲解员带着孩子们离开了。

只有福生还佝偻着腰，举手敬礼伫立在那里。

老枪上的弹洞，像乌黑明亮的眼睛看着老人，也看着这个日新月异变幻无穷的世界……

路　　标

部队进入雪山后，掉队的和开小差的就多了起来。掉队的大都是伤员，而开小差的差不多就是在黔西休整时扩充的部分新兵。上级命令部队要与兄弟部队会合北上，每天以一百二十多里的速度向指定地点挺进，不能在途中耽搁。

这样，老兵廖长贵和新兵冯二狗就担任了留后"收容"的任务。连长交代说，一定要把掉在屁股后面的人统统带回部队，一个不能少。老兵廖长贵就给连长拍了胸脯，保证一个都不少。廖长贵在拍胸脯的时候，新兵冯二狗正在一边打喷嚏。廖长贵用脚暗地踢了他一家伙。冯二狗赶紧甩了一把清亮的鼻涕，立刻挺起胸膛站好。连长满意地点点头，就带着队伍走了。

眼下就剩下老兵廖长贵和新兵冯二狗了，他俩一前一后带着十几个一路上收容的老弱病残，艰难地追赶着部队。大雪如同刀片子似的飞舞着，天地间一片迷茫。

大家搀扶着，在风雪中缓慢地行走。

他们是一直跟着部队走过留下的痕迹前行的。风雪越来越大，路越来越难走。老兵廖长贵和新兵冯二狗跑前跑后地忙着，一边寻路，一边还要帮助十几个伤病员，不时地给他们鼓劲打气，要不然这些人随时可以坐下来不走了，或者偷偷地跑掉。队伍里已经出现了埋怨的情绪。

廖长贵拖着一副瘦长的身子，下巴周围长一堆乱草，老得可以做冯二狗的爹了。冯二狗也很瘦，但头颅硕大，是个大脑壳，跟身体有些不成比例，这是营养不良、发育不好的缘故。两人走到一起，连队的兵就开玩笑，说廖长贵是冯二狗的爹。还让冯二狗叫廖长贵爹。廖长贵听了嘿嘿地笑，冯二狗也咧开嘴一笑。

冯二狗是个孤儿，他是部队在黔西休整时当的新兵。当时，冯二狗正在街上要饭，看见老兵廖长贵挑着一担大米从身边走过，眼睛就盯着担子，一直跟在廖长贵的屁股后面。廖长贵说，想吃饭吗？冯二狗说，想吃。廖长贵说，想吃就跟我走。就这样，冯二狗跟着廖长贵来到部队，穿上军装，当了红军。从心里讲，冯二狗认为老兵廖长贵就相当于自己的爹。

冯二狗是在部队进入雪山后，才发现参加红军并不是像吃饭那样简单的事情。除了不停地走路，有时还要与国民党的追兵打一仗，打完就跑，继续走，不知道要走到什么时候才是头。而且吃的也快没有了，身上单薄的军装也破烂不堪，挡不住风雪的寒冷。冯二狗也感到有些受不了了。还不如回去要饭哩，他想。他硕大的脑袋不由得耷拉下来。

二狗子，在想啥呢？老兵廖长贵走了过来。

冯二狗愣了一下，他不敢说自己想回去要饭。廖长贵告诉过他，当逃兵是很丢人的、可耻的，跟着部队走就是饿死了，也是一条好汉。他赶紧躲开廖长贵的眼睛。

是不是在想媳妇啊？廖长贵故意开玩笑说。

伤病员们乐了起来。

冯二狗忙结巴说，哪有这、这好事啊。

廖长贵说，二狗子，只要咱们翻过了雪山，到达了新的革命根据地，你小子一定能够找到一个漂亮的媳妇。

真的？

真的！

那要得嘛，嘿嘿。

伤病员们哈哈地笑了。

队伍又往前走。

廖长贵走到冯二狗的身边，从身上掏出一个发黑的洋芋蛋，塞到他手里，又把他肩上的枪撸了过来。廖长贵小声说，我知道你小子心里在想啥，也想当熊包了是不是？

冯二狗慌忙说，没、没有……

廖长贵在冯二狗的头上拍了一下，说，你小子还犟，早晓得你这样稀粑，我就不带你出来了。你说你啥子都不怕，我看你是乌龟放屁——冲壳子哟。

冯二狗低声哭了起来。

廖长贵心里一软，忙换了口气说，哭啥子嘛，我是给你开玩笑的，再哭，当心马尿冲了龙王庙啰。

冯二狗扑哧一声又破涕为笑了。

天空突然刮起一阵大风，发出像金属一样刺耳的声音，漫天飞雪乱舞。廖长贵赶紧叫大家到一个山壁处躲避，等风雪停了再走。收容队伍在山壁前停顿了，伤病员们互相靠着身子挤在一起。廖长贵对大家说，今天无论如何要翻过这座雪山，不然就跟不上大部队了。

大家看看铺天盖地的风雪，一片茫然。

有人喊，这鬼天气还能走哇？

其他人也跟着抱怨起来。

这时大家发现，原先行走的道路已经被大雪覆盖，什么也看不见了，眼前只有白茫茫的一片。再往前走很可能就要迷失方向，可是待在这里也会有被风雪冻死的风险。老兵廖长贵也没有料到会出现这样的状况，一时也蒙了。有人主张走，有人吵吵不走，零散的队伍乱成了一团。

突然，新兵冯二狗哭了起来，一边哭一边嘟囔，我不走了，我想回去，回去要饭也比这挨饿受冻的强。

廖长贵转过脸问，你说啥子？

冯二狗哭着说，回去要饭……

冯二狗的话音还没有完，廖长贵的手已经扬了起来，并且飞快地落在了他的脸上，发出清脆的一响。所有的人都惊呆了，瞪大眼睛看着廖长贵。从来没见老兵廖长贵发过这么大的火，以至于停在半空中的手还在发抖，乌黑的嘴唇也在发抖。廖长贵生气地说，没想到你是个熊包，是我瞎了眼把你带出来，你要当逃兵，你就滚吧，回去要饭去吧，红军少你一个垮不了——

冯二狗低着头，蹲在地上，捂着脸哭。

兵们见此情景都上前来劝廖长贵，说冯二狗毕竟当兵时间不长，年龄又小，就当他不懂事原谅他算了。一个孤儿，再让他回去要饭，你当爹的忍心吗？再说，二狗子也就是嘴上说说，你现在是他爹，他能够离开你吗？

冯二狗呜呜地哭着。

廖长贵说，我也不想打他，我也不想赶他走，他离开我可以，可是他不可以离开红军队伍啊，离开队伍他哪里还有家呀？廖长贵说着眼睛里流出了泪水，他使劲用手抹着。

冯二狗忽然扑到廖长贵的怀里，就像犯了错误的孩子一样哇哇地大哭起来。

廖长贵疼爱地摸着冯二狗的头说，娃呀……

兵们总算松了一口气。

兵们最后商量决定，还是继续往前走，走出雪山赶上大部队就有希望，停在这里只有等死。为了保证不走错方向，老兵廖长贵提出一人先在前面探路，后面的人跟着前行。冯二狗说他去，他年轻，走得快。廖长贵说，你小子还嫩了点儿，就跟在后面吧。廖长贵在山壁前砍了一些干树枝，捆成一捆，背在背上就出发了。回头又嘱咐冯二狗，二狗子，记住，一定要把大家都带着，一个不能少。

冯二狗点点头，哽咽地说，知道了，你小心点儿。

老兵廖长贵背着干树枝，就蹒跚地向前走去了。

兵们一边整理行装，一边用目光看着他的背影。

风雪开始小了，队伍又重新蠕动起来。

老兵廖长贵沿着前面部队走过的方向，艰难地摸索前行，每隔一段路程就从背后取下一根干树枝插在雪地里，然后从自己破旧的军装上撕下一块布条，绑在干树枝上作为路标，后面的兵们看见在风雪中飘动的布条就不会迷路了。

天渐渐黑了，风雪也停了，山里一片银白。廖长贵看见屁股后面的队伍像蚂蚁一样，越来越远。那些伤病员们跟不上他的步伐，不过他相信在二狗子的带领下，他们会随着他插下的路标跟上来的。那些路标就像飘着的旗帜一样，让人看见了就会有信心、有力量。廖长贵对此感到满意。

到达山顶的时候，天完全黑了，脚下却是一片朦胧的银光。廖长贵开始很兴奋，翻过山头就会找到大部队了，连长一定就在山脚下等着他们。可是，他马上就发现，背后的干树枝已经用完了，身上的破军装也撕得没有了模样。更糟糕的是眼前是一个三岔路口，二狗子他们跟上来走错了方向就麻烦了。他只好停下来，望了望山下，打算就在这里歇下了。

二狗子他们夜里肯定是上不来了，只有在这里等待天明。老兵廖长贵这才感到自己已经累得不行了，而且又冷又饿。山上的风大，冻得他浑身发抖。他摸了一下口袋，记得还有一颗发黑的洋芋蛋，没想到抓了个空，想起来在山下时给了二狗子。他嘲笑了一下自己的记性。寒冷和饥饿使他感到心慌腿软，眼睛发花。他决定给胃里进一点儿东西，什么都行。于是，他在地上抓了一把雪塞进嘴里。刚往喉咙里咽，就感到嗓子里像是着了火一样地刺痛，肠胃也猛烈地痉挛起来，如同刀割似的。廖长贵痛苦地弯下了腰，眼泪也流了出来。

他骂了一句粗话，格老子的 ×× ——

老兵廖长贵开始想新兵冯二狗了，觉得他还是一个孩子，能够跟着他挨饿受冻爬雪山的确也不容易，他参加红军的时候要比二狗子大得多，而且家里已经有了老婆和孩子。可是，冯二狗啥都没有，没爹没妈没有家。廖长贵觉得二狗子就像他的儿子一样，他就是他的爹，他们在红军队伍里相见是一种缘分。廖长贵后悔今天当着兵们打了冯二狗一耳光，他不该打自己的儿子，尽管他脑子里出现了错误的想法，有点儿想打退堂鼓了。可是哪个娃娃不犯错误呢？他不该打他，实在不该打他。我混蛋——

廖长贵给了自己脸上一巴掌。

廖长贵脸上不觉涌出了泪水。

又一股寒风袭来，他浑身一抖，觉得自己就要冻僵了。忽然间，他看见了一团火，就在路口的下山处，正好对着部队前进的方向。他走近仔细一看，原来是一堆红色的石头，可能是连长特意给他们留下的印记。他心里不由得涌起一股热流。顺着这个方向下山，就可以见到绿色的树木和清澈的河流了，就可以和大部队会合了。

廖长贵心里一阵激动。可他一眨眼，红色的石头又变成了一堆火，火焰像无数双手臂在舞动。他觉得自己是眼花了，揉了揉眼睛，再看眼前的石头还是一团火。怪了，这难道是连长他们留下的火堆，在这空旷无人的雪夜里燃烧着，照亮了大半个天空。廖长贵想，等革命胜利了，一定要在这里立一个碑，纪念红军走过的足迹。他不知道自己是由于雪山的反应产生了幻觉，可他从这堆红色的石头里感到了温暖。

现在没有了路标，廖长贵决定守在这里，等待天亮后冯二狗和伤病员们的到来。他叉开双腿，伸出双手，让眼前的火温暖自己的胸膛，以及身体的每一个部分。熊熊的火堆燃烧着，发出噼噼啪啪有节奏的好听的声音。红色的火苗柔软得像女人扭动的腰肢，很是好看，在雪夜里跳着优美的舞蹈——

老兵廖长贵被眼前的情景迷住了，他忘记了自己是在雪山之上，也忘记了饥饿和寒冷。他闭上眼睛微笑着，享受着火的美丽和温暖……

他香甜地睡着了。

第二天，天明的时候，冯二狗带着收容队的伤病员们来到了雪山顶上。连长也带着人上山来接应他们了。大家在三岔路口的石堆前见到了老兵廖长贵，他依然保持着站立的姿势，脸上露出微笑，双手向前伸着像在烤火，也像是在指着一个方向——部队前进的方向。他浑身都是冰雪，冻成了一尊雕像。

他没有了呼吸。

他站成了一个路标。

冯二狗扑上前去，跪着叫了一声爹——号啕大哭。

连长哽咽着说，长贵，你小子没有完成任务，我说了一个都不能少，怎么偏偏少了你一个……

伤病员们哭成了一团。

大雪早已经停止，天地一片银白，万籁俱寂。

连长集合好队伍，向兵们发出口令：全体立正，向老兵廖长贵同志，敬礼——

所有的兵们在寒风中举起了右臂……

于 此 安 息

　　九十三岁的马怀国躺在医院的 ICU 里，一会儿清醒，一会儿模糊，意识处于游离的状态。清醒的时候，他脑子里好像电脑在快速地搜索一生中快要逝去的记忆，那些记忆已经成了碎片，在脑海里沉浮。而模糊时，他不知道自己是在哪里，连守候在病房里的儿女和干休所来看望他的人几乎都认不出来。他的生命如同被一根微弱的游丝拽着，稍一松手就会远离他而去。

　　然而，他还有一口气没有咽下去。

　　儿女们不知所措，不知他最后还有什么事情未了，围着病床在他耳边大声地问这问那。按说生前身后的事情在他住院期间，已经给家人们交代清楚了，就像要出远门一样，把家里的电卡水卡煤气卡银行卡及户口本离休证荣誉证照片等，摆放在什么地方，一一写得清清楚楚，免得有啥事给儿女们添麻烦，弄得他们手忙脚乱的。关于墓地的问题，组织上也按有关规定，在市外郊区的国家公墓里给他安排了位置，孩子们拍了照片给他看，他住院前腿脚还能走时也去过那个地方，山清水秀，风景很美，空气也很新鲜。干休所老同志大都安葬在那里。现在像他这样年龄的，活着的没几个了。

　　但他心里并不满意。不是不满意国家公墓和安排的位置不好，而是他不愿意以后住在那个地方，他的心里另有归宿——在几百公里之外，大西北一个小县城的镇上有一个烈士陵园，那座高耸的石头砌成的纪念碑下，埋着他手下一百零九个战友和弟兄。

想到那个地方，他脑子里就拨开迷雾变得格外清晰。那是一九四九年的七月，离新中国成立就差三个月了。他率领的连队，参加了那场由彭德怀司令员指挥的著名战役。那一年，他二十三岁，跟他一起的弟兄们也都才十七八岁二十来岁。这是"一野"在大西北战场上与国民党军进行的一场重要决战，为解放大西北和大西南奠定了基础。

战前，他参加了团里连以上干部会议并领受了战斗任务，配合师团在一个叫作罗局镇的小火车站阻击敌人，等待大部队的全面进攻。他知道的情况是，小火车站有敌人一个营的兵力驻守，攻下后敌人会以一个团或一个师来进行反扑。上级的命令是："寸土不失，与阵地共存亡。"他回来后向弟兄们作了传达，但在介绍敌人的兵力情况时，他打了些"折扣"，减少了预计敌人反扑时的数量。在全国就要解放的此刻，他不想给弟兄们造成太大的压力。他说："弟兄们，全国就要解放了，打完这一仗，咱们就可以回家分地盖房娶媳妇啦——"弟兄们一阵欢呼。

他后来为这个"折扣"后悔了一辈子。

全师向着那个小火车站的目标奔袭。七月的中旬正是一年中最酷热的季节，关中的土地上冒着一层火辣辣的白烟。他率领的五连跑在全团最前面，连续十四个小时急行军一百五十里，完成穿插任务后，战斗在凌晨打响。全团势如破竹歼灭了小火车站的守敌，然后就开始了艰苦悲壮的阻击作战。

他的连队守在火车站的北口，那是敌人反扑时主要进攻的目标。他一生中从来没有见过有这么多的敌人，黑压压像潮水一样涌来，打下去一波，又上来一波，打下去一波，又上来一波……那些国民党兵如同蝗虫，在坦克和装甲车的掩护下，在猛烈的炮火轰炸中，拼命地向火车站北口冲击。临时筑起的阵地上，堑壕、沙袋、门板等，都被炸开或炸飞，或燃烧着火焰。他和一百一十三个弟兄们拼死坚守，没有一个后退。手榴弹扔得胳膊都硬了，手里的枪也打得枪管发红，子弹如疾雨般喷射出去。有的枪炸了膛，连枪带人崩在一边。不时有弟兄牺牲，一些兵的头上和胳膊上绷着纱布仍不下火线。敌人在阵地前躺了一大片，就像河滩上的死鱼一样。但那些家伙还在拼命往上拥——大家不知道为什么敌人越打越多？

他也没有想到这个小火车站会演变成整个战役争夺的重点。战后他才得知国民党有五个军投入这场战役，战斗打响后大批西逃之敌，妄图通过这一平时不起眼的火车站逃往西南。我的乖乖！怪不得敌人会像蝗虫一样越来越多。他们要垂死挣扎。作为一个最基层的指挥员，他当然不知道整个战役的规模和双方兵力情况，他只知道要完成上级交给他的任务，就是死守住这个小火车站，不能丢失一寸阵地。不过，当眼看着一个个弟兄倒下，他心里曾有过一瞬间的后悔，不应该向他们打"折扣"敌人的兵力情况，尽管后来实际兵力要比他知道的多得多。让他们知道这场战争的真实性和残酷性，就是死了也死得明白。但那一瞬间很快就一闪而过，战火容不下他的想法。当时也有弟兄提出，干脆把身后火车站的铁路炸了，敌人自然就会退去。但他得到的命令是，要保护好这些铁路，一丝一毫不能受到破坏，新中国成立后需要它们。他知道，要让弟兄们战后回家分地盖房娶媳妇过好日子，已经是不可能的事情了。

阵地上就这样反复争夺不知过了多久，时间在战场上仿佛失去了意义。

一个个弟兄在他的眼前倒下。他打红了眼睛，从一个身边中弹的机枪手手里接过机枪，向敌人猛烈扫射。机枪手中弹后身上的血喷在他的脸上和衣服上，还热乎乎的。他顾不上擦拭，只一个劲儿发疯地吼叫着向扑上来的敌人射击——有一阵子敌人几乎冲到了阵地跟前，那些国民党兵模样都看得清楚，戴着钢盔端着枪，跟他的弟兄们年龄差不多，嘴唇上长着绒毛，眼睛里却流露出恐惧和惊慌，没有他的弟兄们勇敢和坚毅。他和弟兄们一边射击一边用刺刀把敌人再一次赶下阵地——这是第九次打退敌人的冲锋。他的身上挂了彩，但还能摇摇晃晃走动。可就在他在阵地上走动着清点弟兄们时，突然传来一声巨响，他眼前一黑，什么都不知道了……

他醒来时已在战地医院，战斗已经结束，整个战役取得了胜利。他命大没有死，一块弹片从背后穿入他的身体，卡在了左侧的肋骨上，离心脏只有几厘米。而他得知，他的弟兄们阵亡一百零九人，活着的包括他一共只剩下五人，而且都受了伤。他躺在医院的病床上号啕大哭……剩下的几个弟兄后来都高寿，有的活到七十多，有的活到八十多，而他活到了九十三。这是托死去弟兄们的福啊！

多少年过去了，他一想起那场战役，想起那些牺牲的弟兄们，眼里就忍不住泪水哗哗。他们多年轻啊，就差三个月新中国就成立了，该分地盖房娶媳妇生儿育女过好日子了，可是……可是他们却永远长眠在那片战火和鲜血浸染过的土地上了。浴血奋战，想起这个词，他就情不自禁，没有经历过战争的人是体会不了它深刻的含义的。

他曾告诉过老伴，他后悔在战前没有给死去的弟兄们讲明敌人的数量情况。老伴说，你讲明了又怎样，敌人实际比你讲的还要多，战士们依然会面对死亡，义无反顾地阻击敌人，最后英勇牺牲。他说，但是……他的心里一阵阵疼痛。老伴去世后，再没有人知道他心里的内疚了。

解放后，当地政府在小县城的镇上修建了那次战役的烈士陵园，安葬了在战斗中英勇捐躯的六百多名解放军干部战士，其中包括他手下的一百零九个弟兄。而整个战役牺牲了三千多名士兵，他们的尸骨大都被装进棺木送回了家乡。

他回故地看望过三次。第一次去他还在部队位置上，看见烈士陵园里十分冷清，很少有人前来吊唁瞻仰，墓碑破损严重，园里长满了荒草。他很想发脾气。警卫员找来烈士陵园一个叫张家声的小伙子一问，说是经费不够，人手不足，现在社会上对烈士不太关心，对英雄也不那么崇拜了。他感到很痛心，感到很对不起弟兄们，心里的内疚就更深了。他弯腰在弟兄们的墓前三鞠躬，然后走到每一个墓跟前，一个个呼喊墓碑上的名字，就像当年连队集合点名一样。他的眼里涌满了泪水，一直到离开烈士陵园。后来，他见到当地政府的领导，说起烈士陵园的情况，建议政府专门给烈士陵园拨了一笔款，他又派出一个连队去帮助陵园进行整修，使陵园基本面貌有了改善。

第二次去烈士陵园看望弟兄们，是他刚离休后。那个叫张家声的小伙子已经当了主任，热情接待了他，带着他参观整个陵园，并吊唁牺牲的烈士。他看见墓碑已经修缮好了，周围还种了许多的树木，陵园里也有人来参观瞻仰了。他心里很高兴，感谢张主任和工作人员对烈士陵园的精心管理和保护。张主任说，要感谢首长您呢，是您当年给予的帮助，陵园才有今天的变化哩。

第三次去看弟兄们，他已经是八十三岁的高龄，是在儿女们的陪同下去的。七十三八十四，不知能不能过了人生的这道坎？还是张主任陪同他参观和吊唁。墓园里，阳光明媚，纪念碑高耸，每一块牺牲烈士的墓碑被擦拭得干干净净，闪动着光亮。园里树木葱茏，鲜花飘香。不少人前来参观，在纪念碑和烈士墓前敬献花圈，或鞠躬致意。他感到很欣慰。在儿女们的搀扶下，他站在弟兄们面前，忽然想起了内心深藏的内疚，不能带着去见马克思。于是，就举手敬了一个军礼，又弯下腰向大家道歉说，弟兄们，我对不起你们……说完这句话，他感到一生再无憾事，心里一下就踏实了。

离开时，他悄悄对张主任说，他已经八十三了，万一哪一天倒下，希望能够埋在这里，陪伴着弟兄们。张主任笑道，首长您开玩笑呢，瞧你这健康硬朗的身体，起码还要活二三十年。

他没有活到二三十年，但又活了十年。两个月前有一天，他突然在家中厕所摔倒，一下躺在床上就再也没有下地。他意识到离告别人世的日子不远了。比起当年牺牲的弟兄们，他感到很满足。活着的日子都是为他们活着的。他想起曾经给烈士陵园张主任说过的话，就叫家人打电话把他请来。张主任也快退休了，坐火车一路赶来，一进医院病房就吃惊地握着他的手说，哎呀，老首长，不知道您病了，我没有及时来看望您，实在是对不住……说着眼睛竟湿了。他说，你这么远来，辛苦你了。接着，就问起烈士陵园的情况。

张主任汇报说，老首长放心，现在烈士陵园跟以前大不一样了。陵园面积比以前扩大了一倍，当年栽下的树木已经有两人多高，纪念碑和墓碑又重新进行了修整，展区里不仅有丰富的图片和文字资料，还有录像和利用声光电及电脑做出的模拟实景，还原了当年战场上炮火连天的生动场面。平日前来参观和瞻仰的人也越来越多，到了清明八一和国庆节前来送花圈悼念的人更是络绎不绝，每年参观人数达到十几万人。陵园已成为革命传统教育基地，敬仰烈士、崇拜英雄的时代又回来了。

他听了非常开心，微笑着不停地点头。

张主任小声问，老首长，您把我叫来还有什么吩咐？

他把儿女们统统都撵了出去，然后对张主任说，我以前给你说的事还记得不？

张主任说，啥事啊？他早已经忘光了。

他说，就是我想啊，要是我走了，想回到弟兄们身边去。

张主任一下想起来了，没想到老爷子还惦记着这事。便说，我这里没有问题，但要给上面民政部门打报告。

他说，应该，这是程序。不过，你要快点儿，我怕等不了多久。

张主任说，当年你带领弟兄们打阻击战都能够坚持，相信你一定能够坚持的。

他脸上一下露出了笑容。

张主任一走，他便开始了期待，无论如何也不能在这之前"倒下"。

他终于等到张主任来了。他的身体已经有些奄奄一息。他在模糊游离的状态中听见了张主任的呼喊，一忽闪便清醒了过来。他说，你……你来了。张主任并没有给他带来好消息，脸上霜打似的结巴地说，老首长，我已经请示过了，但上面民政部门没有批，说依据有关规定，烈士陵园是专为烈士修建的，其他人不得进行安葬。我向他们解释了半天，还差点儿吵起来，但他们还是不同意。对不起，老首长，我让您失望了……

他听了先是一愣，感到很是遗憾。但马上又释然了。他说，我是共产党员，又是一名老军人，跟着共产党干了一辈子，就动了这一回私心。不过，既然政府有规定，就坚决不能违反。

张主任听了很感动，犹豫了一会儿说，不过还有一个办法，就是不知道您老愿意不愿意？

他眼睛一亮。啥办法？你说，只要不违反规定，我都愿意。

——这事不能对外公开。

他点点头。

——也不能在陵园召开追悼会。

他点点头。

——还没有墓和墓碑。

他，点点头。

——并且不能有骨灰盒。

他说，这个……

你听我讲，我们最近要在陵园栽一批树……你也是英雄，为国家解放流过血负过伤，还为烈士陵园建设做了贡献。这个事我能做主，不用上级审批。

他明白了张主任说的意思，想了想，最后确认地点点头。他让张主任给儿女们把这事说清楚。儿女们一听，开始不能接受。原来老爷子最后未了的遗愿竟然是等待烈士陵园的张主任来，安排自己身后的事情。放着眼前的国家公墓不去，偏要去那偏远的大西北小镇的烈士陵园。儿女们想不明白。

他喘息着说，我要跟弟兄们在一起——

死者为大，一切要尊重老人的意愿。儿女们只好顺从他。

这一夜他睡得很好，很安静很踏实，仿佛是这一辈子睡得最好的觉。第二天，他没有醒来，闭着眼睛，已经安详地告别了这个世界。病房里响起了一片哭声……

第三天，在几百公里外大西北那个小县城的镇上，革命烈士陵园里正在栽树。在一片墓碑前，陵园张家声主任和工作人员把一棵一人多高的雪松放入一个土坑里。马怀国的儿女们站在一边，等树立正了，把一面旗帜里的骨灰一一撒入土坑里树的周围。然后，把旁边的土一点点填进去，一直到快要填平。陵园里很安静，没有其他人，也没有哭声，只有鸟儿的鸣叫和柔和的风声。

儿女们的脸上挂着泪水，他们的眼睛里露出欣慰。忽然，在那棵雪松的树干上，他们看见刻着"连长马怀国"五个字，面前的那片墓碑一片肃然……

后　记

　　《正步向前走》这部军旅题材短篇小说集就要由花山文艺出版社出版了，编辑同志希望我对读者说点儿什么，我很乐意。

　　一般情况下，一个作家的一部作品完成后任务就结束了，剩下的事情就是交给读者去阅读和评判，不需要再说多余的话。然而，实际上并非如此。有时候作品虽然完成了，但还需要与读者进行交流沟通，使作品得到更好的理解和传播。我在阅读一部文学作品之前，就习惯先看看序言或后记，以便对这部作品和作者有个大概的了解，从而引发阅读的兴趣，就像跑步运动前的热身一样。当然，有的人不是这样，而是喜欢直接阅读作品本身，然后作出自己的理解和判断。不论是哪种情况，我认为都应该得到尊重。

　　先说说这部书稿的名字。我原打算在作品里面的小说中挑选一个，但感到都不太满意。想了几天，忽然脑子里闪现出一个画面，就是天安门前的阅兵仪式，那军人持枪正步向前走的队列方阵，整齐一致，雄壮威武，令人震撼。正步走，是一个军事术语。正步向前走，则充满了无限的想象和希望。记得我刚当兵在新兵连时，训练的第一个科目就是队列训练，而队列训练中最难走、又最"壮军威"的就是正步走。那挺胸抬头、目光向前、脚步抬起"啪啪"落地的情景，至今还经常出现在我的梦中。一个十七八岁的青年，来到部队"学习走步"，是从老百姓到军人的转变，也是迈向人生道路的重要起点。这一走，我在军旅路上走了二十二年。值得一提的是，我的文学起步也是在军营里开始的。军营是我文学的故乡，也是创作的练兵场。白天参加训练，晚上趴在床上，用钢笔在笔记本上写下第一个文字、第一首诗、第一篇散文、第一篇小说——就像学走正步一样，一路摇摇晃晃，但始终坚定不移。正步向前走，有一种执着、坚毅、一往无前的气势和力量，与这部作品的内核高度契合，因此，书名就是它了！

这部军事题材的短篇小说集，是我从上世纪八九十年代至今在文学刊物上公开发表的小说中挑选出来的，主要以上世纪八九十年代的作品为主。二十世纪八九十年代，是一个特殊的年代，是我国从封闭、内乱、落后的历史阴影中走出来，开始改革开放伟大征程的年代。它思想活跃，经济发展，文化艺术呈现百花齐放的局面，也是文学创作最鼎盛的黄金时期。就是在这一时期，我受到文学的影响，也受到部队生活的激励，开始学习写作，并陆陆续续在军内外刊物上发表作品。这些作品大都讲述的是部队生活和当兵的故事，包括学习、训练、军事演习以及边境作战，涉及军人的友情、亲情和爱情，展现了军旅生活的方方面面。现在回头去看这些作品，或许有些单纯稚嫩，但却是我内心真实的感受，也是那个年代军旅画卷真实的描绘。

然而，这些故事会不会过时？今天的读者对那个年代会不会感到陌生？这是我心里一直忐忑的。毕竟二十世纪八九十年代已经远去成为一种历史记忆，那个年代的军营和军人，与今天的军营和军人已大不相同。但是，只要仔细一想，就会发现，现实的确是发生了天翻地覆的变化，我们的国防现代化建设飞速发展，武器装备优良先进，走在了世界的前列，后勤保障也更加坚实有力，在高原地区四季可以吃上温棚蔬菜，洗上热水澡，在海拔几千米的雪山上巡逻，无人机可以送来自热米饭，这在上世纪八九十年代是不敢想象的，可是千变万变，唯一不变的是军人的本色。军人的忠诚、军人的气质、军人的奉献和牺牲精神，一代一代地传承，永远没有变。

前几天，我看到中央电视台一个纪录片，反映现代城市生活的变化，其中在长沙市，有许多年轻人把目光转向了上世纪八九十年代，在创业中把传统的事物和记忆与现代时尚相融合，重新激活和打造出一个新的城市样态。为什么是八九十年代？这值得我们思考。这也给了我信心和期望，过去的东西有的并没有过时，而是等待着被激活和与今天的生活进行链接、碰撞，沉淀的历史岁月，将重新焕发出它独特而有韵味的光芒。文学也是一样，当我们现在回头去阅读上世纪八九十年代的经典小说时，依然能够感受到那个时代的激情、那个时代的精神，以及那个时代的文学魅力。

在这部军旅题材短篇小说集中，我尝试着写了一些军队改革题材的作品。比如《身后，有一片晚霞》《军人的目光》《家当》《骚动的春天》《跑调儿》《最后的军旅》等。军队改革是在国家改革开放的大背景下进行的，当年最有影响的就是"百万大裁军"，还有军事思想和武器装备现代化建设的变革，这些对于部队和军人来说，既让他们面临着思想观念上的挑战，又让他们面临着个人命运的选择。现实的大环境和军队的新情况，为文学创作提供了丰富多彩的素材。《身后，有一片晚霞》和《军人的目光》，通过军事演习写了新老交替中的碰撞、传承和创新。这是我最早发表的作品，写得比较浅显和稚嫩。《家当》写了军队改革给部队后勤建设带来的冲击和变化。《骚动的春天》展现了在新形势下，军民关系出现的新问题和新情况。《跑调儿》则突出了军人在军队变革中的个人境遇和遭际。《最后的军旅》讲述了部队"骡马化"

向"机械化"发展的进程中，一群军马最后被"淘汰"，退出部队序列的命运。这是我认为写得比较好的一篇小说。

文学是写人的，是写生活的。离开了人和生活，文学就显得苍白无力。成功的军事文学作品，不论是描写战争，还是讲述军旅故事，都离不开塑造人物，展现真实的生活。在这部军旅题材短篇小说集中，《老枪》和《路标》，写了红军时期的赤卫队员和红军战士坚定执着的信仰，以及付出的牺牲。《战火中的变奏》和《那只"百灵"鸟》，写了二十世纪八十年代云南边境防御作战中，军人经历的战争残酷和人性的考验。《我为你导航》《拉拉水》《一个名叫二水的兵》，写了在和平环境下军人的日常生活，默默的付出与坚守。《冬天的船》《大洋马》《违犯军规》《擦肩而过》，写了军人的婚恋、爱情，以及他们犯下的"美丽的错误"。《复员》《包子或者书法》《战友》，写了当兵的离开部队后，经历的人生曲折和起伏……这些作品中的人物和生活都是我所熟悉的。

此刻，我想起宋代著名诗人陆游的一个诗句："夜阑卧听风吹雨，铁马冰河入梦来。"如今，我的军旅生涯已经成为历史的记忆，而我的文学作品却将以书的形式呈现在读者面前。写作永无止境，梦想终变为现实。它像黎明前响起的军号，召唤着我重新出征，迈开正步向前走——

最后，在书稿付梓之际，我要向读者表示敬意，因为有你们，所谓作家才存在。同时，我要向花山文艺出版社的领导和编辑同志致谢，是你们的关心、厚爱，以及付出的辛勤劳动，才有这部书的面世。谢谢你们！

作　者

2023 年 5 月于西安曲江